HEYNE <

AF635080

SATU RÄMÖ

HILDUR

DER SCHATTEN DES NORDLICHTS

KRIMINALROMAN

Aus dem Finnischen von
Gabriele Schrey-Vasara

WILHELM HEYNE VERLAG
MÜNCHEN

Die Originalausgabe *Jakob* erschien erstmals 2023
bei Werner Söderström Ltd (WSOY), Helsinki.

Der Verlag behält sich die Verwertung der urheberrechtlich
geschützten Inhalte dieses Werkes für Zwecke des Text- und
Data-Minings nach § 44b UrhG ausdrücklich vor.
Jegliche unbefugte Nutzung ist hiermit ausgeschlossen.

Trotz intensiver Recherche konnte der Verlag nicht alle Rechtegeber ermitteln.
Bitte wenden Sie sich gegebenenfalls an den Wilhelm Heyne Verlag
in der Penguin Random House Verlagsgruppe GmbH.

Die Übersetzung wurde gefördert von

FILI FINNISH LITERATURE EXCHANGE

MIX
Papier | Fördert
gute Waldnutzung
FSC® C014496

Penguin Random House Verlagsgruppe FSC® N001967

4. Auflage
Deutsche Erstausgabe 10/2024
Copyright © 2023 by Satu Rämö
Published in the German language by arrangement
with Bonnier Rights Finland, Helsinki, Finland.
Copyright © 2024 der deutschsprachigen Ausgabe
by Wilhelm Heyne Verlag, München,
in der Penguin Random House Verlagsgruppe GmbH,
Neumarkter Straße 28, 81673 München
produktsicherheit@penguinrandomhouse.de
(Vorstehende Angaben sind zugleich Pflichtinformationen nach GPSR.)

Redaktion: Sibylle Klöcker
Umschlaggestaltung: www.buerosued.de
unter Verwendung von © mauritius images (Rainer Mirau)
Satz: satz-bau Leingärtner, Nabburg
Druck und Bindung: GGP Media GmbH, Pößneck
Printed in Germany
ISBN: 978-3-453-42819-5

www.heyne.de

Für Mama 1957–2023

Come to me
I'll take care of you
Protect you
Come lie down ...

Come to me
Text: Björk Guðmundsdóttir (1993)

FRÜHER

1

JUNI 1988 ÄKÄSLOMPOLO

»Ich will nich«, maulte der kleinste Junge, fünf Jahre alt, und scheuchte ein paar Mücken weg. Er starrte seinen älteren Cousin und dessen Freund an, die nebeneinander am Seeufer standen. Die beiden waren gleichaltrig, gleich groß und unzertrennlich. Von Weitem waren sie nur an ihrer Haarfarbe zu unterscheiden: Der eine hatte sehr dunkle, fast schwarze Haare, der andere hellbraune.

Es war schon fast Hochsommer, aber das Wasser war kühl. Die Sonne brannte am wolkenlosen Himmel, die Vögel sangen. Der kleine Junge zupfte an seiner Badehose. Er hatte Angst.

Sie hatten das heutige Abenteuer gemeinsam geplant. Zu Hause bei dem Kleinsten hatten sie noch ein paar Pfannkuchen gegessen, hatten Uno gespielt und Witze gerissen. Die größeren Jungen hatten von einem spannenden Spiel erzählt, bei dem nur Kinder mitmachen konnten, die noch nicht zur Schule gingen. Der Junge hatte sich über seine wichtige Rolle gefreut. Nun würde an diesem langweiligen Sommertag doch noch etwas Aufregendes passieren! Sie hatten ihre Turnschuhe angezogen, die Schirmmützen tief in die Stirn gezogen und waren zum Badestrand des Dorfes geradelt.

Und dort am Strand hatte das Spiel einen Punkt erreicht, an dem es kein Zurück mehr gab.

»Los, geh schon!«, sagte der schwarzhaarige Junge zum x-ten Mal. »Der Schatz is da unten aufm Boden.«

Den ganzen Nachmittag über hatten die größeren Jungen dem Kleinen von einem Schiff erzählt, das vor langer Zeit im See gesunken war. Alle drei hatten die Geschichte unheimlich spannend gefunden. Das alte Schiff hatte drei goldene Türklinken gehabt, die immer noch auf dem Grund des Sees lagen.

Das Wasser reichte dem Kleinen bis zu den Knien. Der Schwarzhaarige warf seinem Freund einen auffordernden Blick zu.

Der Braunhaarige nickte zustimmend und rief: »Is nich mehr weit. Mach zehn Schritte, dann biste ganz dicht dran!«

Der Kleine drückte das Kinn an die Brust und sah die älteren Jungs, die am Ufer standen, von unten herauf an. Er nagte mit den Schneidezähnen an der Unterlippe, genauer gesagt mit den beiden Zähnen, die zwar schon wackelten, aber noch nicht ausgefallen waren.

»Gut, Mikael! Geh weiter!«

Der anfeuernde Ruf des Dunkelhaarigen brachte den Jungen dazu, ein paar Schritte weiter in den See hinein zu machen. Das Wasser reichte ihm nun schon bis zu den mageren Oberschenkeln. Er bekam eine Gänsehaut.

»Jetzt?«, fragte er mit bebender Stimme. Er wusste nicht, ob seine Stimme vor Angst oder vor Kälte zitterte.

Vom Weg her waren fröhliche Rufe und das Klingeln von Fahrradglocken zu hören. Die Leute bogen nicht zum Ufer ab, sondern fuhren vorbei. Bald war es wieder still.

»Warum muss ich die allein holen?«, fragte der Junge, obwohl er auch auf seine vorherige Frage keine Antwort bekommen hatte.

»Nur die Kleinen können sie holen, die Großen nicht«, erklärte sein schwarzhaariger Cousin überzeugend. »So heißt es in der Geschichte.«

Der braunhaarige Junge fügte hinzu: »Du bist schon ganz nah dran. Gleich kannste die erste Klinke ausm Wasser holen und uns zeigen.«

In den Augen des kleinen Jungen blitzte sekundenlang Trotz auf. »Ihr dürft sie angucken, aber sie gehört mir, weil ich sie hole. Der Finder kriegt sie, das habt ihr doch gesagt!«

Der Schwarzhaarige stemmte die Hände in die Seiten und erklärte mit der Selbstsicherheit eines Zehnjährigen: »Klar gehört sie dir.«

Die Worte seines Cousins brachten den Jungen dazu, sich wieder umzudrehen. Als er sich langsam vom Ufer entfernte, zeichneten sich an seinem Rücken die schmalen, spitzen Schulterblätter ab. Seine Schritte waren kurz, sein Körper schwankte leicht hin und her, während er versuchte, in dem immer tieferen Wasser das Gleichgewicht zu halten. Jetzt reichte ihm das Wasser schon an die Achselhöhlen.

Die Sonne schimmerte auf dem See. Irgendwo in der Ferne donnerte es. Die Regenwolken und die Gewitterfront waren weit weg, aber das grollende Geräusch war weithin zu hören.

Noch ein paar Schritte, dann würden die Füße des Kleinen nicht mehr bis zum Grund reichen.

»Er kann noch nich schwimmen«, sagte da der schwarzhaarige Junge am Ufer zu seinem Freund.

Die Freude am Spiel war mit einem Mal verflogen. Der schwarzhaarige Junge spürte, wie sein Körper sich anspannte. Er runzelte die Stirn, seine Hände ballten sich zu Fäusten. Das Herz schlug ihm bis zum Hals. Auf seiner Zunge lag ein metallischer Geschmack.

Ein leises Platschen war zu hören. Als hätte jemand vorsichtig, aus geringer Entfernung, einen kleinen Stein ins Wasser fallen lassen.

»Irre, er hat's echt geglaubt«, hauchte der Schwarzhaarige. Sein Freund lachte nervös auf, doch gleich darauf blieb ihm das Lachen im Hals stecken. Das lockere Geplänkel der beiden verwandelte sich in panisches Keuchen, als sie in den See rannten.

Die beiden Freunde tauchten und tasteten mit den Händen den

Grund ab. Sie kamen an die Wasseroberfläche, holten hastig Luft, tauchten wieder unter.

Aber all ihr eifriges Bemühen war vergeblich. Der Kleine blieb verschwunden.

Schließlich kehrten die Jungen erschöpft ans Ufer zurück. Sie hoben ihre Sachen auf, zogen sich rasch an und vermieden es, die zusammengerollte Trainingshose und das zerknüllte T-Shirt des Fünfjährigen anzusehen. Als die Jungen mit steifen Muskeln in das Wäldchen radelten, blieb das kleinste Fahrrad am Ufer zurück. Beklommen blickten sie sich um: Hatte sie jemand gesehen? Waren andere Leute auf dem Weg gewesen? Doch um sie herum herrschte die sanfte Stille eines Sommernachmittags. In den Wipfeln der Bäume säuselte der Wind. Ein Eichhörnchen flitzte am Stamm einer Fichte hoch. Die Krallen kratzten ungestüm über die Rinde.

Später lag der schwarzhaarige Junge bäuchlings im Moos. Sein Körper krampfte sich zusammen. Die Feuchtigkeit des Waldes vermischte sich mit dem kalten Schweiß auf seiner Haut. Er fror.

Neben ihm übergab sich der Braunhaarige und stammelte würgend immer wieder dasselbe: »Das erzählen wir keinem. Nie!«

JETZT

2

DEZEMBER 2021 ÍSAFJÖRÐUR

Die kurzen Haare ihrer kleinen Schwester kitzelten die Kriminalbeamtin Hildur Rúnarsdóttir an der Wange. Die Haare dufteten nach Wassermelone. Hildur drückte Björk fest an sich und spürte deren breite Schultern unter dem dicken Wintermantel. Björk Holm. An den neuen Namen ihrer kleinen Schwester hatte sie sich immer noch nicht ganz gewöhnt. Wobei er streng genommen gar nicht neu war, Björk hieß nun schon viel länger Holm, als sie Rúnarsdóttir geheißen hatte. Nach ihrer Ankunft auf den Färöern hatte sie einen neuen Nachnamen bekommen. Es war der Name des Ex-Mannes von Tante Hulda.

Hildur umarmte ihre Schwester lange. Am liebsten hätte sie Björk gar nicht mehr losgelassen, obwohl sie wusste, dass sich der Abschied nicht hinauszögern ließ. Es wäre viel leichter gewesen, das Pflaster mit einem Ruck abzureißen, indem sie Björk am Haupteingang des Flughafens abgesetzt hätte und gleich zur Polizeistation im Dorf zurückgefahren wäre. Doch das hätte sie nicht über sich gebracht. Sie waren mehr als zwanzig Jahre getrennt gewesen, und danach hatten sie jeden Abschied als qualvoll empfunden.

Vor anderthalb Jahren hatte Hildur über viele Umwege die jüngere ihrer kleinen Schwestern auf den Färöern ausfindig gemacht. Anfangs war Björk schockiert gewesen, als sie erfuhr, dass sie eine dritte Schwester hatte und dass Hulda, die sie für ihre Pflegemutter gehalten hatte, in Wahrheit ihre Tante war. Björk hatte zwar gewusst, dass ihre biologische Mutter gestorben war, aber Hulda hatte nie weiter über das Thema gesprochen. Eigentlich hatten sie über so gut wie gar nichts geredet: Hulda war schon immer sehr schweigsam gewesen und hatte sich in ihrer eigenen Welt bewegt.

Auch wenn es nach einer unglaublichen Geschichte klang, hatte Björk keine Sekunde daran gezweifelt, dass Hildur ihr die Wahrheit erzählte. Das Vertrauen zwischen ihnen war sofort da gewesen. Hildur erinnerte sich noch gut daran, was ihre kleine Schwester gesagt hatte, als sie zum ersten Mal für sie beide Kaffee kochte: »Du kommst mir so bekannt vor.« Das Gefühl beruhte auf Gegenseitigkeit. Es war wie ein Wunder gewesen, die verschwundene Schwester nach so langer Zeit wiederzufinden.

Zwischen manchen Menschen entstand einfach wie von selbst eine Brücke. Schon nach den ersten Worten, die sie gewechselt hatten, war es, als wären sie sich immer nahe gewesen. Hildur und Björk hatten an dem langen Esstisch in der Küche tagelang über alles geredet, was geschehen war. Hildur hatte berichtet, was sie über die Vergangenheit herausgefunden hatte, und Björk hatte erzählt, woran sie sich erinnerte.

Die Schwestern hatten auf den Färöern eine schwierige Kindheit gehabt. Hulda hatte sich zwar um Rósa und Björk gekümmert, aber nie eine wirklich liebevolle Bindung zu ihnen aufgebaut. Die Demenz hatte offenbar schon früh eingesetzt, und als die Schwestern ins Teenageralter kamen, war Hulda bereits nicht mehr zurechnungsfähig gewesen. Die Mädchen hatten früh selbstständig werden müssen. Sie hatten eingekauft, gekocht und geputzt. Es hatte keine festen Zeiten gegeben, wann sie zu Hause sein mussten, und niemand hatte ein Auge auf sie gehabt.

Als Polizistin hatte Hildur viele ähnliche Schicksale gesehen. Neben ihrer Tätigkeit als Kriminalermittlerin war sie auch für die Einheit für vermisste Kinder zuständig, in der Praxis also für

Kinder, die aus der Obhut des Jugendschutzes weggelaufen waren. Es war eine Ironie des Schicksals, dass ihre eigenen Schwestern vernachlässigt worden waren und viel zu früh erwachsen werden mussten.

Als Rósa und Björk Island verlassen hatten, war Björk noch so jung gewesen, dass sie so gut wie keine Erinnerungen an die Zeit davor hatte. Die ersten Kindheitserinnerungen entstanden in der Regel mit ungefähr drei Jahren. Björk war zu jenem tragischen Zeitpunkt sechs gewesen. Sie hatte Hildur erzählt, dass vor ihrem inneren Auge manchmal Erinnerungsfetzen von Dunkelheit und von dem ruckelnden Rücksitz eines Autos auftauchten, aber sie konnte diese Rückblenden zeitlich nicht einordnen oder mit anderen Ereignissen in Verbindung bringen. Durch den Umzug in eine neue sprachliche Umgebung und zu fremden Menschen waren die minimalen Erinnerungen vermutlich durcheinandergeraten und letztlich für immer verschwunden.

Hulda hatte den Mädchen nie die Wahrheit über ihre Mutter gesagt und ihnen auch sonst nichts über ihre isländische Herkunft erzählt. Jetzt war es zu spät, sie zu fragen, denn Hulda war Anfang des Jahres gestorben. Danach hatte Björk beschlossen, wieder nach Island zu ziehen. Sie hatte gesagt, sie wolle näher bei Hildur sein und nach Huldas Tod halte sie auf den Färöern nichts mehr zurück.

Im Lauf des letzten Jahres hatte Björk oft zu Hildur gesagt, ihre Begegnung habe Veränderungen in Gang gesetzt und es sei ihr wichtig, ihre Pläne endlich zu verwirklichen, damit sie keine bloßen Wunschvorstellungen blieben. Seit sie erwachsen war, hatte sie auf den Färöern Schafzucht betrieben, doch nun hatte sie die Schafe verkauft. Sie ließ das Haus leer stehen, war nach Island gezogen und hatte begonnen, in ihrem erlernten Beruf als Krankenpflegerin zu arbeiten. Eine feste Stelle hatte sie noch nicht bekommen, aber das würde sich bestimmt bald ändern. Im Moment arbeitete sie vertretungsweise in der Zentralklinik in Reykjavík. Aushilfskräfte wurden vor allem in der Urlaubszeit dringend gebraucht.

Hildur wusste inzwischen, dass Björk in ihrer freien Zeit gern häkelte, zum Kickboxen ging, viele Krimis las und sich im Fernsehen alle möglichen Polizeiserien ansah. Sie interessierte sich brennend für Hildurs Arbeit. Darüber freute sich Hildur.

Der kleine Flughafen von Ísafjörður hatte im rückwärtigen Teil zwei Türen. Durch die südliche Tür kamen die Fluggäste nach der Ankunft in den Terminal, die nördliche Tür war für die Abreisenden reserviert. Björk wollte allerdings nicht nach Hause fliegen, sondern am Flughafen ein Auto mieten.

Während der Coronapandemie hatten die Mietwagenfirmen den größten Teil ihres Wagenparks verkauft, aber jetzt, wo die Einschränkungen allmählich der Vergangenheit angehörten, erholte sich der Reiseverkehr. Die Weihnachtssaison rückte näher, und man versuchte, die noch verfügbaren Autos möglichst effektiv einzusetzen. Daher wurden sie ständig zwischen den einzelnen Ortschaften hin- und hertransportiert. Das wiederum kam Björk, deren eigener Wagen gerade in der Werkstatt war, sehr gelegen.

»Ich wäre wirklich gern noch länger geblieben, aber ich habe versprochen, Schichten zu übernehmen. Im Moment werden viele Vertretungsdienste angeboten.«

Hildur verstand ihre Schwester vollkommen. In diesem Punkt waren sie sich ähnlich: Es spielte keine große Rolle, an welchen Tagen man arbeitete, wenn zu Hause niemand auf einen wartete.

»Fliegen wir also an Ostern hin?«, fragte Björk.

Zwischen ihren Augenbrauen bildete sich eine senkrechte Falte. Hildur hatte bemerkt, dass die immer dann auftauchte, wenn Björk konzentriert über etwas nachdachte.

Hildur nickte. Die langen Osterferien waren der sehnlich erwartete Höhepunkt des Frühjahrs. Dann reiste man mit der ganzen Familie nach Süden, zum Beispiel auf die Kanaren oder nach Florida, oder man verschanzte sich im Sommerhaus, um riesige Schokoladeneier zu essen und sich gegenseitig die Lebensweisheiten vorzulesen, die traditionellerweise in jedem Ei versteckt waren. Hildur und Björk hatten beschlossen, mit Tante Tinna auf die Färöer zu fliegen. Sie würden Huldas Grab besuchen, und Björk würde ihnen die Sehenswürdigkeiten zeigen.

Hildur sah, dass es kurz nach zwei Uhr war. Bald würde die Dämmerung einsetzen. Am besten fuhr Björk jetzt gleich los, dann hätte sie die Gebirgsstrecke hinter sich, bevor es stockdunkel wurde.

In diesem Moment zog sich der unsichtbare Knoten um Hildurs Brust noch eine Spur fester zusammen. Die vertraute Beklemmung, das bedrückende Gefühl, das sie schon seit ein paar Tagen verspürt hatte, wurde stärker. Das konnte nur eines bedeuten: Irgendwo in ihrem näheren Umfeld würde sich etwas Schlimmes ereignen. Ihre Zehen waren eiskalt, sie hätte anstelle der Laufschuhe Winterstiefel anziehen sollen. Sie stellte sich ein paarmal auf die Zehenspitzen, um die Durchblutung anzuregen. Björk hob ihren Rucksack auf und hängte ihn sich über die Schulter.

Hildur wusste, dass sie die Frage lieber nicht stellen sollte, aber sie konnte sich nicht bremsen.

»Wie mag es Rósa wohl gehen?«

Das Lächeln verschwand von Björks Gesicht. Sie drehte den Mietwagenschlüssel nervös zwischen den Fingern und blickte zur Seite. Dann zog sie den Rucksack zurecht und antwortete tonlos: »Du weißt doch, dass wir darüber nicht sprechen.«

3

Hildur blickte Björk nach, die über den windgepeitschten Parkplatz zu ihrem Mietwagen ging. Der Flugplatz lag schön, aber unpraktisch. Er war am Fuß der Berge auf einer Landzunge gebaut worden, die in die Mitte des Fjords ragte. Am Nordende der Rollbahn begann das Meer, dort mündete der schmale Fjord in den Atlantik. Im Westen und Osten erhoben sich die steilen Berge mit ihren flachen Kuppen. Die Flugverbindung zur Hauptstadt Reykjavík war unsicher. Oft mussten Flüge wegen Sturm oder Nebel abgesagt werden.

Es verdross Hildur, dass sie das verbotene Thema angesprochen und damit zum Schluss den schönen Besuch verdorben hatte. Hildur und Björk waren sich nahegekommen, aber über Rósa wollte Björk nicht reden. Das war ihre einzige Forderung an Hildur gewesen, als sie sich auf den Färöern begegnet waren und beschlossen hatten, sich von Neuem kennenzulernen. Hildur hatte zugestimmt, weil sie keine andere Wahl hatte. Rósa blieb ein Rätsel für sie. Björk hatte gedroht, den Kontakt abzubrechen, falls Hildur nachbohrte.

Hildur hatte versucht, sich insgeheim Klarheit zu verschaffen. Sie hatte die öffentlich zugänglichen Informationsquellen benutzt, die aber nichts erbrachten. In den Social-Media-Kanälen tauchte Rósa nicht auf, jedenfalls nicht unter ihrem eigenen Namen. Eine Telefonnummer war nicht zu finden, und dem offiziellen Register nach wohnte Rósa immer noch auf den Färöern in Björks Haus, doch bei ihren Besuchen hatte Hildur dort keine Spur von ihrer Schwester gesehen. Anfangs hatte sie mit dem Gedanken gespielt, Nachforschungen anzustellen. Über ihre Polizeikontakte hätte sie Erkundungen einziehen können. Sie hatte schon mehrmals zum Telefon gegriffen, es aber in letzter Minute doch immer wieder weggesteckt. Sie wollte nicht riskieren, dass Björk von ihrer Schnüffelei erfuhr. Die Inselgruppe der Färöer war noch kleiner als Island, bestimmt hätte sich ihr Vorstoß bald herumgesprochen. Also hatte Hildur sich zusammenreißen müssen, um keine Fragen zu stellen. Es war schwierig, doch im Moment blieb ihr keine andere Möglichkeit.

Hildur stieg in ihre Brenda ein. Der an den Türkanten rostige Toyota Land Cruiser war ihr seit Jahren ein treues Vehikel. Er war nach dem Maskottchen auf dem Armaturenbrett benannt, das Hildur vor langer Zeit von einer Anhalterin bekommen hatte.

Sie hauchte auf die kalte Windschutzscheibe und malte mit dem Zeigefinger wellenförmige Muster in den Dunst. Die Muster wurden blasser und lösten sich schließlich ganz auf.

Hildur biss sich auf die Lippe und versuchte die Beklemmung zu vertreiben, die sie beschlichen hatte. Sie bemühte sich jedes Mal, dem Gefühl auszuweichen, obwohl sie wusste, dass der Kampf aussichtslos war. Die Bedrückung würde nicht nachlassen. Hildur war daran gewöhnt. Schon seit ihrer Jugend spürte sie von Zeit zu Zeit einen Druck im Hals und im Brustkorb. Wenn irgendwo ein schwerer Verkehrsunfall, ein Mord oder eine andere menschliche Katastrophe geschah, war Hildur nicht überrascht. Sie hatte bereits Tage vorher gewusst, dass etwas passieren würde. Das Schlimmste daran war, dass sie nichts tun konnte, was das Unheil verhindert hätte, weil sie nicht wusste, wo oder wem es passieren würde. Diese Sehergabe – oder vielleicht sollte man eher von einer Seherplage sprechen – hatte sie von der Familie ihrer Mutter geerbt. Ihre Urgroßmutter Hrafntinna war zu ihrer Zeit die bekannteste Hellseherin Islands gewesen, sie hatte über die Zukunft berichtet und Fragenden Rat erteilt. Ein

Teil dieser Gabe war auf Hildur übergegangen. Allerdings wusste Hildur, dass sie nicht annähernd so begabt war wie Hrafntinna. Sie hatte nur spärliche Reste der Sehergabe abbekommen. Sie wusste zu viel und doch zu wenig.

Die Beklemmung war eine schwere Last, aber Hildur hatte sich im Lauf der Jahre daran gewöhnt. Meistens half Sport. Auch jetzt überlegte sie sich, joggen zu gehen. Sportkleidung hatte sie schon an. Sie brauchte nur die Reflektorweste überzuziehen, die im Kofferraum bereitlag. Der Gedanke an eine Joggingrunde auf dem Weg, der vom Flughafen an den Pferdeställen vorbei zur innersten Bucht des Fjords führte, munterte sie auf.

Doch im nächsten Moment klingelte ihr Handy. Ein Blick auf das Display genügte, ihre Laune wieder sinken zu lassen. Der Anrufer war ihr Chef Jónas Ingimarsson.

Hildur war immer noch sauer darüber, dass ausgerechnet Jónas ihr neuer Vorgesetzter geworden war, nachdem ihre frühere Chefin Elísabet Baldursdóttir, genannt Beta, nach Reykjavík gezogen war.

»Was gibt's?«, meldete sie sich in neutralem Ton.

Am anderen Ende war ein lautes Stöhnen zu hören. »Warum so bockig? Vielleicht deswegen, weil dich schon länger keiner gebockt hat?«

Jónas' wieherndes Gelächter ging in einen heftigen Hustenanfall über.

Hildur lag eine mindestens ebenso unverschämte Antwort auf der Zunge, aber sie schluckte sie hinunter. Ihr Chef war ein Idiot, aber sie wusste, dass es sinnlos war, sich aufzuregen. Damit hätte sie den Mann erst recht aufgestachelt.

Sie schwieg ein wenig länger als üblich und sagte dann mit betont freundlicher Stimme: »Sag mir, was anliegt, Kumpel.«

»Beweg deinen Arsch aufs Revier, und zwar schnell.«

Auch an diesem Dezembertag zeigte sich Jónas von seiner ruppigen Seite. Er hatte bei der Polizei in Reykjavík gearbeitet, bis er vor zwei Jahren wegen Hüftschmerzen in Erwerbsunfähigkeitsrente gegangen war. Dann war ihm das Rentnerleben offenbar langweilig geworden, oder er hatte bessere Schmerzmittel bekommen. Als im Herbst die Stelle als Polizeichef ausgeschrieben wurde, war Jónas der einzige Bewerber gewesen. Er hatte immer verächtlich über die ländlichen Regionen gesprochen, aber der Chefposten und speziell das damit verbundene Gehalt hatten offenbar schwerer gewogen als all die Nachteile, die das Leben in einem so kleinen Ort hatte. Hildur wusste, dass sie genommen worden wäre, wenn sie sich beworben hätte, wollte aber nicht die Verantwortung auf sich laden, die so ein Posten mit sich brachte. Es war ihr lieber, an der Basis zu arbeiten und Straftaten zu untersuchen. Sie wollte nicht für das Handeln anderer Menschen verantwortlich sein. Deshalb fühlte sie sich am wohlsten, wenn sie selbstständig arbeiten konnte. Aber es hatte ihr einen Schock versetzt, als sie hörte, wer ihr neuer Chef sein würde. Unter allen Menschen auf der Welt ausgerechnet Jónas. Sie hatte es fast als Strafe empfunden.

»Was ist los?«

»Jetzt mach mal Tempo, Mädchen. Eine schnelle Nummer hier bei mir, anschließend zischst du ab zum Hafen.«

Eine Nummer? Jónas sprach, als wäre sein Dienstzimmer ein Stripteaselokal. Na, in solchen Etablissements hatte er ja reichlich Zeit verbracht. Als Hildur die Polizeischule absolviert und in Reykjavík gearbeitet hatte, bevor sie in ihre Heimat an den Westfjorden zurückkehrte, war sie in derselben Einheit tätig gewesen wie Jónas. Gleich in der ersten Schicht war ihr klar geworden, dass Jónas ein arrogantes Arschloch war, das sich an den eigenen Muskeln aufgeilte und allerhöchstens seinen weißen männlichen Kollegen so etwas wie Respekt entgegenbrachte.

Damals waren Stripteaselokale in Reykjavík noch legal. Jónas hatte im Pausenraum der Polizeistation mehr als einmal mit seinen »gründlichen Feldstudien« geprahlt und dazu schallend gelacht.

Einmal hatte Hildur sein Gerede mit der Bemerkung quittiert, es gebe wohl kaum Frauen, die bereit seien, sich kostenlos vor Jónas auszuziehen. Das hatte ihm vorübergehend die Sprache verschlagen.

Die Gerüchte über Jónas' Gewalttätigkeit gegenüber seiner Ehefrau hatten Hildurs ablehnende Haltung ihm gegenüber noch verstärkt. Die Frau hatte sich zum Glück davongemacht und lebte jetzt mit irgendeinem Experten des Innenministeriums zusammen.

»Jakob ist schon auf dem Weg zum Hafen und organisiert die Abfahrt. Ihr trefft euch dort.«

Hildur drückte das Handy ans Ohr, um besser zu hören.

»Abfahrt? Wohin?« Ihr schwante, dass die Joggingrunde heute ausfallen würde.

»Zur Lachszucht«, knurrte Jónas und fügte hinzu: »Der Taucher, der die Fische versorgen sollte, hat im Wasser eine Leiche gefunden.«

4

»Daginn!«

Die dicke Schneedecke dämpfte den lauten Gruß von Kriminalmeister Jakob Johanson. Die Stahlcontainer von Eimskip, die mitten im Hafengelände aufgetürmt waren, hatten unter dem Schnee ihre kantige Form verloren. Das weiche gelbe Licht der Straßenlaternen schuf eine gespenstische Stimmung.

Ein älterer Mann in einer blutbespritzten Schürze beobachtete durch das Fenster seines kleinen Fischgeschäfts die plötzliche Betriebsamkeit am Hafen.

Hildur hob grüßend die Hand und schlug Brendas Tür zu – offenbar nicht fest genug, sie blieb einen Spaltbreit offen stehen. Sie zog sie wieder auf und knallte sie erneut ins Schloss, diesmal heftiger. Für die Fahrertür brauchte man Kraft. Anschließend grüßte sie auch den Mann im Fischladen mit einem Nicken. Es kam selten vor, dass sie für sich allein kochte, aber wenn, dann kaufte sie die Zutaten im Fischgeschäft des Dorfes. Frisch aus dem Meer geholter Fisch, in Butter gebraten, schmeckte einfach himmlisch.

Gerade jetzt bereitete der Gedanke an Fisch ihr allerdings Übelkeit. Jónas hatte sie soeben auf der Polizeistation über die Lage informiert. Sie wusste, was Jakob und sie auf dem Meer erwartete.

Ihre erste Vermutung war ein Unfall auf See gewesen. Auf den Fischtrawlern hatte es jedoch in letzter Zeit keine Unfälle gegeben, jedenfalls waren keine gemeldet worden. Das Kaltwasserschwimmen war neuerdings immer beliebter geworden. Vielleicht war jemand zu weit hinausgeschwommen, müde geworden und ertrunken? Es bestand auch die Möglichkeit, dass irgendwer im Suff ins Wasser gefallen und von der Strömung mitten in den Fjord getragen worden war. Das Meer fror auch im Winter nicht zu, und fast in jedem Dorf gab es einen Fischereihafen mit einem tiefen Hafenbecken. Es kam gelegentlich vor, dass ein Unglücksrabe zu nah an den Rand ging, ausrutschte und ins Wasser fiel. Die Fakten, die Jónas aufgezählt hatte, schlossen die Möglichkeit eines Unfalls jedoch aus.

Der Typ, den man im Meer gefunden hatte, war in den letzten Minuten seines Lebens nirgendwohin geschwommen. Die Leiche war am Netzgehege des Lachszuchtbetriebs festgebunden gewesen, und die im Netz schwimmenden Fische hatten sie schon stark angenagt.

Die nachmittägliche Dämmerung setzte allmählich ein. Es war die dunkelste Zeit im Jahr. In der Dunkelheit auf dem Meer zu arbeiten würde schwierig sein, aber es galt, schnell zu handeln. Hildur und Jónas waren sich einig gewesen, dass die Leiche sofort aus dem Meer geholt werden musste. Sie konnten nicht einmal die Ankunft der Kriminaltechniker aus Reykjavík abwarten. Die erste Untersuchung mussten sie selbst vornehmen, sonst gäbe es bald keine Leiche mehr, die untersucht werden könnte. Der Taucher hatte gesehen, wie eifrig die Fische an den Gliedmaßen des Toten knabberten. Dieser Leckerbissen war vermutlich eine willkommene Abwechslung vom üblichen industriellen Fischfutter.

Hildur und Jakob stiegen in das kleine Boot, das sie erwartete. Jakob setzte sich neben Hildur auf die Bank an der Kajütenwand. Mehr Passagiere hätten in dem Boot keinen Platz gefunden. Dem Kapitän, der sich als Einar vorstellte, war Hildur noch nie begegnet. Wahrscheinlich war er erst kürzlich an den Fjord gezogen. Einar zog seine Wollmütze tiefer in die Stirn und ließ den Motor an. Er öffnete das kleine Fenster, damit genug Sauerstoff in die Kajüte kam.

»Die Fahrt dauert eine Viertelstunde«, brummte er und nickte zur Bank hin. »Die Schwimmwesten sind da in der Kiste unter euren Hintern.« Er steckte sich eine ordentliche Portion Kautabak unter die Oberlippe und konzentrierte sich dann darauf, das Boot zu steuern.

Hildur briefte ihren Kollegen. Jakob hörte ihr mit gesenktem Blick zu und strich sich dabei über die Bartstoppeln.

Normalerweise benutzte die Polizei bei Einsätzen auf See das Schiff der Seenotrettung oder das der Küstenwache, aber keines der beiden lag momentan im Hafen von Ísafjörður. Das jetzige war das einzige, das kurzfristig verfügbar gewesen war. Einar betrieb ein kleines Tourismusunternehmen. Im Sommer bot er Bootausflüge für Touristen an, im Winter fuhr er ab und zu zum Fischen raus.

Eine Weile saßen Hildur und Jakob schweigend da und starrten durch das kleine Fenster aufs Meer. Hildur war froh, dass gerade Jakob bei diesem Einsatz ihr Partner war. Sie hatten sich kennengelernt, als Jakob, der in Finnland eine Ausbildung zum Polizisten machte, zu einem Praktikum nach Island an die Polizeistation in Ísafjörður gekommen war. Die Pandemie hatte alle Pläne durcheinandergebracht, und auch das Praktikum hatte sich in die Länge gezogen. Nun war es offiziell abgeschlossen, aber Jakob wollte noch nicht nach Finnland zurückkehren. Einer der Gründe war sicher seine Beziehung mit der bezaubernden Guðrún, die im Dorf ein Wollgeschäft betrieb.

Außerdem fühlte Jakob sich auf der Polizeistation des Dorfes wohl. Die Arbeit war abwechslungsreich. Streitigkeiten zwischen Schafzüchtern schlichten, Verkehrskontrollen durchführen und an den Wochenenden auf der Straße zwischen den beiden Dorfkneipen für Ordnung sorgen. Jakob konnte zwar nicht als Polizeibeamter eingestellt werden, weil er kein isländischer Staatsbürger war, aber er durfte als Polizist arbeiten, sofern sein Teamkollege eine offizielle Polizeiausbildung hatte. Da es schwierig war, Polizisten zur Arbeit in die entlegenen Dörfer zu locken, nahm man auch mit einem halb ausgebildeten Finnen vorlieb. Sehr zu Hildurs Glück, denn die Zusammenarbeit mit Jakob lief fantastisch: Jakob war ruhig, er konzentrierte sich voll auf die anstehenden Aufgaben und kam mit den unterschiedlichsten Menschen zurecht. Man konnte sich auf ihn verlassen.

»Wer betreibt die Fischzuchtanlage?«, fragte Jakob, als sie den Hafen verlassen hatten.

Das Boot trieb seitlich ab, allerdings nur ein bisschen. Zum Glück herrschte gerade kein starker Wind, vielleicht acht Meter in der Sekunde, schätzte Hildur. Das Meer lag relativ ruhig da.

Sie berichtete ihrem Kollegen von der Welteroberung der norwegischen Fischunternehmen. Die Firma, der die Fischzuchtbecken bei Ísafjörður gehörten, besaß entsprechende Anlagen in ganz Europa.

Nachdem die Gesetzgebung in Norwegen verschärft worden war, hatten die Lachszuchtunternehmen sich neue Tätigkeitsfelder außerhalb von Norwegen gesucht. Mehrere Firmen hatten Fischzuchtanlagen und Fischfabriken in den Uferdörfern Islands gegründet, weil die Fjorde im Osten und Westen des Landes windgeschützte Seegebiete bildeten. Netzgehege konnten nicht auf offener See angelegt werden, wo die Strömung zu stark war. Die tiefen Fjorde boten eine geschützte Umgebung mit ausreichendem Wasseraustausch. Neben den geografischen Vorteilen machten auch die laschen Umweltgesetze Island zum verlockenden Standort für die Lachszucht.

»Die Lachsforellen werden im Netzgehege schlachtreif aufgezogen und von dort zur Schlachtung gebracht«, erklärte Hildur. »Im Allgemeinen haben die Zuchtanstalt und der Schlachtbetrieb denselben Besitzer.«

Wer im Dorf lebte, kannte zwangsläufig die Basisfakten zur Fischzucht. Die Medien berichteten ständig über die Eröffnung neuer Betriebe. Umweltschützer, Geschäftsleute und Kommunalpolitiker stritten regelmäßig über das Thema. Weil die Fischzuchtanlage vor dem Dorf kürzlich vergrößert worden war, wurde die Debatte in letzter Zeit besonders lebhaft geführt.

»Das Business kenne ich«, sagte Jakob. »In Norwegen wurde damals viel darüber diskutiert, und einige der Firmen haben offenbar sehr skrupellos gehandelt.«

Jakobs Verbindung zu Norwegen war Hildur bekannt. Er steckte gerade in einem aufreibenden Sorgerechtsstreit mit seiner norwegischen Ex-Frau Lena, die regelmäßig Jakobs Treffen mit seinem Sohn Matias sabotierte.

»Der Laich der Lachsweibchen wird mit der Milch genetisch modifizierter Männchen befruchtet«, referierte er. »Dann entsteht ausschließlich weiblicher Nachwuchs. Eine andere Methode ist es, triploide Lachsforellen zu produzieren, sodass man sterile Fische erhält.«

Hildur bemühte sich, ernst zu bleiben, obwohl die überraschende Info über die Fortpflanzung von Fischen eine gewisse Komik enthielt.

»Vergiss nicht, dass ich in meinem früheren Leben Biologe war«, sagte Jakob. Er schien Hildur deren Schmunzeln nicht übel zu nehmen und fuhr fort: »Könnte der Fall irgendwas mit zwielichtigen Firmen in der Branche zu tun haben? Vielleicht ist das Opfer ein Umweltaktivist, den man unbedingt loswerden wollte?«

Hildur dachte nach. Ein Umweltaktivist, der in einem winzigen, abgelegenen Dorf ermordet wurde? Das klang erst einmal wenig plausibel. Andererseits, man konnte nie wissen. Es passierten auch unwahrscheinlichere Dinge.

»Mal sehen, wohin die Spuren uns führen. Falls wir überhaupt welche finden.«

In der zunehmenden Dämmerung tauchten nun blinkende Lichter auf. Die um das Netzgehege angebrachten Signallampen warnten diejenigen, die auf dem Meer unterwegs waren. Einar drosselte das Tempo. Bald darauf ging der Motor aus, und Einar steuerte das langsam vorwärtsgleitende Boot neben das Wartungsschiff des Fischzuchtbetriebs. Jakob sprang hinüber, setzte die Tasche mit der Ausrüstung ab und streckte den Arm aus, um Hildur, die kleiner war als er, beim Sprung zu helfen.

»Ich schaff das allein, wenn du ein bisschen zur Seite gehst!«

Hildur nahm Anlauf, machte einen langen Satz und landete hinter Jakob auf dem Deck. Er runzelte die Stirn und versuchte den Beleidigten zu mimen, aber sein schiefes Lächeln verriet, dass er bluffte. Hildur wusste, dass Jakob sie gut genug kannte. Sie legte keinen Wert auf ritterliche Gesten und brauchte keinen, der ihr die Tür aufhielt.

Einar hob zum Abschied die Hand und fuhr zum Dorf zurück. Es war vereinbart, dass das Wartungsschiff Hildur und Jakob in den Hafen bringen würde.

»Waren Sie es, der angerufen hat?«, fragte Hildur den bärtigen Mann, der auf dem Deck des Wartungsschiffs stand, und stellte sich selbst und Jakob vor.

Der Mann trug einen dicken Winteroverall und eine altmodische Mütze mit Ohrenklappen. Die riesigen Handschuhe ließen seine Hände wie kleine Schaufeln aussehen. An den Füßen trug er feste Stiefel mit Spikes, ein vertrauter Anblick für Hildur. Solche besaß sie auch. Damit konnte man sich sogar auf spiegelglattem Eis bewegen, ohne auszurutschen.

Der Mann nickte und reichte ihr die schaufelförmige Hand. Er wirkte verstört.

»Valgeir Óskarsson. Nennen Sie mich einfach Koch-Valli. Ich war jahrelang Schiffskoch auf Fischtrawlern, aber irgendwann hatte ich keine Lust mehr, dauernd auf See zu sein. Jetzt arbeite ich als Taucher im Lachszuchtbetrieb und warte die Zuchtgehege. Ich kontrolliere, ob die Fütterung funktioniert und auch sonst alles in Ordnung ist.«

Der Taucher erklärte, er überprüfe die Fische und das Fütterungssystem regelmäßig, aber in der restlichen Zeit hielten sich keine Arbeitskräfte am Zuchtbecken auf. Er sprach schnell und viel. Bestimmt steht er noch unter Schock, dachte Hildur und schlug vor, sie könnten sich eine Weile in die Kajüte setzen. Dort holte Koch-Valli sich eine Flasche Wasser aus der Kühltasche und reichte auch Jakob und Hildur etwas zu trinken. Der Kapitän des Wartungsschiffs begrüßte sie und erzählte, er sei während der ganzen Fahrt am selben Platz im Cockpit gewesen.

Koch-Valli trank einen großen Schluck Wasser, nahm die Mütze ab und fuhr sich durch die kurz geschnittenen Haare. Hildur begann mit der Befragung. Jakobs Isländischkenntnisse hatten sich im Lauf des Jahres so sehr verbessert, dass er dem Gespräch folgen konnte.

»Ich bin am Vormittag hergekommen. Zuerst habe ich die Fütterungsanlage überprüft, dann habe ich den Taucheranzug angelegt und eine Runde unter Wasser gedreht.«

»Wie spät war es da?«, fragte Hildur.

»Wir sind kurz vor zwölf im Hafen abgefahren, also …« Koch-Valli warf dem Kapitän einen Blick zu, als wollte er ihn um Bestätigung bitten.

Der Kapitän kratzte sich nachdenklich am Kopf. »Na ja. Kann nicht lange nach eins gewesen sein.«

Koch-Valli erzählte, ein Tauchgang dauere etwa eine halbe Stunde. Das reiche, den Zustand der im Gehege lebenden Fische nach Augenschein zu überprüfen.

»Viren, Bakterien und Parasiten können alle möglichen Krankheiten verursachen. Wir entfernen die kranken und toten Exemplare.« Er verstummte.

Hildur nickte und bedeutete ihm fortzufahren.

Das ganze Wesen des Mannes veränderte sich. Er igelte sich gewissermaßen ein, indem er die Arme um den Körper legte und den Blick auf die Füße senkte.

»Erzählen Sie, wie Sie die Leiche bemerkt haben«, ermutigte ihn Hildur. Sie wollte, dass der Mann die Szene in eigenen Worten schilderte.

»Da muss ich den Kopf erst eine Weile ins Wasser stecken, wie das Sprichwort rät«, sagte er, schloss die Augen und versank in Gedanken.

Hildur ließ ihm Zeit. Die Bewegungen des Meeres waren im Schiffsinneren zu hören. Das Plätschern der sanften Wellen vermischte sich mit gelegentlicher Gischt. Das Schiff roch nach dem Alltag des isländischen Arbeiters: nach Schweiß, Pfeifentabak, abgestandenem Kaffee und dem Meer.

»Im Wasser ist es dunkel, man sieht nicht gleich alles«, begann Koch-Valli.

Er hatte mit seinem Scheinwerfer das Netzgehege fast ganz umrundet, als er einen seltsamen Klumpen entdeckte.

»Ich hab das Licht darauf gerichtet und zuerst gedacht, es wäre irgendein Plastikmüll. Manchmal treibt der Wind die Umhüllungen der Heuballen von den Bauernhöfen aufs Meer. Als ich kapiert hab, dass es nicht so was ist, war ich bestimmt nur noch zwei Meter entfernt.«

Die Leiche war nicht sehr tief im Wasser und hing aufrecht am Rand des Geheges. Koch-Valli hatte an den Füßen keine Gewichte gesehen, war sich aber sicher, dass sie vorhanden waren, sonst hätte die Leiche nicht in dieser Position gehangen.

Hildur dachte über das Gehörte nach und warf einen Blick auf die Uhr. Es würde erst in achtzehn Stunden wieder hell werden. So lange konnten sie nicht warten.

»Hören Sie, Koch-Valli. Wir brauchen jetzt unbedingt Ihre Hilfe.«

Sie blickte auf die Taucherausrüstung, die an der Wand hing. Koch-Valli wurde noch blasser. Er schien zu ahnen, worauf sie hinauswollte.

»Der Tote sieht schrecklich aus. Hängt nackt da. Das Gesicht halb weggefressen, und auf der einen Seite ist vom Arm und vom Bein auch nicht mehr alles übrig.«

Hildur versicherte dem Mann, er brauche sich die Leiche nicht genauer anzusehen. Es reiche, wenn er sie losbinde und an die Oberfläche bringe. Jakob und sie würden den Toten an Bord ziehen und dann weitermachen. Koch-Valli stöhnte laut und stand auf.

»Mir bleibt wohl nichts anderes übrig. Ohne Peitsche wird man nicht Bischof.«

Hildur gefiel Koch-Vallis Angewohnheit, alte Sprichwörter zu zitieren. Der Bischof, auf den es sich bezog, hatte im 12. Jahrhundert gelebt und sich kräftig abstrampeln müssen, um seine Position zu erreichen und die Herrschaft der katholischen Kirche in dem heidnischen Land zu sichern. Für sein Ziel musste man eben hart arbeiten und sich anstrengen.

»Am Ende wird sich alles richten«, sagte Hildur, während Jakob und sie einen weißen Schutzanzug anzogen und sich Handschuhe überstreiften. Sie würden die Leiche berühren müssen, nachdem sie aus dem Wasser geholt worden war. Die Schutzkleidung sollte die Kontamination möglichst gering halten.

Koch-Valli, der inzwischen die Taucherausrüstung angelegt hatte, setzte sich auf die Reling und ließ sich rücklings ins Wasser fallen. Der Kapitän des Wartungsschiffs kam zum ersten Mal hinter dem Steuerrad hervor und stellte sich hinter Jakob und Hildur.

»Ist Ihnen auf der Fahrt hierher irgendetwas aufgefallen?«, fragte ihn Hildur, ohne von der Wasserfläche aufzublicken.

Der Kapitän stützte sich mit einer Hand an die Wand. »Nichts Ungewöhnliches. Im Hafengebiet war es ruhig, wie immer im Dezember um diese Uhrzeit.«

Die Frachter und Fischtrawler, die am frühen Morgen im Hafen angelegt hatten, waren schon wieder aufs Meer gefahren. Hildur wusste, dass man auf dem Seeweg auch von den Häfen der Nachbardörfer zum Netzgehege gelangte. Sie mussten schleunigst die

Hafenaufseher aller nahe gelegenen Dörfer befragen und die Aufzeichnungen der Überwachungskameras prüfen. Womöglich hatte irgendwer etwas gesehen.

Als hätte er Hildurs Gedanken gelesen, sagte Jakob: »Ist der Mord hier geschehen? Vielleicht wurde das Opfer ja anderswo getötet und die Leiche nur hier versteckt.« Er hob mehrmals die Schultern und schwenkte die Beine vor und zurück. Die Bewegung hielt warm. Auf dem Meer war es eisig.

»Sehen wir uns erst mal alles in Ruhe an«, bremste Hildur die Spekulationen. Sie wussten noch nichts. Die Spuren an der Leiche würden ihnen sicher weiterhelfen.

Bald war zu erkennen, wie sich im Wasser etwas rührte. Jakob richtete einen starken Scheinwerfer darauf. Koch-Valli tauchte platschend auf. Unter dem linken Arm hielt er einen hellen Klumpen. Hildur sah das entsetzte Gesicht des Mannes unter der Tauchermaske.

Nachdem sie die Leiche zu fassen bekommen hatte, reichte Jakob den Scheinwerfer an den Kapitän weiter und half ihr, die Leiche an Deck zu hieven und auf die vorsorglich ausgebreitete Plastikplane zu legen.

Als Hildur den Toten betrachtete, spürte sie, wie die Geräusche um sie herum verstummten. Sie hörte nur ihren eigenen Atem und ihre Herzschläge. Ein bitterer Geschmack legte sich ihr auf die Zunge. Sie wandte den Blick eine Weile von der aufgedunsenen Leiche ab, holte tief Luft und sah erst dann wieder hin. Sie hatte zwar gewusst, dass die Fische die nackte Leiche bereits angefressen hatten, aber mit dem, was zwischen den Schulterblättern des nackten Mannes steckte, hatte sie nicht gerechnet.

»Man hat ihn extra hergebracht, damit er so gefunden wird«, sagte sie stockend. »Wie um ihn zur Schau zu stellen.«

Durch den Oberkörper des Mannes waren zwei Metallstücke getrieben worden, die an große Angelhaken erinnerten. An den Enden hingen Stücke von den gelben Seilen, die Koch-Valli unter Wasser hatte durchschneiden müssen, um die Leiche von dem Gehege zu lösen. Die Knöchel waren mit einem gleichartigen Seil zusammengebunden. Eine zwölf Kilo schwere Kugelhantel hatte die Leiche im Wasser aufrecht gehalten.

»Da hat wahrhaftig jemand seine Meinung über die Fischzucht äußern wollen«, stieß Jakob hervor, rannte an die Reling und übergab sich.

Hildur schluckte heftig und zwang sich, durch den Mund zu atmen, damit ihr Geruchssinn nicht den Mageninhalt nach oben lockte. Sie wusste, dass die Fischzucht heftige Meinungsverschiedenheiten auslöste. Die Umweltschützer waren dagegen und warfen der Branche Umweltverschmutzung vor. In den kleinen Dörfern war die Mehrheit dafür, weil die Fischzuchtbetriebe Jobs boten und Arbeitskräfte in die abgelegenen Fjorde lockten. Ein Teil der Ortsansässigen war unzufrieden, weil die Gewinne der Fischzuchtbetriebe an große ausländische Unternehmen flossen, anstatt den Isländern zugutezukommen. Hildur hatte Leserbriefe und Zeitungsberichte über die Sitzungen des Gemeinderats gelesen. Für den Fall, dass sie etwas übersehen hatte, würde sie die Texte noch einmal durchgehen müssen. Sie erinnerte sich an die hitzigen Stellungnahmen auf den Social-Media-Kanälen, die sie von Berufs wegen verfolgen musste, aber auch dort war ihr nichts besonders Radikales aufgefallen. An mehreren Orten hatte es in Island ein paar kleine Demonstrationen gegeben, die jedoch alle friedlich verlaufen waren. Es erschien ihr unbegreiflich, dass in diesem Zusammenhang auf einmal eine übel zugerichtete Leiche auftauchen sollte. War der Tote ein Aktivist oder ein Vertreter des Unternehmens? Das würde sich vermutlich bald herausstellen. Es gab natürlich noch eine dritte Möglichkeit: Der Tote hatte rein gar nichts mit der Fischindustrie zu tun. Er war aus irgendeinem anderen Grund umgebracht und hierher verschleppt worden. Was allerdings weit hergeholt sein dürfte, überlegte Hildur, während sie die Leiche betrachtete.

Sie versuchte, ihre Wahrnehmungen im Einzelnen zu analysieren. Möglichst viele Beobachtungen zu sammeln, um eine Art Gesamtbild von dem Ereignis zu gewinnen. Aber in ihrem Kopf drehte sich nur ein einziger Gedanke: ein halb aufgefressener Wurm an zwei Haken.

5

SOMMER 2012 OSLO

Jakob setzte die Sonnenbrille auf und nahm Lena an die Hand. Sie gingen die schmale Fuglehauggata entlang zum Park. Die heiße Julisonne schien schon seit Tagen pausenlos. Wenn man an den Backsteingebäuden vorbeiging, spürte man, wie die Wände ihre Wärme abstrahlten. Dieser Tag sollte einer der heißesten des Sommers werden. Lena trug ein kurzes, weißes Kleid, das im Takt ihrer Schritte schaukelte. Jakob genoss den Anblick.

Lächelnd warf er einen Blick auf den Menschen an seiner Seite. Er war unbeschreiblich glücklich. Er hielt die tollste Frau der ganzen Stadt an der Hand und fühlte sich unschlagbar.

Was für ein Wunder war es doch gewesen, dass sie sich in diesem Sommer begegnet waren. Als hätte das Schicksal sie zusammengeführt. Bis dahin war Jakob überzeugt gewesen, dass es Liebe auf den ersten Blick nur im Film gab. Er hatte seine Meinung ändern müssen, nachdem er sie am eigenen Leib erfahren hatte. Auf dem Bahnhof in Budapest hatte er eine blonde Frau in einem roten Kleid gesehen, die den Stadtplan der Touristeninformation studierte. Diese Frau, Lena, hatte ihn angezogen wie ein Magnet. Als Lena von dem Stadtplan aufsah und ihr Blick Jakob streifte, war es um ihn geschehen. Sie hatten sich lange angesehen und dann gleichzeitig laut gelacht, weil weder er noch sie den Blick abwandte.

Nach einer gemeinsamen Woche in Budapest war Jakob zu Lena

nach Oslo gezogen. Sie planten, wegen Jakobs Arbeit im Herbst für eine Weile nach Finnland zu gehen. Danach würden sie nach Norwegen zurückkehren und dort bleiben.

Heute wollte Lena Jakob den Vigeland-Park westlich der Osloer Innenstadt zeigen. Er hatte Fotos von den Skulpturen gesehen, war aber noch nie dort gewesen.

Sie gingen am Parkplatz vorbei. Links davon lag ein Kinderspielplatz. Unwillkürlich blieben sie beide einen Moment lang stehen und betrachteten die Kinder, die an den Klettergerüsten turnten und über die Holzbrücken polterten. Jakob hoffte, dass Lena dasselbe dachte wie er. Dass vielleicht auch sie beide eines Tages …

Im selben Moment kam er sich ein bisschen blöd vor. Sie hatten sich gerade erst kennengelernt, und er träumte schon von einem gemeinsamen Kind. Er drückte Lenas Hand fester, und sie gingen weiter. Er war idiotisch verliebt, so war es nun mal.

Im Park gab es mehr als zweihundert Skulpturen des norwegischen Bildhauers Gustav Vigeland. Sie gingen über die Brücke, die in die Mitte des Parks führte. Die Skulptur des kleinen Trotzkopfs kannte Jakob von Ansichtskarten.

»Komm, ich will dir den Kreis des Lebens zeigen«, sagte Lena und streichelte über Jakobs Haarknoten.

Verdammt noch mal, wie sind solche Gefühle möglich, überlegte Jakob. Er wusste, dass er dieses Glück nicht verdiente. Die Erinnerung machte sich als kleiner, panikartiger Stich in der Magengrube bemerkbar. Nein. Jakob weigerte sich, daran zu denken. Jetzt wollte er nur den Augenblick genießen und sich an der Gegenwart dieser wunderbaren Frau berauschen. Sie spazierten zum anderen Ende des Parks und kamen an dem fast zwanzig Meter hohen Monolith vorbei, der aus rund hundert umeinandergewundenen menschlichen Gestalten bestand. Bald erreichten sie einen Platz, auf dem sich eine ringförmige Skulptur erhob: Vier Erwachsene und drei Kinder bildeten einen Kreis.

»Viele halten die Skulptur für die langweiligste im ganzen Park, aber meiner Meinung nach ist sie die beste«, sagte Lena. »Vigeland hat gemeint, dass sie von der Technik her am schwierigsten für ihn gewesen ist.«

Sie gingen langsam um den Kreis des Lebens herum. Jakob hörte Lena aufmerksam zu.

»Es gefällt mir, dass die Skulptur zeigt, wie kurz der Weg von der Geburt bis zum Tod ist.«

Lenas raue Stimme vibrierte in Jakobs Innerem.

Nach einer Weile drehten sie sich um und gingen aneinandergeschmiegt zurück. Jakob bemerkte einen mobilen Kaffeestand am Rand des Parks. An dem Minicafé auf Rädern hing ein Plakat, das Eiskaffee anpries.

»Wir holen uns da Eiskaffee, okay?«, sagte er.

Die Sonne brannte auf seiner Haut. Bei dem kurzen Spaziergang war er ins Schwitzen geraten. Kalter Kaffee klang verlockend.

Lena blieb kurz stehen und sah Jakob an. »Kaffee trinkt man doch nicht kalt.«

»Na, dann nimm du einen normalen, mir ist Eiskaffee gerade recht«, flüsterte Jakob, beugte sich vor und drückte die Lippen auf Lenas nackte Schulter, bevor sie zur Kaffeebude ging.

Jakob setzte sich auf die nächste Parkbank. Er ließ den Blick über die Kunstwerke im Park schweifen. Die Skulpturen, die Menschen verschiedenen Alters in unterschiedlichen Verrenkungen zeigten, waren voller Gefühle. Trauer, Hass, Liebe und Sehnsucht. Alle Aspekte des Lebens gleichzeitig. Der Park war eine beeindruckende Sehenswürdigkeit.

Bald darauf stand Lena vor ihm und reichte ihm einen der beiden Becher.

Jakob wunderte sich. Der Becher fühlte sich warm an. Er warf einen Blick darauf und sah dann Lena an.

»Der Eiskaffee …«, begann er, aber Lena fiel ihm lächelnd ins

Wort. Jakob erschrak vor der Härte ihres Lächelns. Es reichte diesmal nicht bis zu den Augen.

»Kaffee trinkt man heiß.«

Lena setzte sich zu ihm auf die Bank, allerdings nicht direkt neben ihn. Zwischen ihnen blieb ein kleiner Spalt, der Jakob in diesem Moment wie eine Kluft erschien. Der Kaffeebecher in seiner Hand fühlte sich glühend heiß an. Er umklammerte ihn fester als nötig.

6

DEZEMBER 2021 ÍSAFJÖRÐUR

Das kleine Küchenmesser steckte senkrecht in der dicksten Stelle des grauen Fleischbrockens. In einer tiefen Kristallschale waren Zimt und Zucker im Verhältnis eins zu zehn gemischt. Hildur griff nach dem Messer, schnitt von der Lifrarpylsa eine zentimeterdicke Scheibe ab und zerbröselte sie mit den Fingern über ihrer dampfenden Reisbreiportion. Dann gab sie einen halben Teelöffel Zimtzucker darüber.

Hildurs Tante Tinna Atladóttir kochte jeden Montagabend ein gemeinsames Abendessen für sie beide. Diesmal hatte Tinna ein simples, aber stimmungsvolles Vorweihnachtsessen zubereitet: Die Lifrarpylsa war die typische, aus Schafsleber und anderen Innereien hergestellte Wurst, die nach traditioneller Art in den Magensack eines Schafs gepresst wurde. Sie war leicht von der industriell gefertigten Wurst zu unterscheiden, die im Supermarkt verkauft wurde und zu fest war. Von Hand hergestellte, mürbe Wurst aus Innereien war heutzutage schwer zu finden. Da man Wurst billig und vakuumverpackt im Laden bekam, verstanden sich nur noch wenige darauf, sie selbst zu machen.

Tinna tat sich eine große Kelle Reisbrei auf ihren Teller.

»Ívar stopft im Winter immer Wurst. Er war gestern kurz hier und hat auch gleich die Weihnachtsgardinen aufgehängt.«

Hildur komplettierte ihre Portion mit einem Schuss Vollmilch und warf einen Blick auf das Küchenfenster. Seit sie nach dem Tod ihrer Eltern zu ihrer Tante gezogen war, hatte Tinna immer dieselben Weihnachtsvorhänge benutzt. Den weißen Stoff schmückten rotwangige Wichtel, Glocken und grüne Tannenbäume. An den Enden hingen zwei rote Bommeln mit Glöckchen, die leise klingelten, wenn ein Luftzug den Vorhang bewegte. Ein schönes Zuhause war Tinna wichtig. Sie wechselte die Ziergegenstände in den Regalen und die Vorhänge an den Fenstern im Rhythmus der Jahreszeiten, obwohl sie schon vor langer Zeit ihre Sehkraft verloren hatte und allein in ihrem großen Haus wohnte.

Im Lauf des vergangenen Jahres hatte sie Ívar immer häufiger erwähnt. Er schien sie beinahe täglich zu besuchen, aber Hildur war ihm noch kein einziges Mal begegnet. Es freute sie, dass Tinna außer ihr noch andere Gesellschaft hatte. Sie selbst besuchte ihre Tante normalerweise einmal wöchentlich, und sie telefonierten fast jeden Tag miteinander.

»Wann darf ich diesen mysteriösen Mann endlich mal kennenlernen?«

Hildur wusste, dass Ívar als Monteur in Aluminiumhütten arbeitete und umherreiste, um die Potline der Hütten in den Küstendörfern Islands zu warten. Die Herstellung von Aluminium war teuer, und wenn auch nur ein Teil des Prozesses nicht funktionierte, wuchs der Verlust schon in kurzer Zeit ins Unermessliche.

»Er ist so viel unterwegs …« Tinna schob Hildur mit einem quietschenden Geräusch auf dem weihnachtlich roten Wachstischtuch den Breitopf zu. »Ist Björk gestern gut nach Hause gekommen?«

Hildur wusste, dass man nicht vom Tisch aufstehen durfte, ehe man mindestens eine zweite Portion genommen hatte. Sie griff nach der Kelle und füllte ihren geblümten Teller noch einmal zur Hälfte.

»Die Straße war in gutem Zustand, und sie hat es auf die Hauptstraße geschafft, bevor der Schneesturm im Süden anfing.«

Hildur war glücklich, dass sie Björk noch zu Lebzeiten ihrer Tante gefunden hatte. In den letzten Tagen hatten Björk und Hildur viel Zeit bei Tinna verbracht. Die Bande zwischen ihnen waren stark.

»Ist Björk denn bei der Arbeitssuche vorangekommen?«

Hildur schüttelte den Kopf. »Sie hat immer noch keine feste Stelle, scheint aber mit den Kurzzeitjobs ganz zufrieden zu sein. Da bleibt ihr mehr Zeit für ihre Hobbys. Für Abend- und Nachtschichten gibt es so gute Zuschläge, dass ihr Lohn für die Miete reicht.«

Tinna bat Hildur, ihr Björks Wohnung in der Altstadt von Reykjavík zu beschreiben. Sie wollte immer wieder dasselbe hören. Auch Hildur hatte das Gefühl, ihrer kleinen Schwester näherzukommen, indem sie Einzelheiten aus deren Alltag erzählte.

Solche Plaudereien verschafften ihr ein wenig Erleichterung. Das bedrückende Gefühl, das sie seit ihrer Jugend gelegentlich überkam, schwächte sich ab, wenn sie mit Tinna über alltägliche Familienangelegenheiten sprach. An die Stelle der Beklemmung trat Leichtigkeit, sogar Freude.

Hildur war allerdings keineswegs eine Botschafterin positiven Denkens geworden. Die schlimmen Ahnungen würden wohl nie ganz verschwinden. Sie hatte immer noch das Gefühl, in kleine Stücke zu zerfallen, wenn sie gleichzeitig an zu vielen Orten präsent war.

»Was wohl mit Rósa passiert ist?«, seufzte Tinna. »Ob sie überhaupt noch lebt?«

Hildur legte ihren Löffel auf den leeren Teller. Diese Frage stellte ihre Tante ständig, seit Björk in ihr Leben zurückgekehrt war. Sie fragte immer wieder, obwohl sie genau wusste, dass es keine Antwort darauf gab.

»Wir wissen es einfach nicht.«

Tinna nickte kummervoll, nahm die leeren Breiteller und stellte sie zum Einweichen in das Spülbecken. Hildur wusste, dass Tinna die Spülmaschine erst spät am Abend einschalten würde, damit sie deren sanftes Surren hörte, wenn sie sich schlafen legte.

»Ich freue mich schon so auf unsere Reise auf die Färöer«, sagte Tinna und nahm das geblümte Geschirrtuch vom Haken, um sich daran die Hände abzutrocknen.

Hildur dachte ebenfalls mit Vorfreude an die Reise. »Hoffentlich ist dort zu Ostern schon Frühling und alles grünt.« Sie hatte vor, ihrer Tante zu Weihnachten einen neuen Koffer zu schenken.

Ihr Handy rührte sich im Flur. Tinna hatte auf ihrem als Klingelton eine Filmmusik gewählt, während Hildurs immer noch mit der Werkseinstellung lief. Sie ging hinaus, nahm das Handy aus der Tasche ihrer Öljacke und warf einen Blick aufs Display.

Eine Nachricht von Jónas. Hildur hatte eigentlich einen halben Tag frei, weil es auf See so spät geworden war und sie die Leiche erst früh am Morgen nach Reykjavík hatten schicken können. Und den Tag davor hatte sie fast rund um die Uhr mit der Suche nach einem Kind verbracht, das aus dem Jugendheim ausgerissen war. Jakob hatte versprochen, sich um die laufenden Angelegenheiten zu kümmern, die wegen der Leiche im Meer anfielen.

Hildur öffnete die Nachricht.

Neues über den Köder am Seil. Ich wüsste nicht, dass man so was auf diesem Lavahaufen schon mal gesehen hätte.

7

DEZEMBER 2021 AUF EINER PFERDEWEIDE

Am Vormittag waren die Wolken noch silbrig weiß gewesen, doch dann war ihre Farbe nach und nach in Dunkelgrau übergegangen. Jetzt hatten die Wolken nicht einmal mehr einen Silberrand. Die dunkle Masse hing tief am Himmel und verkündete, dass sich der feuchte Dunst, der den ganzen Morgen angedauert hatte, bald in einen kräftigen Regen verwandeln würde. Es war nur eine Frage der Zeit.

Heute war es für die Kleinen an der Zeit gewesen zu gehen. Der Besitzer brauchte sie nicht, und ihre Existenz nutzte keinem mehr. Die Verladung war friedlich verlaufen, nachdem die Größeren zur Seite getrieben worden waren. Die Peitsche in der Hand, sah sie, wie die roten Rücklichter des Schlachttransporters immer schwächer leuchteten und schließlich im Nebel verschwanden. Die Erde unter ihr fühlte sich weich an. Der Laster hatte vor der schlammigen Weide tiefe Reifenspuren hinterlassen. Bald würden sie sich mit Regenwasser füllen.

Sie öffnete den oberen elektrischen Draht am Gatter, stieg über den unteren, schloss das Gatter wieder und machte sich schnell auf den Weg zu den größeren Weiden.

Die feuchte Erde gab nach, und die Stiefel sanken bei jedem Schritt ein. Sie bemühte sich, resolut auszuschreiten, so schwer es ihr auch fiel. Was sie tun musste, war kein Genuss, aber ihre Meinung zählte da nicht.

Der Wind wehte von Nordost. Das war in diesem Tal die brutalste Windrichtung. Die beiden graubraunen Bergketten bildeten eine Schneise, und wenn im Hochland Wind aufkam und von Nordosten her blies, schoss er mit Gewalt durch den schmalen Spalt zwischen den Bergen und warf alles um, was ihm im Weg lag. Die Pferde hatten dem Wind das Hinterteil zugekehrt. Sie standen mit gesenktem Kopf nebeneinander. Der Wind fuhr in die Schwänze und wehte sie hin und her.

Sie näherte sich der Herde von vorn. Einige Pferde wandten ihr den Kopf zu. Ihr Blick wanderte über den Boden, hier waren ihre Fohlen gerade zu dem Laster gelaufen. Die Tiere hielten den Kopf weiterhin gesenkt, damit der Wind ihnen nicht in die Ohren fuhr. Die große Herde wirkte apathisch und resigniert. Manche suchten mit dem Maul die Erde nach Heu ab, doch dort gab es keines. Die Pferde sollten erst am Abend gefüttert werden. Zuerst die Arbeit, dann das Futter.

In der Mitte der Weide war ein provisorischer Pferch aus Brettern und Metallrohren aufgebaut. Der heftige Wind ließ das Bauwerk schwanken. Das Knarren der Türangeln drang ihr bis in die Eingeweide. Sie war nicht besonders geräuschempfindlich, aber dieses spezielle Knarren bildete eine Ausnahme. Öffnen, Knarren, Schließen. Sie verrichtete die Arbeit schon lange und hatte das Geräusch unzählige Male gehört, aber es bereitete ihr immer noch Unbehagen.

Damit die richtigen Tiere in der Herde leichter zu finden waren, hatte sie mit dickem, rotem Filzstift einen ungefähr zwanzig Zentimeter langen Strich über die Flanken der Auserwählten gezogen. Bei braunen und schwarzen Pferden hatte sie eine hellere Farbe verwendet, damit der Strich deutlich zu sehen war. Die Markierungen galten ungefähr fünfzig Tage, danach würde sie die Tiere an dieser Stelle scheren und an den inzwischen herangereiften Pferden neue Markierungen anbringen.

Sie packte das ihr am nächsten stehende Pferd am Halfter. Die frei weidenden Tiere trugen sonst kein Zaumzeug, aber den Auserwählten hatte sie Halfter angelegt, damit sie schneller einzufangen waren. Sie war groß und stark, hätte aber nichts ausrichten können, wenn das mehrere Hundert Kilo schwere Tier sich ernsthaft zur Wehr gesetzt hätte. Das Pferd, das sie ausgesucht hatte, streckte den Hals und bohrte einen Huf in die Erde. Anfangs bockte es halbherzig, gab aber bald nach. Sie konnte gut mit Pferden umgehen. Falls nötig, hielt sie zudem ihre Elektropeitsche parat. Meistens reichte es, die ein einziges Mal einzusetzen. Pferde lernten schnell.

Die anderen Pferde blickten ihnen nach. In ihren Augen flackerte Angst auf, dann Erleichterung, weil nicht sie an der Reihe waren. So stellte sie sich das jedenfalls vor. Pferde waren intelligent erscheinende Wesen, aber verfügten sie über ein dem Menschen ähnliches Bewusstsein? Darüber nachzudenken bringt nichts, sagte sie sich, als sie die Tür zum Pferch öffnete. Sie führte das Pferd hinein und band es an der Wand fest. Mit ihren starken Fingern zog sie das Seil an und vergewisserte sich dann, dass der Knoten auch bestimmt hielt. Das Seil musste straff sein, damit der Hals möglichst exakt an seinem Platz blieb.

Der Wind nahm zu, und der Regen, der gerade eingesetzt hatte, wurde stärker. Der Pferch war zum Glück so gebaut, dass der Nordostwind hinter ihrem Rücken blieb. Sie schloss die Tür und öffnete ihre Tasche.

»Halt schön still, dann ist es bald vorbei«, sprach sie mit tiefer, beruhigender Stimme auf das Pferd ein und stach die dicke Kanüle durch das zottelige Fell direkt in die Halsvene. Die warme Flüssigkeit floss in den Behälter.

8

DEZEMBER 2021 ÍSAFJÖRÐUR

Die Deklination der maskulinen Substantive in vier verschiedenen Kasus. Als Beispiel das Wort für Pferd im Singular ohne Artikel: *hestur, hest, hesti, hests.* Jakob machte sich Notizen in seinem Heft und versuchte sich zu erinnern, wie man im Isländischen das Maskulinum von den beiden anderen Genera unterschied. Wie wurde das Pferd im Singular mit bestimmtem Artikel dekliniert? Und dann dasselbe noch im Plural. Obendrein die Verben, die Zeitformen und die Flexion der Adjektive. Zum Glück wies die Grammatik viele Ähnlichkeiten mit dem Nynorsk auf, das er gelernt hatte, als er in Norwegen wohnte. Im Nynorsk brauchte man bei den Adjektiven keinen Unterschied zwischen Maskulinum und Femininum zu machen. Daher hatte er sich die Grammatik etwas schneller aneignen können.

Jakob seufzte schwer, schob seinen Bürostuhl zurück und rieb sich den steifen Nacken. Er hatte schon eine ganze Weile über den Grammatikbüchern gesessen.

Er musste die Sprachprüfung bestehen, wenn er die Staatsbürgerschaft beantragen wollte. Der isländische Staat forderte von Skandinaviern einen dreijährigen Aufenthalt im Land, untadliges Verhalten und die bestandene Sprachprüfung. Jakob musste noch knapp ein Jahr warten, bevor er den Test ablegen konnte. Er hatte beschlossen, seine Freizeit so weit wie möglich dem Studium der

Landessprache zu widmen, damit die Staatsbürgerschaft zumindest nicht an diesem Punkt scheiterte.

Guðrún war eine gute Lehrerin. Sie hatte zahlreiche Post-its mit den isländischen Bezeichnungen für Möbelstücke und Nahrungsmittel an die Wände ihrer gemeinsamen Wohnung geheftet. Gemeinsam übten sie, die Wörter, die Jakob gelernt hatte, in der Praxis anzuwenden.

Vor ungefähr einem Jahr hatten sie abgemacht, sich an den freien Wochenenden auf Isländisch zu unterhalten. Das war anfangs überraschend schwierig gewesen. Jakob hatte sich geniert, weil er sich bei der Erklärung, was er zum Frühstück wollte, wie ein Zweijähriger vorkam. Guðrún hatte sich nicht daran gestört, sondern das Ganze als Spiel betrachtet. Jakob erinnerte sich immer noch daran, wie hinreißend sie ausgesehen hatte, wenn sie sich in ihrem kurzen Seidennachthemd an den Kühlschrank lehnte und ihn abfragte, wie man Milch, Käse, Brot und Skyr richtig aussprach.

Jakob hatte die Flugbegleiterin Guðrún kennengelernt, als er im Herbst vor zwei Jahren mit einem Inlandflug von Reykjavík nach Ísafjörður kam. Wie in Island üblich, übte Guðrún mehrere Berufe aus. Wenn sie als Flugbegleiterin freihatte, arbeitete sie in ihrem eigenen Wollgeschäft im Dorfzentrum oder sprang als Vertretung in der Kita ein. Jakob konnte sein Glück bis heute nicht ganz fassen. Er fand es traumhaft, dass ihm nach all den Jahren ein Mensch wie Guðrún begegnet war. Das Zusammensein mit ihr war leicht, lustig und leidenschaftlich zugleich. In ihrer Gesellschaft fand Jakob Frieden. Sie wollte niemanden herumkommandieren, auch ihn nicht. Das tat ihm gut.

Jakob blickte auf die Uhr. In fünf Minuten würde er Matias anrufen.

Matias wurde bald sieben. Jakob mochte gar nicht daran denken, welchen Anteil an diesen sieben Jahren die Zeit ausmachte, in der er gezwungen worden war, sich von seinem Kind fernzuhalten.

Lena hatte Jakob schon seit Jahren gegenüber allen möglichen Menschen und vor allem gegenüber Sozialarbeiterinnen schlechtgemacht. Es war ihr gelungen, das alleinige Sorgerecht für Matias zu ergattern. Im Beschluss des norwegischen Gerichts hieß es zwar klipp und klar, dass Jakob sich mit seinem Sohn treffen durfte, aber Lena hatte sich immer wieder Vorwände ausgedacht, um die Treffen zu verhindern: Mal war Matias erkältet, mal hatte er eine Magenverstimmung oder starke Kopfschmerzen. Irgendwie hatte Lena es ab und zu sogar geschafft, ein ärztliches Attest zu besorgen, das ihre Behauptung stützte.

Nachdem Jakob nach Island gezogen war, hatte er begonnen, seinen lang gehegten Plan zu verwirklichen. Er hatte beschlossen, für seine Rechte und die seines Kindes zu kämpfen. Gemeinsam mit seinem norwegischen Rechtsanwalt hatte er die Umsetzung des Besuchsrechts gerichtlich eingeklagt. Die Coronapandemie hatte jedoch die Terminkalender der Gerichte und damit auch Jakobs Plan durcheinandergebracht. Die Gerichte waren derart überlastet, dass der Termin immer noch nicht festgesetzt worden war. Und er würde auch gar nicht kommen, denn vor zwei Monaten hatte Lena Jakob angerufen und ihm mitgeteilt, sie würden nach Finnland ziehen. Lenas neuer Partner Filip, der seit vielen Jahren in der Bergbau- und Ölindustrie tätig war, hatte bei einem Bergwerk in Westlappland einen lukrativen Job bekommen. Lena arbeitete in der Hotelbranche, und als ihr Chef von Filips neuer Stelle erfuhr, bot er ihr in der Hotelkette die Position der Finnland-Direktorin an.

Jakob schnaubte. Ausgerechnet nach Finnland, obendrein in den Norden des Landes. Lena hatte sich in Finnland nie wohlgefühlt. Sie hatte alles, was mit Jakobs Herkunft zu tun hatte, von Anfang an verachtet. Jakob hatte in seiner Kindheit und Jugend viel Zeit in Lappland verbracht, in Äkäslompolo, dem »Dorf der sieben Fjells«. Auch diesen Ort hatte er Lena gezeigt, aber sie hatte sich völlig desinteressiert gegeben, sich nur über die Mücken beschwert und die weiten Wege verflucht. Es war ein unglaublicher Zufall, dass Lena sich entschieden hatte, die Stelle anzunehmen und ihrem Partner nach Finnland zu folgen. Vielmehr: Der Zufall war so unglaublich, dass es keiner sein konnte. Als Jakob davon erfuhr, war er sich hundertprozentig sicher gewesen, dass Lena auch dieses Manöver eingefädelt hatte, nur um ihn zu ärgern.

Das war ihr jedenfalls gelungen. Das Telefonat hatte Jakob an den Rand eines Nervenzusammenbruchs gebracht. Die Neuigkeit hatte ihn getroffen wie eine Bombe. Er hatte gespürt, wie die Angst sich in seinen Körper schlich und seine Glieder wie Gift lähmte. In den letzten Monaten hatte er sich in Norwegen einen guten Anwalt besorgt und sich gründlich auf den Prozess vorbereitet. Das alles hatte ihn viel Zeit und Geld gekostet. Gerade als der Prozess beginnen sollte, war er wieder am Nullpunkt gelandet.

Als die Hoffnung verflog, trat Verbissenheit an ihre Stelle: Jakob war nicht bereit zu kapitulieren. Er hatte beschlossen, seinen Plan allen Schwierigkeiten zum Trotz zu verwirklichen. Also hatte er sich in Finnland einen neuen Anwalt gesucht, ihm die ganze Geschichte erzählt und beim Amtsgericht in Rovaniemi Klage eingereicht. Der Anwalt meinte, der Fall würde entweder im Dezember oder Anfang Januar verhandelt werden. Jakob konnte den Termin kaum abwarten.

Als es sechs Uhr abends war, in Finnland also schon acht Uhr, wählte Jakob auf Skype Lenas Nummer und drückte auf das Symbol für das Videogespräch. Er würde eine halbe Stunde mit Matias sprechen können, bevor der Junge ins Bett musste.

Nach mehrmaligem Erklingen des Freitons wurde das Gespräch endlich angenommen. Jakob straffte sich und stellte das Smartphone in den Halter auf dem Küchentisch. Das verwackelte Gesicht von Matias erschien auf dem Bildschirm. Sein Sohn hielt das Smartphone also selbst in der Hand. Jakob freute sich darüber. Er war erleichtert, dass er nicht mit Lena zu reden brauchte.

»Hallo, Matias, wie geht's dir?«

Der Junge drehte den Kopf hin und her und schnitt lustige Grimassen, die Jakob zum Lachen brachten.

»Wir hatten in der Schule heute Schwimmen.«

»Hast du die Schwimmflossen bekommen, die ich dir geschickt habe?«, fragte Jakob. Er hatte seinem Sohn als Vorweihnachtsgeschenk eine Schwimmausrüstung geschickt.

Matias nickte fröhlich und drehte das Handy so, dass Jakob die Badetasche auf seinem Bett sehen konnte.

Jakob sog alle Einzelheiten in sich auf. An der Wand hingen ein Poster zu *Gregs Tagebuch* und Fotos von Lionel Messi. Die Spielkonsole mit Kabeln und Zubehör füllte das halbe Bücherregal, und die Anziehsachen des Jungen lagen bunt verstreut auf dem Boden.

Die Sehnsucht nagte heftig an ihm. Er hätte so gern im Zimmer seines Sohnes aufgeräumt. Die Socken sortiert und eine Verlängerung für das Regal getischlert. Er hätte alles dafür gegeben, am Alltag seines Sohnes teilzunehmen.

Das Unbehagen, das die Sehnsucht bei ihm auslöste, wollte er Matias allerdings nicht zeigen. Der Junge sollte die Situation nicht als unangenehm empfinden und sich erst recht nicht schuldig fühlen. Matias konnte schließlich nichts dafür, dass sie sich so selten sahen.

Sie redeten über den Schwimmunterricht und über die Schule. Jakob fragte, was Matias zu Abend gegessen habe und wann er morgen aufstehen und zur Schule gehen müsse. Matias antwortete frisch und munter. Seine gute Laune tat Jakob wohl. Es gab doch noch eine Verbindung zwischen ihnen.

»Ich vermisse dich so sehr«, brachte Jakob schließlich heraus. Er bereute seine Worte sofort, als er merkte, dass Lena ins Kinderzimmer gekommen war und zuhörte. Ihre harte Stimme drang in Jakobs kleine Küche und hallte kühl von den Wänden wider.

»Matias, Zeit fürs Bett. Gibst du Mama das Handy?«

Matias sah zuerst seine Mutter an, dann Jakob. Er wirkte verwundert.

»Es ist doch noch gar nicht so spät«, protestierte er.

»Doch«, sagte Lena streng und nahm ihm das Handy weg. »Schlafanzug an und Zähne putzen!«

Jakob verabschiedete sich von Matias, obwohl der Junge schon gegangen war. Hoffentlich hatte Matias ihn noch gehört. Lenas Kommandoton ging ihm an die Nerven, auch wenn er ihn nach all den Jahren nicht mehr überraschte.

»Musstest du ihm das Handy so wegreißen?«, sagte er barsch. Er hatte es längst aufgegeben, freundlich und versöhnlich mit Lena zu reden. Das hatte noch nie geholfen.

»Wir müssen jetzt Schluss machen«, erwiderte Lena kühl und blickte in Jakobs Richtung, zugleich aber knapp an der Kamera des Smartphones vorbei.

Jakob beendete den Anruf nicht gleich. Das nächste Gespräch mit Matias würde in einer Woche stattfinden, am Wochenende. Daran erinnerte er Lena nun.

»Ach ja, daraus wird nichts.« Lena sagte das wie beiläufig und fast schon gleichgültig. Als sprächen sie übers Wetter.

Jakob erkundigte sich nach dem Grund.

»Wir fahren nach Rovaniemi.«

»Aber wir haben eine Abmachung«, entgegnete Jakob betont ruhig. »Davon kannst du nicht einfach abweichen. Du verstehst doch sicher, dass deine ständigen Ausflüchte vor Gericht keinen guten Eindruck machen werden. Ich habe jeden deiner Sabotageversuche notiert.«

Lena ließ ihren Blick ein winziges Stück nach rechts wandern und sah Jakob direkt in die Augen. Er spürte, wie ihm ein kalter Schauder über den Rücken lief. Sie legte den Kopf schräg und sah ihn an, als wäre er begriffsstutzig.

»Weißt du was? Das ist mir schnurzegal! Ich glaube, nach dem Prozess hast du viel größere Probleme als ein verschobenes Gespräch.«

Damit legte sie auf.

9

Hildur war von Tinnas Haus direkt zur Polizeistation gefahren, wo Jónas ihr als Erstes aufgetragen hatte, Kaffee für sie beide zu kochen. Der Chef hatte immer noch nicht gelernt, die Kaffeemaschine in der Personalküche zu bedienen.

Die nichtssagenden, langweiligen Tassen stimmten Hildur wehmütig. Sie dachte an Beta, die den Küchenschrank der Polizeistation mit großen, stabilen Kaffeebechern gefüllt hatte, auf denen die Logos verschiedener Parteien, Sportclubs und Vereine prangten. Damit hatte sie gezeigt, dass sie als Polizeichefin für alle da war und sich von keiner Interessengruppe einspannen ließ. Nach der Scheidung von ihrem Mann war Beta nach Reykjavík gezogen und hatte die Becher mitgenommen. Sie hatte sich wohl gedacht, dass Jónas in seinem Revier keine Erinnerungsstücke an seine Vorgängerin dulden würde.

Jónas war das absolute Gegenteil von Beta. Er ließ sich auf jedem noch so lächerlichen Event im Dorf blicken, während Beta einfach ihre Arbeit gemacht hatte und dann nach Hause gegangen war, um sich um ihre Kinder zu kümmern. Beta hatte Hildur und Jakob vertraut und ihnen bei der Arbeit freie Hand gelassen, Jónas dagegen mischte sich pausenlos in Nebensächlichkeiten ein: den Wortlaut der Berichte, die Abstände, in denen die Polizeifahrzeuge gewaschen wurden, und die Frage, welcher Radiosender in den Diensträumen laufen durfte.

»Musst du die Milch erst melken oder was?« Jónas' knurrende Stimme kam aus dem einzigen Besprechungsraum der Polizeistation.

Hildur biss sich auf die Lippe. So ein Blödmann! Aber die Arbeit musste erledigt werden, danach war sie frei wie Ellus Hühner. Irgendwie so hatte Jakob es mit einer finnischen Redewendung ausgedrückt. Hildur hätte Jónas am liebsten ein ganzes Huhn in den Hals gestopft.

An den Griffen des Küchenschranks hingen kleine Strohherzen mit roten Bändern, die Jakob als Weihnachtsdekoration aufgehängt hatte. Ohne ihn hätte Hildur die Arbeit als Jónas' Untergebene nicht ertragen.

Es war bald neun Uhr. Sie ging in den Besprechungsraum. Jónas griff nach seiner Kaffeetasse und beäugte den Inhalt kritisch, sagte aber nichts. Er räusperte sich laut und begann seine Notizen durchzugehen.

»Es hat den Anschein, dass der Fall bei dieser Fischzuchtanlage mit internationaler Drogenkriminalität zu tun hat.«

Hildur registrierte den Eifer in Jónas' Stimme. Endlich durfte ihr Chef etwas Wichtigeres untersuchen als Trunkenheit am Steuer. Das beflügelte ihn offenbar.

»Das ist womöglich eine so große Sache, dass wir uns genau überlegen müssen, wen wir alles einweihen.«

»Ach, deshalb hast du Jakob nicht dazugebeten?«

Jónas nickte. »Weil er noch nicht offiziell als Polizist arbeiten darf, ist das besser so.«

Hildur war sauer. Bei anderen Vorgängen hatte sich Jónas bislang nicht daran gestört. Ein großer Teil der Bediensteten in den ländlichen Regionen hatte sowieso keine reguläre Polizeiausbildung durchlaufen. Ganz offensichtlich wollte Jónas sich nur wichtigmachen.

Jónas überflog die Papiere, die er in der Hand hielt. Aus dem

Äußeren des Opfers und seinen Tattoos hatte man geschlossen, dass es sich nicht um einen gebürtigen Isländer handelte. Zum Glück hatte man dem Toten trotz der angefressenen Gliedmaßen teilweise die Fingerabdrücke abnehmen können.

»Die internationale Einheit in Reykjavík hat eine Suche gestartet und schnell einen Treffer gelandet.« Jónas las von den Unterlagen ab. »Bei dem Opfer handelt es sich um einen dreiundzwanzigjährigen Slowenen namens Luka Kopitar. Wohnhaft in der slowenischen Hauptstadt Ljubajana.«

»In Ljubljana«, korrigierte ihn Hildur.

Jónas sah sie verständnislos an.

»Die Hauptstadt von Slowenien heißt Ljubljana.«

Jónas schlürfte seinen Kaffee und knallte die Tasse auf den Tisch. Das Zucken seiner Augenbrauen verriet, wie gereizt er war.

»Scheißegal. Irgendwo in Osteuropa. Meinen Informationen nach werden in der Hauptstadtregion jetzt häufig Slowenen auf dem Drogenmarkt beobachtet. Die haben hier vermutlich einen neuen Ableger. Vielleicht hatte dieser Luka damit zu tun.«

Hildur hörte ihm interessiert zu. Sie selbst hatte zwar bisher nichts von slowenischen Dealern mitbekommen, aber in letzter Zeit hatte sie auch nichts mit schwerer Rauschgiftkriminalität zu tun gehabt.

»Slowenien unterhält in Island keine Botschaft, aber ich habe über andere Kanäle herausgefunden, dass Luka seit Sommer letzten Jahres hier gewohnt hat. Der Typ hat auf dem Bauernhof Seli am Eyjafjörður gearbeitet. Er hatte eine hiesige Personenkennziffer, und von seinem Lohn wurden ordnungsgemäß Steuern und Rentenbeiträge abgezogen.«

Also eine legale Arbeitskraft, überlegte Hildur und notierte sich den Namen des Bauernhofs, der ihr irgendwie bekannt vorkam.

»Hat er allein gelebt?«

»Den offiziellen Angaben nach ja, aber bei diesen Leuten weiß man ja nie …«, antwortete Jónas.

Bei ihrer vorläufigen kriminaltechnischen Untersuchung am Vortag auf dem Schiff hatten sie und Jakob den Fundort und die Leiche fotografiert und von ihr Proben genommen, auch unter den Nägeln, soweit Finger und Zehen noch vorhanden waren. Vielleicht würde sich ja unter den Fingernägeln die DNA eines anderen Menschen finden. Weil das Opfer nackt war und schon einige Zeit im Wasser gelegen hatte, konnten keine Faserproben gesammelt werden, und da der Fundort auf dem Meer lag, ließen sich natürlich auch nicht die üblichen Tatortspuren sichern. Allerdings wussten sie ja noch nicht, ob der Mann auf See oder irgendwo anders getötet worden war.

Sie mussten auch die Aufnahmen der Überwachungskameras in den Häfen der näheren Umgebung untersuchen und die Schiffe überprüfen, die auf See gewesen waren, als die Leiche dort gelandet war. Der Rechtsmediziner würde die Todeszeit genauer feststellen und möglicherweise auch sagen können, wann die Leiche im Meer versenkt worden war.

Es stand außer Zweifel, dass der Tote nicht zufällig in das Fischzuchtgebiet geraten war. Hildur schaltete ihren Laptop ein und drehte den Bildschirm zu Jónas hin.

»Die Aufnahmen sind von gestern«, sagte sie und vergrößerte die Fotos vom Oberkörper der Leiche, sodass die Einzelheiten deutlich zu sehen waren.

Die großen Eisenhaken durchbohrten den Oberkörper des Mannes an beiden Seiten. Vorn verliefen sie unter den Schlüsselbeinen. Hinten kamen sie an den unteren Ecken der Schulterblätter heraus.

»Wir haben noch nicht geklärt, woher die Haken stammen«, erklärte Hildur und fügte hinzu, Jakob könne sich mithilfe der Fotos auf die Suche machen. Sie hatten die Haken nicht aus der Leiche entfernt. Es war besser, dass Axt-Hákon sie zuerst untersuchte.

Hákon Bjarnason alias Axt-Hákon, der als einziger Pathologe in Island sowohl die klinischen als auch die forensischen Obduktionen durchführte, hatte die Leiche heute auf den Untersuchungstisch bekommen. Mit den Ergebnissen war frühestens nach zwei Werktagen zu rechnen. Seinen seltsamen Spitznamen hatte der Rechtsmediziner in seiner Studienzeit erhalten, als er im Studententheater den Serienmörder Axt-Björn spielte, der im 16. Jahrhundert gelebt hatte.

Jónas sah Hildur grimmig an.

»Wie wäre es, wenn ich als Chef entscheide, wer was tut?«

Hildur schluckte ihren Ärger hinunter und nickte nur. Je weniger man mit Jónas diskutierte, desto besser.

Sie wartete darauf, dass ihr Chef weiterredete. Verdammt noch mal, dann sollte er gefälligst sagen, was als Nächstes zu tun war. Sie wollte nicht die ganze Nacht warten. Jónas trank seinen Kaffee aus und schob die Tasse in die Tischmitte, als wollte er signalisieren, dass irgendwer sie in die Spülmaschine räumen solle. Er rieb sich mit den kleinen Fingern die Schläfen und machte dann endlich den Mund auf.

»Ich möchte, dass du mit Jakob zu diesem Bauernhof Seli fährst, solange Axt-Hákon in Reykjavík mit seinen Untersuchungen beschäftigt ist. Versucht möglichst viel über das Opfer und seine Aktivitäten herauszufinden, aber erzähl Jakob nichts von dem Verdacht auf Drogenkriminalität. Ich rufe bei der Polizei im Norden an und sage denen, dass ihr dort Befragungen macht. Außerdem besorge ich mir die Aufnahmen der Überwachungskameras am Hafen und die Telekommunikationsdaten des Opfers und gehe beides durch.«

Hildur stand mit einer raschen Bewegung auf und stieß sich dabei das Knie am Tischbein. Sie fluchte lautlos.

»Wir fahren gleich am Morgen los, dann schaffen wir den schwierigsten Teil der Strecke bei Tageslicht«, ächzte sie.

Sie packte ihren Laptop ein, zog den Wintermantel an und verließ die Polizeiwache. Vom Arbeitsplatz bis nach Hause hatte sie nur wenige Minuten zu gehen. Die Straßenlaternen und die Weihnachtslichter an den Fenstern warfen kleine helle Schimmer über das dunkle Dorf. Am wolkenlosen, schwarzen Himmel standen Sterne. Auf der Fahrt nach Norden, auf der Gebirgsstraße, würden sie vielleicht einen Blick auf die Sonne erhaschen. Anfang Dezember war die dunkelste Zeit des Jahres. Normale Menschen träumten dann von kürzeren Arbeitstagen.

Hildur mochte Weihnachten nicht besonders. Es war vor allem ein großes Familienfest, und außer Tante Tinna hatte sie seit vielen Jahren keine Familie mehr gehabt. Deshalb verbrachte sie die Weihnachtstage hauptsächlich bei der Arbeit. So würde sie es auch in diesem Jahr halten. Der Gedanke, dass vielleicht die Zeit gekommen sei, Weihnachten einmal anders zu verbringen, sich zum Beispiel mit Björk zum Weihnachtsessen zu treffen, erschien ihr faszinierend, aber auch fremd. Sie war Weihnachtsrituale einfach nicht gewohnt.

Jónas' Worte über die Drogenkontakte des Slowenen hatten ein seltsames Gefühl bei ihr ausgelöst. Sie nahm sich vor, seine Angaben noch anderweitig zu überprüfen. Hildur war einfach nicht fähig, Jónas zu vertrauen. Sie musste auf ihre innere Stimme hören und sich auf die eigenen Empfindungen verlassen. Sie wusste, dass das in ihr glimmende merkwürdige Gefühl nur eines bedeuten konnte. Das Kommende ließ sie immer noch nicht in Ruhe. Etwas Unangenehmes kündigte sich an. Der gestrige Fall war nur der Auftakt zu etwas Größerem.

10

HERBST 2012 HELSINKI

Der Fußboden war klebrig, und unter den Schuhsohlen knirschte es, auch wenn man es nicht hören konnte. Aus den Lautsprechern dröhnte Pantera dermaßen laut, dass die Frau an der Theke die Bestellungen nicht mitbekam, selbst wenn man brüllte.

Jakob zeigte auf einen der Zapfhähne am Tresen und hielt zwei Finger hoch.

Die etwa zwanzigjährige Barkeeperin im Metallica-Shirt zwinkerte ihm zu und füllte die Gläser. Jakob fielen ihre tätowierten Arme auf. Die Muster waren schön. Die zarten Ranken schlängelten sich unter dem Uhrarmband hindurch auf den Handrücken und bis zu den Fingern.

Mit den Biergläsern in der Hand drängte Jakob sich durch die Menschenmenge zum Ecktisch. Am frühen Abend waren Lena und er ins Kino gegangen, anschließend essen in einem Restaurant. Auf dem Heimweg aus dem Stadtteil Kaisaniemi zu Jakobs Mietwohnung in Kallio hatten sie beschlossen, noch ein Bier zu trinken.

Jakob ging nicht oft in eine Kneipe, aber manchmal tat es gut, einfach mal einen draufzumachen und zu trinken, so viel man vertrug – oder auch mehr. Morgen brauchten sie beide nicht früh aufzustehen. Sie hatten einen freien Tag und nichts weiter vor, als am Nachmittag zu einem Basketballspiel zu gehen, bei dem das Kind eines ehemaligen Studienkollegen von Jakob mitspielte. Sie hatten einen netten Abend verbracht, doch in der Kneipe war die Stimmung zwischen ihnen merklich abgesackt.

»Ein kühles Blondes für meine Lieblingsfrau«, sagte Jakob und lächelte Lena gewinnend an.

Lena saß mit dem Gesicht zu ihm, reagierte aber nicht auf seine Ankunft. Sie starrte vor sich hin und wirkte irgendwie gelangweilt.

Jakob setzte sich. Er trank einen Schluck von seinem Bier und stellte das Glas auf den Tisch. Lena hatte eine Hand auf die Tischplatte gelegt. Jakob versuchte danach zu greifen, aber der Annäherungsversuch misslang. Lena zog ihre Hand weg.

»Lass das! Ich hab doch gesehen, wie du die tätowierte Prinzessin angegafft hast.«

Jakob atmete durch den Mund aus und richtete den Blick eine Weile auf die Deckenkonstruktion der Kneipe. Dort gab es zwar nichts Interessantes, aber er konnte Lena jetzt nicht ansehen, aus Angst, etwas zu sagen, was die Situation noch verschlimmern würde. Vielleicht war es das Beste, sich möglichst direkt auszudrücken?

»Ich habe sie nicht angegafft. Ich liebe dich. Ich brauche nicht von einer anderen zu träumen.«

Lena warf ihre offenen Haare über die Schulter zurück und sah Jakob aus zusammengekniffenen Augen an.

Jakob spürte, dass seine gute Laune, die den ganzen Tag über angehalten hatte, in Sekundenschnelle verflog wie die Luft aus einem Luftballon, in den man ein Loch pikt. Er überlegte sich seine nächsten Worte gründlich, obwohl er wusste, dass er schon verloren hatte.

»Irgendwie ist es ja süß, dass du eifersüchtig bist, aber dafür gibt es gar keinen Grund«, sagte er und bemühte sich, überzeugend zu klingen.

»Ich weiß nicht, ob ich dir glauben kann. Irgendwie habe ich das Gefühl, alle Männer sind Lügner.«

»Ich lüge nicht«, antwortete Jakob und merkte, dass seine Stimme lauter geworden war. Er wollte die Beherrschung nicht verlieren.

Lena schnaubte und trank einen Schluck Bier. Dann knallte sie das Glas mit solcher Wucht auf den Tisch, dass der Inhalt überschwappte.

»Weißt du was? Dieses barbarische Land ekelt mich an. Wir sitzen in stinkigen Kneipen oder gehen ins Kino, sonst nichts. Ich kenne hier niemanden.«

Jakob betrachtete Lena lange und überlegte. Fühlte sie sich als Außenseiterin? Sie sprach kein Finnisch. Jakob wusste, wie schwierig es war, sich in einer neuen Umgebung einzuleben, wenn man die Sprache nicht beherrschte. Als Kind hatte er immer wieder in ein anderes Land ziehen müssen, weil seine Eltern beruflich sehr mobil gewesen waren. Es hieß immer, ein Kind würde sich schon eingewöhnen und in der neuen Schule neue Freunde finden, aber so einfach war das nicht. Oft hatte Jakob in der Pause ganz allein auf dem Schulhof gestanden, und keiner seiner Mitschüler hatte ihn zum Geburtstag eingeladen.

»Morgen gehen wir zum Basketballspiel«, sagte er versöhnlich. »Mikkos Frau Silja kommt auch. Sie ist wirklich nett. Vielleicht freundet ihr euch ein bisschen an.«

»Du brauchst mir keine Trostfreundinnen zu besorgen.« Lenas Augen verengten sich zu Schlitzen, und sie sah Jakob prüfend an. »Oder ist diese Silja der Grund, weshalb wir zu dem Spiel gehen? Hattet ihr mal was miteinander?«

Jakob beugte sich vor und bemühte sich um einen friedfertigen Ton. Eine leise Stimme in seinem Kopf fragte allerdings, warum er sich versöhnlich geben sollte, nachdem er den Streit ja gar nicht angefangen hatte.

»Wäre es dir lieber, wenn wir schon jetzt nach Norwegen ziehen?«

Jakob hob sein Glas und versuchte, mit Lena auf ihre gemeinsamen Zukunftspläne anzustoßen. Er tat sein Bestes, fröhlich zu wirken, aber im Innersten wusste er, dass er sich falsch verhielt. Er hatte es nicht fertiggebracht, Lena alles zu erzählen. Er fand es furchtbar, sie zu belügen, doch im Moment sah er keine andere Möglichkeit.

»Ich könnte mich in Oslo als Doktorand bewerben«, sagte er und streckte wieder den Arm über den Tisch, um nach Lenas Hand zu greifen. »Ich glaube, ich würde mich dort wohlfühlen. Die Norweger sind nette Leute, das habe ich schon gemerkt.«

Lena zog ihre Hand abermals zurück. »Damit du mit norwegischen Blondinen flirten kannst, oder was?«

Sie drehte ihr Glas eine Weile zwischen den Händen, dann hob sie es aus heiterem Himmel hoch und schüttete Jakob das Bier ins Gesicht. Sie stemmte sich hoch, taumelte kurz, wankte zum Ausgang und verschwand im nächtlichen Helsinki.

Jakob wischte sich das Gesicht mit den Hemdsärmeln ab. Er blinzelte ein paarmal heftig, damit die Tränenflüssigkeit das Bier aus den Augen spülte. Sein Inneres war in Aufruhr, Schmerz und Selbstmitleid schnürten ihm die Kehle zu. Aber vor allem bereitete ihm der Gedanke Angst, was Lena ihm antun würde, wenn sie je von Regina erfahren sollte.

11

DEZEMBER 2021 ÍSAFJÖRÐUR

Hildur saß bei laufendem Motor im Auto und starrte vor sich hin. Sie wartete auf Jakob, der immer noch seine Sachen packte. Jakob und Hildur wohnten in einem Doppelhaus, Hildur in der einen Hälfte, Jakob und Guðrún in der anderen.

Ein leichter Windstoß ließ den Pulverschnee aufstieben. An der Tanne vor dem Nachbarhaus blinkten gelbliche Lichterketten. In Hildurs Wohnungsfenstern würde auch in diesem Jahr kein Weihnachtsschmuck hängen. Am Tag vor Heiligabend würde sie mit Tante Tinna Stockfisch essen, und sie würden sich gegenseitig ihre Geschenke übergeben. Das war die einzige Weihnachtstradition in Hildurs Erwachsenenleben.

Eine Weile starrte Hildur durch die Windschutzscheibe auf den melancholisch leeren Hof vor ihrem Haus. Wann würde sie sich wohl dazu aufraffen, an der Lampe über der Haustür die Glühbirne auszuwechseln? Andererseits hatte es damit keine Eile. Die Lampe über Jakobs Haustür funktionierte und warf genug Licht auf den Hof. Außerdem verbrachte Hildur nicht einmal im Sommer Zeit im Hof. Wenn sie zu Hause war, schlief sie oder saß vor dem Fernseher.

Wann war Jakob endlich so weit? Hildur selbst war immer schnell aufbruchbereit. Nach ihrer morgendlichen Joggingrunde hatte sie schon geduscht, Zahnbürste und Kleidung für die kurze Dienstreise eingepackt, Kaffee gekocht und in die Thermoskanne gefüllt, eine

Tüte kleine Hefeteilchen mitgenommen, das Surfbrett auf Brendas Dach befestigt und den Wagen aufgewärmt. Sie trommelte mit den Fingern der linken Hand auf das Lenkrad und beschloss, den Hafenmeister Ólafur Ragnarsson, genannt Óli, anzurufen.

»Passt es gerade?«, fragte sie, als sie Motorenbrummen im Hintergrund hörte.

»Ich bin auf dem Weg nach Patró. Zur Winterkonferenz der Hafenaufseher. Anschließend gehen wir alle zu einem ausgiebigen Weihnachtsessen, deshalb fahre ich erst morgen zurück.«

Patró war die lokale Bezeichnung für Patreksfjörður, ein kleines, aber belebtes Fischerdorf im Süden der Westfjorde.

»Hast du dir schon die Aufnahmen der Kameras in den Häfen angesehen?«, fragte Hildur.

Óli erzählte, er habe sich das Material aus dem eigenen Hafen schon am frühen Morgen angeschaut. Auch aus den Häfen der Nachbardörfer habe er alles Material bekommen.

»Das habe ich Jónas schon mitgeteilt.«

Hildur kratzte mit dem Fingernagel Schmutz vom Rand des Lenkrads. Jónas hatte die Information bisher nicht an sie weitergeleitet.

»Ehrlich gesagt, ich traue Jónas nicht ganz. Deshalb rufe ich dich lieber direkt an, um mich zu vergewissern.«

Es klang, als würde Óli sich eine Zigarette anstecken und tief inhalieren.

»Verstehe. Der ist eine ziemlich anstrengende Person.« Hildur hörte, wie er den Rauch ausstieß, bevor er weitersprach. »Auf den Aufnahmen war nichts Besonderes zu sehen. Sie bleiben drei Tage gespeichert. Das ältere Material verschwindet, wenn neues dazukommt.«

Hildur dachte nach. Der Taucher hatte ausgesagt, er habe die Fische zuletzt zwei Tage vor dem Fund der Leiche kontrolliert. Wenn der Typ, der die Leiche transportiert hatte, von den Kameras erfasst worden war, müssten die Aufnahmen also noch vorhanden sein.

»Eine Sache noch«, fuhr Óli fort. »Ich habe es Jónas schon erzählt, aber ich sage es auch dir. Aus dem Hafen von Súðavík haben wir für diese Nacht keine Aufnahmen bekommen, und für die davor auch nicht. Die Kamera hat wohl nicht funktioniert. Der Hafenwächter hat versprochen, sie morgen zu überprüfen.«

Während des Gesprächs war Jakob eingestiegen. Súðavík weckte Hildurs Interesse. Sie berichtete Jakob, was sie gerade erfahren hatte, und erwähnte auch den Verdacht, den Jónas am Vortag geäußert hatte.

»Sehen wir uns den Hafen am besten jetzt gleich an«, sagte sie und lenkte den Wagen auf die Straße. »Súðavík liegt auf dem Weg.«

Nachdem sie den Kreisverkehr hinter sich hatten, beschleunigte Hildur auf fünfzig Stundenkilometer. Am Ende des Fjords stieg das Tempolimit auf neunzig. Hildur gab wieder Gas, hielt sich aber an die Höchstgeschwindigkeit, da sie ja keinen eiligen Einsatz hatten.

»Was hat dieser Jónas bloß immer?«, sagte Jakob und holte einen halb fertigen Pullover samt Stricknadeln aus seinem Stoffbeutel.

»Keine Ahnung. Wahrscheinlich hofft er, dass er irgendein spektakuläres Verbrechen aufklären und den Supercop spielen kann.«

Ein Tankwagen kam ihnen entgegen. Hildur schaltete das Fernlicht aus und lenkte Brenda an den Straßenrand. In einer Viertelstunde würden sie in Súðavík sein.

»Lena hat wieder mal mein Telefongespräch mit Matias vermasselt.«

Jakob erzählte, er warte dringend auf den Gerichtsprozess in Finnland. Er wollte dem Zirkus ein Ende setzen. Ganz gleich, wie die Sache ausging, er wollte endlich Klarheit.

Hildur hörte sich Jakobs Bericht an und lauschte zugleich dem Klirren der Stricknadeln. Die Nadeln bewegten sich stetig hin und her, und alle paar Minuten zog Jakob Garn aus dem Stoffbeutel zu seinen Füßen.

»Wie kannst du ohne Licht stricken?«

Jakob lächelte und zog mehr Garn hervor. »Ich stricke gerade einen Ärmel. Das ist so eintönig, dass ich gar nicht hingucken muss.«

Nachdem der Tankwagen vorbeigedonnert war, schaltete Hildur das Fernlicht wieder ein. Draußen war es noch dunkel, aber im Licht der Scheinwerfer konnten sie die schneebedeckten Berge sehen. Rundherum war es still. Nach dem Tankwagen kamen ihnen keine weiteren Fahrzeuge mehr entgegen. Sie waren die Einzigen, die sich durch die leere Winterlandschaft bewegten.

Hildur drosselte das Tempo auf dreißig und blinkte nach links. Súðavík war ein kleines Dorf mit nur ein paar Hundert Einwohnern direkt an der Küste.

»Hier waren wir schon mal.« Jakob zeigte auf die Einfamilienhäuser am Berghang auf der rechten Dorfseite.

»Stimmt«, sagte Hildur. »Dein erster Einsatz in Island.«

Sie hatten damals einen gewalttätigen Mann verhaftet, der seinen bei seiner Ex-Frau aufwachsenden Sohn entführt hatte. Dank Jakobs Kommunikationskünsten war die Sache glimpflich ausgegangen. Jetzt steuerten sie den Hafen an, wo sich außer dem Hafengebäude nur zwei Lagerhäuser, ein kleines Hafenbecken und weniger als zehn Boote befanden.

Laut Óli gab es hier zwei Kameras. Sie erfassten den Hof vor dem Gebäude, den Ladeplatz und das Hafenbecken. In den Innenräumen waren keine Überwachungskameras installiert.

Sie gingen rund um das Gebäude. Hildur hörte das leise Rauschen des Meeres, sah aber keine Wellen. Es war windstill. Der letzte Wintersturm lag schon eine Weile zurück. Irgendwo hoch in der Luft krächzte ein Rabe. Der Fischgeruch wurde stärker. Jeden Tag holten die Fischtrawler Hunderte Kilo Kabeljau und Schellfisch aus dem Meer, die in Eis gepackt auf Lkws verladen und zum Verkauf nach Reykjavík gebracht wurden.

Hildur musterte das alte Hafengebäude. Das Dach war nach traditioneller isländischer Art rot, die Wände waren weiß. Die

Beleuchtung im Hafengebiet konzentrierte sich auf die Boote und den Kai, nicht auf die Gebäude, aber Jakob und Hildur hatten ihre Taschenlampen mitgenommen.

»Da sind irgendwelche Kabel zu sehen«, sagte Jakob und richtete den Lichtkegel auf eine Stelle unterhalb der Dachrinne.

Hildur ging näher heran. Wo sich die Kamera befunden hatte, klaffte jetzt ein kleines Loch in der Wand, aus dem einige Kabelenden ragten.

»Die ist abgerissen worden«, stellte sie fest, ging ans andere Ende des Gebäudes und blickte nach oben auf dieselbe Höhe, wo sich die erste Kamera befunden hatte. Mit der zweiten war das Gleiche passiert. Es gab also keine Aufnahmen, weil es schlicht keine Überwachungskameras mehr gab. Offenbar hatte deren Fehlen noch niemand bemerkt. Wahrscheinlich verließ man sich hier darauf, dass nichts Böses geschah. Die Menschen kannten und vertrauten einander und gingen davon aus, dass irgendwer es mitbekam, wenn Fremde hier auftauchten.

Als Hildur die Taschenlampe ein wenig zur Seite bewegte, um genauer hinzusehen, bemerkte sie sie: eine zusammengerollte Plastikhülle. Sie war in das Loch geschoben worden, das die Überwachungskamera hinterlassen hatte.

»He, Finne, komm gucken, hier ist was!«, rief sie und bat Jakob dann, sie hochzuheben. In der Nähe war keine Leiter zu sehen, und ohne ein Podest reichten sie nicht bis an das Bündel heran, also half Jakob Hildur, damit sie es zu fassen bekam.

»Was zum Teufel soll das heißen?«, murmelte Hildur vor sich hin, als sie die Hülle aufrollte.

Segja vil ég sögu
af sveinunum þeim,
sem brugðu sér hér forðum
á bæina heim.

Jakob zog seine rote Wollmütze tiefer in die Stirn und sah so verloren aus wie ein amerikanischer Tourist in einem isländischen Fischgeschäft. Hildur schloss daraus, dass seine Isländischkenntnisse noch nicht ausreichten, und übersetzte die Worte ins Englische.

»›Ich will euch die Geschichte von einigen Burschen erzählen, die früher Bauernhöfen ihren Besuch abstatteten.‹«

»Den Inhalt von dem Text hab ich so ungefähr verstanden. Aber es ist wirklich seltsam.«

Hildur sah ihren Kollegen verwundert an und bat ihn zu erklären, was er damit meine.

»Ich lerne ja für den Sprachtest. Vor ein paar Tagen habe ich in meinem Isländisch-Lehrbuch genau diesen Text gelesen. Es ist der Anfang von einem Gedicht. Hat irgendwas mit Weihnachten zu tun …«

Hildur betrachtete den DIN-A4-Bogen in der Hülle noch einmal. Der Text war in Gedichtform geschrieben; vier Zeilen mit Endreim. Sie nahm einen wiederverschließbaren Klarsichtbeutel aus der Tasche – bei der Arbeit trug sie zur Asservatensicherung immer welche bei sich – und steckte die Hülle mit dem Bogen hinein.

Eine leichte Brise vom Meer fuhr über den Hof. Hildur schauderte vor Kälte. In Gedanken wiederholte sie den Anfang des Gedichts ein paarmal, dann erinnerte sie sich. Natürlich erinnerte sie sich! Es handelte sich um ein Lied, das in der Weihnachtszeit in jedem Haus und in jeder Schule Islands gesungen wurde. Die in Dur gehaltene Weise erzählte von den dreizehn Weihnachtsgesellen, die vor Weihnachten aus den Bergen kamen, um mit den Menschen und ihren Haustieren Schabernack zu treiben.

Allem Anschein nach hatte jemand unmittelbar vor dem Transport der Leiche zum Netzgehege die Kameras entfernt und an ihrer Stelle das Gedicht von den Weihnachtsgesellen hinterlassen. Warum nur?

12

Hildur öffnete das Fach in der Mittelkonsole ihres Wagens und nahm zwei Golfbälle aus Plastik heraus. Die dreistündige Fahrt machte sich allmählich körperlich bemerkbar. Sie hielt eine Hand am Lenkrad und den Blick auf die Straße geheftet, während sie ihr Hinterteil einige Zentimeter anhob. Die Bälle glitten mühelos an ihren Platz oben an den Gesäßmuskeln. Eine kleine Bewegung mit dem Hintern brachte sie an die richtige Stelle. Hildur ließ ihr ganzes Gewicht auf die Erhebungen sinken. Erleichtert spürte sie, wie die verspannten Muskeln sich lockerten.

Hildur und Jakob hatten fast auf der ganzen Fahrt ihre Vermutungen über die Bedeutung des Gedichts ausgetauscht. Irgendwer hatte gewusst, dass die Polizei nach dem Auffinden der Leiche die Kameras überprüfen würde. Hildur hatte vor, das Papier mitsamt der Plastikhülle auf Fingerabdrücke untersuchen zu lassen, vermutete aber, dass keine gefunden würden. Wenn sich jemand so viel Mühe machte, damit sie das Gedicht zu lesen bekamen, hatte er garantiert Handschuhe getragen. Der Text selbst war mit dem Computer geschrieben worden und ließ daher keine direkten Rückschlüsse auf den Täter zu, aber vielleicht konnten die Kriminaltechniker in Reykjavík irgendetwas über das Papier oder den Drucker herausbekommen, was Hildur mit bloßem Auge nicht hatte erkennen können.

Als sie das Tal Heydalur erreicht hatten, befestigte Jakob eine kleine, batteriebetriebene Leselampe am Kragen seines Mantels. Er erklärte, beide Ärmel des Pullovers seien jetzt fertig. Als Nächstes musste er das Vorderteil stricken, das hieß, mit dem Bundmuster anfangen. Da draußen immer noch Dämmerung herrschte, brauchte er die zusätzliche Beleuchtung, um zwischen linken und rechten Maschen zu wechseln.

»Hast du dir gerade Golfbälle unter den Hintern geschoben?«, fragte er.

Hildur lehnte sich zurück und drückte die Hände gegen das Lenkrad, damit ihre Ellbogen einen Augenblick lang gerade waren. Der kleine Trick verhinderte, dass ihr bei langen Fahrten die Arme einschliefen.

»Ja, das heißt, ich habe sie unter die hinteren Oberschenkelmuskeln gelegt. Ein Tipp vom Physiotherapeuten, das lockert die Muskulatur.«

An den Westfjorden waren die Entfernungen groß, es kamen reichlich Kilometer zusammen. Oft saß Hildur den größten Teil ihres Arbeitstages im Auto. Die Bälle waren ein willkommenes Mittel gegen Muskelkrämpfe.

Sie waren gegen neun Uhr in Ísafjörður losgefahren. Jetzt ging es auf halb zwölf zu. Es war die hellste Zeit des Tages, aber das Licht war fahl, weil vom Meer her eine dicke, dunkelgraue Wolkenschicht aufgezogen war. Die Farbe der von Eis und Schnee bedeckten Straße, die sich über die Hochebene wand, vermischte sich mit den Farben des Himmels. Ohne die reflektierenden Begrenzungspfähle am Straßenrand wäre es unmöglich gewesen, die Fahrtrichtung zu erkennen.

Die Fahrt in der eintönigen Umgebung ermüdete Hildur. Bis zur ersten Raststätte war es noch ein Stück. Der Gedanke an ein Mittagessen und eine Tasse Kaffee wirkte aufmunternd.

»Jakob, stimmt irgendwas mit deiner Wolle nicht? Das Garn reißt ja andauernd.«

Jakob hob eine Augenbraue und blickte sie ungläubig an. Er entnahm seinem Handarbeitsbeutel eine dicke, weiche Platte, die Hildur an einen Haufen frisch geschorene Schafwolle erinnerte.

»Das ist die traditionellste isländische Wolle. Kennst du die etwa nicht?«

Es folgte ein minutenlanger Monolog über die Plötulopi, die, wie ihr Name besagte, in plattenförmigen Knäueln verkauft wurde. Dabei handelte es sich um weiches, ungesponnenes und einfädiges Flockengarn. Zwar riss es schnell, wenn man zu fest daran zog, aber die Wollfasern waren lang, sodass es leicht war, die Fadenenden miteinander zu verbinden, indem man die losen Enden zusammendrückte. Jakob erzählte, er stricke einen Pullover aus doppeltem Plötulopi.

»Es ist ein neues Strickmuster. Ich habe es zum Testen von Sigga bekommen.«

Sigga kannte jeder im Dorf. Sie strickte schon seit Jahren bunte Mützen und Pullover zum Verkauf in Handarbeitsgeschäften und veröffentlichte ab und zu auch Strickanleitungen.

In den Lautsprechern knisterte es. Hildur klopfte ein paarmal auf das Radio. Die Hochstraße endete, bald war der Sender wieder zu hören. In den Nachrichten erläuterte ein Vulkanologe die Prognosen für künftige Ausbrüche des Fagradalsfjall. Der Vulkan, der in Südisland in der Nähe des Flughafens lag, war zuletzt im Frühjahr ausgebrochen und hatte mehrere Monate lang Lava verströmt. Im Moment war er nicht aktiv, aber es könnte bald wieder so weit sein. Nach der Vulkanmeldung erörterte ein Analytiker mit gepresster Stimme die voraussichtliche Entwicklung des Weihnachtsgeschäfts. Im Anschluss an die Nachrichten brachte der Sender ein schönes, mit akustischer Gitarre untermaltes Lied der Band Hraun.

Hildur hatte das Lied in ihrer Studienzeit oft gehört. Es war damals für irgendeinen internationalen Musikwettbewerb nominiert und lief andauernd im Radio. »Ástarsaga úr fjöllunum« handelte von einer Liebesgeschichte im Gebirge. Der Songtext ging auf eine alte

Sage zurück, in der ein verliebter Troll auf die Ankunft seiner Geliebten wartete. Dann ging die Sonne auf, wie immer in Trollsagen. Da Trolle kein Sonnenlicht vertrugen, erstarrte der arme Verliebte zu Stein.

Aus irgendeinem Grund rührte Hildur das Lied über das im Stein schlagende Herz des Trolls. Sie wischte sich die Augenwinkel. Noch eine knappe halbe Stunde, dann waren sie in Hólmavík, wo sie eine Pizza essen wollten. Das kleine Dorf am Ostrand der Westfjorde war die erste Ortschaft, die man passierte, wenn man auf der nördlichen Route zur Hauptverkehrsstraße des Landes fuhr, der Ringstraße, die um die ganze Insel führte. Im Winter war die nördliche Route der einzige Weg aus den Fjorden. Die südliche Straße, die teilweise über hohe Berge führte, war dann aufgrund der Schneefälle gesperrt.

Das Telefon riss Hildur aus ihren Pizzaträumen.

Sie verband ihr Handy über Bluetooth mit den Wagenlautsprechern und meldete sich.

»Ich habe schon x-mal versucht, dich zu erreichen.« Es war Axt-Hákon vom pathologischen Institut.

»Du bist auf Lautsprecher. Ich bin mit Jakob auf dem Weg nach Norden, zu dem Bauernhof, wo der Junge, der bei dir auf dem Tisch liegt, gearbeitet hat.«

Das Ehepaar, dem der Hof gehörte, machte gerade Golfurlaub in Spanien. Hildur hatte mit dem Mann telefoniert, der sich natürlich erschüttert über den Tod seines Arbeiters gezeigt hatte. Die in Slowenien lebenden Angehörigen des Opfers hatten sie noch nicht erreicht.

Axt-Hákon begann mit seiner Geschichte ganz am Anfang. So hatte er es immer schon gehalten, seit Hildur ihn kannte. Zuerst machte er allerlei vage Andeutungen, dann ergänzte er seinen Bericht allmählich mit exakten Details. Er setzte das Puzzle zusammen, indem er sich von den Rändern langsam dem Mittelpunkt näherte.

»Ich schicke euch natürlich den Obduktionsbericht, das Gutachten über Todesursache und Todesart und den Totenschein, sobald alle Papiere fertig sind. Die Ergebnisse der DNA-Untersuchungen lassen noch eine Weile auf sich warten, und auch die Leiche ist buchstäblich noch weit offen.«

Die etwas grobe Wortwahl störte Hildur nicht. Sie wusste, dass Axt-Hákon im Grunde ein rücksichtsvoller Mann war. Er sprach mit Respekt von anderen Menschen und behandelte alle, besonders die Toten, gleichermaßen freundlich. Axt-Hákon hatte oft gesagt, er sei der Letzte, der den Verstorbenen zu Wort kommen lasse. Sein verbaler Humor im Dienst war nur eine Methode, mit der bedrückenden Arbeit zurechtzukommen.

»Aber ich wollte schon jetzt anrufen, weil es mindestens zwei ungewöhnliche Umstände gibt, von denen ihr gleich erfahren solltet.«

Das Ortsschild verkündete, dass sie Hólmavík erreicht hatten. Hildur verringerte das Tempo und bog nach links ab. Das Dorfzentrum war schon zu sehen.

»In der Lunge war kein Wasser. Er ist also nicht ertrunken. Der Tod liegt mehrere Tage zurück, allerdings kann ich noch nicht sagen, wie viele, und ich weiß auch nicht, ob ich den Zeitpunkt überhaupt genau bestimmen kann.«

Hildur nickte, während Axt-Hákon sprach. Seine Beobachtungen bestätigten ihre eigenen. Sie hatte die Körpertemperatur des Toten gemessen, und die hatte der des Wassers entsprochen, etwa sieben Grad Celsius.

Nach einer kleinen Pause fuhr der Rechtsmediziner fort: »Und im Magen des Toten befanden sich vier Kokaineier von je zehn Gramm.«

Hildur schreckte auf. Der verflixte Jónas war also doch auf der richtigen Spur! Die Drogen mussten mit dem Fall zu tun haben; bei schneller Schätzung lag im Magen des Toten eine Fracht, die fast eine halbe Million Kronen wert war. Fragen über Fragen schossen ihr durch den Kopf. War der Slowene aufgrund des Rauschgifts getötet worden? Aber warum nur vier Päckchen? Normalerweise transportierten Schmuggler wesentlich mehr in Kondome verpackte Drogeneier im Magen.

»Eine Packung hatte ein Loch am Rand, sodass die Droge in den Organismus gelangt ist. Die Analyse der Blutproben liegt noch nicht vor, daher kann ich über die Todesursache noch nichts Endgültiges sagen, aber es ist ziemlich wahrscheinlich, dass er an einer Vergiftung gestorben ist.«

Hildur schüttelte den Kopf. Ein toter Drogenkurier in einem Fischzuchtgehege.

»Wer geht denn wegen vierzig Gramm so ein Risiko ein?«, überlegte sie laut. »Kann natürlich gut sein, dass es noch mehr Portionen waren. Bestimmt hat der Mann vor seinem Tod einen Teil ausgeschieden.«

Axt-Hákon versprach, sich zu melden, sobald er mehr wisse, und verabschiedete sich.

Hildur lenkte den Wagen vor ein grünes Holzhaus und stellte den Motor ab. Sie fragte Jakob, ob er das Wesentliche mitbekommen habe.

Nach kurzem Überlegen sagte Jakob: »Wenn es um Drogenhandel geht und jemand die Leiche loswerden wollte, hätte er sie im Meer versenkt, statt sie da festzubinden. Sie war doch hingehängt, als wollte man, dass sie gefunden wird. Irgendwie seltsam.«

Hildur nahm ihr Handy aus der Halterung und steckte es in die Tasche. Nach dem Aussteigen dehnte sie Arme und Beine, nahm die Golfbälle vom Sitz und schob sie ebenfalls in die Manteltasche.

»Bis zu dem Bauernhof sind es noch vier Stunden. Ich fahre keinen Kilometer weiter, wenn ich jetzt nicht was zu essen kriege.«

Sie vergewisserte sich, dass das Surfbrett noch sicher auf dem Dach befestigt war. Dann schloss sie den Wagen ab, und sie gingen die Treppe zur Pizzeria hinauf.

Als Hildur gerade nach der Türklinke greifen wollte, hielt sie plötzlich inne. »Was hast du gerade über die Leiche im Meer gesagt?«

Jakob sah seine Kollegin nachdenklich an. »Wenn der Fall etwas mit Drogenhandel zu tun hätte …«

»Nein, danach.«

»Dass die Leiche gefunden werden sollte.«

Hildur öffnete die Tür, und sie betraten das nach Pizza duftende Restaurant.

»Genau. So wie der Text, den wir gefunden haben.«

Hildur musste an Rjómi denken, die flauschige Katze damals in ihrem Elternhaus. Rjómi hatte die Angewohnheit gehabt, die von ihr erbeuteten Vögel und Mäuse vorzuzeigen. Sie trug die Kadaver in den Flur, setzte sich stolz daneben und wartete auf Lob.

»Als ob uns irgendwer seine Taten vorführen will.«

»Meinst du, das ist eine Drohung?«, fragte Jakob und hängte seinen Mantel an die Garderobe.

Hildur runzelte die Stirn.

»Oder jemand treibt sein Spiel mit uns.«

13

WINTER 2014 ASKER, NORWEGEN

Jakob saß im Sessel, ein weißes Spucktuch über der Schulter, das Fläschchen zwischen den Knien festgeklemmt. Matias lag mit geschlossenen Augen in seinen Armen und hielt die kleinen Fäuste auf dem Bauch. Seine Nasenwände vibrierten wie Schmetterlingsflügel. Er hatte gerade getrunken und sein Bäuerchen gemacht. Jakob tat der linke Arm weh, aber er wagte sich nicht zu rühren, weil das Baby endlich eingeschlafen war. Er wusste, dass die nächsten fünf Minuten entscheidend waren: Selbst eine kleine Bewegung oder ein leises Geräusch würden das Kind wecken. Aber wenn es am Anfang keine Unterbrechung gab, würde Matias mindestens eine Stunde oder zwei schlafen, auch wenn gleich neben ihm ein Luftballon platzte.

Durch das Wohnzimmerfenster des Einfamilienhauses in Asker blickte man auf die winterliche Straße. Der Schnee verwischte die Konturen, und die Häuser an der Straße sahen ein wenig aus wie Knusperhäuschen. Jakob fühlte sich wohl in diesem Vorort, der im Südwesten von Oslo lag und bei Familien sehr beliebt war. Vor ihnen hatte Lenas Cousine hier gewohnt. Weil sie für einige Jahre ins Ausland versetzt worden war, hatten Lena und Jakob hier einziehen können. Die Cousine verlangte nur so viel Miete, dass die Strom- und Heizkosten und die Raten für den Wohnungskredit gedeckt waren. Lena und Jakob hatten vor, ein paar Jahre zur Miete zu wohnen und in dieser Zeit die Anzahlung für eine eigene Wohnung zusammenzusparen.

Sie hatten einander, ein schönes Zuhause, ein gesundes kleines Kind und genug Essen im Kühlschrank. Alles schien perfekt zu sein, fühlte sich aber trotzdem nicht ganz richtig an. Jakob kannte den Grund. Er hatte sich selbst in eine Ecke manövriert, aus der es keinen Ausweg gab.

Lena wusste immer noch nicht von Regina. Jakob hatte es nicht über sich gebracht, den Kontakt zu seiner Ex-Freundin abzubrechen. Er hatte Regina bereits vor mehr als zwanzig Jahren kennengelernt. Zuerst waren sie nur gute Freunde gewesen, aber im Lauf der Jahre waren sie sich nähergekommen und mit Anfang zwanzig ein Paar geworden. Ihr erstes gemeinsames Zuhause war eine Doppelhaushälfte am Seeufer in Jyväskylä. Dann kam der Umzug nach Helsinki. Alles lief gut, bis sie erfuhren, dass Regina keine Kinder bekommen konnte. Es war ein harter Schlag für Regina, die sich verschloss und in sich selbst zurückzog. Zwischen den düsteren Phasen gab es auch bessere Zeiten, aber allmählich hatte sich ihre Liebesbeziehung in eine geschwisterliche Partnerschaft verwandelt.

Jakob schickte Regina weiterhin fürsorgliche Textnachrichten und Mails, in denen er sie fragte, wie es ihr gehe, und davon erzählte, was ihn beschäftige und mit welchen Problemen er auf der Arbeit zu tun habe. Lena war sehr eifersüchtig, und Jakob hatte zwar keine Beweise, war sich aber sicher, dass sie heimlich seine Mails las. Deshalb hatte er für seine Kontakte mit Regina einen zweiten E-Mail-Account eingerichtet. Auch auf Social-Media-Kanälen tauschten sie gelegentlich Neuigkeiten aus.

Regina von seiner norwegischen Ehefrau und dem neugeborenen Kind zu erzählen erschien Jakob unmöglich. Mindestens jetzt, wo Regina in einer schwierigeren Phase steckte, hätte es sie aus der Bahn geworfen, von Lena zu erfahren.

Er hatte sich einen Käfig gebaut, aus dem er nicht herauskam.

Ihm war schmerzlich bewusst, dass bei einem einzigen falschen Schritt alles in Stücke gehen würde.

Jakob hatte Regina zuletzt auf einer Dienstreise nach Helsinki getroffen, kurz vor Matias' Geburt. Er hatte im Hotel eingecheckt, sein Zimmer aber kein einziges Mal betreten, sondern die Nächte bei Regina verbracht. Der Sex mit Lena war eindeutig aufregender, aber die Nähe, die er bei Regina empfand, war etwas Besonderes.

Er war ein verdammter Feigling. Zum Glück hatte er Matias, für dessen Leben er die Verantwortung trug und der das Beste war, was ihm je geschehen war. In letzter Zeit hatte die Verantwortung ihn allerdings zunehmend belastet. Was, wenn er auch hier scheitern und etwas falsch machen würde? Wenn ihm das Kind aus den Armen glitt …

Jakob zwang sich, an etwas anderes zu denken. Er schaltete den Fernseher ein und sah sich eine norwegische Quizsendung an. Die Sprache hatte er schon gelernt, ebenso wie er den Umzug in das neue Land aus alter Routine gemeistert hatte. Schließlich hatte er in seiner Kindheit immer wieder die Koffer packen müssen, weil seine Eltern im Ausland Karriere machten: Finnland, Schweden, Deutschland, Russland, China …

In gut einem Monat, wenn Matias in die Kita kam, würde Jakob wieder Biologieunterricht geben und an seiner Dissertation weiterarbeiten. So war es mit Lena vereinbart. Lena war zwei Monate nach Matias' Geburt in ihren Job in der Finanzabteilung einer Versicherungsgesellschaft zurückgekehrt. Dass Lena, die mehr verdiente, wieder zur Arbeit ging und Jakob mit dem Baby zu Hause blieb, war nur vernünftig, zumal der Junge problemlos aus dem Fläschchen trank.

Der Sekundenzeiger der Wanduhr tickte. Die Vormittage kamen Jakob endlos lang vor, ebenso die stillen Momente am frühen Nachmittag. Heute hatte er gegen Mittag versucht, mit Matias im Kinderwagen einen kleinen Spaziergang zu machen, aber es lag zu viel Schnee. Jakob hatte sich eine Viertelstunde lang abgemüht, dann aber kapituliert und den Wagen ins Haus getragen.

Er warf einen Blick auf die Uhr. Genau acht Minuten seit dem Einschlafen. Jetzt schlief das Baby fest. Jakob suchte sich eine bequemere Position im Sessel und streckte vorsichtig seine steif gewordenen Arme.

Die Haustür wurde geöffnet. Es war Montag, da arbeitete Lena kürzer und kam schon vor halb zwei nach Hause. Jakob war nicht überrascht, dass im Flur kein Gruß, sondern nur lautes Schimpfen ertönte.

»Hier steht ja alles unter Wasser!«

Bevor Matias eingeschlafen war, hatte Jakob sie in einer Textnachricht gewarnt, der Fußboden im Flur sei nass, er werde aber alles aufwischen, sobald das Baby eingeschlafen sei. Lena hatte die Nachricht gelesen, das hatte er in den Übermittlungsdaten gesehen. Aber sie fand einfach immer einen Grund, wütend zu werden. Das kam in letzter Zeit immer häufiger vor. Entweder hatte er in der Küche die Teller falsch in den Schrank gestellt, die Spülmaschine falsch eingeräumt oder dem Baby die falsche Strampelhose angezogen.

Lena erschien an der Tür wie ein drohender Wirbelsturm. Die eine Hand hatte sie in die Seite gestemmt, mit der anderen stützte sie sich an den Türrahmen. Sie sah Jakob gehässig an.

»Der Flur steht komplett unter Wasser. In der Küche herrscht Chaos. Was hast du bloß den ganzen Tag lang getan?«

Jakob wusste, dass jede Diskussion fruchtlos war. Ganz gleich, was er antwortete, Lena würde ihn nur umso heftiger anschnauzen.

»Mit dem Kinderwagen ist Schnee in die Wohnung gekommen. Ich hatte keine Zeit, alles sauber zu machen, weil ich Matias füttern musste. Den Rest wollte ich erledigen, wenn ich den Kleinen ins Bett gebracht habe.«

Lena seufzte und blickte in Jakobs Richtung, aber einige Zentimeter an ihm vorbei, dann machte sie auf dem Absatz kehrt. Sie sah ihn oft so an: irgendwie direkt, aber ohne ihm in die Augen zu blicken.

Bald darauf klapperte es in der Küche. Lena ging wieder an der Wohnzimmertür vorbei, in der Hand das Putztuch, das sie aus der Küche geholt hatte. Sie sah Jakob verächtlich an.

Nachdem sie den Fußboden trocken gewischt hatte, blieb sie an der Tür stehen.

»Ich weiß alles über Helsinki.«

Verdammte Scheiße, dachte Jakob bei sich.

»Mein Laptop ist dasselbe Modell wie deiner. Ich habe heute früh aus Versehen deinen zur Arbeit mitgenommen. Du hattest offenbar vergessen, dass du dich auch auf deinem Laptop bei Facebook eingeloggt hattest?«

Lena starrte Jakob mit eisigem Blick an und schüttelte enttäuscht den Kopf.

Dann sagte sie mit verstellter, quäkender Stimme: »Es war wieder herrlich, die Nächte mit dir zu verbringen. Ich sehne mich zurück in deine Arme.«

Jakob spürte eisige Kälte in sich aufsteigen.

»So was in der Art hat jedenfalls das Übersetzungsprogramm geliefert«, fuhr Lena fort. Ihre Stimme zitterte vor Wut.

Das nasse Putztuch landete klatschend zu Jakobs Füßen.

»Die Herzchen auf Messenger hab ich auch ohne Übersetzung verstanden!«, schrie sie und lief dann in die Küche.

Matias wurde wach und begann zu wimmern. Jakob versuchte, ihn wieder in den Schlaf zu wiegen, und gab sich alle Mühe, nicht auszurasten.

Er hörte, wie die Tür des Geschirrschranks geöffnet wurde. Dann zerschellte mit ohrenbetäubendem Krach der erste Porzellanteller auf dem Boden.

»Wie kannst du deinen Schwanz bei einer anderen reinstecken, während ich in unserem gemeinsamen Zuhause hochschwanger auf dem Sofa sitze?«

Matias' Wimmern war in lautes Schreien übergegangen. Als

Nächstes zerbrach irgendetwas Schweres. Wahrscheinlich war der Spiegel in der Küche auf den Boden gefallen. Danach wurde es still. Jakob hörte ein leises, schleifendes Geräusch. Offenbar fegte Lena den Küchenboden. Die Scherben fielen klirrend in den Mülleimer.

Kurz darauf erschien Lena mit verweintem Gesicht wieder an der Tür und sah Jakob fest in die Augen.

Betont ruhig sagte sie: »Ich hasse dich. Ich hasse dich so sehr wie keinen anderen Menschen auf der Welt.«

14

DEZEMBER 2021 EYJAFJÖRÐUR

Einige Stunden nach der Pause in der Pizzeria fuhren Hildur und Jakob an dem Dorf Dalvík am Ufer des Eyjafjörður vorbei. Der Bauernhof, der einige Kilometer außerhalb des Dorfes lag, war leicht zu finden. An der Hauptstraße warb ein etwa zwei Meter breites Schild für Ausritte auf Islandpferden, und auf einer großen, teilweise beleuchteten Weide am Straßenrand weideten Pferde. Es waren mindestens hundert ausgewachsene Tiere.

Auf der anderen Seite der Straße, auf einer zum Meeresufer abfallenden Weide, stand eine kleinere Herde jüngerer Pferde, ein und zwei Jahre alt. Die schmächtigen Tiere fraßen Heu. Sie würden mindestens noch ein oder zwei Jahre in Ruhe wachsen dürfen. Erst nach dem dritten Winter würde man sie zu Reitpferden schulen.

Es herrschte eine friedliche Stimmung. Der stark angerostete alte, graue Subaru an der kurzen Stirnwand des Stallgebäudes war das einzige sichtbare Fahrzeug.

Sie einigten sich auf ihre übliche Prozedur: Hildur würde vorangehen und das Reden übernehmen, Jakob würde ihr mit einigen Schritten Abstand folgen und sich darauf konzentrieren, die Umgebung zu beobachten. Ein dünner Lichtstreifen auf dem Schnee verriet, dass im Stall die Lampen eingeschaltet waren. Hildur stieß die Holztür auf und klopfte die Schuhspitzen an der Schwelle ab, bevor sie eintrat. Der Gang war frisch gefegt. Die Boxen waren leer, nur in einer mampfte ein müde wirkendes, dickbäuchiges weißes Pferd sein Heu.

»Hallo, ist hier jemand?«, rief Hildur und blickte sich um.

Der Schimmel unterbrach seine Mahlzeit und musterte die Ankömmlinge. Offenbar war der Anblick nicht besonders interessant, jedenfalls steckte das Tier das Maul gleich wieder in den Heuhaufen und fraß weiter.

Am anderen Ende des Stalls war ein leises Klappern zu hören. Eine Tür wurde geöffnet, und eine kurzhaarige Frau sah die Ankömmlinge fragend an.

»Ich bin Hildur Rúnarsdóttir von der Polizei in Ísafjörður«, sagte Hildur. »Und das hier ist mein Kollege Jakob Johanson.«

Die Frau kam zu ihr und gab ihr die Hand. »Lisa Weber.«

Sie erklärte auf Englisch mit deutschem Akzent, sie arbeite auf dem Bauernhof. Hildur wechselte ins Englische und sagte, es gehe um einen Mann namens Luka Kopitar. Ihren Informationen nach habe er zuletzt hier gewohnt.

»Kannten Sie ihn?«

Lisa nickte verwundert. »Wieso kannte … Ist Luka etwas zugestoßen?«

Hildur schlug vor, sich irgendwo hinzusetzen. Lisa führte sie in den Pausenraum des Stalls. Er sah genauso aus, wie die Pausenräume der Gestüte auf dem Land eben aussahen: Auf dem kleinen Tisch standen eine alte, von jahrelangem Gebrauch abgenutzte Kaffeemaschine, eine Tüte H-Milch, ein Paket Zucker und zwei angebrochene Keksschachteln. Körbe mit Helmen und Reithandschuhen füllten eine der Wände. In einem Korb auf dem Boden schnurrte eine weiße Katze. An der gegenüberliegenden Wand hingen Rosetten und Fotos von Islandpferdeturnieren. Es roch nach Pferd.

»Ich würde Ihnen gern Kaffee anbieten, aber die Filtertüten sind alle. Zum Einkaufen kann ich erst fahren, wenn ich mit der Stallarbeit fertig bin.«

Hildur setzte sich gegenüber von Lisa hin, Jakob nahm am Tischende Platz. Dann berichtete Hildur, dass Luka an den Westfjorden tot aufgefunden worden sei, erwähnte jedoch keine Einzelheiten.

Lisa erstarrte für einige Sekunden am ganzen Körper. Dann sackte sie in sich zusammen, ihre Kinnlade fiel nach unten, und sie riss die Augen weit auf. Ihre Überraschung wirkte echt.

»Es tut mir leid. Standen Sie sich nahe?« Hildur nahm ihr Notizbuch und einen angenagten Bleistift aus der Tasche.

Lisa schüttelte den Kopf und blickte sich ratlos um, als suchte sie an den Wänden nach Antworten.

»Wir waren Kollegen. Luka ist … ich meine, Luka war ziemlich still, aber nett und höflich. Als ich Anfang des Jahres herkam, war er schon hier. Er hat mir gezeigt, wie die Arbeit hier läuft.«

Lisa erzählte, dass auf dem Hof Schafe und Pferde gehalten wurden und es, vom tiefsten Winter einmal abgesehen, das ganze Jahr über betriebsam zuging: Im Frühjahr wurden die Lämmer geboren. Im Sommer kamen viele Touristen zum Reiten und gleichzeitig fiel reichlich Feldarbeit an. Im Herbst war man wochenlang damit beschäftigt, die Schafe aus dem Gebirge zum Hof zu treiben.

»Den Sommer über bieten Árni und María hier ein Ferienheim an. Also so eins, wo Kinder aus Jugendheimen und Pflegefamilien eine Zeit lang wohnen können. Die ersten Kinder kommen meistens im Frühjahr, und die letzten reisen im Herbst ab.«

Hildur erinnerte sich an einen Vorfall, der sich an Ostern in der Nähe von Ísafjörður ereignet hatte, wo ein Sechzehnjähriger betrunken am Steuer erwischt worden war. Er war in Seli ausgerissen und hatte eine kleine Menge Hasch bei sich gehabt. Bei den Ermittlungen hatte sich herausgestellt, dass sich solche Vorfälle im Ferienheim Seli in letzter Zeit gehäuft hatten und dass viele Jugendliche nach ihrem Ausbüxen Verbrechen zum Opfer gefallen waren. Als Leiterin der

Einheit für vermisste Kinder hatte Hildur eine Arbeitsgruppe aus örtlichen Polizeikräften und Sozialarbeitern einberufen. Gemeinsam hatten sie den Besitzern von Seli einige Verbesserungsvorschläge unterbreitet. Die Hofbesitzer hatten sich verpflichtet, den häufigen Wechsel der Arbeitskräfte zu verringern. Wer mehr als vier Monate auf dem Hof arbeitete, bekam nun im Herbst zwei Wochenlöhne als Bonus. Das sollte es den Jugendlichen erleichtern, ein Vertrauensverhältnis zu den Mitarbeitern aufzubauen. Man hatte auch begonnen, ihnen die Teilnahme an leichten Stallarbeiten zu erlauben. Unter anderem hatte jeder, der wollte, ein eigenes Pflegepferd bekommen. Infolge dieser Reformen waren weniger Jugendliche ausgerissen. Für Hildur war das ein wichtiger Punktsieg gewesen. Man hatte nicht mehr Einschränkungen gebraucht, sondern mehr Zuwendung.

»Waren Sie auch in die Betreuung der Kinder und Jugendlichen involviert?«, fragte Hildur.

Lisa schüttelte den Kopf. »Ich nicht, aber Luka. Er hat ab und zu die Pferdepflege geleitet und mit den Jugendlichen kurze Ausritte gemacht.«

Sie erzählte, dass im Sommer fast zwanzig Leute auf dem Hof arbeiteten. Im Winter ging es ruhiger zu, weil man nur die Schafe und Pferde füttern und Schnee schippen musste. In diesem Winter hatten nur sie beide hier gearbeitet.

»Und die Besitzer?«, fragte Hildur.

Lisa sagte, sie hielten sich nur den Sommer über auf dem Hof auf. In der restlichen Zeit seien sie auf Reisen, momentan in Spanien.

Hildur bat Lisa, ihr etwas über Luka zu erzählen. Was hatte er in seiner Freizeit getan, hatte er oft Besuch gehabt? Lisa schob die Pulloverärmel hoch und legte die Hände auf den mit Kaffeeflecken gesprenkelten Tisch.

»Luka hat abends gern Playstation gezockt oder Gitarre gespielt. Wir sind beide kaum ausgegangen. Wir haben hier gearbeitet und gewohnt.«

»Sie haben aber auch freie Tage, oder?«

Hildur wusste sehr wohl, dass Ausländer, die auf einem isländischen Bauernhof anheuerten, lange Arbeitstage hatten und manche nicht einmal einen anständigen Lohn bekamen, geschweige denn Urlaubstage. Vielen jungen Erwachsenen, die einfach etwas Neues erleben wollten, genügte es, dass sie Kost und Logis bekamen, umsonst reiten und in Island wohnen durften. Es war eine vertrackte Situation. Wenn die Arbeitskräfte keinen Lohn bekamen, erwarben sie keine Rentenansprüche und waren auch nicht gegen Unfälle versichert. Lisa schien Hildurs Gedanken zu erraten.

»Ich bekomme jeden Monat eine Lohnabrechnung und das Geld auf mein Konto, nicht bar auf die Hand«, erklärte sie und fügte hinzu, dass sie auch die gesetzlich vorgeschriebenen freien Tage bekomme.

Tatsache war allerdings, dass man auf dem Land nicht besonders viel unternehmen konnte. Im Sommer wanderte man mit anderen Hofarbeitern in den Bergen der Umgebung, aber im Winter waren die Tage kurz und das Wetter miserabel.

»An meinen freien Tagen schlafe ich aus und gucke Fernsehen. Luka hat sich meistens irgendwo mit seinen Freunden getroffen.«

Hildur warf Jakob einen Blick zu. Sie hatten keine Durchsuchungserlaubnis, aber wenn Lisa sie ins Haus ließe, würden sie sich natürlich umschauen.

»Dürften wir kurz das Zimmer von Luka sehen?«

Lisa stand auf und winkte sie mit sich. Sie gingen an der Box vorbei, wo der Schimmel weiterhin sein Heu fraß.

»Ist das Pferd krank, oder warum ist es hier drinnen?«, fragte Hildur. »Ich finde, es sieht ziemlich dick aus.«

Lisa sah sie belustigt an. »Meinen Sie Hekla? Die ist nicht dick, sondern trächtig.«

»Die Fohlen werden doch normalerweise im Sommer geboren, oder?«, wunderte sich Hildur.

»Kann sein«, antwortete Lisa gleichgültig und ging weiter. »Für mich ist das alles noch so neu. Es ist mein erstes Jahr hier.«

In der Mitte des Stalls befand sich eine Nische, die in einen dunklen Flur führte. Lisa knipste die Deckenlampe an und riet ihnen, den Kopf einzuziehen. Die Decke war ausgesprochen niedrig. Durch die Tür am Ende des Flurs gelangten sie in das Erdgeschoss des Hauptgebäudes.

»Ich wohne hier unten, Lukas Zimmer ist oben«, sagte Lisa und zeigte auf die schmale Treppe an der Seite. Hildur deutete die Handbewegung als Einladung und ging die knarrenden Stufen hinauf. Jakob folgte ihr.

Oben betraten sie Lukas Zimmer. Jakob streifte sich Einmalhandschuhe über und machte sich daran, die im Zimmer verteilten Sachen durchzugehen.

»Irgendwas Interessantes?«, fragte Hildur, während sie das Durcheinander im Kleiderschrank betrachtete.

Zum Reiten geeignete Hosen, Pullover, Socken und ein Haufen lange Unterhosen. Sie hob die Kleidungsstücke hoch, entdeckte aber nichts Auffälliges. Jakob fotografierte Lukas Schreibtisch und zählte murmelnd auf, was er sah.

»Münzen, Kondome und halb leere Bonbontüten.«

Das Bett war nicht gemacht, ein Krimi von Stieg Larsson lag aufgeschlagen auf dem Nachttisch. Weitere Möbelstücke gab es nicht, auch keine Gardinen. Persönlichere Besitztümer von Luka waren nirgends zu entdecken. Kein Pass, keine Brieftasche und kein Handy. Derartige Sachen waren offenbar mit ihrem Besitzer verschwunden. Allerdings lag seine Zahnbürste noch im Bad. Das war seltsam. Wenn jemand eine Reise antrat, nahm er in der Regel die Zahnbürste mit.

»He, hier ist was«, sagte Jakob plötzlich und zog eine Metalldose aus der einzigen Schreibtischschublade. In der deckellosen Dose lagen viele Tausend- und Fünftausendkronenscheine, außerdem kleine Klarsichtbeutel.

Jakob zählte das Geld. Hildur griff nach der Dose und überprüfte den restlichen Inhalt. Die Beutel waren alle leer, und die Dose enthielt sonst nichts.

»Das sind ungefähr zweihunderttausend Kronen in kleinen Scheinen«, schätzte Jakob.

Hildur ließ den Blick durch das asketische Zimmer wandern.

»Der Typ hat eindeutig mit Drogen gehandelt«, sagte sie und hielt die Dose hoch. »Wir müssen das hier genauer untersuchen lassen.«

Das laute Knarren des Fußbodens schreckte sie auf. Als sie sich umdrehte, bemerkte sie Lisa, die an der Tür stand und sie unsicher ansah.

»Es hat vielleicht nichts zu bedeuten, aber ich habe Ihnen ja schon erzählt, dass die Besitzer gerade in Spanien Urlaub machen.«

Lisa verstummte und senkte den Blick. Mit ihren schmalen Fingern zupfte sie an den Pulloverärmeln. Sie fühlte sich sichtlich unbehaglich.

»Auch kleine Beobachtungen können hilfreich sein«, ermunterte Hildur sie. »Nur raus mit der Sprache.«

»Könnten Sie so nett sein, unseren Arbeitgebern nichts davon zu verraten?«

Hildur versprach nichts, sah die junge Frau aber freundlich an.

Lisa berichtete, sie hätten mit den Arbeitgebern vereinbart, dass immer mindestens zwei Personen auf dem Hof anwesend zu sein hatten.

»Luka musste aber vor sechs Tagen dringend weg, um irgendwas zu erledigen. Er hat ziemlich nervös gewirkt.«

»Wissen Sie, wohin er wollte?«, fragte Jakob, während er aufstand. Er hatte unter das Bett und den Nachttisch geguckt.

»Nach Kopenhagen, hat er gesagt. Er hat versprochen, mir aus dem Duty-free-Shop zwei Flaschen Wein mitzubringen und die ganze nächste Woche die Pferdefütterung zu übernehmen, wenn ich während seiner Reise seine Aufgaben erledigen würde. Ich dachte, das wäre schon okay. Hier ist im Moment so wenig los.«

Luka hatte gesagt, er würde in drei Tagen zurückkommen.

»Und das hat er auch getan.«

Lisa hatte die versprochenen Weinflaschen bekommen, und sie hatten sich gemeinsam zwei Folgen einer deutschen Polizeiserie angesehen.

»Seltsam ist nur …« Lisa verstummte kurz und suchte nach Worten. »… dass er dann wieder verschwunden ist.«

»Was heißt das – wieder verschwunden?«, fragte Hildur und sah Lisa in die Augen.

»Luka hatte versprochen, am Morgen nach seiner Rückkehr die Stallarbeiten zu erledigen, also habe ich meinen Wecker nicht gestellt. Als ich so gegen zehn Uhr wach wurde, war das Haus leer. Auf der Weide standen die Pferde am Tor und haben auf ihr Morgenheu gewartet. Hekla hat hungrig in der Box gewiehert. Und Luka war nirgends zu sehen. Gerade so, als hätte er sich in Luft aufgelöst. Seitdem habe ich nichts mehr von ihm gehört.«

15

DEZEMBER 2021 AUF EINER PFERDEWEIDE

Das in Plastikfolie gewickelte belegte Brötchen schmeckte gut. Der Becher mit dem dampfenden Tee stand in der Halterung des Autos. Der Imbiss stammte von einer Tankstelle in der Nähe. Sie setzte sich nie zum Essen in eine Raststätte. Es war ihr unangenehm, angestarrt zu werden. Ein rascher Einkauf war die einzige Alternative, und jetzt im Winter war es noch leichter, weil der große Schlauchschal ihr Gesicht verbarg.

Ihr war qualvoll bewusst, dass jeder, der ihr Gesicht sah, sich für immer an sie erinnern würde. Man ließ sie nicht vergessen, wie anders und abstoßend sie aussah. Die Zeit verging, löschte die Erinnerung aber nicht aus.

Die linke Gesichtshälfte war vor langer Zeit schlimm verbrannt. Das heiße Öl hatte ihre Haut zerklüftet, sodass sie an die von Kratern durchsetzte Oberfläche eines fernen Planeten erinnerte. Niemand hatte ihr eine Hauttransplantation vorgeschlagen, und sie selbst war nicht fähig gewesen, sie zu fordern.

Sie würde ihr Gesicht später behandeln lassen. Wenn sie genug Geld beisammenhatte. Zuerst würde sie ihre Schulden abzahlen und dann in irgendeine Klinik im Ausland gehen, wo man ihr Gesicht in Ordnung brachte. Bis dahin würde noch viel Zeit vergehen, aber das machte nichts. Schritt für Schritt und Pferd für Pferd näherte sie sich ihrem Ziel.

Ihre Arbeit hatte auch ihre guten Seiten: Sie hatte nichts mit anderen Menschen zu tun und durfte sich im Freien aufhalten. Sie durfte etwas tun, worauf sie sich verstand. Die Pferde gehorchten ihr. Und sie blickten sie auch nicht abschätzig an.

16

DEZEMBER 2021 NORDISLAND

Hildur hob den Blumentopf auf der Vortreppe an. Der Schlüssel lag an der vereinbarten Stelle.

Die zum Gasthof umgebaute alte Dorfschule befand sich direkt an der Ringstraße. Zwischen dem Gebäude und der Straße lag nur eine freie Fläche mit einer Selbstbedienungstankstelle und Parkplätzen für rund zwanzig Autos. Wenn es hier Verkehr gegeben hätte, wäre der Lärm bestimmt in die Zimmer gedrungen. An diesem späten Dezemberabend herrschte jedoch Stille. Sie würden ungestört schlafen können.

Hildur musste den Schlüssel mehrmals kräftig hin und her bewegen, bevor das Schloss sich öffnete. Die Tür knarrte.

Der Gasthof war nur im Sommer geöffnet. Dann fuhren jedes Jahr Hunderttausende Touristen die Ringstraße entlang, um Wasserfälle, vulkanische Sandstrände, heiße Quellen und Vulkane zu bestaunen. Von Juni bis September waren alle Unterkünfte ausgebucht, aber mitten im dunkelsten Winter waren so weit außerhalb von Reykjavík kaum ausländische Touristen unterwegs. Daher waren viele Gasthäuser in den Wintermonaten geschlossen.

Hildur kannte jedoch die Besitzer. Auf ihren Reisen hatte sie hier oft Station gemacht. Wer ein Quartier brauchte, durfte auch außerhalb der offiziellen Öffnungszeiten hier übernachten, sofern er sich vorher telefonisch anmeldete.

Die Besitzer hatten die elektrische Heizung eingeschaltet, und im Erdgeschoss war es bereits angenehm warm. In den dünn besiedelten ländlichen Gebieten heizte man mit Strom oder Öl. Die meisten Isländer hatten schon während der Ölkrise von der Ölheizung Abschied genommen, und der Strom war zwar billig, aber aus Sicherheitsgründen ließ man ihn in leeren Gebäuden nicht das ganze Jahr über eingeschaltet.

Hildur setzte Wasser auf und holte vier Päckchen Instantnudeln mit Hühnergeschmack aus der Einkaufstüte. Jakob hatte an der Tankstelle auch etwas »Gesundes« kaufen wollen. Er hatte von Salat gesprochen, aber im Dezember gab es an den Tankstellen kein frisches Grünzeug zu kaufen. Im Regal mit den Konserven hatte er Mais und kleine Möhren gefunden, die er jetzt in Schüsseln füllte.

Sie aßen schweigend.

Hildur nahm Mais aus der Schüssel, die zwischen ihnen stand, und schob den Löffel in den Mund. Dann setzte sie die Suppenschale an die Lippen und trank geräuschvoll von der Nudelbrühe. Eine Weile füllte lautes Schlürfen die Küche. Schließlich stellte Hildur ihre leere Schale in die Spüle. Sie beobachtete, wie Jakob mit dem Löffel die letzten Maiskörner zusammenkratzte. Der finnische Kollege war immer schon still gewesen, aber in letzter Zeit wirkte er noch schweigsamer als bisher. Auch beim Friseur war er länger nicht mehr gewesen. Die Denkfalte zwischen den Augenbrauen hatte sich in den letzten Monaten vertieft. Er wirkte irgendwie kraftlos.

»Macht dich der Prozess nervös?«

Jakob zuckte die Achseln, griff nach seinem Milchglas und leerte es in einem Zug.

Hildurs Blick fiel auf die geblümte Tapete, die sich an den Rändern gelöst hatte und stellenweise mit Fett bespritzt war. Trotzdem sorgte sie für eine angenehm zeitlose, heimelige Atmosphäre.

Jakob rieb sich leise stöhnend das Gesicht.

»Ja, ehrlich gesagt, es ist ganz fürchterlich. Das Einzige, was ich beeinflussen kann, ist mein eigenes Verhalten, und gerade das macht mir am meisten Sorgen.«

Hildur glaubte zu wissen, was Jakob meinte. Er hatte ihr erzählt, dass Lena immer noch das Video von dem Moment hatte, wo Jakob sie mit einem Apfel bewarf. Zuerst hatte Lena Jakobs Freunde lang und breit heruntergeputzt, bis Jakob die Nerven verlor, einen angebissenen Apfel vom Tisch nahm und ihr an den Kopf schleuderte. Lena hatte die Szene mit ihrem Smartphone aufgezeichnet und das Video später beim Sorgerechtsprozess in Norwegen gegen Jakob eingesetzt. Das war nur eine der vielen fiesen Aktionen, mit denen sie es geschafft hatte, Jakob aus dem Leben ihres gemeinsamen Kindes zu verbannen. Hildur hatte oft darüber nachgedacht, warum Lena so bösartig war, konnte sich aber einfach keinen Reim darauf machen.

»Du musst um jeden Preis die Ruhe bewahren. Sie versucht garantiert, dich aus der Fassung zu bringen.«

Jakob stand auf, um den Abwasch zu machen. Er ließ heißes Wasser in das Spülbecken laufen, gab einige Tropfen Spülmittel dazu, griff nach dem Schwamm und schrubbte die Schüsseln. Hildur nahm das saubere Geschirr entgegen und trocknete es mit einem verschlissenen karierten Geschirrtuch ab.

»Zum Glück findet die Verhandlung in Finnland statt«, sagte sie, um ihren Kollegen aufzumuntern. »Das ist bestimmt günstiger für dich als in Norwegen.«

Jakob spülte den letzten Teller unter heißem Wasser ab und reichte ihn Hildur.

»Ich habe über diesen Luka nachgedacht …«, begann er und zog den Stöpsel aus dem Becken.

Ganz offensichtlich wollte er das Thema wechseln.

»Luka kommt mit Drogen aus Dänemark und verschwindet, als er die Portionen noch im Bauch hat. Man bringt ihn um, lässt das Rauschgift aber in seinem Magen. Das ergibt keinen Sinn.«

Genau darüber hatte auch Hildur nachgedacht. Normalerweise verkauften die Packesel die Drogen, die sie ins Land schmuggelten, nicht selbst, sondern waren Teil einer größeren Organisation. Sie schluckten die Portionen, schieden sie aus und brachten den Stoff an eine vereinbarte Stelle, von wo eine Kontaktperson sie weitertransportierte.

Die Leiche aber war mitsamt den Drogen ins Meer geworfen worden. Wenn der Mann der Kokaineier wegen umgebracht worden wäre, hätte man sie wohl aus seinem Bauch geholt, bevor man die Leiche entsorgte.

»Es sei denn, dass der Mörder einfach nicht fähig war, den Magen aufzuschneiden«, überlegte Hildur.

Einen Toten aufzuschnippeln und Drogenbeutel zwischen den Innereien hervorzuziehen war keine Kleinigkeit. Vor so etwas würden selbst hartgesottene Verbrecher zurückschrecken.

Jakob lehnte sich an die Spüle und zwirbelte das feuchte Geschirrtuch in den Händen.

»Diese Haken in Lukas Körper ...«

Er legte das Geschirrtuch zum Trocknen über eine Stuhllehne. Dann erzählte er, er habe bei den vier Schweineschlachthöfen des Landes angerufen, die seinen Verdacht bestätigt hätten.

»Das sind Schlachthaken. Mit denen hatte ich in meiner Jugend mal zu tun, als ich einen Sommer lang auf einem Schlachthof in Forssa gearbeitet habe.«

Hildur hörte sich Jakobs Bericht über seinen Ferienjob als Schlachter an. Die Schweinerümpfe wurden an solche Stahlhaken gehängt und über die Fließbänder transportiert.

»Hier verwendet jeder Schlachthof die gleichen Haken. Es ist praktisch unmöglich, sie zurückzuverfolgen. Außerdem kann sie jeder im Internet bestellen.«

So viel dazu, dachte Hildur. Die Stahlhaken würden die Ermittlungen also nicht voranbringen.

»Ein Bier vor dem Schlafengehen?«, fragte sie und nahm zwei Gläser aus dem Schrank.

Jakob holte die Bierflaschen aus dem Kühlschrank, entkorkte sie am harten Rand der Spüle und füllte die Gläser.

Hildur dehnte ihre Schultern und überlegte. Verbrechen gegen das Leben waren immer absurd, aber in diesem Fall gab es besonders viele seltsame Einzelheiten. Das Gedicht, die Drogen im Magen und einen Haufen zerknitterte Banknoten auf dem Gestüt.

Sie hoffte, spätestens morgen früh ihren Kontakt bei der Drogenpolizei zu erreichen. Jónas hatte gesagt, er werde Informationen über die slowenische Drogenkriminalität in Island einholen, aber Hildur hatte das Gefühl, sie sollte sich lieber selbst darum kümmern. Sie kannte Beta gut. Nach ihrem Umzug in die Hauptstadt hatte Beta eine Stelle als Vizechefin der Einheit für Rauschgift- und Bandenkriminalität der Polizei Islands bekommen. Hildur hatte sofort nach der Abfahrt vom Hof Seli versucht, sie zu erreichen, aber das Telefon war ständig besetzt gewesen. Sie hatte eine dringende Rückrufbitte hinterlassen. Die Rauschgiftpolizei verfügte über die aktuellsten Informationen über den Drogenhandel im ganzen Land und hatte in der Regel eine ziemlich genaue Vorstellung von den Hauptakteuren und ihren Komplizen. Vielleicht hatte Luka früher unter Beobachtung gestanden und viele Kurzreisen nach Europa oder in noch fernere Gegenden unternommen? Das würde sich bald herausstellen.

Da piepte ihr Handy. Enttäuscht stellte sie fest, dass die Nachricht nicht von Beta kam, sondern von Jónas. Sie klickte sie an, las sie und antwortete, sie werde morgen kurz nach Mittag mit Jakob zurückkommen.

»Was wollte der Quälgeist?«, fragte Jakob und stellte die leeren Bierflaschen in eine Plastikschüssel an der Wand.

Jónas hatte Lukas Telefondaten bekommen und durchgesehen. Für einen Drogendealer war Lukas Telefonverkehr sehr spärlich gewesen. Bei dem registrierten Anschluss waren nur einige wenige Anrufe und Textnachrichten pro Woche eingegangen. Vermutlich hatte er zusätzlich ein oder mehrere Prepaids besessen.

»Lukas Handy wurde vor acht Tagen ausgeschaltet. Das deckt sich mit Lisas Aussage. Als Luka vom Bauernhof verschwand, wurde sein Handy abgestellt.«

Hildur nahm ihr Haarband vom Handgelenk und drehte es eine Weile zwischen den Fingern. Was in aller Welt war in der Nacht von Lukas Verschwinden passiert?

17

Das Salzwasser lief Hildur übers Gesicht. Die Wellen waren fantastisch gewesen, ganz wie die Wellenvorhersage versprochen hatte. Lang, breit und gleichmäßig. Das Surfen im kalten Licht des Vormittags war ein Genuss gewesen.

In der Nacht hatte Hildur nicht richtig schlafen können. Sie litt nicht sehr oft unter Schlaflosigkeit. Gelegentlich hatte sie Anfälle von Beklemmung, aber nur tagsüber. Dass sie zwischen drei und vier Uhr nachts aufwachte, kam zum Glück selten vor. Das Wachliegen vernebelte die Gedanken und schlug sich am nächsten Tag in einem Gefühl der Hoffnungslosigkeit nieder. Manchmal gelang es ihr, wieder einzuschlafen, meistens aber nicht. In der letzten Nacht war sie kurz vor halb drei wach geworden. Die nagende Beklemmung und die Sorge über den Schlafmangel hatten sie dann lange wach liegen lassen, und sie war erst gegen fünf wieder eingenickt. Das Dösen am Morgen hatte zwar die schlimmste Müdigkeit verhindert, aber sie hatte sich trotzdem schlapp gefühlt. Das Surfen hatte ihre Stimmung zum Glück ein wenig aufgehellt.

Jakob und sie waren früh aufgestanden, hatten an der Tankstelle im kleinen Ort Hvammstangi gefrühstückt und waren danach ans Ufer des Miðfjörður gefahren. Jakob hatte dort einen Spaziergang gemacht. Surfen lockte ihn nicht.

Hildur dagegen liebte die Bewegungen des Meeres und den Geruch des Wassers. Wellen und Strömungen konnte man zu einem gewissen Grad lesen, und doch überraschten sie einen immer wieder. Wenn es um das Meer ging, konnte man nie alles erklären und vorhersehen. Aber gerade dieses Mystische und Unerklärliche war so faszinierend. Und nirgendwo sonst war man so frei von allem. Wenn sie auf dem Meer zu den Wellen paddelte, hatte sie keine Verpflichtungen, die Dämonen, die ihr Gemüt plagten, verstummten, die Probleme existierten nicht mehr, und niemand konnte sie erreichen.

Hildur war überzeugt, dass das Surfen auch Jakob geholfen hätte, einmal so richtig den Kopf freizubekommen, aber vielleicht hatte bei dem Finnen das Stricken dieselbe Wirkung.

Das Brett unter den Arm geklemmt, stapfte Hildur ans Ufer und drehte sich um, um noch einmal auf das Meer zu schauen. Sie leckte sich einen salzigen Tropfen von der Oberlippe. Der Sand war schwarz, und das Meer schäumte.

Der Nordwind ließ das Surfbrett unter ihrem Arm hin- und herschwingen. Sie lauschte eine Weile auf die Bewegungen des Meeres. Wenn die Wellen ans Ufer schlugen, war ein Knall zu hören, auf den ein Seufzer folgte. Floss das Wasser zwischen den kleinen Steinen zurück, hörte man ein leises Zischen. Jakobs Ruf riss Hildur aus ihren Gedanken, es war Zeit zum Aufbruch.

Hildur zog trockene Sachen an, steckte ihren Neoprenanzug in einen schwarzen Müllsack und ließ den Motor an. Als sie gerade vom Parkplatz auf die Straße bog, klingelte ihr Handy. Sie freute sich, dass der Anruf von Beta kam. Da die Bluetooth-Verbindung nicht funktionieren wollte, nahm sie das Handy ans Ohr.

»Wir hatten einen Einsatz in Keflavík, entschuldige bitte, dass ich nicht sofort zurückrufen konnte. Jetzt fahre ich gleich nach Hause und schlafe mich aus. Ich habe fast zwei Tage durchgearbeitet.«

Beta klang müde. Einzelheiten über den Fall, an dem sie gerade arbeitete, durfte sie nicht verraten, konnte aber immerhin erzählen, dass ihr Team aus dem Westen kommende internationale Flüge observiert hatte. Die Drogenpolizei der Hauptstadtregion hatte internationale Hinweise auf eine argentinische Bande bekommen, die des Drogenschmuggels verdächtigt wurde. Fast der gesamte Flugverkehr aus Süd- und Mittelamerika kam über die USA und Kanada nach Island. Es gab tägliche Direktflüge aus den Großstädten Nordamerikas. Zum größten Teil landeten sie nach Mitternacht und frühmorgens auf dem internationalen Flughafen Keflavík, wo viele Reisende in die Morgenmaschinen nach Europa umstiegen.

»Aber die Typen haben sich nicht blicken lassen«, schnaubte Beta. »Sie haben wohl in letzter Minute beschlossen, doch nicht mitzufliegen.«

Hinweise mussten überprüft werden, und manchmal kam dabei nichts heraus, so war es nun mal.

Hildur wollte ihre müde Kollegin nicht lange aufhalten und kam direkt zur Sache. Sie berichtete von der Leiche am Fischzuchtgehege, in deren Magen man Drogen gefunden hatte.

»Bei seinem Namen klingelt gar nichts, und im isländischen Strafregister taucht er nicht auf«, berichtete Hildur. »In Slowenien ist er nur wegen Geschwindigkeitsüberschreitung erfasst worden. Weißt du mehr?«

Am anderen Ende herrschte einen Moment lang Stille. Offenbar musste Beta kurz nachdenken.

»Es gibt ziemlich viele Verbindungen nach Kroatien, Serbien und Polen, aber keine nach Slowenien. Und der Name ist mir auch noch nicht untergekommen.«

Hildur hörte Beta auf ihrem Computer tippen.

»Wie geht es sonst bei euch im Westen?«, fragte Beta. Sie hatten schon so oft über Jónas hergezogen, dass das Thema ihnen beiden zum Hals heraushing.

»Ich warte auf den Weihnachtsfrieden. Aber der scheint nicht zu kommen.«

Beta räusperte sich und erklärte, im Hauptstadtgebiet sei es nicht anders. Man könne beinahe glauben, dass so kurz vor den Feiertagen noch einmal alle möglichen Seltsamkeiten ans Licht wollten. Vor zwei Tagen hätten sie direkt neben der größten Tomatenplantage Islands eine Cannabiszucht entdeckt, und gestern sei ein Exhibitionist festgenommen worden, als er hinter der Hallgrímur-Kirche seinen Darm entleerte; in seinem Rucksack habe man eine beträchtliche Menge illegale Pillen gefunden.

Beta fügte hinzu, sie suche gerade in den Datenbanken der Drogenpolizei nach dem Namen des Opfers. Hildur trank einen Schluck Kaffee aus ihrem Thermosbecher.

»Fehlanzeige, hier findet sich nichts über den Mann.«

Mist, dachte Hildur. »Für wie wahrscheinlich hältst du es denn, dass Freelancer Drogen auf die Art transportieren?«

Im Allgemeinen wurden Drogen in großen Mengen ins Land geschmuggelt. Das Risiko, erwischt zu werden, war gleich hoch, unabhängig davon, ob man hundert oder fünfhundert Gramm illegalen Stoff bei sich hatte. Niemand wusste, wie viele Kokainbeutel Luka letztlich geschluckt hatte.

»Vielleicht hat er in Kopenhagen für den Eigenbedarf eingekauft und vorgehabt, den Stoff in kleinen Mengen über geschlossene Facebook-Gruppen an private Abnehmer zu verticken«, sagte Beta. »Der Drogenhandel von diesen Mikrotätern hat wahnsinnig zugenommen, seit das Geschäft aus den Kneipen in die Social-Media-Kanäle abgewandert ist.«

Vielleicht ist es so gelaufen, überlegte Hildur. Sie wusste, dass es unmöglich sein würde, in einer Großstadt wie Kopenhagen Lukas Kontakte ausfindig zu machen, wenn sie nicht irgendwo sein zweites Handy entdeckten und dadurch auf eine Spur stießen. Die Kopenhagener Drogenpolizei würde bei einer Anfrage wegen vierzig Gramm Kokain nur müde mit den Schultern zucken. Für die dortigen Kollegen kam diese Menge einem winzigen Tropfen im Ozean gleich.

»Und von den kleinen Fischen bestellt keiner mehr per Post, die holen ihre Einkäufe selbst ab«, fuhr Beta fort.

Die Post zu nutzen war riskant geworden, weil in den Frachtterminals und Verteilzentren in letzter Zeit alle Sendungen genau untersucht wurden. Dem Vernehmen nach entdeckten die Hunde fünf Gramm Speed in einem braunen Briefumschlag leichter als zweihundert Kilo Kokain in einem versiegelten und vollgepackten Hafencontainer. Die kleinen Fische wurden mit größerer Wahrscheinlichkeit gefasst als diejenigen, die riesige Mengen an Geld und Drogen verschoben.

»Falls ich von einer verschwundenen Kokainlieferung höre, melde ich mich«, sagte Beta und fügte entschuldigend hinzu, sie müsse jetzt Schluss machen.

Hildur bedankte sich und legte auf. Sie mochte ihre Kollegin. Kennengelernt hatten sie sich, als Beta nach Ísafjörður gezogen war und ihre Stelle als Polizeichefin angetreten hatte. Betas damaliger Ehemann Óliver hatte im ersten Jahr halbtags gearbeitet und sich zu Hause um die Kinder gekümmert. So hatte Beta nach der Arbeit noch Zeit gehabt, Sport zu treiben. Im Fitnessstudio waren Beta und Hildur gute Freundinnen geworden. Beta war schon damals eine geradlinige und sachorientierte Frau gewesen, die vor niemandem buckelte. Know-how war ihr wichtiger gewesen als Beziehungen. Das war nicht unbedingt typisch für Vorgesetzte, und vermutlich hatte Hildur sich gerade deshalb in Betas Gesellschaft immer wohlgefühlt.

Zwar vermisste Hildur ihre frühere Chefin, sie freute sich aber auch für sie. Sie war davon überzeugt, dass Betas Fähigkeiten bei der Drogenpolizei am besten zur Geltung kamen. Beta untersuchte den Drogenhandel und die organisierte Kriminalität vor allem auf dem Weg über den Geldverkehr. Es war sinnlos, Ressourcen für die Jagd auf Drogenkonsumenten zu verschwenden. Stattdessen musste man klären, wo und zwischen wem Geld floss und wer die großen Akteure waren. Diejenigen, die man nicht auf der Straße sah. Wenn Luka geschäftliche Verbindungen zu den kriminellen Kreisen gehabt hatte, die das Drogengeschäft in Island betrieben, würde Beta das sicher erfahren.

Hildur berichtete Jakob die wesentlichen Punkte ihres Telefonats mit Beta. Jakob war ungewöhnlich wortkarg und sagte nur ein paarmal *ja* und *aha*.

Hildur hielt es für das Vernünftigste, ebenfalls still zu sein. Eine Stunde lang fuhren sie schweigend in Richtung Westfjorde. Wenn das Radio Empfang hatte, hörte Hildur Nachrichten und Programme zu aktuellen Themen. In den entlegensten Winkeln des Fjords drehte sie die Lautstärke auf null, damit das Senderrauschen nicht zu hören war.

Jakob strickte pausenlos. Seit dem Halt am Surfplatz war der Pullover schon um mehrere Zentimeter gewachsen.

»Du strickst ziemlich manisch«, brach Hildur schließlich das Schweigen.

Jakob strich sich mit dem Handrücken über den Bart. »Das hilft mir, einen klaren Kopf zu behalten.«

Hildur bemerkte ein Schild am Straßenrand, das die nächste Tankstelle in zehn Kilometern Entfernung ankündigte. Der Tankanzeige nach sollte das Benzin aber bis Ísafjörður reichen. Vor ihnen lag eine gerade Strecke. Es herrschte gutes Wetter, und die Straße war nicht vereist. Hildur beschleunigte und holte tief Luft.

»Hör mal, Jakob«, begann sie und gab noch mehr Gas.

Die Nadel kletterte auf über hundert. Das lag schon leicht über dem Tempolimit, aber Hildur kümmerte sich nicht darum. Sie kannte die Strecke gut, hatte kilometerweise freie Sicht, und es gab keinen Gegenverkehr. Im Winter liefen auf der Straße auch keine Schafe herum, vor denen man im Sommer auf der Hut sein musste.

Jakob hatte schon gestern gestresst gewirkt, doch jetzt war er so angespannt wie die Saite einer Geige.

»Was ist mit dir los?«

Jakob schwieg. Er blickte durch das Seitenfenster auf die von Reif bedeckten Felder.

Die Atmosphäre im Wagen war eisig geworden, was Hildur seltsam erschien, weil Jakob und sie sich vom ersten Tag an gut verstanden hatten. Sie hatten sogar gemeinsam die finstersten Geheimnisse von Hildurs Familie aufgeklärt. Auch Jakob hatte bis vor einigen Wochen immer offen über seinen Sohn und seine stressige Ex-Frau gesprochen. Jetzt wirkte er auf einmal fremd.

»Nun sag schon«, forderte Hildur ihn auf.

Jakob holte tief Luft und atmete geräuschvoll durch die Nase aus. »Während du beim Surfen warst, habe ich einen Anruf bekommen. Ich muss nach Finnland.«

Jetzt ist es also so weit, dachte Hildur.

»Mein Anwalt hat angerufen. Anfang nächster Woche soll ich vor dem Amtsgericht in Rovaniemi erscheinen. Am Freitag müssten wir die Verhandlung vorbereiten. Ein katastrophales Timing, ich weiß.«

»Ach, so ist es doch immer«, beruhigte Hildur ihn. »Ich werde mit den Ermittlungen auch irgendwie allein zurechtkommen.«

Das Klirren nahm zu, Jakob strickte wieder schneller.

»Es sollte nur einen Tag dauern. Dann komme ich zurück. Das Urteil lässt womöglich mehrere Wochen auf sich warten.«

»Notfalls kann mir auch Gylfi helfen«, sagte Hildur. »Mach dir deswegen keinen Kopf.«

Gylfi war einer der erfahrensten Streifenpolizisten in Ísafjörður. Sie hatten auch früher schon zusammengearbeitet.

»Hör mal, Jakob, es gibt etwas, worüber ich mir Gedanken gemacht habe.«

Hildur überlegte kurz, ob sie weiterreden sollte oder nicht. Sie nahm an, dass es vermutlich besser wäre zu schweigen, weil Jakob das Thema nie selbst zur Sprache gebracht hatte, aber die Neugier siegte.

»Ich dachte an deine Eltern. Könnten sie dir vor Gericht nicht irgendwie behilflich sein? Du hast nie über sie gesprochen. Hat das einen besonderen Grund?«

Jakob wandte ihr langsam sein Gesicht zu. Die zu Schlitzen verengten Augen jagten ihr einen Schreck ein: Mit diesem Blick hätte er einen ganzen Eimer Wasser in Eis verwandeln können. Er drückte sich tiefer in den Sitz, zog die Kapuze über den Kopf und wandte sich von ihr ab. Eine Weile lang starrte er in die baumlose Landschaft.

Dann knurrte er: »Hör auf. Das geht dich nichts an.«

Hildur erschrak über seine wütende Reaktion. Was war da gerade passiert? Sie wollte sich ihre Erschütterung nicht anmerken lassen und richtete den Blick mit Pokerface wieder auf die Straße vor ihnen. Sie konnte allerdings nicht verhindern, dass ihr kalte Schauder über den Rücken liefen. Irgendetwas stimmte hier nicht.

18

DEZEMBER 2021 GRUNDARFJÖRÐUR, WESTISLAND

Olga Ragnarsdóttir hatte ein alkoholfreies Bier bestellt. Schon ein einziger alkoholhaltiger Drink am Abend erschwerte ihr neuerdings das Einschlafen. Wenn sie auf ein Bier in die Kneipe ging, war es also besser, alkoholfreies zu wählen. Olga schwang ihre Dreadlocks über die Schulter und balancierte das randvolle Glas vorsichtig durch das gut besuchte Lokal.

Der einzige freie Tisch stand an der hinteren Wand. Olga stellte ihr Glas ab, holte das Handy aus der Tasche ihres Wintermantels und sah sich die Aktualisierungen auf ihrem Facebook-Profil an, fand zu ihrem Ärger aber nicht, was sie erwartet hatte.

Fünf aus ihrer Gruppe hatten heute Nachmittag teilnehmen können. Die Aufgabe des Tages lautete, in den ländlichen Gebieten im Westen zu fotografieren. Wegen der Brisanz des Vorhabens hatten sie vereinbart, auch diesmal so vorzugehen wie bei den früheren Einsätzen: Wenn man gutes Bildmaterial bekam, setzte man unter ein bestimmtes Foto auf Facebook ein rotes Herz. Wenn man kein Material bekommen hatte, postete man einen blauen Daumen. Nach der Aktion durfte es keine andere Kontaktaufnahme geben, damit ihnen niemand auf die Spur kam. Olga sah, dass unter dem Foto heute vier blaue Daumen erschienen waren, und nun fügte sie den fünften hinzu.

Der heutige Tag war nicht so gut gelaufen, wie sie gehofft hatte.

Man konnte natürlich nicht immer Erfolg haben, das war ihr klar, aber in der letzten Woche hatte das Glück durchgehend auf ihrer Seite gestanden. Sie hatten mehrere Fotos bekommen und an ihre Kontakte weitergeleitet. Heute hatten sie einfach Pech gehabt.

Olga steckte das Handy wieder ein und fing an, das Kreuzworträtsel in der Zeitung auszufüllen, die auf dem Tisch lag. Nachdem sie eine Weile darüber gebrütet hatte, griff sie wieder nach ihrem Bierglas und nahm einen großen Schluck. Im Pub war es drückend warm, und um sie herum drängten sich die Gäste.

Als sie das Glas fast geleert hatte, merkte Olga, dass irgendetwas nicht stimmte. Sie verspürte plötzlich eine heftige Übelkeit. Das war seltsam. Das Bier hatte null Prozent Alkohol, aber sie fühlte sich, als wäre sie betrunken. Ihr Blick wurde glasig, und ihre Beine kribbelten irgendwie merkwürdig. Olga stand unbeholfen auf. Sie musste sich am Tischrand festhalten, weil sie ein heftiger Schwindel überkam.

Vielleicht hilft frische Luft, dachte sie und stürmte zum zwei Meter entfernten Ausgang. Sie bekam die Klinke zu fassen, zog die Tür auf und trat hinaus.

Doch schon nach ein paar Schritten musste sie anhalten und zu dem Lokal zurückgehen. Sie lehnte sich mit dem Rücken an die Hauswand. Die Welt rotierte immer heftiger vor ihren Augen.

»Bisschen zu viel getrunken, was?«, lachte ein junger Mann auf der anderen Straßenseite und lief weiter, ohne eine Antwort abzuwarten.

Olga schüttelte den Kopf und nahm alle Kraft zusammen, um bei Bewusstsein zu bleiben. Hatte sie irgendeinen Anfall? Hinter dem Gebäude trat eine Gestalt hervor, blieb neben ihr stehen und fasste sie am Arm. Olga freute sich über die hilfsbereite Person und lehnte sich an sie.

Sie versuchte zu erklären, wie schlecht ihr sei, doch dann geschah etwas Seltsames: Der Mensch, der ihr zu Hilfe geeilt war, machte eine schnelle Bewegung zur Seite, und Olga fiel zu Boden. Bevor sie das Bewusstsein verlor, bekam sie noch mit, dass die Gestalt eine brennende Kerze in der Hand hielt. Während es um sie herum immer dunkler wurde, nahm sie den entsetzlichen Gestank wahr. Den Geruch, der entstand, weil ihre Haare brannten.

19

DEZEMBER 2021 ÍSAFJÖRÐUR

Ein hartes, metallisches Geräusch zerstörte den weichen Schlaf, in den Hildur erst wenige Stunden zuvor gesunken war. Sie hatte am Abend nicht einschlafen können und sich stundenlang im Bett gewälzt.

Sie tastete über den Fußboden. Zuerst stieß sie mit den Fingern auf Staubflusen, dann auf eine einsame Socke … Schließlich fand sie das Handy. Der Anruf kam von einer unbekannten Nummer. Es war erst halb sieben, also war es wohl weder ein Versicherungsvertreter noch eine der zahllosen Meinungsforschungsfirmen, die im Auftrag ihrer Kunden blöde Fragen stellten. Hildur meldete sich mit ihrem vollen Namen.

Am anderen Ende heulte der Wind. Die kurzen Sätze gingen in dem Rauschen fast unter.

Der Anrufer war Arnór Dagsson, der Polizeichef von Akranes und Hildurs alter Bekannter aus der Zeit an der Polizeischule. Die kleine Gemeinde an der Westküste lag am äußersten Ende einer Landzunge. In Akranes war es immer windig.

»Entschuldige, dass ich so unverschämt früh anrufe. Ich komme gleich zur Sache. Wir haben hier einen fürchterlichen Personalmangel. Jeder Zweite hat irgendeine Wintergrippe. Vor einer Stunde habe ich einen Anruf aus Grundarfjörður bekommen. Ein ungewöhnlicher Fall, bei dem ich Hilfe brauche.«

Grandios, dachte Hildur. Einfach fantastisch. Jakob war am Abend zuvor nach Reykjavík gereist, um heute nach Finnland zu fliegen. Sie selbst hatte alle Hände voll zu tun. Abends hatte sie noch das Papier aus dem Hafen von Súðavík sowie das Geld und die leeren Klarsichtbeutel, die sie bei Luka gefunden hatten, zur Untersuchung auf Fingerabdrücke weitergeleitet. Heute hatte sie vorgehabt, die Anwohner in der Nähe des Hafens zu befragen. Die Aufzeichnungen der Überwachungskameras am Fischzuchtgehege hatten nichts enthalten, was für die Ermittlungen nützlich war. Die Kameras waren lediglich auf die Fütterungsanlagen gerichtet. Sie hatten auch das Material der Frachtfirmen durchgesehen, doch deren Kameras erfassten nur die Lager- und Verladezone und hatten nichts Ungewöhnliches registriert.

Hildur knipste die Nachttischlampe an und setzte sich auf.

Arnór fasste die Ereignisse der letzten Nacht in wenigen Sätzen zusammen: Hinter der einzigen Kneipe im Dorf Grundarfjörður war eine bewusstlose Frau in Winterkleidung gefunden worden. Der Körpertemperatur nach hatte sie nicht allzu viele Stunden draußen gelegen.

»War sie betrunken?«, fragte Hildur. Sie hatte als Polizistin mindestens zwei Fälle erlebt, wo übermäßiger Alkoholkonsum dazu geführt hatte, dass die betreffende Person im Frost eingepennt und gestorben war. So sinnlose Tode, alle beide.

»Wir warten noch auf das Ergebnis der Blutprobe.«

Irgendein Passant, der seinen Hund ausführte, hatte die im Schnee liegende Frau gefunden und die Polizei gerufen. Die örtliche Polizeistreife war in wenigen Minuten eingetroffen und hatte die Frau wach rütteln können. Sie wirkte verwirrt, und man hatte sie in das Gesundheitszentrum im Nachbardorf gebracht, wo es einige Krankenbetten gab.

»Ich rufe dich an, weil jemand mit genügend Erfahrung die Frau und eventuell auch die Kneipenbesucher befragen sollte. Bei dem

Ganzen gibt es nämlich eine sehr irritierende Einzelheit: Die Haare der Frau wurden verbrannt.«

»Was sagst du da? Ist die Frau schwer verletzt?«

Hildur stand auf und schlüpfte in die Pantoffeln mit dem braunen Karomuster, die am Bett warteten. Jakob hatte sie ihr letztes Jahr zu Weihnachten geschenkt.

»Die Haare sind bis auf ein paar Zentimeter verbrannt, aber die Kopfhaut ist unversehrt.«

Seltsam, dachte Hildur. Allem Anschein nach hatte irgendwer zuerst die Haare angezündet und das Feuer dann gleich wieder gelöscht.

»Ich habe gerade Jónas angerufen und ihm die Lage erklärt«, sagte Arnór. Offenbar um eine vorsichtige Formulierung bemüht, fügte er hinzu: »Der scheint ja ein ziemlich … ähm … grantiger Typ zu sein.«

Hildur antwortete, mit seiner Einschätzung habe Arnór voll ins Schwarze getroffen. Sie ging in die Küche, schaltete die schwächste Lampe über der Arbeitsfläche ein und gab Kaffee in den Filter. Das Handy hielt sie zwischen Ohr und Schulter geklemmt.

»Na, wie auch immer, er hat zugesagt, dass du heute nicht in Ísafjörður zu bleiben brauchst.«

Die Kaffeemaschine kam in Gang. Bald füllte Kaffeeduft die Küche. Hildur nahm die Frühstückszutaten und Sahne für den Kaffee aus dem Kühlschrank. Die Skyr-Packung war noch halb voll. Hildur bückte sich, holte ein paar von den selbst gepflückten Krähenbeeren aus dem Gefrierschrank und mischte sie unter den Skyr. Dazu zwei Handvoll Haferflocken, und das dunkelviolette, cremige Frühstück war fertig.

»Erzähl mir ein bisschen mehr über das Opfer«, bat sie.

Arnór fasste die Fakten knapp zusammen: Frau Anfang zwanzig. Wohnt seit einigen Jahren allein in Grundarfjörður. Geht ein paarmal wöchentlich in den Pub, um die Tageszeitungen zu lesen. Arbeitet in der Küche des Kindergartens. Im Dorf für ihre langen Dreadlocks bekannt. Tierrechtsaktivistin.

»Tierrechtsaktivistin? Wie meinst du das?«

Arnór schwieg einen Moment. Offenbar zog er seine Notizen zurate.

»Sie setzt sich für den Tierschutz ein. Jetzt in der Adventszeit ist sie offenbar fast jeden Tag von Haus zu Haus gegangen und hat Decken für das Tierheim in Reykjavík gesammelt.«

Arnór nannte ihr noch die Adresse des Gesundheitszentrums, wo die Frau behandelt wurde. Er versprach, sich am Abend zu melden und dann dort weiterzumachen, wo Hildur aufgehört hatte.

»Wenn bloß die verdammten Grippefälle bald vorbei wären«, brummte er.

»Ich fahre gleich los. Dann bin ich …« Hildur warf einen Blick auf die Küchenuhr und schätzte die Fahrzeit ab. »… kurz vor Mittag bei der Frau.«

»Danke für die Unterstützung, Hildur. Ich schicke dir Rentierfilet zu Weihnachten. Von der Herbstjagd habe ich noch erstklassiges Fleisch im Gefrierschrank.«

Hildur freute sich über Arnórs Angebot.

»Ich würde gerne behaupten, dass mir das Ganze ein Vergnügen ist«, erwiderte sie und verabschiedete sich.

Sie trank schnell eine Tasse Kaffee, goss den Rest in die Thermoskanne und nahm zwei Bananen als Proviant mit. Vor ihr lagen fast fünf Stunden Fahrt über verschneite Bergstraßen, und sie hatte keine Ahnung, was sie am Ziel erwartete.

20

DEZEMBER 2021 STYKKISHÓLMUR

Der Kühlschrank im Flur des Gesundheitszentrums surrte eintönig. Im mit Glaswänden abgegrenzten Anmeldungsraum war niemand zu sehen. Auf dem Tisch waren zwei halb ausgetrunkene Kaffeetassen, eine Brille und eine Bananenschale zurückgeblieben. Hildur rief hallo und klopfte an die Scheibe des Empfangsschalters.

Bald darauf erschien an der rückwärtigen Tür eine ältere Frau, die eine graue Strickjacke trug und sich auf einen Stock stützte. Das Gehen schien ihr schwerzufallen.

»Hildur Rúnarsdóttir, Kriminalermittlerin bei der Polizei der Westfjorde. In Akranes war niemand abkömmlich, deshalb hat man mich hergeschickt. Ich möchte zu der Frau, die in den frühen Morgenstunden eingeliefert wurde.«

Das Gesicht der Empfangsdame hellte sich auf.

»Gut, dass Sie da sind. Island ist angeblich das beste Land der Welt, aber bei dem, was der jungen Frau auf Zimmer drei widerfahren ist, zweifle ich so langsam daran. Was soll aus unserer Welt bloß werden.«

Sie murmelte noch etwas vor sich hin und zog die Strickjacke fester um sich. Dann erzählte sie, die Polizei habe Olga Ragnarsdóttir gegen vier Uhr morgens in das Gesundheitszentrum gebracht. Sie war bei Bewusstsein gewesen und konnte sprechen, wirkte allerdings ein wenig konfus.

»Ich habe gleich gesehen, dass sie nicht betrunken ist. Sie hat gesagt, sie hätte in der Kneipe nach einem langen Arbeitstag bloß ein alkoholfreies Bier zu sich genommen, aber dann wären bei ihr plötzlich die Lichter ausgegangen.«

Die Blutprobe hatte die Aussage der Patientin bestätigt. Hildur tippte auf K.-o.-Tropfen. Entsprechende Fälle gab es ab und zu, vor allem an den Wochenenden in Reykjavík. Plötzliche Übelkeit, Gedächtnisverlust, Kollabieren auf der Toilette des Lokals. Oft, aber nicht immer, waren sexuelle Gewalt und Videoaufnahmen im Spiel. An einen Fall erinnerte Hildur sich besonders genau: Eine dreißigjährige Frau war auf einer Party ohnmächtig geworden, ein flüchtiger Bekannter hatte sie vergewaltigt, und sein Kumpel hatte alles gefilmt und den Videoclip auf irgendeine Pornoseite geladen. Die Männer waren verurteilt worden, aber das Video kursierte weiterhin im Internet. Die junge Frau erlitt einen psychischen Zusammenbruch und setzte ihrem Leben ein Ende, indem sie sich auf der Hauptverkehrsstraße vor einen Milchtanker warf.

Die Empfangsdame schien Hildurs Gedanken zu lesen. »Beim Drogentest wurde nichts gefunden. K.-o.-Tropfen enthalten meistens andere Stoffe, die nicht unbedingt nachzuweisen sind. Die Blutprobe wurde zur genaueren Analyse nach Reykjavík geschickt.«

Sie stand auf, was ihr so viel Mühe zu bereiten schien, dass Hildur sagte, sie finde das Zimmer schon allein. Sie bedankte sich und wählte den linken der beiden Flure. Der rechte führte in die Altenpflegestation.

An den hellgrün gestrichenen Wänden hingen Plakate, die fragten, ob man zu viel trinke und ob man sich gesund ernähre, und auf eine Gesprächsgruppe für junge Mütter hinwiesen, die sich freitags im Gemeindehaus treffe.

Während der Fahrt hatte Hildur Zeit gehabt, mit den Streifenpolizisten zu telefonieren, die sich in der Nacht um die junge Frau gekümmert hatten. Das ungewöhnlichste Detail war eine Kerze, die sie neben ihr im Schnee gefunden hatten. Hildur hatte unverzüglich den Wirt der Kneipe angerufen und erfahren, dass die Kerze aus dem Lokal stammte. Auf einem der Tische fehlte ein Exemplar. Es gab keine Überwachungskameras, in der Kneipe hatte Hochbetrieb geherrscht, und außer den Stammgästen waren auch viele Auswärtige und Touristen im Lokal gewesen. Das Besitzerehepaar hatte die Gäste allein bedient und nichts Auffälliges bemerkt.

Hildur klopfte an die Zimmertür und öffnete sie dann vorsichtig. Die langen Baumwollvorhänge am Fenster waren aufgezogen, aber im Zimmer war es trotzdem dämmerig.

Die zierliche Frau im Bett hatte die Augen geschlossen. Beim Nähertreten knarzten Hildurs Winterschuhe auf dem Boden, woraufhin die Frau die Augen aufschlug und sie erschrocken ansah.

»Entschuldigung, ich wollte Ihnen keine Angst einjagen«, sagte Hildur. Sie stellte sich vor und erklärte, sie wolle über die Ereignisse des gestrigen Abends sprechen.

Olga setzte sich langsam auf den Bettrand und trank einen Schluck aus dem Wasserglas, das auf dem Nachttisch bereitstand. Ihr Haar, oder das, was davon übrig geblieben war, sah wüst aus. An den Seiten reichte es fast bis zum Kinn, aber hinten war es nahezu vollständig abgesengt. Der Rest war auf dem Scheitel zusammengeschrumpft wie ein Klumpen Kaugummi. Olga bat Hildur, ihr die dünne Wollmütze zu reichen, die am Kleiderhaken hing, setzte sie auf und signalisierte mit den Augen, dass sie nun bereit sei.

»Würden Sie mir bitte genau erzählen, was gestern passiert ist?«, sagte Hildur. »Fangen Sie an dem Punkt an, wo Sie die Kneipe betreten haben.«

Sie setzte sich auf den Stuhl an der Wand, stützte die Ellbogen auf die Beine und verschränkte die Hände unter dem Kinn. Ihr lag daran, eine möglichst lockere Stimmung zu schaffen. Es handelte sich um eine vorläufige Befragung. Hildur nahm das Gespräch nicht mit ihrem Handy auf, sondern wollte sich im Nachhinein Notizen machen. Wenn die Polizei von Akranes es für nötig hielt, würde sie Olga später zu einer offiziellen Befragung vorladen. Im Moment wollte Hildur lediglich hören, was aus Olgas Sicht geschehen war.

Olga räusperte sich und begann zu erzählen.

Sie arbeitete tagsüber in der Küche des Kindergartens am Dorfrand. Nachmittags und abends sprang sie oft als Bademeisterin im Schwimmbad ein, so auch gestern. Ohne Zweitjob reiche das Geld einfach nicht, erklärte sie. Hildur kannte das Problem. Der Preisanstieg in letzter Zeit hatte die Lage der Kleinverdiener noch weiter erschwert. Zum Aufgabenbereich der Bademeister gehörte auch das Putzen des Schwimmbads, sodass Olga erst gegen elf Uhr abends fertig geworden war.

»Ich wohne in dem kleinen Holzhaus neben dem Hostel. Ich war auf dem Weg nach Hause, aber dann bin ich auf die Idee gekommen, noch kurz ein Bier zu trinken.«

Olga wohnte schon so lange im Dorf, dass ihr die meisten Einwohner bekannt waren. Sie sagte, sie gehe ab und zu in den Pub und kenne alle, die dort arbeiteten.

»Gestern war Hochbetrieb. Die Bude war voll.«

Olga hatte ein Bier bestellt und war damit in den hinteren Teil der Kneipe gegangen. Sie hatte mit ihrem Smartphone im Internet gesurft und anschließend das Kreuzworträtsel in einer Zeitung ausgefüllt.

»Haben Sie sich mit irgendwem unterhalten?«

Olga schüttelte den Kopf. Sie hatte sich so auf das Handy und die Zeitung konzentriert, dass sie auf die Leute um sie herum gar nicht geachtet hatte. Als sie ihr Bier fast ausgetrunken hatte, war ihr plötzlich so schlecht geworden, dass sie nach draußen gehen musste.

Hildur prägte sich die Einzelheiten für später ein. Jetzt wollte sie Olga nicht aus dem Konzept bringen, indem sie ihren Notizblock hervorkramte.

»Ich wollte nach Hause und mich hinlegen. Aber … aber so weit bin ich nicht … bin ich nicht gekommen.« Olga brach in Tränen aus. Die unter der Mütze hervorlugenden Haarsträhnen zuckten im Takt ihrer Schluchzer.

Hildur stand auf und klopfte Olga aufmunternd auf die Schulter. »Wir vermuten, dass Ihnen jemand K.-o.-Tropfen ins Glas getan hat. Haben Sie es irgendwann unbeaufsichtigt gelassen, zum Beispiel um auf die Toilette zu gehen?«

Olga schüttelte den Kopf. Sie hatte nur auf ihr Handy und das Kreuzworträtsel geschaut. Das Bierglas hatte vor ihr auf dem Tisch gestanden, aber sie hatte es nicht die ganze Zeit im Auge gehabt.

»Hat Sie jemand geschubst, oder ist irgendetwas anderes passiert, was Sie abgelenkt hat?«

Wieder schüttelte Olga den Kopf.

»Erinnern Sie sich zufällig, wer am Nachbartisch gesessen hat? Wir versuchen, Augenzeugen zu finden.«

Olga nahm ein Papiertaschentuch vom Nachttisch und putzte sich die Nase. Sie schloss die Augen und schien nachzudenken.

»Direkt neben mir war so eine Studentenclique. Die waren ziemlich laut. Ihr Gebrüll ist mir auf die Nerven gegangen.«

»Woher wissen Sie, dass es Studenten waren?«, fragte Hildur.

Olga erwähnte die Jacken. Die Gruppe hatte aus mindestens fünf jungen Männern bestanden, vielleicht auch mehr. Sie hatten sich auf Deutsch unterhalten, und alle hatten die gleichen Kapuzenpullis getragen.

»So dunkelblaue, mit der Aufschrift *Berlin* und *Universität*. Das ist mir in Erinnerung geblieben, weil Berlin meine Lieblingsstadt ist. Ich war zuletzt im Sommer dort …«

Olga schien einen Augenblick lang in ihren Erinnerungen zu versinken.

»Einer von den Typen hat versucht, mich anzuquatschen, aber der war so besoffen, dass ich so getan habe, als hätte ich ihn nicht gehört. Da hat er es aufgegeben.«

Hildur verabschiedete sich. Sie wollte die Studenten vom Nebentisch ausfindig machen.

»Versuchen Sie jetzt erst mal, sich auszuruhen. Wir halten Sie auf dem Laufenden.«

Olga nickte nur und legte sich wieder hin.

Nachdem Hildur das Gesundheitszentrum verlassen hatte, diktierte sie auf ihr Handy, was sie von Olga gehört hatte. Den schriftlichen Bericht würde sie abfassen, wenn sie wieder in Ísafjörður war. Auf der kurvenreichen Straße brauchte sie mit dem Auto eine halbe Stunde bis zu dem Dorf, wo sich das Hostel befand. Da die Studenten, die Olga erwähnt hatte, am Abend gefeiert hatten, war es sehr unwahrscheinlich, dass sie bereits abgereist waren. Und hier gab es im Winter keine anderen für Studenten erschwinglichen Unterkünfte. Natürlich konnten die jungen Leute auch eine Airbnb-Wohnung gemietet haben, von denen es auch in diesem Dorf mehrere gab. Aber irgendwo musste sie ja anfangen.

Hildur trat sich an der Schwelle den Schnee von den Schuhen ab und ging dann zur Rezeption des Hostels, wo eine junge Frau gerade die niedrigen Tische abwischte und Kerzen anzündete.

Sie schien sofort zu wissen, von welcher Clique Hildur sprach, und schüttelte genervt den Kopf.

»Die sind nach Mitternacht gekommen und haben heftig gefeiert, obwohl bei uns ab zehn Uhr Nachtruhe herrscht.«

Die anderen Gäste hatten sich über den Lärm beschwert, und die jungen Männer hatten das Foyer in einem entsetzlichen Zustand hinterlassen. Allein den Teppichboden zu säubern hatte mehr als eine Stunde gedauert.

»Jetzt schnarchen die Kerle im Schlafsaal hinten im Flur. Immer nur geradeaus.« Die junge Frau winkte mit dem Putztuch in Richtung Korridor.

Am Schlafsaal angekommen, klopfte Hildur fest an die Holztür.

Weil nicht gleich jemand antwortete, klopfte sie erneut, diesmal noch kräftiger.

»Aufmachen, hier ist die Polizei!«, rief sie auf Englisch.

Das wirkte. Sie hörte ein Poltern, lautes Stöhnen, und bald darauf wurde die Tür einen Spaltbreit geöffnet. Ein verschlafen aussehender junger Mann um die zwanzig spähte heraus. Sein rotes Haar stand wirr vom Kopf ab. Starker Alkoholdunst stieg Hildur in die Nase.

Der junge Mann sah sie erschrocken an. Dass die Polizei auftauchte, war offenbar ein Schock.

»Es tut uns wirklich leid wegen gestern Abend. Wir haben wohl ein bisschen zu laut geredet. Aber dass deswegen die Polizei ...«

Hildur rieb sich die Stirn und wandte gleichzeitig das Gesicht ab. Der Schnapsgeruch war ekelhaft.

»Deshalb bin ich nicht hier. Sie waren doch gestern Abend in der Dorfkneipe, oder? Ich brauche Beobachtungen über den Abend. Könnten wir uns im Foyer unterhalten?«

Der junge Mann zog sich eine Kapuzenjacke über und hüllte seine mageren Beine in eine Jeans. Er wirkte erleichtert, dass der Besuch der Polizei nichts mit ihrem gestrigen Radau zu tun hatte.

Hildur steckte den Kopf durch die Tür und befahl mit lauter Stimme: »Ziehen Sie sich bitte alle an, und kommen Sie mit uns vor zum Empfang, jetzt sofort!«

Bald saßen alle fünf um einen runden Tisch. Die Deutschen hatten den Herbst als Austauschstudenten in Island verbracht. Nach den letzten Klausuren waren sie zu einer Rundreise durch Island aufgebrochen. Ihr Rückflug nach Berlin ging erst in einer Woche. Grundarfjörður war ihr erster Halt nach Reykjavík gewesen, und sie hatten den Auftakt der freien Tage ausgiebig gefeiert.

»Das letzte Bier war wohl eins zu viel«, ächzte der Rothaarige, der sich als Bruno vorgestellt hatte, und trank einen Schluck kalte Limonade aus der Flasche.

Hildur erklärte, worum es ging.

»Eine Frau mit Dreadlocks in einem grünen Mantel …«, wiederholte Otto, der Mann neben Bruno. Er wischte sich nachdenklich die Brille am Hemd ab.

Die jungen Männer hatten in der Kneipe einige Runden Bier getrunken. Ihrer Meinung nach waren sie nicht sehr betrunken gewesen, als sie das Lokal verließen. Im Hostel hatten sie die Bierflaschen, die sie tagsüber im Alkoholladen gekauft hatten, aus dem Kühlschrank geholt und weitergezecht.

»Ja, an die Schnitte erinnere ich mich«, sagte Otto. »Ein ziemlich hübsches, langhaariges Mädel mit Rastafrisur.«

Da mischte sich Bruno ein. Er schlug Otto kumpelhaft auf den Rücken und lachte schallend.

»Na klar erinnerst du dich! Du hast versucht, mit ihr anzubandeln, aber sie hat dir nicht mal geantwortet. Wahrscheinlich hat sie dich gar nicht bemerkt!«

Otto errötete und rückte seine Brille zurecht. »Die war so in ihr Handy vertieft, dass sie mich kaum angeguckt hat …«

Er wirkte enttäuscht. Hildur überlegte, ob er Olga aus Rache für ihr Desinteresse womöglich K.-o.-Tropfen ins Glas geschüttet hatte. Als sie ihn danach fragte, protestierte er.

»Ich habe ihr ganz bestimmt nichts ins Bier getan, so was dürfen Sie nicht von mir denken!«

Otto erzählte, man hätte seiner Schwester einmal in einem Berliner Club K.-o.-Tropfen verabreicht. Er schwor, so etwas würde er nie tun. Außerdem sei er die ganze Zeit einen Meter von Olga entfernt gewesen. Die anderen bestätigten seine Aussage.

»Ist Ihnen sonst irgendwer in ihrer Nähe aufgefallen?«, fragte Hildur.

Manch einer ärgerte sich so über eine Abfuhr, dass er wissen wollte, ob jemand anderes erfolgreicher war. Eine ganz und gar menschliche Reaktion, auch wenn das niemand gern zugab.

Otto betrachtete eine Weile seine Fingernägel, dann blickte er zu Hildur auf.

»Ja, da ist jemand vorbeigekommen. So ein Typ halt, mittelgroß, hat ganz normal ausgesehen. Der ist mir aufgefallen, weil es bei dem Gedränge im Pub so heiß war und der Typ trotzdem in Mantel und Kapuze rumgelaufen ist.«

Hildur merkte auf und bat Otto, den Fremden genauer zu beschreiben.

»Ich kann eigentlich nicht viel über den sagen. Er hatte die Kapuze die ganze Zeit über auf. Und sein Gesicht hab ich nicht gesehen, weil er sich keinmal umgedreht hat. Ich hab nur den Rücken von dem Mantel gesehen. Und dass er ein bisschen krumm gegangen ist. Vielleicht hat er sich aber auch nur auf den Tisch gestützt, keine Ahnung.«

Otto kratzte sich am Kinn und dachte nach. Sie hatten die letzte Runde kurz vor Schankschluss bestellt, also wahrscheinlich gegen halb eins.

Hildur notierte sich seine Worte und bat ihn, genauer in seinem Gedächtnis zu graben. Auch die kleinste Einzelheit konnte hilfreich sein.

»Hat der Kapuzentyp was zu trinken bestellt? Sind Sie sich ganz sicher, dass Sie sein Gesicht nicht gesehen haben? Versuchen Sie sich zu erinnern, alles kann nützlich sein.«

Otto trommelte eine Weile mit den Fingern auf dem Tisch, dann schien ihm plötzlich etwas einzufallen.

»Er hatte ein Feuerzeug in der Hand. Damit hat er rumgespielt. Das ist mir aufgefallen, weil man drinnen nicht rauchen darf.«

21

DEZEMBER 2021 ÍSAFJÖRÐUR

Hildur war knapp fünf Stunden ohne Pause gefahren, um am Abend wieder zu Hause zu sein. Die lange Fahrt hatte ihr steife Schultern und ein flaues Gefühl beschert. Erst bei ihrer Ankunft in Ísafjörður war ihr aufgegangen, dass sie seit dem Frühstück nichts mehr gegessen hatte. Sie war sofort in die Grillstube neben der Polizeistation gegangen und hatte sich ein paar Pizzastücke und eine Tüte Chips mit Essiggeschmack geholt. Nun saß sie kauend am Computer und schrieb ihren Bericht über die Befragung der Frau mit dem verbrannten Haar.

Sie las den Text noch einmal durch und speicherte ihn dann in der LÖKE-Datenbank der isländischen Polizei. Danach schickte sie eine Textnachricht an Arnór in Akranes, die Notizen über Olgas Befragung stünden bereit. Arnórs Antwort war kurz und bündig: ein Polizistin-Emoji und ein hochgereckter Daumen.

Auf einmal hörte Hildur schwere Schritte auf dem Flur. Wer war so spät noch allein im Obergeschoss der Polizeistation unterwegs? Die diensthabenden Streifenbeamten kamen ab und zu, um einen Kaffee zu trinken, aber die waren immer zu zweit. Hildur stand auf und spähte in den Flur.

Sie war überrascht, Jónas zu erblicken. Er fummelte an seinem Schlüsselbund herum und versuchte offenbar, den Schlüssel zu seinem Dienstzimmer zu finden. In der Luft schwebte ein schwacher Alkoholdunst, in den sich Zigarettengeruch mischte.

»Guten Abend, Jónas«, sagte Hildur laut.

Jónas erschrak und ließ die Schlüssel fallen. Ächzend bückte er sich danach.

»Was geisterst du so spät noch hier rum?«, fuhr er Hildur an.

»Ich habe bei der Polizei von Akranes ausgeholfen und bin gerade erst zurückgekommen. Bevor ich nach Hause gehe, wollte ich noch schnell den Papierkram erledigen.«

Hildur lieferte ihm einen Kurzbericht über ihren Ausflug. Jónas nickte zustimmend und schaffte es endlich, die Tür aufzuschließen. Er erklärte, er wolle eigentlich nur seine Aktentasche holen, die er vergessen habe.

»Aber hör mal, ich muss dir auch gleich was Wichtiges mitteilen«, fügte er hinzu, ohne die Türklinke loszulassen.

Hildur hatte den Eindruck, dass er betrunken war.

»Man hat mich in die USA eingeladen, nach Virginia«, sagte er. »Die FBI-Akademie möchte, dass ich einen Vortrag über die Grenzkontrollen in unserem kleinen Inselstaat halte. Auf derselben Reise soll ich auch über die Zusammenarbeit zwischen der Polizei und Familienangehörigen zur Verringerung des Alkoholkonsums von Jugendlichen sprechen, bei einer Veranstaltung in Washington. Einer der Chefs aus Reykjavík sollte da auftreten, aber der musste absagen. Ich habe mich breitschlagen lassen, für ihn einzuspringen.« Er warf einen Blick auf seine Uhr. »Ich fliege morgen Abend nach New York und von da aus weiter. Tja, also, wir sehen uns erst in gut einer Woche wieder. Du kommst bestimmt ohne mich zurecht, und Jakob ist ja auch bald wieder hier.«

Hildur freute sich über die unerwartete Dienstreise ihres Chefs. Insgeheim war ihr zum Lachen. Er hatte sich *breitschlagen* lassen einzuspringen, soso. Jónas liebte Wichtigtuerei und internationale Foren, man hatte ihn also bestimmt nicht lange überreden müssen. Dass er für eine Weile von der Bildfläche verschwand, war vermutlich die beste Nachricht des Monats.

Hildur setzte sich wieder an ihren Schreibtisch, diesmal im Schneidersitz. Sie bewegte die Maus, um den Computer aufzuwecken. Ihr war gerade etwas durch den Kopf gegangen. Wenn es irgend möglich war, musste man jede Aussage anhand einer zweiten Quelle überprüfen. Man konnte nie wissen. Manche Menschen redeten absichtlich Unsinn, andere vergaßen versehentlich irgendwelche Einzelheiten.

Sie las den Bericht, den sie gerade geschrieben hatte, noch einmal durch. Olga hatte gesagt, sie habe in der Küche der Kita und im Schwimmbad gearbeitet, bevor sie in die Kneipe gegangen sei. Es war jetzt fast zehn Uhr. Um diese Zeit war in der Kita niemand mehr zu erreichen, aber die meisten Schwimmbäder hatten abends lange geöffnet.

Die Schwimmanstalt von Grundarfjörður war ein traditionelles ländliches Volksbad. Die Garderoben und Duschen befanden sich in den Innenräumen, die geheizten Schwimmbecken unter freiem Himmel. Auf einer ihrer längeren Surftouren hatte Hildur das Dorfschwimmbad einmal besucht. Sie hatte das Meersalz von ihrer Haut abgespült und sich eine Weile im Heißwasserbecken entspannt, bevor sie zur nächsten Surfküste gefahren war. Kurz entschlossen suchte sie auf der Website der Gemeinde die Telefonnummer des Schwimmbads heraus. Im Winter war es zwei Stunden am frühen Morgen und einige Stunden am Abend für den Publikumsverkehr geöffnet. Tagsüber wurde es wie die meisten kommunalen Badeanstalten von Schulkindern genutzt. Kaum eine Schule hatte ein eigenes Schwimmbecken, obwohl Schwimmen in der Grundschule Pflichtfach war.

Es klingelte zweimal, dann meldete sich jemand, der Stimme nach ein sehr junger Mann. Hildur stellte sich vor.

»Es geht um eine Ermittlung, an der wir gerade sitzen. Ich muss überprüfen, wann Olga, eine eurer Bademeisterinnen, gestern von der Arbeit weggegangen ist.«

Am anderen Ende herrschte Stille. So war es in solchen Situationen oft. Es war nicht ungewöhnlich, dass die Leute auf einen Anruf der Polizei nervös reagierten.

»Olga steht unter keinerlei Verdacht. Es wäre aber wichtig zu wissen, wann sie ihren Arbeitsplatz verlassen hat.«

»Sie meinen gestern?«

Die Stimme des Jungen war noch unsicherer geworden.

»Ja. Sie hatte ja gestern die Abendschicht, und soweit ich weiß, machen die Bademeister noch sauber, nachdem das Bad geschlossen wird.«

»Nein. Ich meine, ja, wir putzen nach dem Schließen. Aber ...«

Hildur zog die Beine aus dem Schneidersitz, ließ die Füße auf den Boden sinken, schob den Stuhl näher an den Tisch heran und streckte den Rücken durch. Sie sagte nichts, sondern wartete gespannt darauf, dass der Junge weitersprach.

»Aber gestern hat hier niemand gearbeitet. Wegen der Wartung der Heißwasserbecken war das Schwimmbad geschlossen.«

22

SOMMER 2016 ÄKÄSLOMPOLO

Der Körper und die dünnen Flügel vibrierten leicht, während es Blut saugte. Der in die Haut gebohrte Saugrüssel war haarfein, hob sich aber deutlich von dem sonnengebräunten Arm ab. Jakob beobachtete das Tier unablässig. Wann hatte es seinen Magen gefüllt und hörte auf? Fühlten Stechmücken sich irgendwann satt?

Jakob war den Vormittag über allein in seinem Sommerhaus und hatte Zeit, über alles Mögliche nachzudenken. Mit dem linken Fuß gab er dem knarrenden hölzernen Schaukelstuhl etwas mehr Schwung. Der Stuhl hatte seiner inzwischen verstorbenen Großmutter gehört. Sie hatte ihm erzählt, dass ihre Mutter den Stuhl gerettet habe, als sie während des Lapplandkriegs aus ihrem Haus geflohen seien und befürchten mussten, die Deutschen würden es abbrennen. Der Schaukelstuhl und ein paar Fotos waren das Einzige, was sie auf der Flucht mitgenommen hatten.

Nach dem Krieg war die Oma mit ihrer Familie in das Haus zurückgekehrt. Äkäslompolo war vom Feuer verschont geblieben. Jakob erinnerte sich immer noch an die Geschichte, die seine Oma ihm vor Jahrzehnten erzählt hatte: Eine deutsche Patrouille war auf Motorrädern ins Dorf gekommen und hatte bereits in einigen Häusern brennbare Sachen aufgehäuft, doch dann hatte das Schicksal eingegriffen. Zwei junge Männer, die im Dorf zurückgeblieben waren, hatten gemerkt, was die Deutschen vorhatten. Sie hatten blindlings auf die Wand einer Scheune in der Nähe geschossen und dadurch so viel Lärm erzeugt, dass die Deutschen abgezogen waren, weil sie eine zu starke Gegenwehr vermuteten.

Omas kleine alte Hütte existierte also immer noch, und für Jakob war sie einer der wichtigsten Orte der Welt. Sie stand an einem Flussufer mitten im Nadelwald. Der See lag ein paar Kilometer entfernt. Die Strömung im Fluss war so schwach, dass Jakob es schon als Kind gewagt hatte, dort zu schwimmen. Die Hütte bot genug Platz, dass zwei Erwachsene hier schlafen konnten. In der kleinen Kochnische gab es einen Campinggaskocher und einen Kaltwasserhahn, aus dem im Sommer klares Wasser aus dem Fluss kam. Hier hatte Jakob als Kind mit seiner Oma die Sommer verbracht, wenn seine Eltern auf Dienstreise oder anderweitig beruflich eingespannt waren.

Die Hütte hatte ihm immer besonders am Herzen gelegen. Der Nachlass seiner Großmutter war immer noch nicht aufgeteilt, aber alle, die wussten, wo der Schlüssel lag, durften die Hütte benutzen. Außer Jakob machte praktisch niemand davon Gebrauch.

Jakob und Lena hatten abgemacht, auf ihrer Finnlandreise einige Tage im Norden zu verbringen und die restliche Zeit in Helsinki, wo Lena sich zwar auch nicht wohlfühlte, wo es ihr aber immerhin besser gefiel als hier. Das ständige Feilschen frustrierte Jakob. Er hatte gewusst, dass der Aufenthalt in der Hütte ein Fiasko sein würde, aber er hatte sie Matias zeigen wollen. Er hatte davon geträumt, die Generationenkette weiterzuführen, indem er seinen Sohn hierherbrachte. Und Matias hatte sich wohlgefühlt. Der Zweijährige war fröhlich über den Rasen gehüpft und hatte die Kiefernzapfen bestaunt, die Jakob vor ihm aufgeschichtet hatte. Auch wenn er noch zu klein war, bleibende Erinnerungen zu sammeln, war es Jakob wichtig gewesen, dass er diesen Ort kennenlernte.

Lena verbrachte die Tage hauptsächlich allein. Sie spazierte durch den Wald und telefonierte ausgiebig mit ihren Bekannten in Norwegen. Tagsüber gingen Jakob und Lena zusammen einkaufen und besprachen Matias' Tagesablauf, aber darüber hinaus redeten sie kaum miteinander. Nachts schlief Jakob neben Matias, Lena hatte das andere Bett für sich. In solchen Bahnen verlief ihr Leben schon seit zwei Jahren. Für Außenstehende wirkte ihr Zusammensein wie der ganz normale Alltag von Eltern eines Kleinkindes. Doch die Wahrheit sah anders aus. Sie lebten im selben Raum, aber weit weg voneinander. Im Alltag gingen sie scheinbar höflich miteinander um, doch unter der Oberfläche brodelte und krachte es immer wieder. Lena hatte die Familie zusammenhalten wollen, obwohl Jakob sie belogen hatte, aber alles war immer nur schwieriger geworden. Lena war immer noch wütend auf Jakob. Sie kommandierte ihn herum und bekrittelte ihn, wenn er ihrer Meinung nach zu spät vom Einkaufen zurückkam oder sich mit Bekannten traf.

Natürlich merkte Jakob, wie zielstrebig Lena versuchte, ihn zu unterjochen. Aber ihm fehlte die Kraft, mit ihr darüber zu sprechen. Wenn etwas zu belastend war, hatte man keine Lust, daran zu rühren.

Er warf einen Blick auf seinen Arm, wo die Mücke sich immer noch gütlich tat.

Jakob hob die andere Hand und klatschte sie fest auf den Arm. Sein Blut breitete sich auf der Handfläche aus wie ein Tintenfleck. Inmitten der kleinen Blutlache entdeckte er ein paar Beine. Die Stechmücke hatte ihr Leben hinter sich.

Draußen war ein Motorengeräusch zu hören, gleich darauf fuhr Lena auf den Hof. Sie hob Matias aus dem Kindersitz auf der Rückbank und trat die Tür heftiger zu als nötig.

»Hallo«, sagte Jakob, der auf die Vortreppe gekommen war. Er zupfte ein Büschel Gras ab und wischte sich die Mückenreste von der Hand.

Lena ging wortlos an ihm vorbei ins Haus und setzte Matias auf das Bett. Der Junge griff sofort nach seinem Plüschtier und drückte es an sich. Lena nahm ein kleines Glas aus dem Wandschrank, füllte es mit kaltem Wasser und trank gierig.

Dann stellte sie das leere Glas ins Spülbecken, nahm die Sonnenbrille ab und sah Jakob an. In ihrem Blick lag etwas, was Jakob nicht ganz einzuordnen wusste. Ihre Miene war freundlich, doch darunter flackerte Gleichgültigkeit, vielleicht auch Arroganz.

»Hör mal, ich hab mir was überlegt.«

Jakob war sich sicher, dass Lena wieder über Regina sprechen würde. Ihre Regina-Monologe verliefen stets auf die gleiche Art. Zuerst wurde ihre Stimme immer lauter, dann ging Geschirr zu Bruch, und zum Schluss brüllte sie aus voller Kehle.

»Ich weiß doch, wie sehr du die Hütte hier liebst. Was hältst du davon, wenn wir Helsinki ausfallen lassen und du für deinen restlichen Urlaub hierbleibst und ein bisschen renovierst? Ich kann mit Matias schon mal nach Norwegen zurückfahren und ihn auf die Kita vorbereiten.«

Jakob freute sich über den Vorschlag.

»Die Terrasse braucht tatsächlich ein paar neue Planken, und die Fensterrahmen müssten gestrichen werden«, überlegte er laut.

Er würde gern ein paar Tage allein hier verbringen, ungestört werkeln und die Stille genießen. Der Herbst würde arbeitsreich werden, da täte eine kleine Ruhepause bestimmt gut.

Lena strich ihm über die Wange. Die Zärtlichkeit überraschte und erfreute ihn.

»Fein. Dann sehen wir uns in einer Woche in Oslo.«

23

DEZEMBER 2021 HVERAGERÐI

Felix Karlssons Körper schmerzte. Mit kurzen, vorsichtigen Schritten ging er vom Cross-Fit-Center im Örtchen Hveragerði nach Hause. Die Sporttasche hing locker über der rechten Schulter. Eine tief hängende graue Wolkendecke verbarg die Berge hinter dem Dorf.

Das Nachmittagstraining hatte Kraft gekostet. Obwohl Felix sich lange abgekühlt und sorgfältig seine Dehnübungen gemacht hatte, fühlte er sich richtig kaputt. Das Kraftsportzentrum in seinem Heimatort war klein, hatte aber höchstes Niveau. Einer der bekanntesten Cross-Fit-Profis des Landes trainierte ebenfalls hier.

Felix ging viermal wöchentlich zum Training, aber wenn er abends trainierte, ließ er es ruhiger angehen, damit die Anstrengung sich nicht negativ auf den Schlaf auswirkte. Ein guter Nachtschlaf war wichtig. Felix hatte seine ausgedehnten Kneipenbesuche im Jahr zuvor aufgegeben und angefangen, sich um sein Wohlbefinden zu kümmern. Ausreichender Schlaf, fettarmes Essen und viel Sport. Sein Körper hatte sich gestrafft, und die Schultern waren breiter geworden. Die muskulöse Erscheinung gab ihm Selbstsicherheit.

Felix' Kondition hatte sich während seiner Studienjahre verschlechtert. Das Studium der Tiermedizin in Estland hatte ihn restlos beansprucht, für Sport war keine Zeit geblieben. Um Leute kennenzulernen, war er in Kneipen gegangen und hatte sich dort nur allzu wohl gefühlt. Er war gezwungen gewesen, Island zu verlassen, denn Tiermedizin konnte man nur im Ausland studieren. Gleich nach der Abschlussprüfung im letzten Sommer war er zurückgekehrt und hatte eine Vertretung als kommunaler Tierarzt bekommen. Eine Stelle im eigenen Heimatort war ein echter Glücksfall.

Bei dem Gedanken an den näher rückenden Abend musste Felix lächeln. Zu Hause würde er es sich erst einmal auf dem Sofa bequem machen, mit einem Bier und einer Schüssel Thunfischpasta. Am späten Abend würde er mit Freunden in die Dorfkneipe gehen. Die ortsansässige Brauerei hatte angekündigt, heute neues Weihnachtsbier auszuliefern. Für Felix war das Weihnachtsbier allerdings nicht der einzige Grund, gerade diese Kneipe zu besuchen.

Der wichtigste Grund war die rothaarige Frau aus der Nachbarschaft, die dort bediente. Anna hatte ihre langen Haare fast immer zu einem lockeren Zopf geflochten, der ihr bis tief in den Rücken reichte.

Felix hatte schon ein paarmal seinen Mut zusammengekratzt und Anna unter einem albernen Vorwand angesprochen, wenn sie ihren Hund ausführte. Beim letzten Mal hatte er sie nach der Uhrzeit gefragt, worauf Anna nur spitzbübisch gelächelt und ihm geraten hatte, auf der Uhr an seinem Handgelenk nachzusehen.

Danach hatten sie längere Blicke getauscht, wenn sie sich im Lebensmittelladen oder in den Heißwasserbecken im Schwimmbad begegneten. Heute wollte Felix sich ein Herz fassen und Anna fragen, ob sie mal mit ihm ausgehen wolle.

Der Wind frischte auf, und Felix drehte das Gesicht in die andere Richtung. Bei Nordwind wurde der Schwefelgeruch von den heißen Quellen immer bis in die Dorfmitte getragen. Auch jetzt lag der vertraute Geruch nach faulen Eiern in der Luft.

Felix überquerte die Straße. Er wollte die Abkürzung durch den Park nehmen, um schneller nach Hause zu kommen. Seine Gedanken kreisten so intensiv um Anna und ihre bevorstehende Begegnung, dass er die Gestalt, die sich mit geschmeidigen Schritten hinter der Fichtenhecke bewegte, nicht wahrnahm.

Die dunkel gekleidete Person näherte sich Felix von schräg hinten. Der große Baseballschläger war angriffsbereit erhoben.

»He, du da«, hörte Felix jemand sagen, bevor das Holz ihm mit dumpfem Krachen auf den Kopf knallte. Die Schläge folgten dicht aufeinander. Felix spürte einen explosionsartigen Schmerz, dann wurde alles dunkel.

24

Beta war auf dem Weg nach Hveragerði. Als sie die Hochebene erreichte, stellte sie die Scheibenwischer schneller. Schwere Schneeflocken, so groß wie Zehnkronenmünzen, klatschten in zunehmendem Tempo gegen die Windschutzscheibe. In Reykjavík hatte ganz anderes Wetter geherrscht. Gewöhnlicher Nieselregen und Südwind, wie an den meisten Dezembertagen. Außerhalb der Stadt galt eine andere Wirklichkeit. Die Regenwolken häuften sich über dem Hochland, und die Temperatur lag ein paar Grad unter null.

Beta hatte das Gefühl, allmählich den Weg in ein normales Leben zu finden. Als nach der Scheidung alles zusammengebrochen war, hatte sie sich bei einem Spanischkurs für Anfänger und in einer Tanzschule zum argentinischen Tango angemeldet. Die neuen Hobbys hatten ihr geholfen, sich wieder aufzuraffen. Dieses Jahr würde sie zum zweiten Mal mit ihren Kindern in der Siedlung Fossvogur in Reykjavík Weihnachten feiern. In diesem Winter hatte sie begonnen, die Wohnung als ihr Zuhause zu empfinden. Zum Glück hatte die Bank ihr einen Kredit bewilligt, mit dem sie die geräumige Dreizimmerwohnung für sich und ihre Kinder kaufen konnte. Betas Ex-Mann Óliver hatte sich im selben Gebäudekomplex eine Wohnung gekauft. So war es für die Kinder leichter, jede Woche umzuziehen.

Die Fahrt von Reykjavík nach Hveragerði dauerte eine knappe Stunde. Die breite Hochebene Hellisheiði trennte das Dorf von den Ortschaften der Hauptstadtregion. Beta hielt das Tempo etwas unter fünfzig Stundenkilometern. Es war nicht ratsam, auf der Hochebene schneller zu fahren. Hier gab es häufig Auffahrunfälle und auch Schlimmeres, weil die Leute es eilig hatten, von der Arbeit nach Hause auf die andere Bergseite zu kommen. Am Straßenrand stand ein übel zugerichtetes Auto wie zur Erinnerung daran, dass Raserei fatale Folgen haben konnte.

Beta war sofort nach dem Anruf losgefahren. Die örtliche Polizei in Selfoss hatte die Kriminalpolizei in Reykjavík angerufen und um Hilfe gebeten. Im Park eines kleinen Dorfes war ein Toter gefunden worden, offenbar erschlagen. Beta war im Herbst noch in Selfoss gewesen, um die dortigen Polizeikräfte über die organisierte Kriminalität zu unterrichten. Das Polizeirevier hatte zurzeit keine eigenen Kriminalermittler, daher wurde Betas Unterstützung gebraucht.

Am höchsten Punkt der Hellisheiði hörte es auf zu schneien. Am Himmel hing nur noch ein dünner Wolkenschleier, durch den die weichen Lichtstrahlen des Winters auf die weiten Lavafelder fielen.

Im Autoradio lief der Sender Rás 1, wo der Moderator beliebte Evergreens spielte. Gerade ertönte eines der bekanntesten Lieder von Elly Vilhjálms. Es erzählte von einem kleinen Vogel. Trotz der in Moll gehaltenen Melodie fühlte Beta sich zum ersten Mal seit langer Zeit frei von Traurigkeit. Die Trauer, die sie seit der Scheidung umfangen hielt, lockerte ihren Griff. Es war ein belebendes Gefühl.

Bei den großen Gewächshäusern bog Beta nach links ab, zur Dorfmitte. Der Park lag, wenn man von Reykjavík kam, an der rechten Seite der Hauptstraße. Das Absperrband der Polizei war schon von Weitem zu sehen. Beta parkte am Straßenrand und ging zu dem im Wind flatternden Band.

»Elísabet Baldursdóttir, nennt mich einfach Beta«, stellte sie sich den Polizisten vor, die in Tatortnähe standen.

Der hochgewachsene, kräftig wirkende Mann sagte, er heiße

Benedikt Viktorsson. Seine Streifenkollegin Dóra Káradóttir war ungefähr in Betas Alter.

»Die Kriminaltechniker sind unterwegs und müssten in ungefähr einer Viertelstunde hier sein«, sagte Beta.

Dóra und Benedikt berichteten, sie seien vor einer guten Dreiviertelstunde eingetroffen. Ein Jogger, der durch den Park lief, hatte einen blutüberströmten Mann auf der Erde liegen sehen und sofort einen Notruf abgesetzt.

»Auf den Rat der Notrufzentrale hin hat der Jogger nach dem Puls gefühlt, aber keinen gefunden«, sagte Dóra. »Wir konnten uns dann vergewissern, dass das Opfer tatsächlich tot ist.«

»Sonst hat niemand die Leiche berührt?«, erkundigte sich Beta.

Die beiden schüttelten den Kopf.

»Außer dem Arzt, der gerade hier war und offiziell den Tod festgestellt hat«, fügte Benedikt hinzu.

Beta blickte sich um. In dem verschlafenen Dorf passierte selten etwas Dramatisches. Es würde nicht lange dauern, bis die ersten Neugierigen eintrudelten. Zum Glück war das Gebiet ordentlich abgesperrt, und sie konnten zu dritt Wache halten, bis die Kriminaltechniker eintrafen. Danach würde die Leiche nach Reykjavík gebracht werden. Beta blickte gen Himmel. Die Wolken waren grau, sahen aber nicht regenschwer aus. Hoffentlich gab es keinen Niederschlag, der die Spuren zerstörte.

»Könnt ihr mir etwas über das Opfer erzählen?«, fragte Beta mit einem Blick auf die Leiche, die seitlich auf dem nassen, wintergrauen Rasen lag.

Dóra erklärte, Felix Karlsson sei als kommunaler Tierarzt im Dorf und in der Umgebung bekannt.

Benedikt, der neben ihr stand, wirkte trübselig. Er sagte, Felix sei im Dorf sehr beliebt gewesen.

»Er hat aktiv Cross-Fit trainiert. Ich habe ihn übrigens ganz gut gekannt. Wir haben oft zusammen trainiert. Bei Zweierübungen waren wir fast immer Partner. Felix war verdammt gut bei den Klimmzügen. Er war ... er war wirklich ein netter Mensch.«

Benedikts Stimme brach. Er wandte den Blick von der Leiche ab.

Beta dachte über die Situation nach. Ein allseits beliebter junger Mann wird mitten am Tag in einem Park erschlagen, wo nur wenige Büsche die Sicht verdecken. Der Fall wirkte ziemlich vertrackt.

»Wisst ihr, ob es Augenzeugen gibt?«

Die gefasster wirkende Dóra antwortete. »Benedikt und ich machen die Runde bei den Bewohnern der Nachbarhäuser und bei den Verwandten und Bekannten von Felix, sobald wir hier frei sind. Die zweite Streife ist unterwegs, um die Trauerbotschaft zu überbringen.«

Beta wollte nicht zu nah an das Ofer herangehen, damit sie etwaige Spuren nicht verwischte. Auch aus der Entfernung sah sie jedoch die tiefe Delle am Hinterkopf des Opfers und die blutige Masse, die auf die Erde geflossen war. Nur die Kopfwunde war deutlich zu sehen, aber möglicherweise wies der Körper weitere Verletzungen auf.

»Habt ihr irgendeine Vorstellung von der Tatwaffe? Dem Kopf nach zu urteilen, wurde ihm ein kräftiger Schlag mit einem stumpfen Gegenstand versetzt.«

Dóra antwortete wieder als Erste. »Ich kann es natürlich nicht mit Sicherheit sagen, aber mir ist da etwas eingefallen.«

Beta nickte und forderte sie auf fortzufahren.

»Ich musste einmal auf dem Land einen Fall von Körperverletzung untersuchen. Zwei erwachsene Brüder waren bei der Heuernte, und plötzlich hat der eine dem anderen eine Zaunstange über den Kopf geschlagen. Das Opfer ist nicht gestorben, hat aber eine schwere Kopfverletzung davongetragen.« Sie zeigte auf die vor ihnen liegende Leiche. »Die sah genauso aus wie die Wunde da.«

Beta überlegte kurz, dann sagte sie: »Macht euch ruhig schon jetzt auf die Suche nach Augenzeugen. Ich kann allein hierbleiben und

Wache halten, bis die Kriminaltechnik da ist. Später treffen wir uns dann auf dem Revier in Selfoss. Meldet euch, wenn ihr etwas herausfindet.« Sie reichte den beiden ihre Visitenkarte.

In den Polizeistationen an der Südküste arbeiteten insgesamt rund vierzig Personen. Dóra und Benedikt würden bald Unterstützung bekommen, aber es war besser, sofort mit der Befragung eventueller Augenzeugen zu beginnen.

Beta hatte noch einen weiteren Grund, die beiden wegzuschicken. Sie wollte nicht, dass sie das Gespräch mithörten, das sie gleich führen würde. Sie holte ihr Handy aus der Tasche und wählte Hildurs Nummer.

»Ich komme direkt zur Sache. Das Weihnachtsgedicht, das du neulich erwähnt hast. Erinnerst du dich?«

»Natürlich«, antwortete Hildur sofort und fügte hinzu, es sei eine Sackgasse gewesen. Sie hatte vor Kurzem aus Reykjavík die Nachricht bekommen, dass auf dem Bogen keinerlei Fingerabdrücke festzustellen waren. Offenbar hatte derjenige, der den Text geschrieben hatte, Handschuhe getragen.

»Es ist ein bisschen wie die Suche nach einem einzelnen Schaf in einem nebligen Tal, aber mir ist ein Detail eingefallen«, begann Beta und berichtete Hildur von dem toten Tierarzt, der vor ihr lag.

Sie erzählte, der Schlag sei vermutlich mit einem stumpfen Gegenstand ausgeführt worden. Die Kriminaltechniker würden genauere Untersuchungen anstellen, aber sie sei sich ziemlich sicher, dass an der Wunde kleine Holzfasern, kleine Splitter zu sehen waren.

»Das Opfer am Fischzuchtgehege bei euch im Dorf, hing das nicht an irgendwelchen Haken?«

Beta hörte, wie Hildur am anderen Ende nach Luft schnappte.

»O verdammt, Beta! Du hast es wahrscheinlich noch nicht erfahren, aber im Gesundheitszentrum von Stykkishólmur liegt eine misshandelte Frau, deren Haare verbrannt wurden, und zwar …« Hildur machte eine kurze Pause. »… mit einer Kerze.«

Beta schloss die Augen. Es ging ihr so viel auf einmal durch den Kopf, dass sie für einen Moment Dunkelheit brauchte, um sich zu konzentrieren. Das Lied erzählte von den Weihnachtsgesellen, die vor Weihnachten aus den Bergen zu den Menschen hinabstiegen und ein kleines Geschenk in den Schuh auf dem Fensterbrett legten. Wenn ein Kind ungehorsam gewesen war, fand es am Morgen in seinem Schuh eine faule Kartoffel.

»Die Schuhtage beginnen nächste Woche«, sagte Beta und rief sich das Lied in Erinnerung.

Der Pferchpfosten kam zuerst,
steif wie Holz.
Er schlüpfte in den Schafstall
und erschreckte die Schafe.

Beta erinnerte sich an zwei weitere Gestalten in dem Lied: den Fleischkraller, der mit einem langen Seil einen Haken durch den Schornstein hinabließ, um den Weihnachtsbraten zu stibitzen, und den Kerzenschnorrer, der an Heiligabend die Kerzen der Kinder stahl.

Eine Weile schwiegen sie beide. Hildur ergriff als Erste wieder das Wort.

»Es gibt dreizehn Weihnachtsgesellen – das heißt, wenn hier jemand ein krankhaftes Spiel treibt, wird es noch mehr Opfer geben.«

Beta lief es kalt den Rücken hinunter. Ihr schwante genau dasselbe.

»Hör mal, Hildur«, begann sie. Sie brauchte jetzt die Hilfe ihrer früheren Mitarbeiterin. Schon früher hatte Hildur hervorragende Arbeit geleistet; wie damals, als sie winzige Informationsbröckchen zusammengefügt und dadurch herausgefunden hatte, wer die Mordserie begangen hatte, die ganz Island in Aufregung versetzt hatte. Sie war eine hartnäckige, exzellente Schnüfflerin. »Kannst du es irgendwie einrichten, morgen hierher in den Süden zu kommen, auch wenn Wochenende ist? Ich glaube, wir müssen die Ermittlungen zu diesen Fällen nach Reykjavík verlagern. Ich brauche deine Hilfe.«

25

DEZEMBER 2021 AUF EINER PFERDEWEIDE

Die Pferde standen Seite an Seite am hintersten Ende der Koppel. Sie schloss das Gatter hinter sich und machte sich auf den Weg zu der Herde. Große Düsenmaschinen flogen wieder einmal dröhnend über die Weide, der Flugplatz war nur zehn Kilometer entfernt. Die Pferde schienen den Lärm gewohnt zu sein. Sie blickten nur träge nach oben und ließen den Kopf dann wieder sinken.

Man gewöhnte sich an alles. So war es auch ihr im Lauf der Jahre ergangen. Was sie hier tat, war eine Arbeit, die sie beherrschte. In den besten Wochen erledigte sie ihren Job auf zwanzig Pferdeweiden. Es kamen viele Kilometer zusammen, wenn sie zu Gestüten fuhr, die irgendwo in der Einöde lagen. An der letzten Kreuzung schmaler Wege, weit weg von der Hauptverkehrsader, die um die ganze Insel führte. Island war ein kleines Land voll gewundener Straßen.

Sie hatte exakt 215 Kunden. Nein, jetzt waren es 216, korrigierte sie sich. Einer war im November dazugekommen, als Bjarni aus dem Rabental ins Altersheim gezogen war und seinen Hof an einen neuen Unternehmer verkauft hatte.

Für ihre Arbeit gab es keine offizielle Ausbildung. Man lernte durch Zusehen und Nachmachen. Sie war von einem erheblich älteren Deutschen eingearbeitet worden, der schon lange in der Branche tätig war. Wenn sie auch nur an den Namen des Mannes dachte, wurde ihr speiübel. Ein schmieriger Lebemann, der allen anderen mit Arroganz begegnete und ständig an seiner teuren Rolex herumfummelte, als wollte er sicherstellen, dass jeder sie sah. Doch in ihrer damaligen Situation, als sie hohe Schulden bei den falschen Leuten gehabt hatte, waren ihr Deutschland und der Rolex-Mann wie ein Glückstreffer erschienen.

Dieser Job war der erste, bei dem sie tatsächlich Geld verdiente. Sie musste monatlich eine bestimmte Menge Blut für die Kontaktpersonen des Deutschen sammeln. Wenn sie zu wenig zusammenbekam, musste sie die Differenz aus der eigenen Tasche zahlen. In den vier Jahren, die sie bisher in Island verbracht hatte, waren ihre Lieferungen kein einziges Mal unter dem Soll geblieben. Anfangs hatte sie Bedenken gehabt, auf der Insel zu leben, aber man musste praktisch denken. Hier war ihre Arbeit so einfach, wie sie nur sein konnte. Viele Pferde und wenige Menschen, die darauf achteten, was sie tat.

Sie blieb vor der Herde stehen und suchte nach einem bestimmten Pferd. Ihr Blick wanderte von einem Tier zum anderen, bis sie endlich die hellgraue Stute entdeckte. Sie hielt sich im Hintergrund, zwischen zwei größeren Pferden. Das von den Ohren bis zu den Fesseln hellgraue Tier stand in der Hierarchie der Herde weit unten. Die Herde schützte ihre Mitglieder, doch die Schwächsten wurden als Letzte beschützt.

Keines der Pferde trug einen Namen, aber die graue Stute war für sie Stjarna: Ihren zierlichen Kopf schmückte ein großer, symmetrischer weißer Stern. Sie fasste Stjarna am Hals und legte ihr ein Halfter an. Der Atem des Pferdes beschleunigte sich, und sie erinnerte sich, wie sehr es beim ersten Mal gescheut hatte. Leider hatte sie Stjarna damals züchtigen müssen, aber zum Glück nur ein einziges Mal. Sie streichelte Stjarnas dünne Mähne und redete beruhigend auf sie ein. Sie wollte gerade ihren feinen Bauch preisen, als ihr einfiel, dass die Stute ihr Fohlen bald verlieren würde.

Sie führte Stjarna zu dem Verschlag in der Mitte der Weide. Das Pferd ging folgsam in den von zwei Wänden begrenzten Raum. Sie band es an und achtete darauf, die Leine straff anzuziehen, damit es sich nicht bewegen konnte.

Dank langjähriger Erfahrung fanden ihre sensiblen Finger schnell die richtige Stelle am Hals des Pferdes. Sie wusste, dass die Kanüle ein wenig zu groß war, aber es ging nicht anders. Es galt, mindestens sieben Liter Blut abzunehmen, und mit einer kleineren Nadel dauerte das einfach zu lange. Sie musste schnell und effektiv arbeiten und so schnell wie möglich verschwinden.

Zum Abschluss des Tages packte sie sorgfältig ihre Ausrüstung ein und schob die Fässer mit der Sackkarre zu ihrem Wagen, der in der Nähe stand. Das Resultat dieses Tages waren fünfzig Liter Blut. Nachdem sie beim Auto angekommen war, lief der Rest mühelos. Es dauerte nicht lange, die Behälter einzuladen. Sie verriegelte den Kofferraum und blickte noch einmal zur Weide hin. Irgendetwas in der Nähe des Gatters zog ihre Aufmerksamkeit auf sich.

Zuerst glaubte sie, einen großen Raben gesehen zu haben, doch dann merkte sie, dass das Wesen größer als ein Vogel war. Eine Gestalt in einem dunkelgrauen langen Wintermantel entfernte sich von der Weide. Hatte jemand ihr Treiben beobachtet? Sie musste sich vergewissern. Da die Weide an einem Abhang lag, verschwand die Gestalt rasch aus ihrem Blickfeld. Sie stieg den Hügel hinauf und musterte die Umgebung. An der Weide war niemand zu sehen. Am Horizont ragten nur die schneebedeckten Berge auf. Zuerst glaubte sie, sie habe sich das Ganze nur eingebildet, doch dann entdeckte sie weiter unten etwas Interessantes. Der Weg war doch nicht leer.

26

SOMMER 2016 ASKER

Jakob ging mit seinem kleinen Rucksack langsam die Straße entlang, an der seine Familie wohnte. Während der ganzen Heimreise hatte ihm das Lied »Zapfenstreich der Veteranen« in den Ohren geklungen. Es war im Lokalsender gelaufen, als er im Taxi nach Kolari zum Bahnhof fuhr, von wo er über Helsinki weiter nach Oslo gereist war. Eine seltsame Musikwahl mitten im heißesten Sommer.

Das träge Gezwitscher der Vögel drang durch den Gesang des Männerchors in seinen Kopf. In der Hitze des Spätsommers hatten die Vögel keine Eile mehr. Die Balzkonzerte des Frühlings gehörten der Vergangenheit an. Die Vögel hatten sich bereits gepaart, und aus den Eiern waren Junge geschlüpft. Der Vogelzug nach Süden würde erst in einigen Wochen beginnen.

Jakob schob den Rucksack zurecht und strich ein paar Strähnen hinters Ohr, die sich aus seinem Haarknoten gelöst hatten. Er war sich über seine Gefühle nicht ganz im Klaren. Einerseits fühlte er sich ausgeruht und erholt. Nachdem Lena und Matias abgereist waren, hatte er seine Zeit ungestört in der Hütte verbracht, sich entspannt und die nötigsten Arbeiten erledigt.

Diese Zufriedenheit war jedoch nicht von Dauer gewesen. Auf der Heimreise hatte eine diffuse Unruhe von ihm Besitz ergriffen. Er konnte sich nicht erklären, woher sie kam. Sie hatte sich noch verstärkt, als er Lena trotz unzähliger Versuche nicht erreicht hatte.

Jakob war von Helsinki nach Oslo geflogen und vom Flughafen mit der Bahn nach Asker gefahren. Selbst im Zug hatte er noch mehrmals versucht, Lena zu erreichen, aber sie hatte sich nicht gemeldet. Während der letzten Woche hatte sie ihn kein einziges Mal angerufen. Das war an sich nichts Neues. Sie hatten nicht die Angewohnheit, sich Textnachrichten zu schicken oder zu telefonieren, wenn sie getrennt waren. Aber diesmal waren alle Anrufe auf dem Anrufbeantworter gelandet.

An den Apfelbäumen im Garten hingen reife Früchte. Die müssen wir pflücken, ehe sie abfallen und verfaulen, dachte Jakob. Er warf einen Blick auf die dunklen Wohnzimmerfenster. An den Küchenfenstern waren die Vorhänge zugezogen, auch dort schien es dunkel zu sein. Er versuchte sich einzureden, dass man an einem hellen Sommerabend keine Deckenlampen brauchte.

Die Kälte breitete sich bis in die Lunge aus, als Jakob den Vorgarten erreichte. Alles sah ganz genauso aus wie am Tag ihrer Abreise nach Finnland.

Zu identisch. Zum Stillstand gekommen. Matias' Plastiktraktor stand mitten auf dem Sandhaufen, an derselben Stelle wie vor dem Finnlandurlaub.

Mit zitternden Händen schob Jakob den Schlüssel ins Schloss. Der Schlüssel ließ sich mühelos drehen. Jakob seufzte erleichtert auf. Was hatte er geglaubt? Dass Lena in seiner Abwesenheit das Schloss ausgetauscht hatte?

In den letzten Jahren war es zwischen ihnen nicht besonders gut gelaufen. Lena hatte ihm nie verziehen. Seit seiner letzten Reise nach Helsinki vor Matias' Geburt hatte Jakob Regina nicht mehr wiedergesehen. Er hatte ihr in einer geradezu unverschämt kurzen Mail mitgeteilt, sie könnten nicht mehr in Verbindung bleiben. Die Situation zu Hause hatte sich jedoch nicht verändert, obwohl er den Kontakt abgebrochen hatte. Lena war immer noch so giftig, kontrollierend und eifersüchtig wie zuvor.

Mitunter hatte Jakob den Eindruck, dass Lena es darauf anlegte, ihn zur Weißglut zu bringen. Ihm war bewusst, wie leicht er an die Decke gehen konnte, und wusste, dass auch Lena das längst gemerkt hatte. Manchmal ließ er sich auf ihr Spiel ein und verlor die Geduld. Ein paarmal war er richtig ausgerastet und hatte sich zu Taten hinreißen lassen, für die er sich hinterher schämte.

Als die Haustür aufging, kam ihm die Diele irgendwie seltsam vor. Er lehnte den Rucksack an die Wand und zog die Schuhe aus. Es dauerte einen Moment, bis ihm aufging, was hier nicht stimmte: Die Diele war leer. An der Garderobe hing kein einziger Mantel. Die einzigen Schuhe auf dem Fußboden waren seine eigenen.

»Lena! Matias!«

Keine Antwort.

Der Weg ins Wohnzimmer erschien ihm endlos. Der Anblick, der ihn dort erwartete, war wie ein Schlag in die Magengrube. Bis auf einen Stuhl und die Stehlampe war das Zimmer leer. Auch die Bilder an den Wänden waren verschwunden.

Jakob rannte ins Schlafzimmer, wo ihn die gleiche Leere empfing. Er öffnete eine Kleiderschranktür nach der anderen. Lenas Schrankhälfte war leer. In der anderen Hälfte lagen seine Sachen.

»Matias!«

Jakobs Stimme wurde immer lauter. Er lief in das Zimmer seines Sohnes. Es war ebenfalls leer. Jakobs Herz raste. Sein Atem ging schwer. Auf dem Weg in die Küche stieß er sich den Fuß an der Türschwelle, spürte in seiner Panik aber keinen Schmerz.

Die Küche war der einzige Raum, wo nichts zu fehlen schien. Doch das lag daran, dass die Küche bereits komplett eingerichtet gewesen war, als sie das Haus gemietet hatten.

Zwischen der Spülbürste und dem grauen Geschirrtuch auf der Spüle lag ein von einem Notizblock abgerissener Zettel. Mit zittrigen Fingern griff Jakob danach.

Jakob. Mir reicht es. Ich kann dir nicht vertrauen. Ich habe es versucht, aber es geht nicht. Mir bleibt keine andere Wahl, als dich zu verlassen. Zu den praktischen Fragen wird dich mein Anwalt kontaktieren. Schaff deine Sachen bis zum Monatsende aus dem Haus. Danach kommt eine Putzfirma, und dann ziehen neue Mieter ein.
Lena

Jakob musste sich mit seinem ganzen Gewicht an die Spüle lehnen, sonst wäre er umgekippt. Die Vorhänge erinnerten ihn an den Alltag, der gerade geendet hatte. Jakob packte den hellen Stoff und zog mit aller Kraft daran. Der Stoff zerriss, und die Gardinenstange polterte herunter. Durch das Fenster sah Jakob in den trostlosen Vorgarten. Der kleine Traktor stand verlassen auf dem Sandhaufen.

27

DEZEMBER 2021 REYKJAVÍK

Sehr weihnachtlich, dachte Hildur, als sie zum Polizeigebäude im Zentrum von Reykjavík ging. Am Morgen hatte günstiger Wind geherrscht, sodass sie von den Fjorden in die Hauptstadt fliegen konnte. Bei der Landung hatte der Pilot mitgeteilt, die Temperatur betrage vier Grad. Die Angabe war allerdings nur ein Teil der Wahrheit. Durch die Feuchtigkeit auf der Insel wirkte die Luft um einiges kälter, als das Thermometer behauptete.

In Hildurs Vorstellung war Reykjavík genau das: eine nasskalte, dunkle Stadt. Im Sommer verwöhnte die Wärme die Stadtbewohner gelegentlich, aber meistens war auch die Sonne kalt. Auf den Straßen eilten die Leute von einem Ort zum anderen. Hier blieb man nicht stehen und plauderte mit Bekannten, die einem begegneten. Ein kurzer Gruß reichte, für längere Gespräche ging man nach drinnen.

Hildur kam an einem Café vorbei, aus dessen halb offenem Fenster Bossa-nova-Klänge kamen. Auf der Fensterbank waren Kakteen verschiedener Größe aufgereiht. Die in den Norden importierte Exotik entlockte Hildur ein Lächeln. All die trendigen Cafés und Restaurants mit ihren großen Fenstern, ihren Neonschildern und ihrer skurrilen Inneneinrichtung peppten das alte, ein wenig in die Jahre gekommene Stadtzentrum durchaus auf.

Bald war sie am Ziel. In den vier Polizeistationen der Hauptstadtregion arbeiteten insgesamt etwa vierhundert Personen. Die größte Station befand sich in der Hverfisgata, in der Nähe des ehemaligen Busbahnhofs Hlemmur. Auch in den alten Terminal waren inzwischen Restaurants eingezogen.

Da die Polizeistation in der Hverfisgata zu klein geworden war, hatte man überall im Zentrum Büroräume für die Polizeikräfte angemietet. Hildur war auf dem Weg zur Ermittlungseinheit für Rauschgift- und Bandenkriminalität, um sich mit Beta zu treffen.

Sie ging durch eine Haustür, die nicht anders aussah als der Eingang zu dem benachbarten Wohnhaus. Ein rumpelnder Aufzug brachte sie in den vierten Stock, wo sie sich nach rechts wandte. Ein schlichtes Schild an der Glastür teilte mit, das Büro sei von acht bis sechzehn Uhr geöffnet, doch nirgendwo stand, um was für ein Büro es sich handelte. Das brauchten Außenstehende auch nicht zu wissen.

Durch die Glastür sah Hildur Beta, die sich mit schnellen Schritten näherte, wobei ihr Lockenschopf hin- und herschwang. Beta öffnete lächelnd die Tür, und sie begrüßten sich mit Wangenküssen. Sie hatten sich seit Monaten nicht mehr gesehen, und Hildur vermisste ihre frühere Chefin sehr.

»Komm rein, ich hab in meinem Dienstzimmer den Kaffeetisch für uns gedeckt«, sagte Beta und ging voran.

Tumi hatte eine dringende Telefonkonferenz, würde aber bald zu ihnen stoßen. Hildur bewunderte Betas Dienstzimmer. Im Vergleich zu den Räumen in der Polizeistation von Ísafjörður war es geradezu riesig. Durch das große Fenster des Eckzimmers blickte man über die Stadt. Meerblick hatte man allerdings nicht, obwohl der Atlantik nur ein paar Hundert Meter entfernt lag.

»Dir geht's ja prächtig«, sagte Hildur. »Ein Eckzimmer mit allem Drum und Dran.«

»Man sieht sogar das Meer, wenn man auf den Schreibtisch klettert und den Hals ganz weit nach links streckt«, witzelte Beta.

Sie forderte Hildur auf, sich in den Sessel am runden Sofatisch zu setzen.

»Mein Job hier ist nicht viel anders als der vorige. Die großen Bosse sind näher, also ist auch mehr Politik im Spiel. Das ist nicht so mein Ding, aber was soll ich machen. Gehört nun mal dazu.«

Hildur erzählte, dass Jónas und Jakob noch auf Reisen waren. Zu den Ermittlungen im Fall Luka konnte sie nur berichten, dass im Labor keine andere DNA als die des Toten festgestellt worden war. Auf den Banknoten, die sie in Lukas Wohnung gefunden hatten, waren außer seinen eigenen auch zahlreiche andere Fingerabdrücke. Die Klarsichtbeutel dagegen hatte offenbar nur er angefasst.

Hildur umfasste den dekorativen Griff der kleinen, eleganten Porzellankanne mit Daumen und Zeigefinger und sah Beta fragend an.

»Die hat der Polizeichef angeschafft, ich kann nichts dafür.«

Hildur gab Milch in ihren Kaffee und trank die Tasse halb leer. Beta bot ihr Schokokekse an. Manches war eben doch wie früher. Hildur wählte einen Doppelkeks mit weißer Schokoglasur. Vor dem Bau des mehr als zehnstöckigen Hotels gegenüber hätte man bis zum Berg Esja an der anderen Seite der Bucht sehen können.

Der Berg hatte eine Verbindung zu den Fällen, in denen sie ermittelten. In der isländischen Weihnachtssage lebten die dreizehn Weihnachtsgesellen auf dem Berg Esja. Von dort stiegen sie im Dezember zu den Einwohnern von Reykjavík hinab, einer nach dem anderen. Manchmal unternahm auch die Mutter der Weihnachtsgesellen, die Kinder fressende Hexe Grýla, Jagdzüge zu den Menschen. Begleitet wurde sie von der scharfkralligen, schwarzen Weihnachtskatze, die alle verschlang, die an Weihnachten keine neue, saubere Kleidung trugen. Hildur sah in der Weihnachtskatze, die Knauserige zerfleischte, den wahr gewordenen Traum geldgieriger Kapitalisten.

»Ich habe mir den Kopf über die Weihnachtsgesellen zerbrochen«, sagte sie. »Wir haben jetzt drei Opfer, und es gibt dreizehn Gesellen. Bis Weihnachten sind es noch gut zwei Wochen.«

In dem Moment kam Tumi Jónasson herein. Natürlich klopfte er nicht an, sondern erschien plötzlich einfach im Türrahmen, den er mit seiner großen Statur fast ganz ausfüllte. Er breitete fröhlich lächelnd die Arme aus.

»Na, du Geschenk der Westfjorde an die Welt, wie geht es dir?«

Hildur stand auf, um ihren früheren Kollegen zu umarmen. Sie klopften einander ausgiebig auf den Rücken, dann setzten sie sich an den Kaffeetisch. Tumi leitete die Einheit für vermisste Kinder in Reykjavík. In den Jahren, wo Hildur bei der Polizei in Reykjavík gearbeitet hatte, war er ein wichtiger Kollege für sie gewesen, und gerade von ihm hatte sie die Arbeit mit problembeladenen Kindern und Jugendlichen gelernt. Als die Einheit für vermisste Kinder zusätzliche Finanzierung bekommen hatte, war Hildur beauftragt worden, die Tätigkeit in den ländlichen Regionen zu leiten. Da Island klein war, konnte man sich im Polizeidienst kaum spezialisieren, schließlich mussten ja alle Aufgaben erledigt werden. Daher arbeitete auch Tumi ab und zu bei Ermittlungen mit, die nichts mit dem Jugendschutz zu tun hatten.

Da Hildur mit der Nachmittagsmaschine zurückfliegen musste, wollte sie die Besprechung beschleunigen.

»Wenn der Typ das Lied über die Weihnachtsgesellen komplett durchziehen will, bleiben ihm noch zehn Opfer.«

Beta hüstelte und schlug die Mappe auf, die vor ihr lag.

»Gerade deshalb wollten wir dich dabeihaben.«

Sie legte einen Stapel Papiere auf den Tisch. Hildur überflog sie rasch. Seitenweise Berichte, Fotos von Misshandlungsopfern, dazu Straßenkarten und Aufnahmen von Überwachungskameras.

»Die Isländer prügeln sich schon, seit die ersten Siedler im 9. Jahrhundert hier gelandet sind. Ringen, in die Fresse hauen und Rache sind ein Teil der Volkstradition, der immer noch fortlebt.«

Hildur berichtete, sie habe in der Klinik in Grundarfjörður angerufen und erfahren, dass bei Olga eine Komplikation eingetreten sei, weshalb sie gerade intravenös Schmerzmittel bekomme. Sie war schwach, aber ihr Zustand besserte sich allmählich.

»Wir müssen Olga, also die Frau, die im Hinterhof der Kneipe gefunden wurde, so bald wie möglich noch einmal befragen«, fügte sie hinzu. »Sie hat behauptet, dass sie in die Kneipe direkt von ihrer Abendschicht im Schwimmbad gegangen ist, aber das war an dem Abend geschlossen.«

»Interessant …«, sagte Beta. »Aber sie ist doch ein Opfer, keine Tatverdächtige.«

»Aber sie hat über den Ablauf des Abends gelogen«, beharrte Hildur. »Dafür muss es einen Grund geben, und den müssen wir herausfinden.«

Beta versprach, dass sie selbst oder Tumi noch einmal mit der Frau sprechen würde.

Hildur entnahm dem Stapel einen Bericht, den sie kannte. Sie hatte ihn selbst geschrieben, und er betraf das Opfer am Fischzuchtgehege.

»Ich habe mit unseren Experten für Drogenkriminalität gesprochen«, sagte Beta. »Niemand vermisst eine Kokainlieferung. Überhaupt wird im Moment sehr wenig Kokain eingeführt.« Sie fügte hinzu, sie halte es für ziemlich sicher, dass der Slowene auf eigene Faust gehandelt habe. Vielleicht war Luka ins Ausland gereist, um Party zu machen, und hatte Kokain für den Eigengebrauch gekauft.

»Oder er hat so viel Drogen gekauft, wie sein Geldbeutel hergab, und sie nach Island mitgenommen, um sie hier zu verticken«, spekulierte Hildur. »Vielleicht brauchte er Geld.«

Für Kokain zahlte man in der Partyszene von Reykjavík bis zu dreimal so viel wie in Dänemark.

Beta erteilte Tumi, der schweigend zugehört hatte, das Wort.

»Als Beta mir diese Mappen gezeigt hat, hätte mich fast der

Schlag getroffen.« Er kratzte sich nachdenklich im Nacken. »Zwischen den Fällen gibt es nämlich noch eine andere Verbindung als die vermaledeiten Weihnachtsgesellen.«

Tumi nahm die Papiere vom Tisch und legte die Unterlagen zu den drei Fällen jeweils auf einen eigenen Stapel. Einen vierten Stapel schob er vorläufig zur Seite.

»Ich kannte den Slowenen durch die Jugendschutztätigkeit. Er hat für Kinder aus Kinderheimen und Pflegefamilien kostenlose Reitstunden angeboten. Wir hatten öfter Kontakt. Ein richtig netter Kerl. Er war auch im örtlichen Tierschutzverein und in der ein oder anderen Bürgerinitiative aktiv. Ich habe ein bisschen nachgegraben und festgestellt, dass auch Olga sich in ähnlichen Organisationen in Westisland engagiert hat.«

Beta nahm sich einen Schokokeks und brach ihn in der Mitte durch. Sie fragte Tumi nach dem Tierarzt, der Cross-Fit betrieben hatte. Hatte Felix als Tierarzt auf der Seite der Kunden oder der Tiere gestanden?

Hildur wusste sofort, was sie meinte. Die Entfernungen waren weit, die Bauernhöfe groß, und es gab nur wenig Tierärzte. Eine ihrer Aufgaben war es, über das Wohlergehen der Nutztiere zu wachen. Nicht alle Hofbesitzer hielten sich an die Vorschriften. Manche sparten aus Geiz, anderen fehlte die Kraft, ihre Tiere angemessen zu versorgen.

»Tja, die örtlichen Viehzüchter haben Felix als penibles Arschloch beschrieben.«

»Er war also nicht bereit, sich den Interessen der Hofbesitzer zu fügen?«, sagte Hildur.

»So könnte man es ausdrücken«, antwortete Tumi. »Der Bursche hatte Mumm.« Er griff nach dem vierten Stapel. »Ich bin alle Körperverletzungen oder irgendwie verdächtigen Unfälle in letzter Zeit durchgegangen. Jedenfalls alle, die der Polizei zu Ohren gekommen sind.«

Kapitalverbrechen geschahen in Island selten, aber Körperverletzungen kamen relativ oft vor. Hildur hatte während ihrer Jahre in Reykjavík erlebt, wie vor allem an den Wochenenden nachts Fäuste und leere Flaschen flogen, wenn Betrunkene sich auf den Straßen prügelten. Gewalt innerhalb der Familie konzentrierte sich dagegen nicht auf bestimmte Wochentage oder Uhrzeiten. Solche Fälle landeten jedoch nicht so oft bei der Polizei wie Gewalttaten im öffentlichen Raum.

Tumi fuhr fort: »Dann habe ich diejenigen Fälle herausgesucht, die irgendwie zu den Ritualen der Weihnachtsgesellen passen könnten.«

Er hatte zwei Fälle gefunden. In dem einen Fall hatte ein Zeitungsbote im Vorstadtgebiet von Reykjavík eine etwa zwanzigjährige Frau bewusstlos und blutüberströmt vor einem Hauseingang gefunden. Wie sich später herausstellte, hatte sie den Abend in einer Kneipe verbracht.

»Sie war an der Haustür am Kopf verletzt worden. Am Türrahmen wurden Blut und einige Haare gefunden. Zum Glück hatte sie letztlich nur eine leichte Gehirnerschütterung. Und zum Glück hat der Zeitungsbote sie entdeckt, sodass sie rechtzeitig Hilfe bekommen hat und nicht erfroren ist.«

»Der Türzuschläger?«, sagte Beta.

Tumi und Hildur nickten. Es handelte sich um den Weihnachtsgesellen, der nachts Türen zuschlug, um die Schlafenden zu wecken.

Der zweite Fall betraf einen Mann mittleren Alters aus der Gemeinde Selfoss. Er war zu Fuß auf dem Heimweg von der Arbeit gewesen, als er von einem Wagen angefahren wurde. Wie durch ein Wunder war das Opfer mit einem Knochenbruch davongekommen.

»Was verbindet diesen Fall mit den Weihnachtsgesellen?«, fragte Hildur.

»Ein kluger Polizist«, antwortete Tumi und lächelte. »Der Polizeibericht über den Vorfall war äußerst detailliert. Unter anderem erfährt man, dass in der Manteltasche des Mannes eine Packung Würstchen gefunden wurde, die er seiner Aussage nach nicht eingesteckt hatte.«

Hildur suchte eine Weile in ihrem Gedächtnis.

»Der Wurststibitzer?«

Tumi nickte bedächtig. »Na, da ihr bestimmt schon ahnt, was die beiden Fälle gemeinsam haben, will ich euch nicht länger auf die Folter spannen.«

Er berichtete, dass der Wurstmann als Assistent des Tierarztes Felix in der Nachbarstadt gearbeitet hatte. Die Frau, die das Opfer des Türzuschlägers geworden war, hatte Verbindungen zu der britischen Tierschutzorganisation Animal Welfare Institution.

»Sie führt einen Blog, wo sie über ihr Jahr als Austauschstudentin in England berichtet und über ihre Tätigkeit als Tierrechtsaktivistin, zu der sie dort den Anstoß bekam.«

Er legte die Unterlagen vor sich auf den Tisch. Nun waren es fünf Stapel.

»Mit anderen Worten, irgendein beknackter Typ spielt den Weihnachtsgesellen und verprügelt Tierschützer?«, resümierte Hildur.

Das Szenario wirkte völlig absurd. Aber das Leben war mitunter ohne Sinn und Vernunft, das hatte Hildur in den letzten Jahren zur Genüge erlebt.

»Sollten wir die Öffentlichkeit vor drohender Gewalt warnen?«, sagte sie, obwohl sie die Antwort wusste.

Beta betrachtete die Papierstapel. »In der Hinsicht wäre ich äußerst vorsichtig.«

Die Polizei wollte keine Panik auslösen. Zudem wussten sie ja nicht einmal, wer alles gewarnt werden sollte und wovor genau. Im Tierschutz waren überall im Land viele bezahlte Kräfte und Ehrenamtliche tätig.

Zu dritt gingen sie die Fälle mehr als eine Stunde lang in allen Einzelheiten durch. Die einzige Beobachtung eines Augenzeugen über den eventuellen Täter betraf die krumm gehende Gestalt, die in der Kneipe in Grundarfjörður gesehen worden war. In den anderen Fällen gab es keine Augenzeugen, und die Taten waren von keiner einzigen Überwachungskamera aufgezeichnet worden. Sie hatten die Telekommunikationsdaten von Luka, Olga und Felix verglichen, aber keine direkte Verbindung zwischen ihnen gefunden. Nun mussten sie sich auch die Daten der beiden jüngsten Opfer beschaffen. Beta hatte sich außerdem vergewissert, dass die Opfer keine Verbindung zu Verbrecherkreisen hatten und ihre Namen nicht im Zusammenhang mit Drogendelikten auftauchten.

»Sagen wir den anderen vorläufig nichts davon«, sagte Beta und sah Hildur und Tumi abwechselnd an. »Allein schon, damit wir ungestört arbeiten können.«

Einige Polizisten standen regelmäßig in Kontakt zu Reportern, von denen sie sich finanzielle und andere Gegenleistungen für Tipps erhofften. Je mehr Personen innerhalb des Hauses den verbindenden Faktor kannten, desto größer war das Risiko, dass die Medien Wind davon bekamen. Und sie wollten ja keine Panik auslösen.

Beta erklärte, sie werde die Tätigkeit des dreiköpfigen Teams nirgendwo registrieren.

»Wir lassen die Fälle von den örtlichen Polizeikräften untersuchen und stellen am Rande unsere eigenen Ermittlungen an. Zumindest vorläufig bleibt die Sache inoffiziell.«

Als Erstes würden sie mit den Misshandlungsopfern sprechen und sie zu den Einzelheiten ihrer Arbeit im Tierschutz befragen.

Nach der Besprechung fuhr Hildur im Aufzug nach unten und überquerte den Hof des benachbarten Hotels. Sie ging in die legendäre Pizzeria Devito's an der Straßenecke.

Es machte Spaß, vom Fenstertisch aus das Getümmel im Zentrum zu beobachten, wenn man sich selbst nicht hineinzustürzen brauchte. Die Pizza war herrlich belegt und an den Rändern schön knusprig. Stück um Stück verschwand von Hildurs Teller, und nach dem letzten Happen fühlte sie sich gesättigt. Sie spülte mit einem Schluck Orangenlimonade nach und rülpste zum Schluss in die Faust.

Ein Blick auf die Uhr verriet ihr, dass sie vor dem Rückflug noch Zeit hatte, ihre Schwester zu besuchen.

28

Hildur stieg die Vortreppe hinauf und klopfte an die rot gestrichene Holztür. Sie ging sofort auf. Björk hatte sie offenbar vom Küchenfenster aus gesehen.

Björk erzählte, sie sei am Vormittag von der Nachtschicht gekommen und habe Wäsche gewaschen. Die zusammengefaltete Bettwäsche lag auf dem Sofa und wartete darauf, in den Schrank gelegt zu werden. Hildur strich über das raue Leinen.

»Bist du denn nicht müde?«

Björk schüttelte den Kopf. Vormittags konnte sie nicht einschlafen. Morgen hatte sie einen freien Tag, da würde sie den verlorenen Schlaf nachholen.

»Setz dich«, sagte sie und stellte den Gasherd an.

Auf dem Küchentisch standen Nachmittagspfannkuchen. Dünne, fest zusammengerollte Pfannkuchen, Rhabarbergelee, Schlagsahne und ein Glas Sirup.

»Wann hast du die denn gebacken?«, fragte Hildur, nahm eine der Rollen wie eine Zigarre zwischen die Finger und biss die Hälfte ab. Der Zucker im Innern knirschte zwischen den Zähnen. Der Pfannkuchen war noch warm. Hildur war zwar satt von der Pizza, aber Pfannkuchen konnte sie einfach nicht widerstehen. Ein paar würde sie schon schaffen.

»Du hattest in letzter Zeit ja viel zu tun«, sagte Björk, während sie eine Dose Kakaopulver und einen Topf heiße Milch auf den Tisch stellte. »Ich habe in der Zeitung darüber gelesen.«

»Du kannst dir nicht vorstellen, wie viel Kilometer ich in letzter Zeit fahren musste«, antwortete Hildur und nahm sich noch einen Pfannkuchen. »Für Sport hatte ich keine Zeit. Ich fürchte, das macht mich allmählich ungenießbar.«

Es war schon einige Tage her, dass sie das letzte Mal beim Surfen war, und seit Ende November hatte sie keine Zeit mehr gehabt, zu joggen oder ins Fitnessstudio zu gehen. Sie wusste, dass es auch noch andere Gründe für ihren Gemütszustand gab, womit sie ihre Schwester aber nicht behelligen wollte. Der Druck, der ihr auf der Brust lag, hatte von Tag zu Tag zugenommen. Heute fühlte sie sich schlechter als gestern. Ihr war klar, dass irgendwo bald wieder etwas passieren würde, was das Leben vieler Menschen veränderte.

»Bist du dienstlich im Süden?«, fragte Björk und goss heiße Milch in zwei Tassen. Sie waren beide Kaffeetrinkerinnen, aber zu Pfannkuchen gehörte einfach Kakao.

Hildur rührte das Pulver in die Milch und klopfte den Löffel am Tassenrand ab.

»Ja, eine Besprechung, die wir nicht digital führen konnten.«

Björk sah sie interessiert an.

»Hat das mit dem Toten zu tun, der vor deinem Dorf im Meer gefunden wurde? Stand in der Zeitung. Ziemlich gruselig.«

Hildur aß den Mund leer und nickte.

»Der Fall wird an den Westfjorden untersucht, weil der Tote in unserem Gebiet gefunden wurde. Die Polizei in Reykjavík interessiert sich für ein paar Einzelheiten, aber wie du weißt …«

Björk schnitt ein Stück von ihrer Pfannkuchenrolle ab und steckte es in den Mund.

»Du darfst nicht darüber sprechen, ich weiß, ich weiß«, sagte sie. »Ich finde deinen Job halt einfach so spannend.« Dann erzählte sie von einer neuen schwedischen Krimiserie, die sie bei einem Streamingdienst entdeckt hatte.

Sie redeten eine Weile über Bücher und Fernsehserien. Es war schön, ein Gespräch zu führen, bei dem der gegenseitige Kontakt wichtiger war als das Thema. Ein solches Gespräch brachte nicht unbedingt neue Erkenntnisse, vertrieb aber die Einsamkeit. Das tat gut. War es unter Geschwistern immer so?

Björk goss noch einmal heiße Milch in die Tassen.

»Ist es ein schlimmes Gefühl, Leichen zu sehen? Gewöhnt man sich jemals daran?«

Hildur dachte über die Frage nach. Sie war sich nicht sicher. Ja, man gewöhnte sich daran, aber leicht war es trotzdem nicht. Dass einem die Situation vertraut war, änderte nichts daran, wie man sie empfand.

»Wenn etwas Schlimmes passiert, fühlt sich das immer furchtbar an. Aber dieses Gefühl überwindet man bei der fünfzigsten Leiche schneller als bei der ersten.«

Björk dachte darüber nach. Sie gab einen Teelöffel von dem klebrigen, dicken Sirup auf ihren Pfannkuchen und wischte den Rand des Glases mit dem Finger ab.

»In dieser schwedischen Krimiserie streiten sich die Polizeibezirke dauernd darüber, wer für die Ermittlungen in einem bestimmten Fall zuständig ist. Ist das bei uns auch so?«

Hildur freute sich, dass Björk sich für ihre Arbeit interessierte.

»Eigentlich nicht. Wer gerade Zeit hat, übernimmt die Ermittlungen. Meistens wird der Fall von der Polizeistation untersucht, die dem Tatort am nächsten liegt. Aber die Ressourcen reichen nicht immer, und dann kann man die Ermittlungen an eine andere Stelle weiterleiten.«

»Und dann gibt es irgendeine gemeinsame Sitzung, bei der man die aktuellen Fälle bespricht und ganz viele Donuts isst, was?«, sagte Björk und entschuldigte sich, dass sie kurz in die Waschküche im Erdgeschoss müsse, um die Waschmaschine zu leeren.

Hildur warf einen Blick auf die Uhr an der Küchenwand. Sie musste sich bald auf den Weg machen. Zum Flughafen waren es ungefähr zwei Kilometer. Mit einem Taxi könnte sie ihn trockenen Fußes erreichen, aber sie sehnte sich nach frischer Luft. Sie sah zum Fenster hinaus. Der Himmel bewölkte sich. Große Schneeflocken fielen auf die Straße, wo sie sofort schmolzen. Dem Wetterbericht nach war der Schneefall auf ein kleines Gebiet begrenzt und würde vor dem Abflug der Maschine um halb fünf enden.

Hildur verspürte ein leises Schuldgefühl. Sie hatte nämlich ihr Versprechen gegenüber Björk gebrochen und angefangen, nach Rósas Verbleib zu recherchieren. Den ersten Schritt hatte sie gestern beinahe aus Versehen gemacht, als der dänische Kriminalermittler Mads Lund sie angerufen hatte, um mit ihr über das bevorstehende Seminar in Reykjavík zu reden. Hildur hatte Lund Anfang November bei einem gesamtskandinavischen Seminar kennengelernt, bei dem es um die Praktiken der Befragung minderjähriger Opfer, Tatverdächtiger und Augenzeugen ging. Nach dem Ende des offiziellen Programms hatten Hildur und Lund ihre Bekanntschaft in der Kopenhagener Nacht vertieft. In den frühen Morgenstunden hatte Hildur im Hotelbett versprochen, die Organisation des Anschlussseminars zu übernehmen, das im Frühjahr in Reykjavík stattfinden sollte. Was sie aber nur unter der Bedingung tun würde, dass Mikkelsen, wie sie ihn nach dem dänischen Filmstar getauft hatte, daran teilnehmen würde.

»Huhu, was träumst du da?«, sagte Björk. »Denkst du etwa gerade an einen Mann?«

Hildur schrak auf. Sie war es gewohnt, dass in Björks Haus die Treppenstufen knarrten. Offenbar war sie so tief in ihre Gedanken versunken gewesen, dass sie nicht gehört hatte, wie ihre Schwester aus der Waschküche gekommen war.

»Ha, ha, für so was hab ich keine Zeit. Also dann, ich muss wohl allmählich zum Flughafen stiefeln.«

Auf dem Weg zum Flughafen musste Hildur wieder an Mikkelsen denken. Er hatte ihr erzählt, er würde bald dienstlich auf die Färöer reisen, wo er auch durch seine Familie gute Kontakte habe. Da hatte Hildur spontan Rósa zur Sprache gebracht. Sie hatte vorgegeben, Rósa habe mit einem ungelösten alten Fall zu tun, auf den sie ab und zu wieder zurückkomme. Mikkelsen hatte nicht weiter nachgefragt, sondern versprochen, sich zu melden, falls er etwas in Erfahrung brachte. Hildur war sich nicht sicher, ob sie wollte, dass sich ihre Vorahnung diesmal bestätigte. Sie quälte nämlich der Gedanke, dass sie bald etwas erfahren würde, worauf sie noch nicht vorbereitet war.

29

SOMMER 2016 ZENTRUM VON OSLO

Der schöne Sommertag wirkte geradezu wie ein Hohn. Die Sonne schien vom blauen Himmel, und die Helligkeit tat in den Augen weh. Die Schweißtropfen, die Jakob über den Nacken liefen, verstärkten sein Unwohlsein. Mit langen Schritten ging er weiter. Der Botsparken lag ein paar Straßen vom Bahnhof entfernt. Lena und er hatten sich in der Nähe vom Spielplatz verabredet. Nach drei Wochen quälender Stille hatte Lena endlich seinen Anruf angenommen und sich zu dem Treffen bereit erklärt.

Die Unsicherheit und die Sorge wirkten auch körperlich bedrückend. Mehr als alles andere wollte Jakob sein Kind wiedersehen. Er wollte sich mit Lena aussprechen, die aus heiterem Himmel ihre gemeinsame Wohnung leer geräumt, den Mietvertrag gekündigt und ihm seinen Sohn weggenommen hatte. Verdammt noch mal, so etwas durfte man doch nicht tun!

Aber offenbar durfte man es doch. Als Jakob beim Sozialamt angerufen und erklärt hatte, was passiert sei, hatte man ihn kurzerhand abgewimmelt. In der finnischen Botschaft hatte man ihm die Kontaktdaten irgendeines Juristen in die Hand gedrückt. Überall nur Gleichgültigkeit. Niemand nahm seine Not ernst, stattdessen verwies man ihn achselzuckend von einer Behörde zur nächsten. Jakob hatte den Juristen angerufen, der ihm daraufhin zwei Ratschläge erteilt hatte: Er solle sich auf einen langen

Sorgerechtsprozess vorbereiten und jeden Kontakt mit Lena vermeiden.

Aber es erschien ihm absolut unmöglich, Lena nicht zu kontaktieren. Sie hatte Matias bei sich, und wenn Jakob seinen Sohn sehen wollte, musste er sie irgendwie erreichen. Er war zur Kita gegangen, um Matias kurz hallo zu sagen, aber dort hatte man ihn weggejagt und gedroht, die Polizei zu verständigen. Jakobs Erklärung, auch er habe das Sorgerecht, hatte keinen interessiert. Alle hatten ihn nur wie einen gefährlichen Irren angestarrt.

Jakob verlangsamte seine Schritte. Er hatte Lena sofort erkannt, obwohl sie mit dem Rücken zu ihm auf der Parkbank saß. Die langen, blonden Haare hingen ihr über die Schultern, und die vertraute kirschrote Handtasche stand neben ihr.

Jakob bemühte sich, ruhig zu bleiben, indem er die Hände abwechselnd zur Faust ballte und wieder öffnete. Er ging um die Bank herum, holte ein paarmal tief Luft und versuchte, die Situation unter seine Kontrolle zu bringen. Das würde ihm nur gelingen, wenn er nicht wütend wurde. Sobald er ausrastete, war das Spiel verloren.

Er blieb vor Lena stehen, sodass er die Sonne verdeckte. Lena schob langsam die Sonnenbrille hoch und sah ihn an. Auf ihren hellrot geschminkten Lippen lag ein schwaches Lächeln, das jedoch nicht bis zu den ebenfalls sorgfältig geschminkten Augen reichte. Sie trug taillenhohe weiße Shorts und ein spitzenbesetztes rosa Top, das so tief ausgeschnitten war, dass ihre Brüste garantiert herausgerutscht wären, wenn sie sich vorgebeugt hätte. Verdammt, dachte Jakob. Es wurmte ihn, dass er ein und dieselbe Person gleichzeitig begehrte und hasste.

»Was soll der ganze Zirkus?«

Jakobs Stimme bebte vor Wut. Er merkte, dass die Eltern, die in der Nähe mit ihren Kindern spielten, erstarrten und ihn ansahen. Aber er konnte sich einfach nicht mehr beherrschen.

»Wo ist Matias? Was ist in dich gefahren?«

Lena hängte sich die Handtasche an den rechten Arm und stand langsam auf.

»Mach um Himmels willen nicht so einen Krach«, zischte sie. »Es gucken schon alle her.«

Jakob blickte sich um, konnte Matias aber nirgends entdecken. »Nun sag schon, wo ist er? Ist ihm was zugestoßen?«

Lena schob die Sonnenbrille wieder vor die Augen und setzte ein süffisantes Lächeln auf.

»Er spielt da drüben Ball mit einer Freundin von mir«, sagte sie und nickte zu den hohen Bäumen hin.

Jakob merkte, wie seine Nerven sich noch mehr anspannten. Er gab sich alle Mühe, mit ruhiger Stimme zu sprechen und nichts zu sagen, was die Situation noch weiter zugespitzt hätte.

»Ich möchte ihn sehen.«

Lena lachte auf und wandte das Gesicht zur Seite, sodass sie an Jakob vorbeiblickte.

»Das geht jetzt nicht. Mein Anwalt setzt sich mit dir in Verbindung, die Einzelheiten regeln wir später.«

»Zum Teufel mit dir!«

Lena hob ihr schmales Kinn und schwang die Haare über die linke Schulter.

»Hör mal, Honey«, begann sie mit honigsüßer Stimme und erklärte, Jakob habe sich auch früher nicht für ihr Wohlergehen interessiert. »Ich bin mir sicher, dass du immer noch andere Frauen hast. Ich vertraue dir nicht. Und auch sonst kannst du mir nichts bieten. Ich komme viel besser allein zurecht. Am besten baust du dir irgendwo anders ein neues Leben auf.«

Jakob versuchte, Lenas Gedankengang zu folgen, was ihm jedoch schwerfiel. Er verstand gar nichts mehr.

»Jeder Idiot begreift doch, dass du mich durch unser gemeinsames Kind nur beherrschen willst«, sagte Lena. »Aber das wird dir nicht gelingen.«

Jakob öffnete den Mund, brachte aber kein Wort heraus. Sein Hals war wie ausgetrocknet, und das Zittern in den Beinen zehrte an seinen Kräften. Lenas Worte ergaben überhaupt keinen Sinn. Alles, was um ihn herum geschah, war wie ein absurder Traum.

»Das ist nicht wahr! Ich habe keine andere!«

Jakob legte die Hände an die Schläfen und zwang sich zur Ruhe.

»Ich möchte nur Matias sehen«, sagte er fast flüsternd.

Lena straffte sich und drückte die Handtasche fest an sich. »Es geht nicht darum, was du möchtest oder nicht möchtest. Jetzt geht es nur um Matias' Wohlergehen. Du tust ihm nicht gut, deshalb habe ich dich verlassen. Ich habe ihn in Sicherheit gebracht. Dazu hätte ich schon viel früher den Mut haben sollen. Wie gesagt, ruf mich nicht mehr an. Von mir aus kannst du zu deiner Regina gehen. Jetzt braucht ihr euch nicht mehr zu verstecken. Mir ist scheißegal, was du tust.«

Lena strich sich ein paar Haarsträhnen aus dem Gesicht und trat einen Schritt zur Seite, um zu gehen.

Jakob sah, dass sich ihre Lippen zu einem kleinen, vorgeblich bedauernden Lächeln verzogen. Ihre schmale Nase bewegte sich im Takt ihrer Atemzüge. Die hoch geschnittenen Shorts ließen ihre Taille unwirklich dünn aussehen. In Jakobs Kopf drehte sich alles. Ein Teufel im Barbie-Kleid. Das war sein letzter Gedanke, bevor er die rechte Hand hob, sie zur Faust ballte, Schwung holte und nach vorn schnellen ließ. Einen Augenblick lang überlegte er, wie er sich gefühlt hätte, wenn der Schlag gesessen hätte. Über Lenas Gesicht wäre Blut gespritzt und vom Kinn in den Ausschnitt ihres Tops getropft. Aber er hatte nicht getroffen. Der Schlag war vorbeigegangen.

Jakob ließ die Hand sinken.

Weiter weg war ein entsetzter Ausruf zu hören. Auf einer vielleicht dreißig Meter entfernten Parkbank sah Jakob eine Frau, die ihn anstarrte. Der kleine Junge, der neben ihr saß, blickte nicht zu ihm hin. Matias baumelte mit den Füßen und hielt den Blick fest auf den roten Ball auf seinem Schoß geheftet. Seine Gesichtszüge waren verzerrt. Er schien zu weinen.

Jakob spürte, wie alle Kraft aus ihm entwich. Er sackte auf die Bank und schlug die Hände vors Gesicht. Alles war restlos falsch gelaufen.

30

AUGUST 2019 TAMPERE

Jakob saß in einer Kneipe in Tampere und trank zur Feier des Tages ein Bier. Er war gerade im Wollgeschäft in der Ilmarinkatu gewesen, als sein Handy die Ankunft einer Mail gemeldet hatte. Die Nachricht kam aus Island. Nun empfand er seit langer Zeit endlich einmal wieder ausgelassene Freude. Über das Austauschprogramm Nordcop hatte er einen Praktikumsplatz in Island bekommen, im Polizeibezirk der Westfjorde. Die Absenderin hatte einfach mit *Beta* unterschrieben.

Jakobs künftige Chefin hatte sich in ihrer Mail erkundigt, ob er sein Praktikum eventuell schon im Oktober beginnen könne. Man werde ihm bei der Suche nach einer Mietwohnung helfen und ihm alle nötige Arbeitsausrüstung zur Verfügung stellen. Seine Teampartnerin sei die Kriminalbeamtin Hildur Rúnarsdóttir. *Bei uns auf dem Land erledigen alle alles, Sie werden also auch bei Verkehrsstreifen eingesetzt, aber in erster Linie würden Sie die Arbeit der Kriminalpolizei kennenlernen.* Jakob hatte sofort geantwortet. Er hatte allem zugestimmt und sich überschwänglich für den Praktikumsplatz bedankt. Island hörte sich gut an.

Vielleicht hat der Wind sich endlich gedreht, überlegte Jakob, der einige harte Jahre hinter sich hatte. Sein Leben war aus den Fugen geraten, nachdem Lena sich das Sorgerecht für Matias ergaunert hatte. Ihm waren nur einige überwachte Treffen pro Jahr und wöchentliche Videogespräche zugestanden worden.

Als mittelloser Ausländer in Norwegen hatte er kaum Chancen gehabt, das Sorgerecht oder wenigstens das geteilte Sorgerecht für Matias zu erhalten. Und tatsächlich hatte er den Prozess verloren. Wenn er sich einen besseren Anwalt hätte leisten können, wäre das Ergebnis vielleicht anders ausgefallen. Nach dem Prozess war er nach Finnland abgedampft, um seine Wunden zu lecken.

Nachdem er wochenlang in einer Tour gesoffen hatte, bekam er derart schwere Herzbeschwerden, dass er Todesängste litt. Er hatte zitternd im Bett gelegen und begriffen, dass er nur zwei Alternativen hatte: sterben oder einen Neuanfang wagen.

Die Polizeischule war der erste Schritt in die richtige Richtung gewesen. Er hatte Ordnung in sein Leben bringen wollen. Er wollte die Regeln lernen, in deren Rahmen er handeln durfte, ohne dass irgendwer ihn angreifen oder herumkommandieren konnte. Ja, er gab es zu: Er wollte wieder so etwas wie Macht haben, und als Polizist bekam er sie.

Natürlich hätte es auch andere Möglichkeiten gegeben. Er hatte sie gründlich abgewogen. Als Mitarbeiter eines privaten Sicherheitsdienstes stand man zwar auch über den anderen, wurde aber zu schlecht bezahlt. Für eine Laufbahn in der Armee oder als Söldner war er zu alt. Blieb die Polizeischule, und nun fehlte ihm zum Abschluss seiner Ausbildung nur noch das Praktikum, das er demnächst in Island machen würde.

Neben dem Polizeiberuf hatte sein Leben noch einen zweiten neuen Inhalt bekommen: Er hatte stricken gelernt. Das Hobby war eine wichtige Kraftquelle für ihn geworden. Dieselbe Bewegung hundert- und tausendfach zu wiederholen half ihm, seine Nerven unter Kontrolle und seine Stimmung ausgeglichen zu halten. Kleine Fehler machten eine Handarbeit einzigartig, große Fehler verdarben sie. So war es auch im Leben. Fehler ließen sich nicht ganz vermeiden, aber auf ihre Anzahl hatte man Einfluss. Die Herrschaft über Nadeln und Garn und die Polizeiausbildung vermittelten ihm das Gefühl, dass er sein Leben beherrschte.

Außerdem verlangsamte Handarbeit den Puls und senkte den Blutdruck. Er hatte gelernt, den Moment zu erkennen, in dem die rasende Wut aufkam. Den Moment, wo das Blickfeld sich verengte, der Brustkorb anschwoll und sein ganzer Körper zu kribbeln begann und ihn zwang, jeden zu attackieren, der gerade in Reichweite war. Lena hatte das Raubtier in ihm geweckt, und Jakob hatte lernen müssen, es im Zaum zu halten. Dabei hatte ihm das Stricken geholfen.

Sein Plan war aufgegangen. Während er das ganze Programm, das er drei Jahre zuvor aufgestellt hatte, genau abarbeitete, wusste er, dass er das Richtige tat und auf seine Weise im Leben klarkommen würde. Als er auf der Polizeischule anfing, hatte er beschlossen, von nun an in allen Situationen aufrichtig und ruhig zu bleiben.

In Island würde er noch stärker werden und noch mehr über das Stricken lernen. Nach dem Praktikum würde er nach Finnland zurückkehren, seinen Abschluss machen und irgendwo eine Stelle als Polizist bekommen. Und danach würde er sich das Sorgerecht für sein Kind zurückholen, koste es, was es wolle.

31

DEZEMBER 2021 REYKJANES

Die investigative Journalistin Hlín Jónsdóttir fühlte sich voller Energie. Sie hatte am Morgen eine Reportage über die Steuerhinterziehungsmachenschaften eines großen Fischzuchtunternehmens fertiggestellt. Die Sache würde in ganz Island Wellen schlagen, wenn die Zeitung in der nächsten Woche erschien und die Wahrheit über die Firma enthüllte, die sich als verantwortungsbewusstes Familienunternehmen darstellte. Der Gedanke, dass die Wahrheit ans Licht kam, brachte Hlín zum Lächeln. Es war ein echter Glücksfall gewesen, dass sie eine anonyme Quelle im Insiderkreis der Firma aufgetan hatte. Sie ruhte sich jedoch nicht auf ihren Lorbeeren aus. Eine Journalistin war immer nur so gut wie ihre jüngste Reportage, und deshalb arbeitete sie bereits am nächsten Thema.

Hlín beugte sich vor und kämpfte mit aller Kraft gegen den Wind an. Das Tal, das vor ihr lag, war eine echte Windschneise. Es rauschte in den Ohren, ihre Augen tränten. Hlín ging mit kleinen, kräftigen Schritten vorwärts. Sie dachte an den spurlos verschwundenen Luka. In der Pressemitteilung der Polizei hatte sie gelesen, dass der junge Mann in einem Fischzuchtgehege in den Westfjorden tot aufgefunden worden war. Lukas Tod hatte sie erschüttert. Die Polizei hatte angedeutet, der Tod habe mit einer Überdosis Rauschgift zu tun. Hlín hatte Luka nicht für einen Narkomanen gehalten. Obwohl sie natürlich wusste, dass man vom Aussehen nicht unbedingt darauf schließen konnte, wer Drogen nahm und wer nicht.

Hlín drehte sich kurz mit dem Rücken zum Wind und holte das Handy aus der tiefen Tasche ihrer Winterjacke. Der Karten-App nach war sie noch knapp einen Kilometer vom Ziel entfernt. Sie war schon mehrmals hier gewesen, hatte ihr Auto jedes Mal am Rand der größeren Straße abgestellt und den Rest des Weges zu Fuß zurückgelegt. So fiel man weniger auf. Hoffentlich trafen Lukas Informationen zu, und heute kam jemand hierher. Sein voriger Tipp war korrekt gewesen, aber dort war Hlín nicht nah genug an den Ort des Geschehens herangekommen, ohne zu riskieren, dass sie entdeckt wurde. Hier war die Lage günstiger. Sie konnte das Objekt von oben beobachten. Wie um sich zu vergewissern, dass die Kamera mit dem riesigen Zoomobjektiv an ihrem Platz war, fuhr sie mit der Hand über die große Schultertasche.

Hlín war klar, dass sie der Polizei sofort hätte mitteilen müssen, was sie über Luka wusste, aber ihr journalistischer Spürsinn hatte gesiegt. Außerdem war sie davon überzeugt, dass ihre Informationen der Polizei bei den Mordermittlungen nicht weiterhelfen würden. Sie hatten nichts mit Drogen zu tun. *Aber woher soll ich das wissen? Ich weiß es nicht mit Sicherheit,* antwortete sie sich selbst. Sie beschloss, erst einmal dem neuen Tipp nachzugehen. Gleich morgen früh würde sie die Polizei anrufen und berichten, was sie über Luka erfahren hatte.

Auf Luka war Hlín einige Monate zuvor in Reykjavík gestoßen. Sie waren in einem Restaurant zufällig am selben Tisch gelandet. Der saftige Krebscocktail war eine perfekte Vorspeise gewesen. Während sie ihn genossen, hatten sie angefangen, über das Angeln zu plaudern, und gemerkt, dass sie sich gut verstanden. Nach einigen Bieren, als es auf Mitternacht zuging, hatte sich Lukas Zunge restlos gelockert, und er hatte allerhand erzählt. Hlín war zwischendurch auf die Toilette gegangen und hatte auf ihrem Handy notiert, was sie gehört hatte. Ein paar Tage später hatten sie sich abermals getroffen. Luka hatte gewusst, dass Hlín als investigative Journalistin für die Zeitung *Timman* arbeitete, und gesagt, wenn er Quellenschutz bekäme, würde er ihr die Informationen zur Verfügung stellen, die er und sein Netzwerk gesammelt hätten.

In Island gab es zwei Arten von Pferdegestüten: Reitställe und Fleischbetriebe. In Ersteren wurden Jungpferde eingeritten, man organisierte Reitausflüge für Touristen und Reitkurse für Kinder. In den Fleischbetrieben dagegen zog man die Pferde allein zum Schlachten auf. Alte Pferde verarbeitete man zu Wurst, das Fleisch der Fohlen lieferte zarte Steaks. Der Kilopreis für Pferdefleisch lag jedoch so niedrig, dass es schwierig war, einen Fleischbetrieb rentabel zu führen. Daher hatten einige Betriebe damit begonnen, das Blut trächtiger Stuten an die Pharmaindustrie zu verkaufen. Aus diesem Blut gewann man das PMSG-Hormon, mit dem man Nutztiere wie Schweine und Kühe behandelte. Die Hormonprodukte für Säue zum Beispiel sorgten dafür, dass sie mehr Ferkel warfen. Außer in Island wurde mindestens auch in Südamerika und Deutschland mit dem Blut von Stuten gehandelt. Das alles hatte Hlín bereits gewusst. Luka hatte ihr aber noch mehr berichtet.

Die Serumgewinnung wurde per Gesetzgebung geregelt. Die Blutabnahme durfte den Tieren keinerlei Schmerzen bereiten und nur unter tierärztlicher Aufsicht durchgeführt werden. Zudem war sie auf bestimmte Zeiträume und relativ geringe Mengen Blut beschränkt. Für die Kontrolle waren eigentlich die örtlichen Ämter für Lebensmittelüberwachung zuständig. Nach dem, was Luka berichtet hatte, schliefen die aber offenbar allesamt. Neben dem legalen Handel war in Island daher ein florierender Schwarzmarkt für Stutenblut entstanden. Für Pferdehöfe, die viele trächtige Stuten besaßen und Blut weiterverkauften, hatte sich die Bezeichnung Vampirfarm eingebürgert. Auch halb wilden Pferden, die vor Menschen scheuten, nahm man Blut ab. Da das Hormon nur in einem bestimmten Zeitraum zu Beginn der Schwangerschaft gebildet wurde, wurden die Föten abgetrieben und die Stuten in kurzen Abständen neu befruchtet. Für einen ruhigen Umgang mit den Pferden und eine örtliche Betäubung blieb nicht viel Zeit, wenn man den Markt schnell bedienen wollte. Man war da nicht zimperlich. Bei Lukas Bericht darüber, wie die Stuten erbarmungslos festgebunden und geschlagen, die Föten abgetrieben und die Fohlen wie am Fließband gezeugt wurden, hatten Hlín die Haare zu Berge gestanden. Luka hatte ihr mit dem Handy gefilmte Videoclips gezeigt, die die Grausamkeiten dokumentierten. Die Bildqualität war meist jedoch so schlecht, dass man Einzelheiten nicht genau erkennen konnte. Hlín plante eine umfangreiche Reportage über das Thema, für die sie viel Hintergrundmaterial brauchte. Die Hinweise, die sie bekommen hatte, und die Zuverlässigkeit der Quellen mussten genau überprüft werden.

Inzwischen war Hlín an der Umzäunung angekommen. Der Wind wehte immer noch, aber weil sie sich an das Gatter lehnen konnte, spielte das jetzt keine große Rolle mehr. Zwischen den Pferden auf der Weide sah sie einen Menschen im Overall. Endlich! Das Timing war perfekt! Mit einer raschen Bewegung öffnete Hlín ihre Schultertasche und holte die Kamera hervor. Fokussieren, abdrücken. Sie wollte so viele Aufnahmen machen wie nur möglich.

Der Typ wuselte um die Pferde herum wie ein Zauberer, und die kräftigen Tiere fügten sich ihm, als wären sie verhext. Das barsche Gehabe des Pferdeflüsterers erschreckte Hlín. Ein seltsamer Typ. Sie machte weitere Fotos. Die leicht gekrümmt gehende Gestalt führte eines der Pferde zu einem Verschlag in der Mitte der Weide. Ein kleines Fohlen mit schmächtigen Beinen wollte seiner Mutter folgen, aber der Typ jagte es mit einem Peitschenhieb davon.

Hlín fotografierte alles. Was sie hier gerade miterlebte, widerte sie an, aber gleichzeitig freute sie sich über das Gelingen. Endlich bekam sie gutes Bildmaterial für ihre Reportage. Sie schaltete die

Videofunktion der Kamera ein und filmte noch einige Clips von je zehn Sekunden. Als Nächstes würde sie nach Reykjavík in die Redaktion fahren, das Material zusammenschneiden und den Text zu den Videos aufnehmen. Sie drehte sich um und machte sich auf den Weg zu ihrem Wagen.

Die erfolgreiche Aktion hatte Hlín einen solchen Adrenalinstoß versetzt, dass sie die Gestalt, die sich von hinten näherte, nicht bemerkte. Der Rückenwind schob sie voran und rauschte so laut in ihren Ohren, dass sie nicht hörte, wie jemand ganz nah an sie herantrat, die große gusseiserne Pfanne hob und sie mit voller Kraft auf ihren Schädel niedersausen ließ.

Auf das dumpfe Dröhnen folgte das Klirren von zerbrechendem Glas. Die Kamera mit dem langen Objektiv war auf den vereisten Boden geknallt. Die Journalistin fiel neben das Gerät und blieb dort liegen. Der Wind häufte Schnee auf sie.

32

DEZEMBER 2021 ÍSAFJÖRÐUR

In Tinnas Küche duftete es nach karamellisiertem Zucker. Hildurs Tante stand so weit vom Herd entfernt, dass sie gerade noch an die Pfanne heranreichte. Der weiße Zucker wurde in der Pfanne heiß und schmolz allmählich. Hildur wusste, dass ihre Tante beim Rühren die noch feste Zuckermasse durch den Pfannenwender spürte. Sobald die braune Masse ganz flüssig war, würde sie die fertig gekochten Kartoffeln hineintauchen.

Als Tinna sie beim letzten Besuch gefragt hatte, was sie das nächste Mal denn essen wolle, hatte Hildur sich karamellisierte Kartoffeln und Lammkoteletts gewünscht. Die Zubereitung der süßen Kartoffeln machte viel Arbeit, doch davon ließ Tinna sich nicht abschrecken.

Sie hatten bereits Neuigkeiten ausgetauscht und die Nachrichten um halb sieben gehört. Hildur hatte Tinna von Jakobs Reise und von ihrem Besuch bei Björk erzählt.

»Hör mal, Tinna«, begann sie nun vorsichtig.

Tinna hielt in der Bewegung inne, nahm dann die Pfanne von der heißen Herdplatte und legte den hölzernen Wender auf die Spüle. Sie drehte sich zu Hildur um.

»Du darfst es Björk nie verraten, aber ich habe mich ein bisschen nach Rósas Vergangenheit umgehört.«

Hildur erzählte von dem gut aussehenden dänischen Polizisten färöischer Abstammung.

»Ich habe ihn gebeten, sich bei seinen Kontakten zu erkundigen.«

Mikkelsens Anruf hatte Hildur erschüttert. Er hatte ihr berichtet, dass der Jugendschutz in Björks und Rósas Kindheit häufig bei ihnen gewesen sei. Die Vermerke stammten aus mehreren Jahren und betrafen Hausbesuche, von denen aber kein einziger irgendwelche Folgen gehabt hatte. Rósa war gerade erst vierzehn gewesen, als die Polizei sie zum ersten Mal betrunken am Steuer erwischt hatte. Obwohl sie noch so jung war, hatte der Fall keinerlei Maßnahmen nach sich gezogen.

»Die Jahre vergingen, und es gab weitere Vermerke.«

Tinna hatte sich an den Küchentisch gesetzt und legte beide Hände auf die Tischplatte, wie um sich dort Kraft zu holen.

»Was für Vermerke?«

Hildur zählte die lange, traurige Liste auf. Zahlreiche Fälle von Trunkenheit am Steuer, Besitz geringer Mengen an Drogen, kleine Diebstähle, Körperverletzungen sowohl als Opfer wie als Täterin. Mit Anfang zwanzig hatte Rósa eine zweijährige Haftstrafe wegen Raub abgesessen.

»Und dann hören die Eintragungen schlagartig auf.«

Tinnas Miene wurde immer betrübter, als Hildur erzählte, die färöische Polizei wisse nicht, wo Rósa sich derzeit aufhalte. Offiziell war sie immer noch unter der Adresse des Bauernhofs gemeldet, den Björk betrieben hatte. Aber es gab keinerlei Informationen darüber, wo sie tatsächlich wohnte und ob sie überhaupt noch lebte.

»Warum hast du dich nicht früher nach ihr erkundigt?« Tinnas Stimme klang weder fordernd noch verärgert, lediglich verwundert.

»Das ging nicht. Ich habe Björk doch versprochen, nicht über Rósa zu reden, und eine offizielle Anfrage hätte ihr zu Ohren kommen können. Ich hatte bislang niemanden, der bei der färöischen Polizei jemanden persönlich kennt.«

Tinna stand auf, griff wieder nach dem Wender, schob die Pfanne auf die heiße Platte und rührte die Zuckermasse um, damit sie nicht abkühlte und dadurch wieder fest wurde.

»So musste es also kommen – aus einer schlechten Lage in eine noch schlechtere«, sagte sie. »Sollte man nicht meinen, dass man in einem so kleinen Land nicht leben kann, ohne von irgendwem gesehen zu werden oder Spuren zu hinterlassen? Jeder hat doch mindestens einen Bibliotheksausweis. Und ein paar Strafzettel.«

Hildur vermutete, dass es zwei Alternativen gab. Sie erklärte Tinna, was sie selbst und Mikkelsen vermuteten.

»Entweder muss sie sich verstecken, oder sie ist tot und ihre Leiche wurde bisher nicht gefunden.«

Tinna seufzte schwer. »So ist das Leben. Die meisten Schiffe sinken kurz vor dem Hafen.«

Eine Weile schwiegen sie beide. Tinna rührte den geschmolzenen Zucker um, und Hildur bot ihrer Tante schließlich an, ihr bei den Kartoffeln zu helfen.

»Papperlapapp. Das schaffe ich allein. Wenn du dich nützlich machen willst, könntest du die Post aufmachen. Die ist vorhin erst gekommen.«

Hildur ging in die Diele, nahm die Post, die auf der Kommode lag, und öffnete die Briefe. Die leeren Umschläge warf sie dann mitsamt den Reklamesendungen in den Altpapierkorb. Mit der restlichen Post ging Hildur in die Küche zurück und setzte sich auf den Hocker dort.

»Eine Rechnung über die Grundsteuer von der Gemeinde.«

Tinna klopfte mit dem Wender an den Rand der Pfanne. »Die wird automatisch abgebucht. Zerreiß die Rechnung, und wirf sie in den Müll.«

»Eine Einladung zum Mammographie-Screening im Januar. Hier steht, man soll den Termin rechtzeitig reservieren.« Im Brief war auch die Telefonnummer angegeben.

Tinna bat sie, einen Termin für sie zu vereinbaren, am liebsten vormittags. Dann sei sie am muntersten.

Ganz zuunterst lag eine Ansichtskarte. Sie sah genauso aus wie all die Landschaftspostkarten, die gern in Tankstellen und Buchläden an Touristen verkauft wurden. Im selben Verkaufsregal lagen meist auch Kühlschrankmagnete und in China hergestellte Flaschenöffner, die einen isländischen Gebirgstroll darstellten.

Hildur sah sich die Karte genauer an. Das Bild zeigte den Goðafoss, den großen Wasserfall in Nordisland. Der Skjálfandafljót trug das Schmelzwasser des Gletschers Vatnajökull zum nördlichen Atlantik. Das Wasser des mächtigen Flusses stürzte unterwegs mehr als zehn Meter in die Tiefe. Der Wasserfall bot einen atemberaubenden Anblick.

»Du hast eine Ansichtskarte von einem Wasserfall bekommen.«

Tinna schaltete den Herd aus und schob die Pfanne auf eine kalte Herdplatte, damit die Kartoffeln vor dem Essen etwas abkühlten. Sie lächelte.

»Die ist bestimmt von Ívar. Er schickt mir von seinen Dienstreisen immer Ansichtskarten und liest sie mir dann vor, wenn er zu Besuch kommt.«

Die beiden sind wirklich süß, dachte Hildur.

»Darf diesmal ich sie vorlesen?«

Tinna nickte, spülte den Wender ab und legte ihn in das Spülbecken. Dann nahm sie mit geübtem Griff eine Kelle aus der obersten Schublade und platzierte sie neben die Pfanne.

Liebe Grüße, mein Augenstern!
Habe einen Abstecher nach Egilsstaðir gemacht. Ein schönes kleines Dorf und ein prächtiger großer Wald. Müssen mal gemeinsam hin, Du würdest dich da wohlfühlen! Unterwegs habe ich in Akureyri übernachtet und da die Karte gekauft. Mal sehen, wer zuerst bei Dir ist, ich oder sie. Hoffentlich ich. Ich freue mich so darauf, Dich wiederzusehen.

Dein Ívar

»Einen Ausflug in den Wald will er mit mir unternehmen, soso«, meinte Tinna.

Sie nahm die Lammkoteletts aus dem Ofen und gab sie auf eine Platte. Die karamellisierten Kartoffeln legte sie daneben.

»Ívar hat es übrigens vor der Karte geschafft«, erwähnte sie wie beiläufig. »Er war heute Morgen kurz hier.«

»Es wäre schön, deinen mysteriösen Freund endlich mal kennenzulernen«, sagte Hildur.

Tinna entgegnete, sie würde ihn ihr gern vorstellen und habe ihn übrigens auch zum Abendessen eingeladen, aber er sei leider verhindert.

Schon wieder, dachte Hildur. Sie fand es seltsam, dass Ívar ihr auswich. Wenn er zu Hause war, besuchte er Tinna nie zur selben Zeit wie sie.

»Aha. Was hatte er denn vor?«

Tinna wusste es nicht genau. Vielleicht ließ er es auch einfach ruhig angehen und verbrachte den Abend zu Hause. Zwischen seinen Dienstreisen musste er sich gründlich ausruhen.

»Er hat oft so fürchterliche Rückenschmerzen. Die werden beim Fahren schlimmer.«

Hildur goss sich selbst und Tinna von dem dunkelvioletten Krähenbeerensaft ein, den sie aus selbst gepflückten Beeren gekocht hatte. Dann hob sie Kartoffeln auf ihren Teller. Über die sieben kleinen Kartoffeln gab sie eine Kelle Soße aus Zucker und Butter. Sie war gerade dabei, ein Stück von dem Lammkotelett abzuschneiden, als sie plötzlich innehielt. Was hatte ihre Tante gerade gesagt? Rückenprobleme?

Das leckere Essen stand dampfend vor Hildur, aber sie konnte sich nicht mehr richtig darauf konzentrieren. Ihr war ein vager, aber äußerst unangenehmer Gedanke durch den Kopf geschossen. Sie drückte beide Füße fest auf den Boden, wie immer, wenn sie ihre volle Konzentration brauchte. Jetzt musste sie behutsam vorgehen.

»Eine schöne Geste, dir Ansichtskarten zu schicken«, sagte sie.

Tinna errötete. Sie sah glücklich aus. Dieses Glück ließ Hildurs Gedanken noch hässlicher erscheinen.

»Hast du seine Karten alle aufbewahrt?«

»Die liegen in der Kommode in der Diele.«

Hildur lobte das Essen überschwänglich und bemühte sich, ein möglichst normales Gespräch aufrechtzuerhalten. Was sie als Nächstes tun musste, widerstrebte ihr. Doch im Inneren wusste sie, dass sie keine andere Wahl hatte.

33

Die Ansichtskarten brannten in der Tasche von Hildurs Parka, als sie die Treppe zur Polizeistation hinauflief. Während Tinna die Spülmaschine einräumte, hatte sie vorsichtig die Kommodenschublade geöffnet und die Karten eingesteckt.

Nach kurzem Zucken leuchteten die Deckenlampen auf.

In Jakobs Abwesenheit hatte Hildur das längliche Arbeitszimmer für sich allein. Entsprechend sah es aus: Alles lag kreuz und quer herum. Die Papierberge auf dem Schreibtisch wuchsen immer weiter. Der Bericht über die Zusammenarbeit zwischen den Kinderschutzbeauftragten und der Polizei steckte erst in den Anfängen. Hildur hatte versprochen, ihn bis Ende Februar fertigzustellen; danach sollten die Ergebnisse bei einer Schulung besprochen werden, die das Sozialministerium organisieren wollte. Sie wusste, dass ein Teil der Weihnachtstage für die Schreibarbeit draufgehen würde.

Aber jetzt musste alles andere warten. Hildur schob die Papierstapel und Mappen auf Jakobs säuberlich aufgeräumte Hälfte des Schreibtischs. Ungläubig betrachtete sie den Stifthalter, wo Jakob die Bleistifte der Länge nach geordnet hatte.

Sie legte die Ansichtskarten auf den Tisch. Obwohl sie sich an die Tatorte erinnerte, überprüfte sie die Angaben noch einmal anhand des Dossiers, das sie von Beta und Tumi bekommen hatte. Mit Stecknadeln markierte sie jede Ortschaft auf der Karte, die mehr als die Hälfte der Wand einnahm. Jakob hatte darauf bestanden, dass die Karte gut sichtbar aufgehängt wurde, da sie ihm half, die Lage der ihm fremden Orte und die Entfernungen dazwischen zu erfassen.

Ein Tatort in der Hauptstadtregion, einer in Hveragerði, einer in Westisland, einer an den nördlichen Fjorden … Neben den Stecknadeln befestigte Hildur kleine Post-it-Zettel, auf denen sie die geschätzten Tatzeiten vermerkte. Dann betrachtete sie das Ergebnis.

Der Slowene, der auf einem nordisländischen Bauernhof gearbeitet hatte, war das erste Opfer gewesen. Dann kamen die junge Frau, die man mit dem Kopf gegen die Tür gestoßen hatte, und der Mann mit der Würstchenpackung in Selfoss. Bald darauf folgte der Fall mit den K.-o.-Tropfen in Grundarfjörður in Westisland, bei dem das Haar des Opfers versengt worden war. Einige Tage später hatte der Tierarzt in Hveragerði sein Leben verloren.

Wenn ein und derselbe Täter dahintersteckte, war er flink. Die Ortswechsel folgten schnell aufeinander, aber nicht unmöglich schnell, selbst wenn es sich tatsächlich nur um einen einzigen Täter handelte. Vermutlich war er mit dem eigenen Wagen von einem Tatort zum anderen gefahren. Busse verkehrten im Winter nur selten, und nicht jedes Dorf hatte einen eigenen Flugplatz.

Hildurs Handflächen fühlten sich unangenehm feucht an. Sie wischte sich den Schweiß an ihrer ausgeblichenen Jeans ab und streifte Einmalhandschuhe über. Dann löste sie vorsichtig das Gummiband von dem Stapel und breitete die Karten mit der Bildseite nach oben auf dem Schreibtisch aus.

Die Motive waren den meisten Isländern bekannt. Hildur prickelte es in den Fingerspitzen. So war es immer, wenn sie ahnte, dass sie etwas Bedeutsames entdeckt hatte. Sie verglich die Motive mit den Orten, die sie auf der Landkarte markiert hatte. Geografisch schienen sie teilweise übereinzustimmen oder zumindest dicht beieinanderzuliegen.

Die Insel Hrísey lag in der Nähe des Pferdehofs, auf dem der Slowene zuletzt gearbeitet hatte. Die Hallgrímur-Kirche in Reykjavík war die meistfotografierte Sehenswürdigkeit der Hauptstadt. Eines der Opfer war in Reykjavík misshandelt worden. Der Gletscher von Snæfellsnes war ebenfalls ein beliebtes Motiv für Ansichtskarten. Er lockte jährlich Tausende von Literaturfreunden an, die den Ort mit eigenen Augen sehen wollten. In Jules Vernes Roman *Die Reise zum Mittelpunkt der Erde* begann die Expedition ins Erdinnere auf dem Gipfel dieses Gletschers. Er war weniger als eine Stunde Fahrtzeit von dem Dorf Grundarfjörður entfernt, wo die junge Frau mit K.-o.-Tropfen betäubt worden war.

Sie hatten nur eine einzige, eher undeutliche Wahrnehmung eines Augenzeugen. Einer der Austauschstudenten hatte in der Kneipe von hinten eine Gestalt in der Nähe des Opfers gesehen. Seine Bemerkung, die Gestalt sei krumm gegangen, war Hildur durch den Kopf geschossen, als sie von Ívars Rückenbeschwerden gehört hatte. Die Rückenprobleme allein hätten sie wohl nicht alarmiert, aber Ívar ging ihr schon so lange aus dem Weg, dass sie sich fragte, was er wohl zu verbergen hatte.

Es gab mehrere Dutzend Ansichtskarten, weitaus mehr als Tatorte. Ívar hatte sie aus ganz Island geschickt. Was bewies das schon? Ansichtskarten verschickten und bekamen jedes Jahr Hunderttausende. Hildur suchte die Karten heraus, die mit den Tatorten übereinstimmten, und schob den Rest beiseite. Dann drehte sie die ausgewählten Karten um und überprüfte jede einzelne. Der Text drückte auf allen ungefähr dasselbe aus: Sehnsucht, Grüße von der Dienstreise und die Hoffnung auf ein baldiges Wiedersehen. Hildur konzentrierte sich auf die Poststempel. Sie hielt eine der Karten etwas weiter weg, um den blassen Stempel deutlicher zu erkennen. Verflixt, ich brauche langsam eine Lesebrille, dachte sie.

Plötzlich überlief es sie kalt: Die Ansichtskarten, die Landschaften in der Nähe der Tatorte vom Dezember zeigten, waren im Dezember abgestempelt worden. Allerdings stimmte die zeitliche Reihenfolge nicht überein. Vielleicht war ihr Verdacht also unbegründet. Vielleicht hatte ihr Instinkt diesmal nicht ins Schwarze getroffen.

Oder doch, überlegte sie. Auf dem Land wurden die Briefkästen nämlich seltener geleert als in der Stadt. Womöglich hatten manche Karten tagelang im roten Briefkasten gelegen, bevor er geleert und der Inhalt abgestempelt und zugestellt worden war.

Jede Karte war in derselben Handschrift beschrieben. Sie musste sich genauer über Ívar informieren, die Erlaubnis einholen, seine Telefondaten durchzugehen, und noch einmal alle aufzeichnenden Überwachungskameras in jeder Ortschaft überprüfen. Ihr war klar, dass immer noch nichts eindeutig auf Ívar als Täter hinwies, aber seine Ansichtskarten und sein Rückenproblem beunruhigten sie.

Seit Ívar vor über einem Jahr in Tinnas Leben getreten war, wirkte sie viel fröhlicher als früher. Tinna war glücklich, und Hildur wollte ihr dieses Glück nicht nehmen. Trotzdem musste sie jetzt die Zähne zusammenbeißen und die Sache klären.

Als sie Betas Nummer wählte, merkte sie jedoch, dass ein Detail sie irritierte. Sie hatte sich schon vorher flüchtig darüber gewundert, aber jetzt kam es ihr deutlicher als zuvor in den Sinn. Sie betrachtete die Ansichtskarte von Hrísey. In der Nähe der Insel lag der Arbeitsplatz des Slowenen Luka. Luka hatte in Nordisland gewohnt. Wieso war seine Leiche dann in Hildurs Heimatdorf gefunden worden, in den entlegenen Westfjorden? Hatte Ívar sie hierherverfrachtet?

34

Hildur bestellte zwei Tassen Kaffee und zwei Hefeteilchen mit Schokoglasur. Guðrún hatte einen Fenstertisch für sie gewählt. Bei Hildurs Rückreise aus Reykjavík zwei Tage zuvor war Jakobs Lebensgefährtin Guðrún als Flugbegleiterin in der Maschine gewesen und hatte besorgt gewirkt. Sie wollte mit Hildur über Jakob sprechen. Also hatten sie sich für diesen Morgen zum Kaffee in der Dorfbäckerei verabredet.

Das Café in der Bäckerei war morgens meist leer. Die Kunden kauften in aller Eile Kuchen und Brot ein und gingen damit zur Arbeit oder nach Hause. Um die Mittagszeit füllten sich die Tische mit Essensgästen, doch bis dahin war es noch lange hin.

»Ich begreife nicht, wie ihr beide, Jakob und du, tagaus, tagein dieses ewige Hefegebäck essen könnt. Ist das irgendwie typisch Polizei?«

Hildur lachte auf und betrachtete die Frau, die ihr gegenübersaß. Der Schnee hatte Guðrúns Haare durchnässt und ihre Wimperntusche verlaufen lassen. Hildur wunderte sich kein bisschen darüber, dass Jakob sich auf den ersten Blick in Guðrún verguckt hatte. Sie besaß einen unerklärlichen Glamour. Selbst mit verlaufener Wimperntusche und nassen Haaren wirkte sie perfekt.

»Wäre dir ein belegtes Brötchen lieber gewesen? Die Bäckerin hat gerade Brötchen mit Schinken und Käse in die Vitrine gelegt.«

Guðrún winkte ab und griff lässig nach ihrem Gebäck.

»Und, was ist so los bei dir?«, fragte Hildur, während sie ein Stück von ihrem Teilchen abbrach. Die Sorge in Guðrúns Augen war unübersehbar.

»Ach, der übliche Weihnachtsstress«, antwortete Guðrún und blickte durch das Fenster auf die Straße.

In ihrem Laden ging es momentan äußerst hektisch zu. Sie erzählte von dem regen Weihnachtsgeschäft und beklagte, dass sie nicht genug Ware hereinbekomme.

»Die Spinnerei kann sich vor Bestellungen nicht mehr retten. Dort sind auch alle Regale leer.«

Während der Pandemie war die Nachfrage nach Lopi, dieser eh schon begehrten Islandwolle, rasant gestiegen und auch danach nicht mehr zurückgegangen. Der größte Teil der Produktion ging an Einkäufer aus Deutschland, Finnland und Schweden.

»Diesmal muss ich zu Weihnachten ausländische Wolle verkaufen. Für nächstes Frühjahr habe ich eine absurd große Menge Garn bestellt. Nachbestellungen sind offenbar unmöglich geworden. Es wird alles verbraucht, was die Schafe hergeben.«

Sie unterhielten sich eine Weile über Schafe und über das Stricken. Jakobs Strickwut hatte nach Guðrúns Worten solche Ausmaße angenommen, dass sie einen der geräumigen Wandschränke in ihrer gemeinsamen Wohnung für Jakobs Wollknäuel und seine halb fertigen Pullover reservieren mussten. Hildur stellte fest, dass Guðrúns Gesicht aufleuchtete, wenn sie von Jakob sprach. Zwischen den beiden schien es weiterhin gut zu laufen.

Das Gespräch stockte für einen Augenblick. Hildur klaubte mit dem Finger Krümel vom Tisch auf und steckte sie in den Mund, während Guðrún mit beiden Händen ihre Kaffeetasse umklammerte und wieder nach draußen in die Dunkelheit blickte.

»Ich mache mir Sorgen um ihn. Wir haben uns seit zwei Tagen nicht gesprochen.«

Hildur war also nicht die Einzige, auf deren Anrufe Jakob nicht reagierte. Sie hatte erst gestern vergeblich versucht, ihren Kollegen zu erreichen, um zu fragen, wie es ihm gehe.

Guðrún nahm einen gelben Gummi vom Handgelenk und band ihr Haar oben zu einem lockeren Knoten.

»Als ich es heute früh zuletzt versucht habe, ist mein Anruf gar nicht erst durchgegangen. Das Telefon war ausgeschaltet. Jakob antwortet sonst immer auf meine Textnachrichten, aber jetzt scheint er sie gar nicht zu lesen. Ich habe es auch über die Social-Media-Kanäle probiert, aber seit gestern rührt sich auch da nichts mehr. Hast du irgendwas von ihm gehört?«

Hildur schüttelte den Kopf. Sie hatte zuletzt am Morgen seiner Abreise nach Finnland mit Jakob gesprochen.

»Vielleicht ist er zum Skilaufen irgendwo im Fjell, wo er kein Netz hat«, sagte sie, obwohl sie sich ziemlich sicher war, dass Jakob ein solches Ausflugsziel zuvor erwähnt hätte.

Sie schlug vor, noch einen Kaffee zu trinken. Guðrún nickte dankbar. Als Hildur mit den vollen Tassen an den Tisch zurückkehrte, scrollte Guðrún auf ihrem Handy.

»Immer noch nichts. Der Prozess ist morgen. Ich möchte wissen, wie es Jakob damit geht. Über seine Gefühle zu reden ist allerdings nicht gerade seine Stärke.«

Guðrún erzählte ihr, Jakob sei schon vor der Abreise bedrückter gewesen als sonst. Sie hatte versucht, mit ihm über die Gefühle zu reden, die der bevorstehende Prozess in ihm weckte, aber er hatte abgeblockt.

»Manchmal ist es ein bisschen schwierig mit ihm«, sagte sie. »Er zieht sich urplötzlich in sich zurück und spricht dann kein Wort mehr. Das nervt.« Sie steckte sich den Rest ihres Hefegebäcks in den Mund.

»Vielleicht ist das eine finnische Eigenart«, witzelte Hildur, um die Stimmung etwas aufzulockern.

Guðrún zog theatralisch die Augenbrauen hoch, dann machte sie einen Schmollmund.

»Meistens wird er ohne jede Vorwarnung trübsinnig. Da sind wir ziemlich unterschiedlich veranlagt.«

Sie redeten noch eine Weile miteinander, während sie ihren Kaffee austranken, und versprachen, sich gegenseitig auf dem Laufenden zu halten, wenn sie etwas von Jakob hörten.

»Er meldet sich bestimmt bald«, sagte Hildur und bemühte sich, optimistisch zu klingen. Sie stellte die leeren Teller aufeinander und wischte die Krümel vom Tisch.

»Na, ich weiß nicht«, erwiderte Guðrún. »Ich habe inzwischen gelernt, dass er so unberechenbar ist wie das Wetter bei uns. Am Morgen weiß man nie, wie der Abend wird.«

An der Straßenecke vor der Bäckerei verabschiedeten sie sich. Guðrún ging nach links zu ihrem Wollgeschäft, Hildur geradeaus zur Polizeistation. Sie dachte über Jakob und Guðrún nach und fühlte sich in ihrer Überzeugung bestätigt, selbst keine dauerhafte Beziehung anzustreben. Wenn bei ihr zu Hause Tag für Tag jemand säße, dem sie erklären müsste, was sie gerade empfand und wie es ihr ging, würde sie wahrscheinlich komplett durchdrehen.

Hildur war gerade durch die Glastür der Polizeistation gegangen, als ihr Handy klingelte. Es war Beta.

»Ist unsere Telefonkonferenz nicht erst in einer Stunde?«, fragte Hildur. »Oder geht es um Ívar?«

Sie hatte gestern mit Beta über Ívar gesprochen. Beta hatte anfangs sehr skeptisch auf Hildurs Ansichtskartentheorie reagiert, aber nachdem sie alles über die Daten der Poststempel und die Übereinstimmungen zwischen den Ansichtskarten und den Tatorten gehört hatte, war ihr Interesse erwacht.

Beta wirkte atemlos. »Nein. Wir sind noch nicht so weit.«

»Dann geht es also um Olga?«

Tumi hatte Olga ja noch einmal befragt, weil ihre erste Aussage in Sachen Schwimmbad nicht der Wahrheit entsprochen hatte.

»Unterbrich mich jetzt nicht, und lass mich ausreden«, sagte Beta. »Heute früh wurde auf der Reykjanes-Halbinsel ein sechstes Opfer gefunden. Ein Milchwagenfahrer hat eine Frau auf der Straße liegen sehen. Sie lebt, hat aber schwere Erfrierungen erlitten. Im Moment wird sie im Krankenhaus behandelt. Wir können frühestens morgen mit ihr sprechen.«

»Was ist ihr zugestoßen?«, fragte Hildur.

»Man hat ihr mit einem schweren Gegenstand auf den Kopf geschlagen. Und neben ihr wurde eine gusseiserne Pfanne gefunden.«

Beta wollte noch etwas hinzufügen, aber Hildur kam ihr zuvor: »Der Knirps!«

Der Knirps war der kleinste Weihnachtsgesell. Ein putziger, bärtiger Kerl, der vor Weihnachten von Haus zu Haus ging und schmutzige Bratpfannen stahl, um sie auszuschlecken.

Beta brummte zustimmend und erklärte dann mit bebender Stimme, es komme noch schlimmer.

»Du kennst die überfallene Frau nämlich. Es ist Hlín Jónsdóttir. Die investigative Journalistin.«

Hildur war seit Jahren mit Hlín befreundet. Hlín hatte früher in Ísafjörður gewohnt und vor gut einem Jahr in einer verdienstvollen Artikelserie Sexualverbrechen enthüllt, an denen Fußballer der Nationalmannschaft beteiligt waren. Der Journalistenverband hatte Hlín mit dem Preis »Investigative Reportage des Jahres« ausgezeichnet. Bald darauf war sie nach Reykjavík gezogen, wo sie eine feste Stelle bekommen hatte. Was in aller Welt hatte sie im Hinterland von Reykjanes getrieben?

»Sie hat wohl für einen Artikel recherchiert«, sagte Beta. »Neben ihr wurde eine zerstörte Kamera gefunden und in ihrer Tasche lag Kamerazubehör. In ihrem Auto, das in der Nähe geparkt war, wurden einzelne Notizen sichergestellt.«

Dann berichtete Beta kurz von Olga. Die hatte behauptet, sie habe sich bei ihrer ersten Aussage über den Nachmittag und den Abend eben geirrt. Sie sei nach der Schicht in der Kita direkt nach Hause gegangen, um sich auszuruhen, und dort bis zu ihrem Besuch in der Kneipe geblieben.

»Ich glaube nicht, dass sie die Wahrheit sagt«, erklärte Hildur.

»Ich auch nicht«, sagte Beta. »Aber sie ist keine Tatverdächtige, sondern eins der Opfer, also lassen wir die Sache vorläufig auf sich beruhen.«

Hildur irritierte dieser Punkt. Es ging ihr weniger darum, wo Olga vor ihrem Kneipenbesuch gewesen war, als darum, weshalb sie gelogen hatte. Aber Beta hatte recht. In der gegenwärtigen Lage reichten ihre Ressourcen nicht, die Aussagen einer Einzelperson genauer zu überprüfen. Sie mussten sich auf wichtigere Dinge konzentrieren, zum Beispiel auf die Verbindungen zwischen den Opfern.

»Kannte Olga übrigens die anderen Opfer?«, fragte sie.

Beta verneinte.

»Sie hat bestritten, auch nur eins davon zu kennen. Und alle anderen behaupten praktisch dasselbe. Nur der Mann in Selfoss sagt, er habe den Tierarzt Felix gekannt, weil sie zusammengearbeitet hätten.«

Hildur überlegte. Wenn es zwischen den Opfern eine Verbindung gab, die mit deren Engagement für den Tierschutz zu tun hatte, wollten sie sie offensichtlich verbergen. Was wiederum vermuten ließ, dass ihre Aktivitäten nicht ganz koscher waren. Beta meinte, daran habe sie auch schon gedacht.

»Ich befrage Hlín, sobald die Ärzte es erlauben«, fügte sie hinzu. »Als Journalistin weiß sie womöglich etwas, was auch für unsere Ermittlungen wesentlich ist.«

Hildur sagte, sie werde weiter nach Verbindungen zwischen den Opfern forschen und sich sofort melden, wenn sie etwas gefunden habe. Dann legte sie auf und lief die Treppe hinauf. Sie machte

Licht und setzte sich auf ihren Bürostuhl. Als Nächstes würde sie den Professor für Folkloristik an der Universität von Island anrufen. Vielleicht verbanden sich mit dem Lied von den Weihnachtsgesellen noch irgendwelche Besonderheiten, die sie nicht auf dem Radar hatte.

35

DEZEMBER 2021 ROVANIEMI

Auf der Valtakatu in der Nähe des Gerichtsgebäudes in Rovaniemi fand sich ein freier Parkplatz. Nachdem er den Motor abgestellt hatte, musterte Jakob sich im Rückspiegel. Er sah blass aus. Obwohl die Heizung im Wagen auf Hochtouren gelaufen war, fror er.

Er erinnerte sich nicht, jemals so nervös gewesen zu sein. Nicht einmal damals, als Lena und er sich vor dem Amtsgericht in Oslo um das Sorgerecht für Matias gestritten hatten. In Norwegen war er während des Prozesses im Hintertreffen gewesen. Er verstand zwar ganz gut Norwegisch, doch der juristische Wortschatz war ihm fremd. Trotz Dolmetscher hatte er sich ausgeschlossen gefühlt. Er hinkte allen anderen um die Dauer der Übersetzung hinterher.

Jetzt hatte er den Heimvorteil. Nun war Lena auf einen Dolmetscher angewiesen. Er selbst würde in seiner Muttersprache alles sofort verstehen.

Der Rechtsanwalt Joonas Pirinen stand wie vereinbart vor dem Amtsgericht von Lappland. Sie hatten sich nur zweimal persönlich getroffen. Das erste Mal, als Pirinen ihn am Flughafen von Rovaniemi abgeholt hatte. Beim zweiten Treffen hatten sie in einem Konferenzraum in Jakobs Hotel die bevorstehende Gerichtsverhandlung durchgesprochen. Pirinen hatte ihm den Ablauf erklärt und ihn auf die Fragen vorbereitet, die von der Gegenseite und vom Richter zu erwarten waren. Die Übung hatte Jakob Selbstvertrauen gegeben. Er war zwar nervös, glaubte aber doch, sich behaupten zu können. Womöglich würde er Lena sogar besiegen.

Jakob schloss den Wagen ab und ging auf den Mann mit dem Walrossbart zu. Pirinens Einmannkanzlei befand sich in Mittelfinnland, aber er war bereit gewesen, den Fall in Rovaniemi zu übernehmen. Dafür war Jakob ihm dankbar. In den Diskussionsforen im Internet wurde Pirinen von vielen gelobt, die einen Sorgerechtsstreit hinter sich hatten. Er galt als hartnäckiger und korrekter Typ, der ein gutes Gespür für die jeweilige Situation hatte und oft bekam, was er wollte, weil er das Richtige forderte. Der Anwalt hatte Jakob erklärt, dass es an diesem Punkt nicht sinnvoll war, das Sorgerecht zu fordern. Zuerst würden sie die Besuchsfrage in Ordnung bringen, später könnten sie dann darangehen, die Sorgerechtsregelung zu ändern. Es sei besser, nicht gleich den ganzen Kuchen zu verlangen, sondern ihn sich Stück für Stück zu holen.

In Rovaniemi war es kalt. Die ganze Nacht über hatten dreißig Grad Frost geherrscht. Die Kälte stach Jakob, der seine Mütze im Hotel vergessen hatte, in die Ohrläppchen.

»Konnten Sie denn wenigstens einigermaßen schlafen?«, fragte Pirinen und streckte Jakob die Hand hin.

Sie begrüßten einander mit kurzem Handschlag und gingen dann durch die Glastür in das Gerichtsgebäude.

»Erst gegen Morgen habe ich ein paar Stunden gedöst«, antwortete Jakob und zog den Reißverschluss seiner Winterjacke auf. Er merkte, dass seine Hände immer noch zitterten.

Pirinen sah seinen Mandanten freundlich an und klopfte ihm auf die Schulter. »Es ist bald vorbei. Ich kümmere mich um alles. Sie sitzen einfach still auf Ihrem Platz und antworten ganz ruhig, wenn man sie fragt. So wie wir es geübt haben.«

Jakob fühlte sich beruhigt. Pirinen verstand sein Metier. Darauf musste er sich verlassen.

Die Rechtssachen des Tages waren auf einem DIN-A4-Bogen

vermerkt, der mit Pinnnadeln an einer Tafel befestigt war. In Oslo hatte es stattdessen große Bildschirme gegeben. Jakob erinnerte sich immer noch an ihre blassblaue Farbe.

Er beugte sich vor, um den Bogen zu betrachten. Darauf standen das Aktenzeichen des Falls, einige kryptische Abkürzungen, die Namen der Parteien und die Angabe, Gegenstand der Verhandlung seien Sorge- und Besuchsrecht für ein Kind. Jakob richtete sich auf und folgte Pirinen. Auf dem Weg zum Gerichtssaal stieß er im Flur beinahe mit einem glatzköpfigen Polizisten zusammen. Er verfluchte seine langsamen Reflexe und murmelte eine Entschuldigung.

Dann betrat er den Saal und setzte sich neben Pirinen an den ihnen zugewiesenen Tisch. Die bebrillte Gerichtssekretärin, eine Frau mittleren Alters, die bereits an ihrem Platz saß, nickte ihnen grüßend zu. Jakob hüstelte und trank einen Schluck aus dem Wasserglas vor ihm, um seine trockene Kehle anzufeuchten.

Als Nächste kam Lena mit ihrer Dolmetscherin und ihrer korpulenten Rechtsanwältin Lotta Lahtinen herein. Jakob hatte keinen einzigen Zeitungsartikel über Lahtinens berufliche Meriten gefunden. Das war erfreulich. Diesmal hatte Lena keinen Staranwalt im Gepäck.

Aus den Augenwinkeln bemerkte Jakob, dass Lena ihn intensiv ansah, aber er wich ihrem Blick bewusst aus. Er starrte zum Richterstuhl hin und wünschte sich, dass dieser Scheißtag möglichst bald vorbeiging. Plötzlich entdeckte er am rechten Rand des Saals zwei Polizisten.

»Was machen die beiden hier?«, flüsterte er seinem Anwalt zu.

Pirinen erklärte, Lenas Anwältin habe für die Verhandlung Polizeischutz angefordert, weil Lena behauptet habe, sie fürchte sich vor Jakob.

»Sie setzt eben alle Mittel ein«, sagte Pirinen und klopfte Jakob wieder aufmunternd auf die Schulter. »Lassen Sie sich davon nicht beeindrucken.«

Jakob war sauer, verzog aber keine Miene. Da die Verhandlung öffentlich war, konnte selbst der Weihnachtsmann im Publikum hocken.

Kurz vor zehn Uhr trat der Richter ein, und alle erhoben sich. Die Mundwinkel des Richters hingen nach unten, und die zusammengewachsenen Augenbrauen ließen ihn bärbeißig wirken.

Pirinen hatte Jakob gesagt, das grimmige Äußere des Richters täusche. Antti Keinänen galt als anständig und fair. Er dachte lieber lange und gründlich über die verschiedenen Aspekte einer Angelegenheit nach, als schnelle Urteile zu fällen.

Nachdem sich die Parteien vorgestellt hatten, nickte der Richter und warf einen Blick auf seine Unterlagen.

»Der Antragsteller beantragt also eine Änderung des Besuchsrechts.«

Pirinen hatte Jakob auch erklärt, was während des Tages geschehen würde. Zuerst würde der Richter beide Seiten anhören und Fragen stellen. Danach würde er sehr wahrscheinlich die Kinderschutzbehörde mit einer Kartierung der Verhältnisse beauftragen und in ungefähr einer Woche eine vorläufige Verfügung erlassen, in der geregelt wurde, wie die Besuche organisiert werden sollten, bis später, gegen Ende des Winters, beim eigentlichen Prozess die endgültige Entscheidung fiel. Die Abläufe erschienen Jakob unerträglich langsam.

»Wie lauten die Forderungen des Antragstellers?«, brummte der Richter und sah Jakobs Anwalt an.

Pirinen stand auf und wandte sich ehrerbietig an den Richter. Er erklärte, sein Mandant wolle, dass die Regelung, die das Gericht in Norwegen festgelegt habe, eingehalten werde: ein wöchentliches Videogespräch zu einem gemeinsam vereinbarten Zeitpunkt sowie ein vom Kinderschutz beaufsichtigtes zweistündiges Treffen zwischen Jakob und Matias an vier aufeinanderfolgenden Tagen im Abstand von zwei Monaten.

Dann sah Pirinen zuerst seinen Mandanten und danach die auf der anderen Seite sitzende Lena an und fuhr fort: »Darüber hinaus … Als das Besuchsrecht vereinbart wurde, war Matias im Kindergartenalter. Jetzt geht er zur Schule und hat die üblichen Schulferien. Mein Mandant möchte, dass die Ferienzeiten beim Besuchsrecht dahingehend berücksichtigt werden, dass Matias jeden Sommer für drei Wochen und alle zwei Jahre in den Weihnachts- oder Osterferien für fünf Tage zu seinem Vater nach Island kommen darf.«

Die Dolmetscherin an Lenas Seite übersetzte Pirinens Worte ins Norwegische. Jakob sah, wie Lena vehement den Kopf schüttelte und empört die Luft durch ihre rot geschminkten Lippen ausstieß.

Pirinen ignorierte Lenas Theater und fügte hinzu: »Mein Mandant ist bereit, den Jungen bei den Islandbesuchen abzuholen und zurückzubringen sowie alle Reisekosten zu tragen.«

Jakob wollte sich nicht um Geld streiten. Je weniger Punkte zu verhandeln waren, desto besser.

Die Anwältin Lahtinen stand auf, sprach den Richter an und erklärte kurz und bündig: »Meine Mandantin lehnt alle neuen Forderungen ab.«

Der Richter legte die Unterlagen und seinen Stift auf den Tisch und beugte sich ein wenig vor.

»Aha. Ich stelle fest, dass wir hier sozusagen nicht gleichauf sind.«

Einen Augenblick lang war es im Saal völlig still. Die Gerichtssekretärin saß mit ernster Miene an ihrem Computer, die Finger über den Tasten bereit, jedes Wort zu protokollieren.

»Der Antragsteller hat seine Forderungen vorgelegt und begründet. Ich würde gern hören, warum die Gegenseite die Forderungen ablehnt.«

Lenas Anwältin stand auf und sah den Richter an. »Herr Vorsitzender. Das unsachliche Verhalten des Antragstellers gegenüber seiner ehemaligen Ehefrau und seinem Kind ist dem Wohlergehen des Kindes nicht förderlich. Meiner Mandantin wurde vom Amtsgericht in Oslo das Sorgerecht zugesprochen, und dem Vater des Kindes wurden beaufsichtigte Treffen bewilligt, die er nicht eingehalten hat. Aufgrund der Erfahrungen aus den letzten Jahren ist meine Mandantin der Auffassung, dass die zusätzlichen Besuche das Kind in Gefahr bringen könnten.«

Jakob wäre am liebsten aufgesprungen und hätte Klartext geredet, wusste aber, dass es ratsam war zu schweigen, bis man ihm das Wort erteilte.

Lahtinen holte einen Stapel Papiere aus ihrer Aktentasche und zeigte ihn dem Richter.

»Meine Mandantin hat hier alle Fälle dokumentiert, wo der Antragsteller versucht hat, die vom Osloer Gericht bestätigten Besuchsregelungen zu sabotieren. Er ist zum Beispiel mehrfach ohne Erlaubnis an der Haustür meiner Mandantin erschienen, was bei dem Kind Angstzustände ausgelöst hat. Der Antragsteller hat ärztliche Atteste ignoriert, denen zufolge Matias krank war, weshalb er nicht zu den Treffen kommen konnte. Somit hat der Antragsteller wiederholt gezeigt, dass ihm sein Besuchsrecht wichtiger ist als die Gesundheit des Kindes.«

Es fiel Jakob schwer, sich Lahtinens Lügen anzuhören. Fast immer, wenn ein Treffen in Anwesenheit eines Sozialarbeiters angesetzt gewesen war, hatte Lena behauptet, Matias sei wegen Krankheit verhindert. Jakob hatte mit eigenen Augen gesehen, wie Matias, der angeblich hohes Fieber hatte, fröhlich mit Lena im Garten spielte oder einkaufen ging. Er ärgerte sich, dass er diese Szenen nicht heimlich fotografiert hatte. Die Aufnahmen wären jetzt nützlich gewesen.

Lahtinen hatte bereits fünf detaillierte Beispiele für Jakobs vorgeblich schlechtes Benehmen im Zusammenhang mit den Treffen aufgezählt, als der Richter ihr Einhalt gebot.

»Danke, das reicht. Und wie äußert sich der Antragsteller zu diesen Behauptungen?«

Pirinen stritt alle Behauptungen ab. Er ging die Liste durch, die Jakob zusammengestellt hatte. Sie enthielt sämtliche Termine, an denen Jakob und Matias sich unter Aufsicht in Oslo treffen oder ein Videogespräch führen sollten, die Lena jedoch mit der Begründung storniert hatte, Matias sei krank.

»Herr Vorsitzender, diese Liste umfasst allein für die letzten zwei Jahre fünf Seiten mit abgesagten Treffen. Ich bin kein Arzt, aber als Vater von Kindern im Schulalter finde ich es verwunderlich, wie oft Matias erkrankt, und das rein zufällig gerade an bestimmten Tagen.«

Der Richter warf Pirinen einen warnenden Blick zu. Pirinen hob beschwichtigend die Hände.

Dann wandte der Richter sich an Lena. »Sind Sie der Meinung, dass Matias häufig krank ist? Hat er irgendwelche chronischen Beschwerden, die bei der Vereinbarung der Treffen berücksichtigt werden sollten?«

Die Dolmetscherin übersetzte die Fragen, und Lena antwortete sofort. Wieder übersetzte die Dolmetscherin.

»Nur ganz normale Erkältungen. Matias steckt sich leicht an, und in der Kita und jetzt in der Grundschule geht ständig irgendetwas um. Aber ernsthafte Krankheiten hat er nicht.«

Lenas Anwältin fügte noch hinzu, für jeden einzelnen Fall liege ein ärztliches Attest vor.

Das Gespräch wogte gut eine Stunde lang hin und her. Pirinen und Lahtinen stellten beiden Seiten Fragen. Zwischendurch meldete sich der Richter mit kurzen, präzisierenden Nachfragen und machte sich Notizen. Im Hintergrund hörte man die ganze Zeit, wie die Gerichtssekretärin auf die Tasten schlug. Jakob gab sich alle Mühe, dem Wortwechsel zu folgen, auch wenn es ihm schwerfiel. Ihm war schwindlig.

Er merkte, dass es draußen allmählich hell wurde. Der Himmel war nicht mehr schwarz, sondern blassblau, und das zarte bläuliche Licht würde ein paar Stunden anhalten.

Der Richter nahm seine Lesebrille ab und betrachtete die Anwesenden der Reihe nach. Dann seufzte er und begann betont langsam zu sprechen, jedes Wort genau abwägend.

»Nach dem Bisherigen habe ich den Eindruck gewonnen, dass das Kind seinen Vater kennt und dass ihre Beziehung in Anbetracht der Umstände gut ist. Der Vater möchte sein Kind häufiger treffen und ist der Ansicht, dass die vorgesehenen Treffen bislang nicht so stattgefunden haben, wie es ursprünglich vereinbart wurde.«

Lenas Anwältin zeigte auf, weil sie etwas sagen wollte, aber der Richter bedeutete ihr mit einer wohlwollenden Handbewegung zu schweigen. Er hatte noch etwas hinzuzufügen.

»Matias war zur Zeit der anberaumten Treffen häufig krank. Das kommt bei Kindern ja vor, und die entsprechenden ärztlichen Atteste sind vorhanden.«

Jakob bemerkte das selbstsichere Lächeln, das sich in Lenas gebräuntes Gesicht schlich. Die Mundwinkel zogen sich nach oben, und die dünnen Fältchen um die Augen wurden tiefer.

Der Richter fuhr fort: »Ich muss allerdings zugeben, dass ich nicht ganz verstehe, inwiefern es den Interessen des Kindes zuwiderlaufen würde, mehr Zeit mit seinem Vater zu verbringen, wie es der Antragsteller wünscht.« Er nickte zu Lena hin. »Ich würde von der Gegenseite gern Genaueres speziell dazu hören.«

Die Anwältin flüsterte mit Lena, die daraufhin aufstand. Die Dolmetscherin übersetzte ihre Worte aus dem Norwegischen ins Finnische.

»Herr Vorsitzender, mein ehemaliger Ehemann und Vater meines Kindes arbeitet in seinem Heimatland als Polizist. Er hat keine Eintragungen im Strafregister. Er wirkt friedlich und ausgeglichen.«

An dieser Stelle machte Lena eine kurze Pause. Sie rollte die Ärmel ihres hellen Pullovers, der ihre Bräune betonte, hoch und straffte den Rücken. Ihre schmalen, goldenen Armreife stießen klimpernd gegeneinander.

Der Klang fuhr Jakob schmerzhaft in die Ohren. Der Schmerz, der am Morgen als leichtes Pochen im Hinterkopf begonnen hatte, breitete sich in seinem ganzen Schädel aus.

Lena legte jeweils nach einigen Sätzen eine Pause ein, damit die Dolmetscherin ihre Worte übersetzen konnte. Ihr Sprechrhythmus war genau abgewogen. Jakobs Befinden verschlechterte sich. In seinem Magen rumorte es. Er beobachtete Lena und spürte, dass sein Ziel in weite Ferne rückte und ihm die Trümpfe aus der Hand genommen wurden. Lena verwirklichte gerade einen genau durchdachten Plan. Dessen war er sich ganz sicher. Er erkannte es an den exakt überlegten Sätzen und der betont förmlichen Ausdrucksweise.

»Ich weiß, dass es nicht leicht ist, mir zu glauben, wenn ich sage, dass Jakob eine dunkle Seite hat. Es fällt ihm schwer, mit Konflikten umzugehen. Er zieht sich mitunter für längere Zeit in sich zurück und explodiert dann plötzlich. Ich habe Angst, dass er durchdreht, wenn mein Kind bei ihm ist. Deshalb bin ich dagegen, dass die Zahl der Treffen erhöht wird, und grundsätzlich gegen Besuche über Nacht, bei denen kein Sozialarbeiter anwesend ist.«

Der Richter hörte aufmerksam zu, aber Jakob sah, dass seine Miene bei jedem Satz härter wurde. Lena merkte es offenbar ebenfalls, jedenfalls pausierte sie kurz, bevor sie weitersprach.

»Vor einigen Jahren hat Jakob mich auf einem Spielplatz bedroht und versucht, mich zu schlagen. Der Schlag ging daneben, aber Matias hat es gesehen und sich entsetzlich erschreckt.« Lena verstummte und sah dem Richter in die Augen. Dann beugte sie sich wieder zum Mikrofon und fügte hinzu: »Danach wollte Matias nicht mehr auf diesen Spielplatz gehen.«

Jakob hatte das Gefühl, dass der Boden unter seinem Stuhl nachgab.

Die Miene des Richters veränderte sich abermals. Nun wirkte er nicht mehr nur verdrossen, sondern regelrecht besorgt.

»Kam dieser Umstand bei der früheren Verhandlung zur Sprache?«

Lena schüttelte den Kopf und sagte: »Wir hatten damals keine Beweise, aber das hat sich geändert. Es gibt eine Augenzeugin.«

Lenas Anwältin legte dem Richter ein Papier vor. Er las es, und die Falten auf seiner Stirn vertieften sich.

Jakob hielt es nicht mehr auf seinem Platz. Lena war zu weit gegangen. Seine Wut kochte hoch, und er stand so heftig auf, dass sein Stuhl umkippte. Pirinen bemühte sich vergeblich, ihn zu beruhigen.

Der Richter schlug mit seinem Hämmerchen auf den Tisch und ermahnte Jakob, sich zu setzen.

»Das ist alles erlogen, erstunken und erlogen! Ich bin nicht gewalttätig. Diese intrigante Schlange hat das Ganze haargenau geplant.«

Wie um seine Worte zu unterstreichen, schlug Jakob mit den Fingerknöcheln ein paarmal auf die Tischplatte.

»Sie dürfen ihre Lügen nicht glauben! Sie, sie …« Jakob wusste nicht weiter.

Der Richter klopfte erneut mit seinem Hammer auf den Tisch. Die Polizisten, die die Ereignisse verfolgt hatten, waren aufgestanden, aber der Richter bedeutete ihnen, wieder Platz zu nehmen.

»In meinem Gerichtssaal wird nicht gebrüllt«, knurrte er in Jakobs Richtung. »Setzen Sie sich hin, mein Herr.« Um seinen Worten Nachdruck zu verleihen, ließ er den Hammer ein drittes Mal auf den Tisch knallen.

Pirinen erhob sich, richtete den umgekippten Stuhl auf und packte Jakob an den Schultern. Er drückte ihn mit sanfter Gewalt auf den Sitz und bat ihn, sich zu beruhigen. Mit einem bedauernden Lächeln wandte er sich an den Richter und entschuldigte sich für das Verhalten seines Mandanten. Dann sah er die Polizisten an und signalisierte ihnen mit einem Nicken, dass die Situation unter Kontrolle war.

Jakob ballte die Fäuste und presste die Fingernägel gegen die Handflächen, bis es wehtat. Der Schmerz half ihm, sich zu beruhigen.

Sein Atem hatte sich beschleunigt, und ihm stand kalter Schweiß auf der Stirn.

Bevor Jakob die Hände vors Gesicht schlug, erhaschte er noch einen Blick auf Lena. Sie zog betrübt die Augenbrauen hoch. Das Lächeln war von ihrem Gesicht verschwunden, ihre Lippen bildeten eine schnurgerade Linie. Bei schnellem Hinschauen hätte man glauben können, dass sie sich ungeheuer traurig fühlte. Jakob wusste es jedoch besser. Er wusste, dass alles nur Show war.

36

Der streng dreinblickende Richter schob seine Lesebrille in die Stirn und musterte die beiden Parteien eindringlich.

»Zwanzig Minuten Kaffeepause«, verkündete er, rückte die Brille wieder vor die Augen und betrachtete erneut die vor ihm liegenden Papiere. Die Gerichtssekretärin stand auf, nickte dem Richter zu und verließ den Saal.

Jakob starrte auf den Fußboden, die verschwitzten Finger ineinander verschränkt. Sein Anwalt hatte ihm gerade auf den Arm geklopft und ihm geraten, erst einmal tief Luft zu holen, wie zur Erinnerung an das, worüber sie bei der Vorbereitung auf die Verhandlung gesprochen hatten. Man durfte sich nicht provozieren lassen. Das wusste Jakob natürlich. Wenn man vor Gericht die Stimme erhob und Krach schlug, hatte man so gut wie verloren.

Der Schweiß stand ihm nur so auf den Handflächen. Der Sitz des Holzstuhls drückte unangenehm gegen das Steißbein. Eine der hellen Deckenlampen flackerte störend. Nach dem Zwischenfall hatte Jakob sich in sein Schneckenhaus verkrochen und sich eine Haltung aufgezwungen, aus der er sich erst rühren wollte, wenn er den Saal verlassen musste.

Die Wut pulsierte zu heftig in seinen Adern. Er sah sich aufstehen, langsam auf Lena zugehen, sie an den Schultern packen und ausschütteln wie einen Flickenteppich. Aber er hatte ja schon lange daran gearbeitet, die Nerven zu bewahren. Er trainierte sein Gemüt, er strickte, er konzentrierte sich darauf, ruhig zu bleiben.

Jakob wusste, dass er in diesem Prozess der Schwächere und Lena die Stärkere war, wenn er ausrastete. Prozesse über das Sorge- und Besuchsrecht waren ein brutales Nullsummenspiel. Im Gerichtssaal gab es nur einen Sieger: denjenigen, dessen Forderungen der Richter akzeptierte.

Jakob hatte geglaubt, es sei ihm gelungen, alle Schwachstellen abzudecken und Lenas Angriffe zu verhindern, aber er hatte sich getäuscht. Lena hatte ihn wieder einmal aus der Bahn geworfen.

Die Erinnerung an den Jahre zurückliegenden Fürsorgestreit im Osloer Gerichtsgebäude überwältigte Jakob. Damals hatte Lena ein uraltes Handyvideo ausgegraben, das seinen Wutanfall zeigte. Es war ein entsetzliches Gefühl, dass sie ihn nun schon zum zweiten Mal mit derselben Waffe getroffen hatte.

Jakob schrak aus seinen Gedanken auf. Um ihn herum polterten Stühle. Aus den Augenwinkeln sah er, dass Lena und ihre Anwältin aufgestanden waren. Sie wechselten einige Worte miteinander, während sie Seite an Seite zur Tür des Gerichtssaals gingen, sprachen aber so leise, dass Jakob sie nicht verstehen konnte. Die Polizisten saßen weiterhin an der Seitenwand und starrten zu ihm herüber.

Jakob konnte nicht verhindern, dass sein Blick zu Lena wanderte. Sie hielt sich ebenso gerade wie damals, als sie sich zum ersten Mal begegnet waren. Jakob musste an einen Soldaten denken, der zielstrebig seine Mission erfüllte. Welche Mission Lena hatte, stand außer Zweifel: Sie wollte Jakob niederschmettern. Aber er begriff immer noch nicht ganz, warum.

Nach der ersten Verliebtheit hatte Jakob begonnen, seine Worte genau abzuwägen. Lena fühlte sich grundsätzlich im Recht. Regina war eine Trumpfkarte, die Lena bei jedem Streit zog. Das erschien Jakob ungerecht. Lena hatte ihn schon lange nach ihrer Pfeife tanzen lassen, bevor er bei Regina Trost gesucht hatte. Er hatte falsch gehandelt, das wusste er. Aber wie lange sollte er dafür büßen? Lena schaffte es immer wieder, eine Position einzunehmen, in der sie als unschuldiges Opfer dastand, während ihre Gegenspieler gewalttätig oder jedenfalls unzuverlässig wirkten. Zu Beginn ihrer Beziehung hatte Lena von ihren schwierigen Ex-Freunden erzählt, die sie schlecht behandelt und ihr Kummer bereitet hätten. Sie hatte über ihr Pech mit Männern geschluchzt. Jakob hatte ihr blindlings geglaubt und alles getan, um sie zu beschützen und ihre Wünsche zu erfüllen. Idiotisch.

»Ich gehe jetzt raus eine rauchen und frische Luft schnappen«, sagte sein Anwalt. »Sie sollten auch eine kurze Pause einlegen. Gehen Sie zum Beispiel ein Stück spazieren. Danach machen wir weiter.«

Jakob seufzte. In seinem Rucksack unter dem Stuhl hatte er eine Flasche Mineralwasser. Er holte sie hervor, drehte den Verschluss aber zu schnell auf. Der Inhalt schoss sprudelnd heraus. Verdammter Mist! Jakob nahm ein paar Papiertaschentücher aus dem Behälter auf dem Tisch und wischte die Tischplatte ab, damit die Unterlagen seines Anwalts nicht feucht wurden. Danach warf er die nassen Tücher in den Papierkorb an der Wand und machte sich auf die Suche nach einer Toilette. Im Händetrockner würde er vielleicht sein Hemd trocknen können.

Im Flur gab es eine Unisex-Toilette. Jakob öffnete die Tür und ging ans Ende der Waschbeckenreihe. Der Trockner war eines der neuen Modelle, die anliefen, wenn man die Hände hineinsteckte. Jakob vergewisserte sich mit einem raschen Blick, dass ihn niemand sah, dann zog er das Hemd aus und steckte es in den Trockner.

Bald darauf nahm er links hinter sich eine Bewegung wahr. Die Tür einer der WC-Kabinen öffnete sich, und plötzlich stand Lena neben ihm.

Wenn sie über Jakobs Anwesenheit verwundert war, konnte sie das gut verbergen.

»Meinetwegen brauchst du dich nicht auszuziehen«, sagte sie lächelnd und wusch sich sorgfältig die Hände.

Mit langsamen Bewegungen verteilte sie die Seife und sah Jakob dabei durch den Spiegel in die Augen. Als die Seife ihren Weg zwischen alle Finger und auf jede Nagelhaut gefunden hatte, drehte Lena den Wasserhahn auf und spülte sie gründlich ab. Sie schüttelte die Tropfen grob ab, trat neben Jakob und schob ihre Hände in den Trockner, in dem immer noch Jakobs Hemd steckte.

Das Gebläse lärmte, aber Lena schob den Kopf so dicht an Jakobs Ohr, dass er ihre Worte nicht überhören konnte.

»Du wirkst ziemlich wacklig. Gib lieber auf. Du hast schon verloren.«

Nach dem Zwischenfall im Gerichtssaal hatte Jakob es geschafft, seine Wut zu einem kleinen Klumpen schrumpfen zu lassen, doch nun spürte er, dass sie wieder anschwoll. Er ballte die Hände zur Faust. Sein Puls raste.

»Du bist krank!«, brüllte er. »Du brauchst 'ne Therapie!«

Lena sah ihn an, brach in Lachen aus und zeigte auf den Spiegel. Sie sprach bewusst leise, aber laut genug, dass Jakob sie hörte.

»Ach, *ich* bin krank? Guck mal in den Spiegel, da siehst du, wer hier krank ist. Und ich sorge dafür, dass Matias deinetwegen nie mehr leiden muss.«

Das war's. Jakob hielt es nicht mehr aus. Er warf das Hemd auf den Boden und schwang die rechte Faust durch die Luft. Lena wich dem Schlag aus und zwinkerte ihm zu.

»So nah dran«, flüsterte sie ihm zu und ging hüftwackelnd hinaus.

Jakob spürte, wie in seinem Innern etwas explodierte.

»Ich wünschte, du wärst tot!«, schrie er ihr voller Wut hinterher.

Sein Schrei hallte von den Kacheln wider, dann wurde es ganz still. Jakob hörte seinen rasenden Herzschlag und spürte seinen flachen Atem. Er drehte den Wasserhahn auf, spritzte sich eiskaltes Wasser ins Gesicht und bemühte sich, gleichmäßig zu atmen.

Auf einmal öffnete sich die Tür der Kabine hinter ihm. Die bebrillte Gerichtssekretärin kam zum Vorschein. Sie sah Jakob aus weit aufgerissenen Augen an und schlüpfte eilig hinaus, ohne sich die Hände zu waschen.

37

DEZEMBER 2021 ÍSAFJÖRÐUR

Hildur klopfte mit der flachen Hand auf den Schreibtisch. Ihr Computer hatte ein automatisches Update gestartet, und es dauerte unerträglich lange, bis er wieder einsatzbereit war. Beta hatte gerade noch einmal angerufen und ihr berichtet, was sie über Hlíns Zustand erfahren hatte. Als Hlín gefunden wurde, hatte ihre Körpertemperatur nur noch 32 Grad betragen. Das war kritisch. Hypothermie, dachte Hildur. Wenn die Temperatur unter 25 Grad sank, setzten Herzschlag und Atmung aus. Die herbeigerufenen Sanitäter meinten, wahrscheinlich habe der lange Daunenmantel der Frau das Leben gerettet. Sie war in sehr schlechter Verfassung gewesen, doch inzwischen ging es ihr schon etwas besser.

Hildur brannte darauf zu erfahren, was ihre Bekannte nach Reykjanes geführt hatte. Auf der windumtosten Halbinsel gab es neben ein paar Dörfern nur ein riesiges Schwimmbad und den Flughafen. Ohne besonderen Grund stiefelte dort niemand herum.

Das blaue Licht des Monitors riss Hildur aus ihren Gedanken. Update abgeschlossen, halleluja! Sie loggte sich ein und öffnete die Mailbox. Beta hatte ihr am Telefon von der Kamera berichtet, die man bei Hlín gefunden hatte. Die Linse war zerbrochen, und die Kamera selbst war offenbar mit der Bratpfanne in Stücke geschlagen worden. Die Speicherkarte hatte der Täter mitgenommen. Die Polizei von Reykjavík war an Hlíns Arbeitsplatz gewesen und hatte von ihrem Arbeitgeber die Erlaubnis erhalten, ihren Schreibtisch zu durchsuchen. Die Chefredakteurin hatte erzählt, alle Aufnahmen würden von der Speicherkarte sofort auch in die eigene Cloud der Redaktion übermittelt. Beta hatte sie gerade erhalten und als Zipdatei an Hildur weitergeleitet.

Ziemlich wenig, woran wir uns festhalten könnten, aber vielleicht siehst du mehr. Wir telefonieren, B.

Hildur entpackte die Datei, ordnete die einzelnen Bilddateien chronologisch auf dem Desktop und klickte sie an. Es waren etwa fünfzig Fotos, und den gespeicherten Metadaten zufolge waren sie alle am selben Tag aufgenommen worden. Wenn die Kamera über GPS-Ortung verfügte, war sie ausgeschaltet gewesen, jedenfalls fehlten die Angaben über den Ort der Aufnahmen. Er ließ sich allerdings anhand der Fotos und der Stelle, wo Hlín gefunden worden war, leicht erraten. Hildur öffnete die Karten-App und zoomte auf Reykjanes. Nach dem, was Beta erzählt hatte, war Hlín im nordwestlichen Teil der Halbinsel gefunden worden, im Gelände zwischen den Dörfern Garður und Sandgerði. Auf der Straßenansicht war Sommer, aber die Landschaft sah genauso aus wie jetzt im Winter: leer und verlassen. Als Nächstes schaute Hildur die Bilder durch.

Die ersten Fotos zeigten eine große Weide mit Pferden. Es waren mindestens fünfzig, auch Fohlen waren darunter. Wer lässt Pferde um diese Jahreszeit Füllen werfen, überlegte sie und zoomte auf Einzelheiten. Einige große, in Plastikhüllen gepackte Rundballen waren außerhalb der Umzäunung aufgereiht. Das Plastik war an mehreren Stellen eingerissen, und das Heu quoll heraus. Der schlechte Zustand der Hüllen ließ vermuten, dass das Heu nicht aus der Ernte des letzten Sommers stammte.

Die nächsten Fotos waren Nahaufnahmen. Den Metadaten nach war im Moment der Aufnahme ein Objektiv von 70–200 Millimetern verwendet worden. Damit konnte man nah heranzoomen. Hildur entdeckte zwischen den Pferden eine dunkel gekleidete

Gestalt. Sie trug einen dick gefütterten Overall. Auf dem Land war ein Overall praktisch für die Arbeit im Freien. Er schützte vor Wind und hielt warm.

Hildur ließ ihre schmerzenden Schultern ein paarmal in beide Richtungen kreisen, dann blickte sie wieder auf den Bildschirm. Auf den nächsten Fotos sah man, wie der Mensch ein Pferd quer über die Weide führte. Hildur zoomte ihn näher heran, konnte sein Gesicht aber nicht erkennen. Es war von der Kamera abgewandt. An dem Pferd gemessen – sofern es die Größe eines typischen Islandpferdes hatte – musste der Mensch etwa 175–180 Zentimeter groß sein. Sein Körperbau war normal. Über das Haar ließ sich nichts sagen, weil er die Kapuze über den Kopf gezogen hatte. Es gab auch drei Videos, auf denen der Typ im Overall das Pferd führte. Die Gestalt war nicht deutlich zu sehen, aber Hildur war sich ziemlich sicher, dass sie humpelte.

Die letzten zehn Fotos zeigten einen Bretterverschlag, der als eine Art Pferch diente. Das Pferd war mit einer Leine fest an die Wand gebunden. Der Schmerz, der in seinem Blick lag, bereitete Hildur Übelkeit. Die dunklen Pupillen waren schräg nach oben gerichtet, sodass das Weiße in den Augen sichtbar war. Das Pferd hatte einen gerundeten Bauch, war sonst aber mager und in schlechter Verfassung. Pferde, die das ganze Jahr über im Freien lebten, waren oft zottelig und langhaarig, aber dieses Pferd sah anders aus. Das Fell wirkte zerrupft und glanzlos. Am Hals und an den Flanken war es büschelweise ausgefallen. Hildur konnte nicht genau erkennen, was der Mensch im Overall dem Pferd antat, aber sie sah einen Schlauch, der an der Seite des Pferdes herunterhing, und eine Art Behälter zu den Füßen des Typen. Hinter der Weide stand ein grauer Pickup, seitlich geparkt, sodass das Nummernschild nicht zu sehen war.

Hildur ließ die Fotos auf dem Desktop liegen und öffnete den Scan, den Beta ihr geschickt hatte. Es war eine Seite aus dem Notizblock, der auf dem Rücksitz von Hlíns Auto gelegen hatte. Darauf standen nur einzelne Wörter und kurze Sätze. Bestimmt hatte Hlín noch mehr Notizen zu dem Fall, doch die waren noch nicht gefunden worden.

Stutenblut – wer kauft?

L zufolge wird viel mehr Blut verkauft, als die offiziellen Statistiken angeben. Mengen?

Wer verkauft?

Orte auf der Karte

Transport …

Nachdem Hildur alle Fotos, die sie von Beta bekommen hatte, noch einmal durchgesehen hatte, saß sie eine Weile still da und dachte über die Bilder nach. Hlín war auf eine interessante Story gestoßen: Jemand verkaufte das Blut trächtiger Stuten, und an der Sache war etwas faul, sonst hätte die Reporterin sich nicht damit befasst. Hatte sie schon länger darüber nachgeforscht? Wie war sie dem Business mit Stutenblut auf die Spur gekommen?

Hildur hatte von den Stutenblutfarmen gehört. Alle, die auf dem Land lebten, wussten davon. In Island gab es mehr als 80 000 Pferde, und nicht alle wurden als Reittiere genutzt oder für den Export gezüchtet. Ein großer Teil lebte einfach nur wild auf der Weide und fraß Heu. Von trächtigen Stuten sammelte man der Hormone wegen Blut und Urin. Die Rohstoffe wurden an Biotech- und Pharmaunternehmen geliefert. Hildur rief die Website einer isländischen Biotechnikfirma auf. Es erschienen viele schöne Fotos von Islandpferden und prachtvollen Gebirgslandschaften. Das Unternehmen gab an, ethisch gewonnenes Stutenblut zu verkaufen. In einem Infotext hieß es, der Bluthandel werde streng überwacht. Nur Tierärzte nähmen den Pferden Blut ab, zudem dürfe man jährlich nur eine begrenzte Menge abzapfen und im Winter gar nichts, damit die Besitzer nicht auf den Gedanken kämen, ihre Stuten in der Hoffnung auf Hormone mitten im Winter fohlen zu lassen. Hlíns Fotos und Notizen ließen jedoch darauf schließen, dass es um eine viel größere

Sache ging. Mindestens handelte es sich um einen Verstoß gegen das Tierschutzgesetz. Wenn das Blut auf dem Schwarzmarkt verkauft wurde, kam Wirtschaftskriminalität hinzu.

Hildur blickte auf das Foto mit dem gequält aussehenden Pferd und dachte nach. Hlín war dem Weihnachtsgesellentäter zum Opfer gefallen. Alle anderen Opfer hatten auf irgendeine Art mit dem Tierschutz zu tun. Jemand versuchte also, Leute zum Schweigen zu bringen, die den illegalen Bluthandel bedrohten.

Den Rest des Tages wollte Hildur den Weihnachtsgesellen widmen. Der Folkloristikprofessor hatte ihr den Ursprung der Sagen von den Weihnachtsgesellen erläutert und ihr einige Bücher empfohlen. Hildur zog ihre Jacke an und ging zur Bibliothek. Das große, weiße Steingebäude war eines der schönsten im Ort und hatte früher das Krankenhaus beherbergt. Als man einige Hundert Meter weiter eine neue, modernere Klinik errichtet hatte, war es renoviert und als Bibliothek und Museum umgebaut worden. Hildur ging die Vortreppe hoch und öffnete die Doppeltür. Die freundliche Bibliothekarin freute sich über ihren Bücherwunsch.

»Schön, dass wir doch noch gebraucht werden«, sagte sie lachend. »Heutzutage suchen ja alle nur noch bei Google.« Sie bat Hildur, einen Moment zu warten.

Hildur erinnerte sich zwar aus ihrer Kindheit an Lieder und Geschichten über die Weihnachtsgesellen, wusste aber einfach nicht genug über das Thema. Vielleicht wollte der Täter durch die Hinweise auf die Gesellen etwas Bestimmtes mitteilen? Sie hatte sich vorgenommen, es herauszufinden.

Nach kurzer Zeit kehrte die Bibliothekarin mit drei Büchern zurück.

»Hier hätten wir das Büchlein *Weihnachten kommt* von Jóhannes úr Kötlum aus den 1930er-Jahren. Das kennen Sie bestimmt.«

Hildur erkannte den schmalen Band tatsächlich wieder. Die Zeichnung auf dem Einband zeigte eine Kerze. Das Buch enthielt weihnachtliche Lieder und Gedichte. Das bekannteste war das lange Gedicht von den Weihnachtsgesellen, durch das die Namen der dreizehn Gesellen in ganz Island bekannt geworden waren.

»Die beiden anderen hier sind wahrscheinlich interessanter für Sie. Das obere befasst sich mit der Geschichte des Weihnachtsfestes in Island, das untere handelt von den Bergriesen.« Lächelnd reichte die Bibliothekarin Hildur die Bücher.

Hildur zog sich in die Leseecke zurück. Als Erstes las sie die Weihnachtsgedichte von Jóhannes úr Kötlum, die sie in ihre Kindheit zurückversetzten. Die Stimmung in ihrem Elternhaus war zwar zeitweise seltsam kühl und steif gewesen, aber ihre Erinnerungen an Weihnachten waren ausnahmslos positiv. Ihre Mutter hatte gekocht und gebacken, ihr Vater hatte Schnee geschippt und auf dem Hof einen Schneemann gebaut. Am Weihnachtsabend hatte Hildur bis spät in die Nacht mit ihren kleinen Schwestern gespielt. Es war schön gewesen. Wann hatte sie Weihnachten zuletzt mit Kindern verbracht? Sie konnte sich nicht erinnern. Hoffentlich durfte Jakob nach dem Prozess seinen Sohn öfter sehen. Hoffentlich würde Matias irgendwann die Weihnachtstage mit Jakob und Guðrún in Island verbringen. Jakob hatte gesagt, dass sie dann auch Hildur einladen würden. Über diese Geste hatte sie sich sehr gefreut.

Die Geschichte der isländischen Winter- und Weihnachtsbräuche von der heidnischen Zeit bis in die Gegenwart war eine faszinierende Lektüre. Weihnachten war früher das Fest des Lichts gewesen, auf das man sich vorbereitete, indem man alles herausputzte, auch sich selbst. Die letzte Woche im Jahr wurde oft als verrückte Woche bezeichnet. Dann arbeiteten alle Verschuldeten wie verrückt, damit sie das geliehene Geld noch vor Jahresende zurückzahlen konnten. Die Weihnachtsgesellen waren nicht von Anfang an Teil der Weihnachtsbräuche, die Weihnachtsschuhe auf den Fensterbänken kamen sogar erst in den 1950er-Jahren auf.

Das Kapitel über die Weihnachtsgesellen las Hildur besonders aufmerksam. Zum ersten Mal wurden sie offenbar in der Volksdichtung des 17. Jahrhunderts erwähnt. Es handelte sich um junge, abschreckend aussehende Burschen, halbe Trolle. Sie lebten in einer finsteren Höhle im fernen Gebirge und vertrugen kein Tageslicht. Deshalb gingen sie nur im Winter nach draußen, wenn die Sonne länger nicht schien. Die Weihnachtsgesellen trugen dunkle Kleidung, damit sie sich unbemerkt bewegen konnten. Sie verbreiteten Angst und Schrecken, indem sie vielerlei Schaden anrichteten und Menschen fraßen.

Hildur ließ das Buch auf den Schoß sinken und blickte zum Fenster hinaus. Die Wipfel der Bäume hinter dem Altersheim schaukelten im Wind. Sie dachte über die Verbrechen nach, die sie aufklären musste. Offenbar kannte der Täter die Verse über die Weihnachtsgesellen in allen Einzelheiten. Die Weihnachtsgesellen bedrohten Menschen, die sich schlecht benahmen. Wer auch immer hinter den jüngsten Verbrechen steckte, bedrohte Tierschützer. Es ging darum, Furcht zu verbreiten. Der Täter wollte seine Macht demonstrieren. Die Weihnachtsgesellen wohnten an einem geheimen Ort im Gebirge und stiegen von dort zu den Menschen herab. Der Mörder hatte irgendwo sein eigenes Schlupfloch – aber wo?

38

DEZEMBER 2021 EIN PARKPLATZ

Die Frau auf dem Beifahrersitz hatte die Kontrolle über die Lautstärke des Autoradios. Von den Redebeiträgen verstand sie zwar kein einziges Wort, aber die Musik auf dem Sender war recht gut. Die schwedische Band Ace of Base hatte sie immer schon gemocht. Deren Song »All That She Wants« war ihr absoluter Favorit. Er handelte von einer Singlefrau, die am frühen Morgen erwacht und davon träumt, sich in die Sonne zu legen. Sie trifft sich mit Männern, packt aber immer vor Tagesanbruch ihre Sachen und verschwindet.

»Auch wenn du sonst ganz nett bist, dein Musikgeschmack ist echt schrecklich«, sagte der Fahrer und lenkte den Wagen auf einen kleinen Parkplatz. Die Frau streckte ihm die Zunge heraus und drehte den Ton demonstrativ lauter.

All that she wants is another baby, yeah …

Der Fahrer schüttelte belustigt den Kopf und stellte den Motor ab, ließ die Zündung jedoch eingeschaltet, damit das Radio weiterlaufen konnte. Sehr freundlich, dachte die Frau und streichelte seine unrasierte Wange. Sie hatte die Gelegenheit genutzt, mit ihm zum Einkaufen zu fahren. Wegen des Floorballtrainings des Kindes hatte sie ihr Vorhaben, die neue Mietwohnung weihnachtlich zu dekorieren, auf den nächsten Tag verschoben.

»Es dauert doch nicht lange, oder?«, sagte sie.

Es war fast sieben Uhr. Der Fahrer schüttelte den Kopf und sagte, er müsse nur einen Briefumschlag in Empfang nehmen.

»Danach schaffen wir es noch in den Laden.«

All that she wants …

»Warum sind wir ausgerechnet auf den dunklen Parkplatz hier gefahren?«, fragte die Frau.

Der Fahrer erklärte, für seine morgige Präsentation fehle ihm noch ein wichtiges Dokument.

»Der Typ, der es hat, bringt es netterweise hier vorbei, sodass ich die Präsentation noch heute Abend fertigstellen kann«, sagte er und trommelte ungeduldig auf das Lenkrad. »Dann können wir die Sache gleich morgen früh im Führungsteam besprechen.«

Bald darauf war am Fenster auf der Beifahrerseite eine Bewegung zu sehen. Eine dunkel gekleidete Gestalt klopfte an die Scheibe. Der Fahrer öffnete die Verriegelung, und die Scheibe glitt nach unten.

Sofort füllte gleißendes Licht das Blickfeld. Der Anklopfer trug eine starke Stirnlampe. Der Fahrer ächzte und hielt sich die Hand vor die Augen, um nicht geblendet zu werden. Das Licht war so nah am Gesicht der Frau, dass sie die Augen schließen musste. Sie begriff nicht ganz, was los war, aber irgendetwas stimmte hier nicht. Die Gestalt war wie aus dem Nichts aufgetaucht. Der letzte Gedanke der Frau galt dem kleinen Jungen. *Wer holt das Kind vom Floorballtraining ab?*

Der Schuss knallte direkt neben ihrem Ohr. In ihrer Angst wagte die Frau es nicht, die Augen zu öffnen, spürte aber, wie der Fahrer neben ihr zusammensackte. Eine Sekunde verging, dann fiel ein zweiter Schuss.

Im Autoradio lief immer noch Ace of Base.

She's the hunter, you're the fox.

39

DEZEMBER 2021 ÍSAFJÖRÐUR

Hildur fühlte sich unglaublich müde. Der Weg von der Bibliothek zurück zur Polizeistation war nicht weit. Unterwegs kaufte sie ein Stangenbrot zum Mittagessen. Das mit Mettwurst belegte Brötchen verschmähte sie diesmal. Die Bilder von dem leidenden Pferd hatten sich zu intensiv in ihre Netzhaut eingebrannt. Was zum Teufel passierte auf den abgelegenen Pferdehöfen?

Das leere Dienstzimmer wirkte düster. Wenn Jakob doch hier wäre! Es war viel angenehmer, zu zweit zu arbeiten. Hildur merkte, dass die Sehnsucht nach ihrem Freund und Kollegen überraschend groß war, obwohl er ja erst ein paar Tage zuvor abgereist war. Sie griff zum Handy und wählte Jakobs Nummer. Die Antwort war dieselbe wie bei ihrem vorigen Anruf. Die kalte Stimme des Anrufbeantworters teilte mit, der Anschluss sei momentan nicht erreichbar.

Verdammt, fluchte Hildur und warf das Handy auf den Schreibtisch, wo es auf Jakobs Seite rutschte. Sie stand auf und öffnete das Lüftungsfenster. Ein kalter Windstoß fuhr ins Zimmer und bewegte die Papiere auf dem Tisch.

Hildur konzentrierte ihre Gedanken auf den Täter. Die Gewalttaten waren in kurzen Zeitabständen geschehen, und die Tatorte lagen in verschiedenen Ortschaften. Die Person musste ihre Taten sorgfältig geplant haben. Zumal bei jedem Opfer eine ganz bestimmte, im Voraus festgelegte Art von Gewalt angewandt worden war. Der Täter hatte gewusst, wo seine Opfer anzutreffen waren. Hildur machte sich Notizen.

Olga ging häufig in die Dorfkneipe. Felix' Cross-Fit-Training fand immer am gleichen Tag zur gleichen Uhrzeit statt. Luka war laut Auskunft des Rechtsmediziners an einer Überdosis Rauschgift gestorben. An seiner Leiche waren weder Spuren einer Misshandlung noch Stich- oder Schusswunden festgestellt worden, es konnte also sein, dass der Täter ihn tot vorgefunden und an das Fischzuchtgehege gehängt hatte. Die Frau, die mit der Tür verletzt wurde, war bei ihrem Haus angegriffen worden – der Täter war ihr gefolgt oder hatte sie im Hausflur erwartet. Der Mann mit den Würstchen in Selfoss war in seinem Heimatort unterwegs gewesen.

Im Tierschutz waren Hunderte Isländer in verschiedenen Funktionen tätig. Dass sich die Wut gegen eine ganze Berufsgruppe richtete, erschien zu beliebig. Außerdem gab es eine Vielzahl freiwilliger Tierschutzaktivistinnen und -aktivisten. Warum waren gerade diese Opfer gewählt worden? Um Zufall konnte es sich nicht handeln. Bei jedem einzelnen Fall gab es viele Einzelheiten, die der Täter im Vorhinein hatte berücksichtigen müssen.

Er musste gewusst haben, wo und wann die Opfer unterwegs waren. Er musste K.-o.-Tropfen besorgen, die Leiche an das Fischzuchtgehege binden und wissen, auf welchem Weg der junge Tierarzt vom Training nach Hause ging. Der Täter hatte sich viel Mühe gemacht. Zufällige Opfer passten nicht in dieses Bild.

Hildur klickte im Browser ein neues Dialogfeld an und loggte sich bei Facebook ein. Ihr Profil war knapp, und sie trat nicht unter ihrem eigenen Namen auf. Sie benutzte das Profil lediglich zur Informationssuche.

Wenn zwei einander unbekannte Isländer sich begegneten, begannen sie als Erstes zu klären, inwiefern sie sich doch kannten. Da alle irgendwie, und sei es sehr entfernt, miteinander verwandt waren, fand sich immer irgendeine Verbindung. Die Frage: *Zu welchen*

Leuten gehörst du?, war die übliche Art, ein Gespräch anzuknüpfen. Eine der nützlichsten Funktionen bei Facebook waren die Angaben über die Freunde. Sie waren bei jedem mit einem Klick zu finden, wenn die betreffende Person ihre Sichtbarkeit nicht eingeschränkt hatte. Überraschend wenige machten sich die Mühe. Zum Glück, dachte Hildur und gab Olga Ragnarsdóttirs Daten in das Suchfeld ein. Die Social-Media-Accounts von Olga und den anderen Opfern waren bereits überprüft worden, aber Hildur wollte sich über einen bestimmten Punkt Gewissheit verschaffen.

Olgas Dreadlocks waren unverkennbar. Daher war es leicht, die richtige Olga Ragnarsdóttir aus der Liste zu wählen. Hildur öffnete ihr Profil in einem neuen Dialogfeld und gab als Nächstes Lukas Namen ein. Sie suchte bei Facebook nach jedem einzelnen Opfer. Nach einer Weile spürte sie, wie neue Energie sie durchströmte. Einige der Opfer waren auf Facebook miteinander befreundet. Nicht alle, aber doch ein Teil. Das war ein gutes Zeichen.

Einige der Misshandlungsopfer hatten also in Kontakt miteinander gestanden, obwohl sie bestritten hatten, sich zu kennen. Akzeptierte jemand einen Menschen, dem er nie begegnet war, als Facebook-Freund? Hildur kannte den Verhaltenskodex in den Social Media nicht genau. Mit dem Thema müsste ich mich irgendwann mal genauer befassen, überlegte sie.

Der Slowene war in seinem Profil am aktivsten von allen. Er hatte die verschiedensten Fotos gepostet, von Mahlzeiten bis zu Pferden. Hildur ging die Updates chronologisch zurück. Sie fand wieder ein Essensfoto. Es zeigte nicht die typische Schüssel mit Frühstücksflocken, sondern einen hübsch arrangierten Obstteller. Dem Text nach war das Foto im September im Hotel Hilton in Reykjavík aufgenommen worden. Auf dem Bild waren keine anderen Menschen zu sehen, aber Olga, Felix und einige Personen, die Hildur nicht kannte, waren zu dem Foto getaggt worden.

Hildur zitterte vor Kälte. Sie stand auf, um das Fenster zu schließen, setzte sich dann aber sofort wieder an den Computer, die Schultern vor Spannung gekrümmt. Als Nächstes musste sie Angaben über die anderen markierten Personen finden. Sie ließ die Finger immer schneller über die Tasten fliegen.

Zwei der Markierten hatten ihr Profil für Unbekannte gesperrt, doch da half Google weiter.

Hildur schlug so heftig auf die Tischplatte, dass ein Bleistift auf den Boden flog. Das war es! Alle auf dem Foto markierten Personen hatten in irgendeiner Form mit Tieren oder Tierschutz zu tun. Jede einzelne. Hildur hob den Bleistift auf, ohne den Monitor aus den Augen zu lassen. Die Namen der getaggten Personen tauchten in Zeitungsberichten über eine Demonstration für Tierrechte auf. Der Name einer älteren Frau fand sich in den Kontaktdaten auf der Website eines Heims für herrenlose Katzen in Reykjavík.

Hildur gab den Namen des Hotels und das Datum im September bei Google ein.

Verflixt und zugenäht, dachte sie, als sie das Suchergebnis sah, und griff zum Telefon. Sie ärgerte sich, weil sie nicht früher auf die Idee gekommen war, diese Suche zu starten. Die Weihnachtsgesellen hatten ihre Gedanken restlos in Anspruch genommen. Bald drangen Rauschen und Betas Stimme aus dem Handylautsprecher.

»Ich weiß jetzt, wer noch in Gefahr schwebt.«

Hildur berichtete, sie habe in den Social Media eine eindeutigere Verbindung zwischen den Opfern gefunden. Alle im Dossier genannten Personen hatten an einer Dinnerveranstaltung im Hotel Hilton in Reykjavík teilgenommen. Veranstalter war ein großes Gaming-Unternehmen gewesen, das den örtlichen Tierschutzorganisationen regelmäßig Geld spendete.

»Das ist ein Teil ihres Programms der sozialen Verantwortung«, erklärte sie. »Die Firma veranstaltet in jedem Herbst ein festliches Dinner, zu dem die Führungsriege Akteure im Tierschutz einlädt. Jedes der uns bekannten Opfer war dabei. Das kann kein Zufall sein.«

»Hlín auch?«, fragte Beta.

Hildur tippte kurz an ihrem Computer, wurde aber enttäuscht.

»Nein. Sie taucht nicht auf. Aber … aber ich vermute, sie ist in den Social-Media-Kanälen nicht unter ihrem eigenen Namen präsent.«

Jeder im Land wusste, wer Hlín Jónsdóttir war, selbst wenn er die neuesten Trends im Journalismus nicht verfolgte und nicht regelmäßig Zeitung las. Über die Topjournalistin Hlín waren in den letzten zwölf Monaten viele Berichte in verschiedenen Medien erschienen.

»Wir werden Hlín hoffentlich bald befragen können«, sagte Beta und bat Hildur, ihr die Namensliste zu schicken. Sie würde Polizeistreifen beauftragen, alle im Auge zu behalten, die an dem Dinner teilgenommen hatten. »Ich behaupte, es hätte mit einer verdeckten Operation zu tun, über die man aus Sicherheitsgründen nicht sprechen dürfe.«

Über Einzelheiten der Polizeiarbeit wollte man die Medien in der Regel nur dann informieren, wenn es für die Ermittlungen nützlich war. In diesem speziellen Fall würden sie selbst innerhalb des Polizeiapparats nur diejenigen informieren, die unbedingt davon erfahren mussten. Panik und Chaos konnten sie jetzt nicht brauchen.

In Gedanken sah Hildur bereits die Schlagzeilen der einzigen Boulevardzeitung des Landes vor sich:

Gewaltverbrecher lauert im Schatten, Polizei machtlos.

Weihnachtsmonster bedroht Tierschützer.

Die Misshandlungen waren allen Polizisten bekannt, die in irgendeiner Weise mit den Fällen zu tun hatten, aber außerhalb ihres Dreierteams wusste niemand, was die Opfer miteinander verband. Nicht einmal Jónas. Und in diesem Stadium braucht er es auch nicht zu wissen, dachte Hildur. Zum Glück war er immer noch auf seiner Auslandsreise.

Die Misshandlungsfälle waren in den Medien nur beiläufig erwähnt worden. Auch in den wichtigsten Chatforen, die Hildur täglich überflog, war von den Fällen kaum die Rede gewesen. Über

Kapitalverbrechen wurde ausführlich berichtet, aber Fälle von Körperverletzung waren so alltäglich, dass sie kaum Interesse weckten und den Onlinezeitungen keine Klicks einbrachten.

Über die beiden Todesfälle war ziemlich viel geschrieben worden, doch in den Redaktionen hatte man sie nicht miteinander in Verbindung gebracht. Wenn man den Umfang der Zeitungsartikel als Maßstab nahm, schien der Tod des Ausländers weniger bedeutsam zu sein als der des Tierarztes. Über den Slowenen war nach den ersten zwei Tagen nichts mehr erschienen. Das Interesse wäre sicher größer gewesen, wenn Details über den Fundort der Leiche und über die Fleischhaken an die Öffentlichkeit gedrungen wären. Stattdessen hatten die Medien lediglich berichtet, dass eine Leiche im Meer gefunden worden sei, und das war gut so.

Über das Schicksal des jungen Tierarztes, der an seinen Verletzungen gestorben war, hatten die Zeitungen dagegen ausführlich geschrieben. Hildur kannte das Muster. Ein toter Ausländer war für die Medien nicht so interessant wie ein toter Isländer. Über das ausländische Opfer wurde fast nichts berichtet, und seine isländischen Kollegen oder Freunde waren nicht interviewt worden. Dagegen wusste die Öffentlichkeit über den sportlichen jungen Tierarzt inzwischen schon vieles: Wohnort, Ausbildung, Position in der internationalen CrossFit-Rangliste, Namen und Arbeitsplätze seiner besten Freunde.

»Habt ihr Ívar schon vernommen?«, fragte Hildur.

Sie hatte unter den Ansichtskarten, die Ívar an Tinna geschickt hatte, gerade eine Karte gefunden, die Mitte September in Reykjavík abgestempelt worden war, einige Tage vor dem Dinner der Tierschützer. Nun berichtete sie Beta von ihrem Fund. Das Datum des Poststempels stimmte zwar nicht genau mit dem der Veranstaltung überein, bewies aber immerhin, dass Ívar ungefähr zur selben Zeit in Reykjavík gewesen war.

»Hat er an dem Dinner teilgenommen? Wenn ja, aus welchem Grund?«

»Ívar hat mir in einer Textnachricht mitgeteilt, dass er morgen nach Reykjavík kommt«, sagte Beta. »Tumi und ich befragen ihn. Danach wissen wir mehr.«

Das war eine gute Nachricht für Hildur, verringerte ihre Unruhe jedoch nicht.

Beta erklärte, sie müsse jetzt bald zur nächsten Sitzung. Die wöchentliche Besprechung der Drogenermittler der Hauptstadtregion stehe an. Sie vereinbarten, sich gegenseitig auf dem Laufenden zu halten.

Hildur machte sich daran, für Beta eine Liste mit den Namen und Kontaktdaten derjenigen zusammenzustellen, die an dem Dinner teilgenommen hatten. Sie war fast damit fertig, als ihr Handy klingelte. Vielleicht Beta oder Tumi mit guten Nachrichten, dachte sie, nahm das Handy vom Tisch und meldete sich, ohne nachzusehen, woher der Anruf kam.

»Hallo?«

Am anderen Ende war zuerst nur lautes Rauschen zu hören. Hildur hielt das Handy ein wenig vom Ohr ab und nannte ihren vollen Namen.

»Jakob hier.«

Jakobs Stimme klang seltsam. Er wirkte verängstigt.

»Könntest du herkommen?«

»Wohin denn?«

Hildur spürte, wie Jakobs Angst sich auf sie übertrug. Die Verbindung war schlecht. Sie drückte das Handy ans Ohr und hielt sich mit dem Zeigefinger der freien Hand das andere Ohr zu, um besser zu hören.

»Guðrún und ich versuchen schon seit Tagen, dich zu erreichen. Was ist denn passiert?«

»Zuerst war der Prozess, und der ging … der ging total in die Hose. Und jetzt …«

Jakobs Stimme versagte.

Hildur stand nervös auf und ging ans Fenster. Draußen war es so dunkel, dass selbst die weiß verschneiten Berge kaum zu erkennen waren. Der Mond war hinter einer dicken Wolkendecke verborgen.

»Hildur, ich war es nicht. Ganz ehrlich, ich war es nicht.«

Draußen waren blinkende Rentiere und Weihnachtsmänner zu sehen. Einige Dorfbewohner hatten ihre Vorgärten weihnachtlich beleuchtet, mit äußerst geschmacklosem Ergebnis. Hildur schüttelte den nutzlosen Gedanken ab. Sie wusste, dass Menschen in Panik ihre Aufmerksamkeit oft auf seltsame Einzelheiten richteten.

»Man verdächtigt mich, Lena und ihren Mann ermordet zu haben. Könntest du herkommen? Ich brauche Hilfe, und du bist die Einzige, der ich vertrauen kann.«

40

DEZEMBER 2021 HELSINKI – KOLARI

Hildur wurde von einem Rucken geweckt. Sie tastete nach der Nische neben ihrem Kopf, in der sie ihr Handy über Nacht aufgeladen hatte, öffnete die Augen ein wenig und sah auf das Display. Zehn nach sechs Uhr morgens, also erst vier Uhr isländischer Zeit. Die Reisemüdigkeit drückte gegen ihre Schläfen, aber sie wusste aus Erfahrung, dass sie keinen Schlaf mehr finden würde. Also dehnte sie ihren Körper unter der blauen Decke und machte sich bereit aufzustehen. Noch ein paarmal die Füße in beide Richtungen kreisen lassen. Die Zehen abwechselnd zusammenkrallen und strecken. Sie setzte sich auf den Bettrand und drückte die Füße fest gegen den Boden. Jetzt war sie bereit für den neuen Tag.

Das Abteil war klein. Der Boden bot gerade genug Platz für ihre Füße und für ihre Winterschuhe, die sie an die Tür gestellt hatte. Der Rucksack lag auf der oberen Pritsche, die Handtasche hing neben dem Wintermantel am Garderobenhaken. Seit der Pandemie wurden keine einzelnen Schlafplätze mehr verkauft. Alleinreisende bekamen also ein ganzes Abteil für sich. Dank der in Orange-, Braun- und Blautönen gehaltenen Inneneinrichtung fühlte man sich wie auf einer gemütlichen Zeitreise in die 1970er-Jahre.

Hildur schob den Vorhang ein Stück zur Seite. Draußen war es noch stockdunkel. Nach dem, was sie gehört hatte, würde die Sonne erst in einigen Stunden aufgehen, irgendwann gegen elf Uhr.

Offenbar hielt der Zug gerade in einer größeren Stadt. Am Bahnsteig entdeckte Hildur ein bläulich beleuchtetes Schild, das anzeigte, dass sie sich in Oulu befanden. Bis zur Endstation in Kolari würde der Zug noch mehrere Stunden brauchen.

Bevor sie am Vortag aufgebrochen war, hatte sie Jónas angerufen und ihm mitgeteilt, sie werde ein paar Tage im Homeoffice arbeiten. Wo sie das tun würde, hatte sie nicht gesagt, und Jónas hatte auch nicht danach gefragt. Er war auf dem Weg zu irgendeinem Termin und hatte das Gespräch schnell beendet. Hildur hatte reichlich Überstunden angesammelt, aber nicht gewagt, um freie Tage zu bitten. Nicht jetzt, wo auch Jakob fehlte. Zum Ausgleich hatte sie versprochen, auch nach Weihnachten alle Schichten bis zum Jahresanfang zu übernehmen, sodass Jónas sich freinehmen konnte. Sie wusste, dass sie ihr Versprechen später bereuen würde, aber das war im Moment unwichtig. Weitaus mehr bedrückte sie, dass sie sich ein paar Tage aus den laufenden Ermittlungen ausklinken musste. Aber Beta und Tumi würden auch zu zweit vorankommen. So schnell wie möglich nach Finnland zu gelangen hatte für sie absolute Priorität gehabt.

Hildur putzte sich an dem kleinen Handwaschbecken in ihrem Abteil die Zähne und zwängte sich anschließend in die enge Toilette auf dem Gang. Dort betrachtete sie kopfschüttelnd ihr Spiegelbild. Worauf hatte sie sich bloß eingelassen? Sie hatte ihren Chef angelogen, ihre Arbeit mittendrin liegen lassen und erst ein Flugzeug, dann einen Zug bestiegen, um einen Doppelmord aufzuklären, an einem Ort, wo sie noch nie gewesen war und wo sie niemanden kannte.

Es war zweifellos eine sonderbare Situation, aber sie hätte nicht anders handeln können. Jakob hatte am Telefon so verstört und hilflos gewirkt. In Hildurs Leben gab es nicht viele Menschen, die ihr wirklich nahestanden. Außer Tinna und Björk war da eigentlich nur Jakob. Er war nicht nur ihr einziger enger Freund, sondern auch ihr erster richtiger Vertrauter. Es hatte sie nie gestört, dass sie praktisch keine Freunde hatte. Zwar war ihr bewusst, dass sie oft allein war, aber sie fühlte sich so gut wie nie einsam. Eine solche Verbindung wie mit Jakob hatte sie nie zuvor erlebt.

Nachdem sie in ihr Abteil zurückgekehrt war, zog sie sich schnell an. Wollene Unterwäsche, eine Thermostepphose, eine kuschelig warme Fleecejacke und dicke Wollsocken. Finnland war ihr völlig fremd. Vor ihrer Abreise hatte sie das Winterklima im Norden gegoogelt und war zu dem Ergebnis gekommen, dass es ratsam sei, sich möglichst warm anzuziehen. In Lappland konnte die Temperatur auf vierzig Grad unter null sinken. Das klang schaurig.

Hildur wusste noch nicht viel über den Fall. Am Telefon hatte Jakob ihr nur einen kurzen Bericht gegeben. Seine Ex-Frau Lena und deren jetziger Mann Filip waren in ihrem Wagen auf dem Parkplatz irgendeiner abgelegenen Kaffeestube erschossen worden. Zwei Tage vorher war Jakob im Amtsgericht in Rovaniemi in Wut geraten und hatte Lena bedroht. Hildur musste zugeben, dass die Situation nicht gerade rosig aussah.

Heute sollte Jakob vernommen werden. Sein Anwalt hatte gesagt, das könne den ganzen Tag in Anspruch nehmen. Sie würden sich also frühestens am späten Abend treffen können. Da Hildur nicht vorhatte, bis dahin Däumchen zu drehen, hatte sie einige Vorbereitungen getroffen.

Sie hatte im Internet die Telefonnummer der Polizeistation von Kolari herausgesucht. Der Mann, der sich mit ruhiger Stimme am Telefon meldete, hatte Hildur zugehört, ohne sie ein einziges Mal zu unterbrechen. Dann hatte er geseufzt und gesagt, über diesen unseligen Fall sei er leider außergewöhnlich gut unterrichtet. Er hatte sich als Simo Saari vorgestellt und gesagt, Jakob und er hätten gemeinsam an der Polizeifachhochschule in Tampere studiert. Simo hatte sich über Hildurs Kontaktaufnahme ebenso gewundert wie darüber, dass Jakob sie um Hilfe gebeten hatte, aber er hatte gesagt, er würde sich gern mit Hildur treffen.

Hildur fand das Ganze ja auch unfassbar. Niemand kannte die volle Wahrheit über irgendwen, nicht einmal über seine Nächsten. Hildur glaubte, Jakob gut zu kennen. Sie hatten sich schnell angefreundet und einander sofort vertraut. Zwischen ihnen war eine Verbindung entstanden, die sie für echt gehalten hatte. Außerdem hatte Hildur immer geglaubt, eine gute Menschenkenntnis zu besitzen. Bei Vernehmungen konnte sie schnell einen Kontakt zu ihrem Gegenüber herstellen, und sie verstand sich ihrer Meinung nach gut darauf, die Gemütsbewegungen anderer Menschen vorauszuahnen und entsprechend zu handeln. Andererseits hatten alle Menschen Seiten, die für andere nie sichtbar wurden.

41

DEZEMBER 2021 REYKJAVÍK

Beta wählte den Platz neben Tumi. Bei Vernehmungen saßen sie fast immer so. Der Befragte an der Rückwand, das Ermittlerteam näher an der Tür.

Der 66-jährige Maschinenbauingenieur Ívar Finnsson saß an der anderen Tischseite und kaute am linken Daumennagel. Sein graues Hemd war an den Ärmeln verschlissen. Der oberste Hemdknopf fehlte.

Als Beta ihn kontaktiert hatte, war Ívar auf Montage in Ostisland gewesen. In der neuesten Aluminiumhütte des Landes musste ein Ersatzteil des Lüftungssystems ausgewechselt werden. Sobald Ívar diesen Auftrag erledigt hatte, war er zur Polizei nach Reykjavík gefahren. Beta leierte die Formalitäten auswendig herunter und schaltete die Videokamera ein. Der Umgang mit Menschen war Tumis Stärke. Der große Mann mit dem Backenbart weckte bei Erwachsenen ebenso Vertrauen wie bei Jugendlichen. Auch jetzt sollte er den Hauptanteil der Befragung übernehmen. Beta würde sich vor allem Notizen machen und den Wortwechsel beobachten.

Nachdem die Personalien aufgenommen waren, erklärte Tumi Ívar, er werde im Zusammenhang mit Gewalttaten befragt, die in den letzten Wochen in verschiedenen Teilen Islands begangen worden seien. Als Tumi die Taten in groben Zügen schilderte, wurde Ívar blass.

Tumi bat ihn, seine Arbeit zu beschreiben. Ívar beugte sich vor. Er schien etwas sagen zu wollen, brachte aber kein Wort heraus. Er rutschte nervös auf seinem Stuhl herum, und die metallenen Stuhlbeine schabten quietschend über den Boden.

»I-I-Ich w-w-warte …«

Ívar trank einen Schluck Wasser aus dem Plastikbecher vor ihm, legte beide Hände flach auf den Tisch und schwieg.

Beta blickte von ihrem Computer auf.

»Alles in Ordnung?«, fragte sie.

Ívar schloss die Augen und nickte, dann gab er sich offenbar einen Ruck.

»… die Maschinen in Aluminiumhütten.«

Beta bemerkte Tumis wachsamen Blick. Tumi musterte den älteren Mann, der ihm gegenübersaß. Er wirkte nachdenklich.

»Sie haben schon seit zwanzig Jahren ihre eigene Wartungsfirma. Für welche Schmelzhütten sind Sie zuständig?«

Wieder brachte Ívar kein Wort heraus. Aus seiner Kehle kam ein langer, vokalartiger Hauch, der aber in keinem Wort mündete. Er fuhr mit dem Finger über den Tisch und zeichnete ein Gebilde, das halbwegs an die Umrisse Islands erinnerte.

»Für alle in Island?«, half Tumi ihm nach.

Ívar nickte. Beta war klar, dass Tumi gegen die Regeln verstieß: Man durfte einem Befragten keine Antworten in den Mund legen. Aber vermutlich wusste Tumi, was er tat.

»Hören Sie mal, Ívar, möchten Sie einen Stift und Papier?«

Ívar nickte dankbar.

Tumi verkündete eine kurze Unterbrechung und winkte Beta mit sich. Beta nahm ihren Laptop mit und folgte ihrem Kollegen, der sie um fast einen halben Meter überragte, auf den Flur.

»Er hat eine ausgeprägte Sprechstörung, er stottert. Er will ganz offensichtlich reden, bringt die Worte aber nicht zustande.« Tumi erklärte, er habe gemerkt, dass Ívar beim Sprechen heftig blinzle.

»Blinzeln ist eines der häufigsten … wie nennt man sie gleich … Begleitsymptome. Mit deren Hilfe versucht der Sprecher, das Stottern einzudämmen.«

»Du scheinst dich ja gut damit auszukennen«, sagte Beta, und Tumi fügte hinzu, ihm sei das Problem aus seinem Familienkreis bekannt. Das älteste Kind seines Cousins habe gestottert. Eine Sprachtherapie habe da sehr geholfen.

»Aber nicht alle bekommen eine Therapie, und dann wird man die Sprechstörung nicht unbedingt los. Daraus ergeben sich weitere Probleme. Man zieht sich zurück und meidet soziale Situationen.«

Beta holte Papier und einen Stift, damit sie weitermachen konnten. Als Ívar die Möglichkeit bekam, schriftlich zu kommunizieren, ging die Vernehmung schneller voran.

Tumi stellte mündlich Fragen, Ívar schrieb seine Antworten auf das Papier, von dem Beta sie in das Vernehmungsprotokoll kopierte.

Sie breiteten eine Karte von Island vor Ívar aus. Darauf waren alle Straftaten, zwischen denen sie eine Verbindung vermuteten, mitsamt Tatzeiten vermerkt. Bei dem Mann, der im Park des Dorfes Hveragerði misshandelt worden war, und bei dem Opfer, das man am Fischzuchtgehege in Ísafjörður gefunden hatte, war die Tat als Kapitalverbrechen klassifiziert.

»Ziemlich viele dieser Tatorte und -zeiten decken sich mit Ihren Dienstreisen. Wie kommentieren Sie das?«

Ívar wirkte nachdenklich. Er betrachtete die Orte und Daten und überlegte. Schließlich schrieb er:

Eine Woche vor diesen Daten im Norden und Westen war ich in Reyðarfjörður. Dort habe ich mindestens drei Nächte verbracht. Es gab viel Wartungsarbeiten.

In Reyðarfjörður an den Ostfjorden befand sich eine der größten und umstrittensten Aluminiumhütten Islands. Beta kannte den Ort gut. Sie war Anfang der 2000er-Jahre eine engagierte Umweltaktivistin gewesen und hatte mit ihrem damaligen Freund Tag und

Nacht an der Straße Wache gehalten, die zur Baustelle des Wasserkraftwerks führte. Gemeinsam hatten sie allen, die zur Baustelle unterwegs waren, Parolen gegen den Alu-Riesen und den staatlichen Energiekonzern zugerufen.

Die Schwerindustrie siedelte sich immer da an, wo Energie und Rohstoffe preiswert und die Hürden am niedrigsten waren. In Island wurde der Löwenanteil der im Land erzeugten Energie an die Aluminiumunternehmen verkauft. Der staatliche Energiekonzern hatte für den Bedarf einer Aluminiumhütte ein riesiges Wasserkraftwerk bauen lassen. Man hatte in dem Fluss, durch den das Schmelzwasser des Vatnajökull, des größten Gletschers Europas, abfloss, Staudämme errichtet. Das neue Kraftwerk und die Aluminiumhütte sollten in der ländlichen Region, die immer mehr Bevölkerung verlor, viele Arbeitsplätze schaffen, doch in der Praxis kam es anders. Für die Bauarbeiten wurden ausländische Mietarbeiter angeheuert. Als Beta sich jetzt zurückerinnerte, kam ihre Empörung wieder hoch, obwohl der große Streit mehr als zwanzig Jahre zurücklag.

Die Umweltschäden waren nach Betas Ansicht erheblich größer gewesen als der finanzielle Nutzen der Fabrik. Für das Wasserkraftwerk musste ein Stausee angelegt werden, der durch die Zersetzung organischer Stoffe auf seinem Grund Treibhausgase produzierte. Dem Stausee fielen Pflanzen und Tiere zum Opfer. Das Sediment und der Schlamm der Gletscherflüsse verstärkten die Auswirkungen des Projekts auf die Umwelt. Diese Liste hätte man noch lange fortsetzen können. Allerdings spürte Beta auch Wärme in ihrem Herzen, wenn irgendwo die Aluminiumindustrie erwähnt wurde. Dann erinnerte sie sich an die Zeit der überschäumenden Gefühle. Die Jahre, die sie mit anderen Umweltaktivisten verbracht hatte, waren von glühendem Engagement erfüllt gewesen. Diese Zeiten waren vorbei, und das stimmte sie zwangsläufig melancholisch. Der Alltag hatte den Aktivismus überrollt. Das Gebiet der Kárahnjúkar war eine der letzten unberührten Wildnisse Europas gewesen, und so hätte es bleiben sollen.

Die Kinder wohnten abwechselnd bei ihrem Vater und bei Beta, sodass sie mehr Zeit für sich hatte als früher. Vielleicht sollte sie sich wieder irgendeiner Umweltorganisation anschließen? Möglicherweise würde sie dort Gleichgesinnte finden. Bei der Polizei gab es keine Umweltaktivisten. Jedenfalls gab sich in den Kaffeepausen niemand als solcher zu erkennen.

Beta spürte einen Stoß am Knie. Tumi hatte sie unter dem Tisch angestupst und sah sie fragend an. Mist, sie hatte sich in ihren Erinnerungen verloren.

»Sie waren also zu den Tatzeiten in dieser Gegend unterwegs?«, wiederholte Tumi seine Frage und wischte mit der Hand über die Nord- und Westküste Islands.

Ívar nickte und schrieb: *Ja. Sie können im Fahrtenbuch nachsehen.*

Er deutete auf das rote Heft, das er mitgebracht und auf den Tisch gelegt hatte.

Aber in den Orten, die auf der Karte markiert sind, war ich nicht, schrieb er noch.

Tumi entnahm seiner Mappe einen Stapel Ansichtskarten, die er vor Ívar ausbreitete. Ívars Gesichtszüge erstarrten, er beugte sich vor.

»Sie haben aus vielen Orten, die auf der Landkarte vermerkt sind, Postkarten an Tinna geschickt. Bisher wissen wir von sechs Verbrechen, bei denen die Tatzeit mit dem Abschicken der Karten übereinstimmt. Das ist ziemlich viel.«

Die eigentliche Frage ließ Tumi unausgesprochen. Beta konstatierte, dass ihr Kollege Ívar dazu bringen wollte, seine Erklärung frei und in eigenen Worten abzugeben.

Ívar betrachtete die Landkarte aufmerksam und stieß Luft zwischen den Zähnen aus. Dann griff er nach dem Stift und begann zu schreiben.

Das ist Zufall. Ich bin beruflich viel unterwegs. Aus jedem Ort, wo ich haltmache, schicke ich Tinna eine Karte. Das hilft gegen die Sehnsucht, weil ich weiß, dass ich sie ihr nach meiner Rückkehr vorlesen kann. Auf dem Land werden die Briefkästen nicht jeden Tag geleert, und es dauert, bis die Post weitertransportiert wird. An den Tagen, die Sie genannt haben, war ich nicht in den Ortschaften.

Einen flüchtigen Moment lang verspürte Beta Neid auf Hildurs Tante. Tinna hatte einen Menschen gefunden, der ihr aus allen Ecken des Landes Liebesgeständnisse schickte.

Ívar schrieb weiter.

Außer einmal. Der einzige Ort, der exakt mit meinen Reisetagen und den von Ihnen genannten Daten übereinstimmt, ist Hveragerði. Ich war an dem fraglichen Tag dort, aber ich war den ganzen Tag zur Sprach- und Ergotherapie im Therapiezentrum des Dorfs. Lässt sich leicht nachprüfen.

Tumi und Beta sahen sich an. Beta las aus Tumis Blick, dass sie sich einig waren: Höchstwahrscheinlich saß der Falsche im Vernehmungsraum. Aber sie würden Ívars Angabe über das Therapiezentrum natürlich überprüfen.

Beta hatte das Gefühl, dass Ívar nicht fähig wäre, jemanden zu misshandeln. Auf Gefühle durfte man sich natürlich nicht allzu sehr verlassen, aber es gab auch anderes, was gegen Ívars Schuld sprach. Dem Fahrtenbuch nach war er zum Beispiel nicht in der Hauptstadtregion gewesen, als die junge Frau an ihrer Haustür misshandelt worden war.

»Ich habe früher in Ísafjörður mit Tinnas Nichte Hildur zusammengearbeitet«, sagte Beta und fuhr im selben Atemzug fort: »Warum gehen Sie Hildur aus dem Weg?«

Ívars Gesicht entspannte sich und strahlte eine ungeahnte Wärme aus. Er legte den Stift auf das Papier und lehnte sich zurück.

»Es ma-ma-macht mich nicht nervös, mit Ti-Tinna zu sprechen, wenn wir u-u-unter uns sind. Aber wenn andere dabei sind, ist es schwierig.«

Die einzigartige Beziehung zwischen Tinna und Ívar brachte Beta zum Lächeln. Ihr Lächeln verflog jedoch, als ihr klar wurde, dass Tumi und sie bei ihren Ermittlungen jetzt wieder am Anfang standen.

42

DEZEMBER 2021 KOLARI

Der Zug ruckelte ein letztes Mal. Nach mehr als vierzehnstündiger Fahrt hatte er die Endstation erreicht. Hildur betrachtete die Umgebung durch das Fenster ihres Abteils. Ein kleiner Bahnhof, bläuliche Dämmerung und meterhohe Schneehaufen. Als wäre ich mitten in einer Sahnetorte gelandet, dachte Hildur und hob den Rucksack von der oberen Pritsche herunter.

Als sich die Zugtüren öffneten, veränderte sich die verschlafene Atmosphäre des Bahnhofs schlagartig. Aus jedem Waggon drängten Leute mit Koffern und Skitaschen. Auf dem Parkplatz neben dem Bahnhofsgebäude standen einige Busse. Die Ortsnamen auf ihren Zielschildern wirkten kompliziert. Äkä-käkä-po… *Äkäslompolo.* Hildur schüttelte den Kopf. Nach seiner Ankunft in Island hatte Jakob über die schwer verständlichen Straßennamen geklagt. Hier schien es kein bisschen einfacher zu sein.

Hildur warf einen Blick auf die Uhr an der Bahnhofswand. Sie zeigte kurz nach elf. Simo Saari hatte einen gemeinsamen Lunch vorgeschlagen und gesagt, er esse immer gegen zwölf. Hildur zog den Bauchgurt ihres Rucksacks stramm und machte sich auf den Weg zur Polizeistation. Sie wollte lieber eine Dreiviertelstunde zu Fuß gehen als mit dem Taxi fahren. Nach der Nacht im Zug sehnte sie sich nach frischer Luft. Außerdem lernte man zu Fuß die Umgebung besser kennen.

Überall stand dichter Wald. Es kam Hildur vor, als würde sie sich überhaupt nicht vorwärtsbewegen, obwohl sie einen Schritt nach dem anderen machte. Die Straße war schnurgerade, und der Wald zu beiden Seiten sah immer gleich aus. Schlanke, hohe Nadelbäume, auf deren Ästen sich reichlich Schnee gehäuft hatte. Ab und zu tauchte zwischen den Bäumen ein Einfamilienhaus auf, in dessen Fenstern Licht schimmerte. Dann wieder der verschneite Wald und die gerade Straße. Der Frost machte sich an den Fingerspitzen bemerkbar. Sie musste sich unbedingt dickere Handschuhe besorgen.

Außer dem Knirschen des Schnees unter ihren Schuhen hörte Hildur keine Geräusche. Das erschien ihr seltsam. Ihr Heimatdorf war klein und hatte wenige Einwohner, aber am Fjord war es nie still. Immer knarrte, klapperte oder knallte es irgendwo, wenn der Wind packte, was ihm in den Weg kam. Hier dagegen herrschte eine einfache, übermächtige Stille.

Die Stille wurde unterbrochen, weil sich ein Auto näherte und die Fahrt verlangsamte. Der Fahrer, ein neugierig aussehender älterer Mann, starrte Hildur ungeniert an. Er hielt nicht und drehte das Fenster nicht herunter, er starrte nur. Vielleicht war Hildur mit ihrem Rucksack zu dieser Jahreszeit ein seltsamer Anblick. Auch in ihrem Heimatdorf ging niemand zu Fuß, wenn es nicht unbedingt sein musste. Selbst für ein paar Hundert Meter nahm man das Auto.

Die Polizeistation von Kolari befand sich in einem zweistöckigen Backsteingebäude. Im selben Gebäudekomplex waren der Karten-App zufolge auch die Bibliothek und das Gemeindehaus untergebracht.

Hildur klopfte auf dem Abtreter den Schnee von ihren Schuhen ab und trat ein. Die Stille, die draußen geherrscht hatte, empfing sie auch hier. Hildur ging ein paar Schritte den Flur entlang und lauschte. Irgendwo lief leise ein Radio und tippte jemand auf einem Computer. Sie sah eine Tür, die einen Spaltbreit offen stand, und klopfte.

Ein großer, kahlköpfiger Mann, etwas jünger als sie, saß vorgebeugt an seinem Computer und sprach mit sich selbst. Hildur verstand nur *Black & Decker*. Sie besaß einen Schlagbohrer dieser Marke.

»Entschuldigung ... guten Tag«, sagte sie auf Englisch und stellte sich vor.

Der Mann richtete sich auf und sah Hildur fragend an, schien sich aber im selben Moment zu erinnern. Er erhob sich und kam mit ausgestreckter Hand auf sie zu.

»Simo Saari«, sagte er. »Wir haben telefoniert. Nett, dich kennenzulernen, herzlich willkommen im Norden, Hildur.«

Er sprach das u in Hildurs Namen als Hinterzungenvokal aus, so wie auch Jakob es anfangs getan hatte. Hildur ergriff seine Hand und sagte, sie heiße *Hildyr*.

»Du lieber Himmel, du hast aber kalte Hände.«

Hildur erklärte, sie sei zu Fuß gekommen und werde sich als Nächstes wärmere Handschuhe kaufen.

»Ich hätte dich abgeholt, wenn ich gewusst hätte, dass du kein Auto hast.«

Das Mietauto war erst am Nachmittag frei. Hildur würde es nach vier Uhr abholen und zu ihrer Unterkunft fahren. Sie hatte ein preiswertes Hotelzimmer in der Nähe des Skigebiets bekommen, mit dem Auto gut eine halbe Stunde von Kolari entfernt.

»Ich bin ganz gut zu Fuß.«

»Zweifellos«, sagte Simo lachend und warf einen Blick auf seine Uhr. Es war fast zwölf, also bald Zeit für das Mittagessen. Simo schlug ein Lokal vor, das einen ordentlichen Mittagstisch anbot.

»Aber wir nehmen am besten was mit und essen hier, dann können wir ungestört reden. Alle kommunalen Angestellten essen dort zu Mittag. Was man da sagt, spricht sich sofort in ganz Lappland herum.«

Hildur lächelte. Diese Situation kannte sie. Zu Hause war es genauso: Getratscht wurde viel, und über die eigenen Privatangelegenheiten wussten die anderen meist besser Bescheid als man selbst.

»Was war das vorhin mit Black & Decker?«, fragte Hildur, als sie über den Hof zum Restaurant gingen.

Simo zog die Mütze tiefer über die Ohren und erklärte, er habe an einer öffentlichen Bekanntmachung gearbeitet.

»Wir haben vor zwei Wochen eine Bande erwischt, die in Ferienhäuser eingebrochen ist. Bei der Hausdurchsuchung wurde Diebesgut gefunden, aber wir wissen nicht, wem die Sachen gehören. Wir veröffentlichen eine Liste auf unserer Website und in den Social Media und hoffen das Beste.«

Zum Mittagessen gab es Bratkartoffeln mit einer Fleischsoße und als Beilage Rohkostsalat. An der Kasse bot Simo an, für sie zu bezahlen. Hildur bedankte sich höflich, obwohl sie ihre Rechnung lieber selbst beglichen hätte.

Auf dem Rückweg zur Polizeistation erkundigte Hildur sich nach dem Alltag der örtlichen Polizei. Vom Zugfenster aus hatte die Gegend spärlich besiedelt ausgesehen. Die Entfernungen waren bestimmt groß. Simo erzählte, dass in der gesamten Region Westlappland etwa zwanzig Polizisten arbeiteten. Die meisten waren im siebzig Kilometer entfernten Kittilä stationiert, wo sich der regionale Flughafen und das gut besuchte Skigebiet Levi befanden. Dort arbeiteten zum Beispiel der regionale Ermittlungsleiter und drei Kriminalpolizisten.

In Simos Arbeitszimmer betrachtete Hildur die Landkarte, die an der Wand hing. Die Polizeistationen in Muonio, Kilpisjärvi und Enontekiö waren mit Stecknadeln markiert. Wie bei uns, stellte Hildur fest.

»Vom einen Rand des Gebiets zum anderen sind es dreihundertfünfzig Kilometer. Werktags ist im ganzen Gebiet meistens nur eine Streife im Einsatz. Da kommt man ganz schön rum … An den Wochenenden und in der hektischen Saison, wenn die

Touristenhorden anrücken, gibt es doppelt so viele Streifen. Also ganze zwei!«

Simo grinste und führte Hildur in die Küche. Hildur hatte den Eindruck, dass er sich in seinem Job wohlfühlte. Von seinen Kollegen sprach er ausgesprochen herzlich.

»Der größte Teil der Arbeitszeit vergeht im Auto, wenn wir von einem Ort zum anderen fahren. Da lernt man seine Kollegen ziemlich gut kennen. Die Dörfer liegen zum Teil mehrere Hundert Kilometer auseinander.« Er lächelte. »Ich bin übrigens nur als Vertretung hier, die Zukunft ist noch offen.«

Er holte Gabeln aus dem Besteckkasten und schob die Tageszeitungen zur Seite, um Platz auf dem Tisch zu schaffen. Dabei plauderte er unablässig über die Polizeistation. Er genoss es offensichtlich, dass Hildur sich für den Alltag der Kollegen in einem anderen Land interessierte.

Hildur nickte und sagte, auch in der kleinen Polizeistation an den Westfjorden fielen alle möglichen Aufgaben an. »Im Oktober mussten wir Schafe aus dem Schnee freischaufeln.«

Ein plötzlicher Schneesturm hatte die Schafzüchter der Region überrascht. Die Polizei hatte zusammen mit den Besitzern der Schafe, Mitgliedern des freiwilligen Rettungsteams und Feuerwehrleuten die vor Schreck und teils auch vor Kälte starren Tiere aus dem Schnee geholt.

Simo hörte Hildur interessiert zu, während er die letzten gebratenen Kartoffelscheiben auf seine Gabel schob. Als sie nach dem Essen noch einen Kaffee tranken, beschloss Hildur, das Gespräch allmählich auf ihr eigentliches Thema zu bringen. Simo schien gesprächig zu sein und äußerte sich ihrer Meinung nach überraschend offen. Vielleicht versuchte er auch nur, seine ausländische Besucherin mit seinen Kenntnissen zu beeindrucken.

»Du hast gesagt, du kennst Jakob aus eurer Studienzeit?«

»Ja, wir haben uns in Tampere kennengelernt, hatten nach der

Ausbildung aber kaum Kontakt«, antwortete Simo. »Sein etwas ungewöhnlicher Name ist mir natürlich in Erinnerung geblieben.«

Er rührte langsam in seinem Kaffee und kam zur Sache.

»Es heißt, es gäbe Beweise. Sowohl Indizienbeweise als auch Augenzeugen.«

Hildur prägte sich jedes Detail ein, das Simo erwähnte. Der Tatort war abgesperrt worden, um den Ermittlern Ruhe zu verschaffen und die Indizien zu schützen. Die Waffe war unter dem Wagen der Opfer gefunden worden. Vor dem Wagen hatte man Wollfasern sichergestellt, die gerade untersucht wurden. Auf dem Parkplatz hatte man zahlreiche Fußabdrücke entdeckt, von denen einige der frischsten von Jakobs Schuhen stammten.

»Genaueres über die Fasern erfahren wir erst später«, sagte Simo und schlürfte geräuschvoll seinen Kaffee. »Auch die DNA-Untersuchungen nehmen einige Tage in Anspruch.«

Hildur fand die Situation absurd.

»Jakob kann es nicht getan haben«, erklärte sie. Die Worte waren hauptsächlich an sie selbst gerichtet.

Simo zuckte die Achseln und beugte sich zu Hildur vor. Er senkte die Stimme.

»Wir haben eine Augenzeugin, die Jakob am Tatort gesehen hat. Auf dem Parkplatz vor der Kaffeestube namens Zauberhütte.«

Simo beschrieb die kleine Hütte und erzählte, die meisten Gäste kämen auf Skiern oder wanderten auf dem Winterpfad aus dem nahe gelegenen Dorf Äkäslompolo zu der Kaffeestube. Gerade in diesem Dorf hatte Hildur ein Hotelzimmer gebucht. Die Kaffeestube war gut mit dem Auto zu erreichen. Auf dem Parkplatz war einer Frau, die gerade mit ihrem Hund wegfuhr, ein unruhig wirkender Mann mit einer Stirnlampe aufgefallen, der nervös auf und ab ging. Die Frau war weggefahren, der Mann war geblieben.

»Die Beschreibung passt auf Jakob«, sagte Simo. »Ein hochgewachsener Mann, rote Mütze, Islandpullover und ein Haarknoten im

Nacken.« Wie zur Bekräftigung seiner Worte drehte er seine Hand im Nacken.

Bald darauf war bei der Notrufzentrale ein Anruf eingegangen, auf dem Parkplatz stehe ein Wagen, in dem zwei blutige Leichen lägen.

»Einem Spaziergänger aus dem Dorf ist aufgefallen, dass auf dem Parkplatz ein Wagen des Bergbauunternehmens steht. Er ist hingegangen, um ihn sich genauer anzusehen. Die Firma ist hier nämlich sehr umstritten. Da hat er die Leichen entdeckt.«

»Und die Waffe, die unter dem Auto gefunden wurde?«

»Eine Glock 17. Die alte Dienstwaffe der finnischen Polizei.«

Das bedeutete ja, dass … Hildur zwang sich zu denken, dass diese Tatsache gar nichts zu sagen hatte. Jakob besaß keine finnische Dienstwaffe, er war in Finnland ja noch nicht als Polizist im Einsatz gewesen. Außerdem wurde das Modell sicher nicht exklusiv von der Polizei verwendet.

»Könnte ich eventuell die Kontaktdaten der Frau bekommen, die Jakob gesehen hat, und ihr ein paar Fragen stellen?«, erkundigte Hildur sich wie nebenbei.

Simo grinste und zog einen gelben Zettel aus der Tasche. Er sah aus, als hätte er die Frage erwartet.

»Bei einem so schweren Verbrechen leitet das Gewaltdezernat in Rovaniemi die Ermittlungen«, sagte er, während er Hildur den Zettel hinhielt. »Einige Mitglieder des Ermittlungsteams sind im Nachbarort, in Kittilä, stationiert. Hier in Kolari haben wir keine Ermittler. Ein Bekannter bei der Polizei in Kittilä, der mir noch einen Gefallen schuldete, hat mir die Daten gegeben. Von mir hast du sie aber nicht.«

Hildur nickte und faltete den Zettel auseinander, auf dem in säuberlicher Schönschrift der Name Sari Meri und eine Telefonnummer standen.

Sie bedankte sich und steckte den Zettel ein. Jetzt hatte sie den ersten Schritt getan, war sich aber nicht sicher, in welche Richtung. Der Gedanke an die Waffe ließ sie nicht los. Logisch betrachtet, war es kein wichtiges Detail, dass es sich bei der Tatwaffe um ein Modell handelte, das auch die Polizei verwendete. Ihr Verstand sagte, das habe sicher überhaupt nichts zu bedeuten, aber ihr Bauchgefühl widersprach dem. Irgendetwas an der Sache störte Hildur. Vielleicht kam das seltsame Gefühl aber auch nur daher, dass die lange Reise und die Zeitverschiebung sie so müde machten.

43

Die Kälte nahm immer noch zu. Als Hildur am Nachmittag den Mietwagen holte, zeigte das digitale Thermometer auf dem Hof des Autoverleihs minus fünfundzwanzig Grad an. Sie erinnerte sich nicht, so etwas je erlebt zu haben. Der schneidende Frost schien alle Bewegungen zu verlangsamen. Er machte die Glieder steif und stach in die Lunge.

Hildur schaltete das Autoradio ein. Der Sender spielte ein Weihnachtslied. Die Worte verstand sie nicht, aber die Melodie klang vertraut. Sie trommelte auf das Lenkrad und summte mit: *Stille Nacht, heilige Nacht.* Sie hatte die Augenzeugin angerufen, sobald sie die Polizeistation in Kolari verlassen hatte, und ihr Anliegen vorgebracht. Sari Meri hatte sie gebeten, bei ihr vorbeizukommen.

Da Hildur an der Haustür keine Klingel fand, klopfte sie ans Türfenster. Bald war in der Diele Gebell zu hören. Ein sanftmütig aussehender Hund wedelte langsam mit dem Schwanz und blickte zur Tür hin. Es war ein Finnischer Lapphund, ein spitzohriger Hütehund, der eine gewisse Ähnlichkeit mit dem Islandhund hatte.

Eine Frau in Hildurs Alter kam in die Diele und öffnete die Tür. Sie war blond und trug einen grünen Pullover und kleine, blumenförmige silberne Ohrgehänge. Die Frau wirkte freundlich, blickte Hildur aber nicht in die Augen. Ihre langsamen Bewegungen hätten

Gelassenheit ausdrücken können, aber ihr Blick wanderte unruhig umher.

Bei ihrem Anruf hatte Hildur sich nicht als Polizistin vorgestellt, sondern gesagt, sie sei die Freundin des Tatverdächtigen und mache sich Sorgen.

»Danke, dass ich vorbeikommen darf«, sagte sie und hängte ihren Mantel an die Garderobe. Dann kraulte sie den Hund, der ihr um die Beine strich. Die Frau nickte fast unmerklich und machte auf dem Absatz kehrt. Hildur folgte ihr in einen schmalen Flur, an dessen Ende sich die Küche befand.

An der langen Küchenwand waren Bilder mit banalen Lebensweisheiten befestigt. An der Wand neben dem Esstisch hing das Foto eines Sonnenaufgangs mit dem Aufdruck, Liebe sei eine Frage des Willens.

Hildur rümpfte innerlich die Nase, behielt aber ihre Gedanken für sich und fragte: »Leben Sie allein?«

Die Frau gab keine Antwort, sondern lächelte nur. Schließlich brach sie ihr Schweigen und bat Hildur zu Tisch. Sie hatte frisch gebackene Brötchen und Aufschnitt bereitgestellt.

»Ich bekomme selten Besuch. Und schon gar nicht aus Island.«

Hildur griff nach einem Brötchen und brach es entzwei. Die Butter zerlief auf dem warmen Gebäck. Die Frau goss Milch in ein Kännchen und setzte sich wieder an den Tisch.

Sie seufzte, dann fragte sie vorsichtig: »Also, worüber wollten Sie denn reden?«

Hildur spülte den Bissen in ihrem Mund mit Kaffee herunter. Sie versuchte, sich möglichst gelassen auszudrücken.

»Sie haben Jakob, so einen großen, gut aussehenden Mann, auf dem Parkplatz an der Kaffeestube gesehen, an dem … an dem Abend, als diese schreckliche Schießerei passiert ist.«

Hildur merkte, dass die Frau sich ein wenig verkrampfte, dass sie die Kaffeetasse fester umklammerte und ihr Blick abweisend wurde. Die Nachricht, dass auf dem verlassenen Parkplatz ein Auto mit zwei Toten gefunden worden war, hatte nicht nur in der Region Aufsehen erregt, auch die landesweiten Nachrichten hatten darüber berichtet. Daran zu denken, fiel sicher keinem leicht. Auf der Fahrt hatte Hildur überlegt, wie sie der Frau Informationen entlocken könnte. Sie hatte sich für die herkömmlichste Methode entschieden. Verliebte benahmen sich ja oft idiotisch. Auf diese Karte würde sie jetzt setzen.

»Na ja, wissen Sie, er und ich, wir sind schon seit einer Weile zusammen. Wir sind rettungslos verliebt.« Hildur sprach gewollt langsam und bemühte sich, eine verträumte Miene aufzusetzen.

Sie erzählte, sie kenne Jakob gut und könne sich einfach nicht vorstellen, dass er ein so grauenvolles Verbrechen begangen habe. Sie wolle verstehen, was passiert war.

Hildur fiel auf, dass ihr Gerede nicht die erhoffte Wirkung hatte. Im Gegenteil, die Frau schien sich noch mehr zu verschließen. Ihre Hände zitterten leicht.

»Sind Sie wegen diesem Mann also extra aus Island angereist?«

Hildur nahm sich noch ein Brötchen und bestrich es dick mit Butter. Das Brötchen in der Hand, sah sie die Frau so treuherzig an, wie sie nur konnte, aber Sari Meri wich ihrem Blick immer noch aus.

»Ja, das bin ich. Wir wollten bald heiraten und … und jetzt so was.« Hildur erzählte, sie habe vor einem halben Jahr um Jakobs Hand angehalten, weil er es nicht fertiggebracht hatte, die Initiative zu ergreifen.

»Das kann eine Frau wohl gerade so gut tun wie ein Mann, oder?«, sagte sie und biss in das Brötchen.

Die Frau nickte zustimmend.

»Sie sind also schon eine Weile zusammen?«, fragte sie zerstreut.

Dann stellte sie ihre Kaffeetasse ab und lehnte sich auf dem Stuhl zurück. Sie nahm eine Scheibe gekochten Schinken vom Teller und legte sie auf den Boden.

»Du bist wirklich ein Süßer«, sagte sie zu dem Hund wie zu einem guten Freund.

Hildur trank einen Schluck Kaffee. Sie hatte erwartet, dass sie noch ein paar Worte mehr mit der Frau hätte wechseln können, doch daraus wurde wohl nichts. Die Frau bat sie nicht direkt zu gehen, hatte aber nur noch Augen für ihren Hund, der sich über den Schinken hermachte.

Hildur machte einen letzten Versuch. »Könnten Sie mir etwas über den Abend erzählen?«

Keine Reaktion. Hildur wiederholte ihre Frage.

»Ja, ich weiß, du magst lange Spaziergänge im Schnee«, sagte die Frau und kraulte den Hund hinter den Ohren.

Hildur stand auf, wischte die Brötchenkrümel auf den Teller und stellte ihr Geschirr auf den Spültisch. Dann lehnte sie sich an die Spüle und verschränkte die Arme vor der Brust. Es gab einige Fragen, auf die sie unbedingt Antworten wollte.

»Was lief da ab? Erzählen Sie's mir einfach, dann gehe ich.«

Von der Kaffeestube waren es ein paar Hundert Meter zum Parkplatz. Die Frau hatte Jakob gesehen, als sie zum Parkplatz kam. Das hatte Hildur von dem freundlichen Polizisten erfahren.

»Erinnern Sie sich, was der Mann anhatte?«

Hildur kannte die Antwort, denn auch das hatte Simo ihr erzählt. Sie wollte es jedoch aus dem Mund der Frau hören. Die Frau sah sie nicht an, als sie endlich antwortete.

»Eine rote Mütze. Einen hellen, getüpfelten Pullover. Und so eine Hose wie Sie. Es war dunkel. Er hatte eine Stirnlampe.«

Jakob besaß eine rote Mütze, das wusste sie. Auch der Pullover kam ihr bekannt vor. Sie warf einen Blick auf ihre Thermohose, die vor Wind schützte und auch bei Kälte sehr brauchbar war. Was in aller Welt hatte Jakob auf dem Parkplatz getrieben? Die Loipe und der Fußweg zum Dorf führten näher an der Kaffeestube vorbei, das hatte Hildur auf der Landkarte überprüft.

»Aber sonst haben Sie niemanden gesehen?«

»Da war sonst keiner. Er ist hin und her gegangen und hat offenbar irgendwas gesucht. Es war Viertel vor sieben. Mehr kann ich dazu nicht sagen.«

Hildur entschloss sich, nach etwas zu fragen, was nicht zur Sache gehörte.

»Haben Sie immer in der Gegend hier gewohnt?«

Die Frau blickte durch das Fenster in die Dunkelheit.

»Ich habe da und dort gewohnt. Vor ein paar Jahren bin ich dann wieder hierhergezogen.«

Woher hatte die Frau gewusst, dass der Mann auf dem Parkplatz Jakob war?

»Kannten Sie den Mann, den Sie auf dem Parkplatz gesehen haben?«

»Flüchtig. In jüngeren Jahren habe ich ja schon mal hier gewohnt. Ich weiß, wer Jakob ist. Als Kind und Jugendlicher war er öfter hier, und hier kennen sich ja alle.«

»Sie haben gesagt, es war Viertel vor sieben. Woher wissen Sie das so genau? Haben Sie zuerst den Mann gesehen und dann auf die Uhr geschaut, oder wie war das?«

Die Frau kraulte den Hund noch einmal liebevoll hinter den Ohren. Sie lachte leise auf.

»Ich musste spätestens um sieben ein Paket im Laden abholen, die haben dort eine DHL-Station. Gleich nachdem ich den Mann gesehen habe, bin ich losgefahren. Ich bin kurz vor Ladenschluss angekommen und habe es gerade noch so geschafft.«

Damit begann die Frau, den Küchentisch abzuräumen. Hildur deutete das als Zeichen, dass der Besuch beendet war. Sie bedankte sich für die leckeren Brötchen und ging hinaus in die Diele.

44

DEZEMBER 2021 AUF EINER PFERDEWEIDE

Das Schild wies nach rechts zum Kurzzeitparkplatz. Sie kannte die Route so gut, dass sie das Ziel auch mit geschlossenen Augen erreicht hätte. Kreisverkehr, abbiegen, die letzte Parkbucht in der dritten Reihe um sechs Uhr früh. Nachdem sie den Motor abgestellt hatte, öffnete sie die Fahrertür einen Spalt, um sich zu vergewissern, dass der Wagen innerhalb der Markierung stand. Das tat er natürlich. Und natürlich überprüfte sie es. Sie tat alles immer auf die gleiche Art, um das Risiko zu minimieren.

Vorbereitung war das beste Mittel, die Risiken unter Kontrolle zu halten. In ihrem bisherigen Leben hatte sie jedoch eines gelernt: Nichts war sicher, und niemand konnte eine Überraschung völlig ausschließen. Sie hatte fest geglaubt, allein auf der Pferdeweide auf der Reykjanes-Halbinsel zu sein, aber offenbar war ihr im Nachmittagsverkehr jemand gefolgt.

Um Haaresbreite wäre sie aufgeflogen. Als sie mit der Blutabnahme fertig war, hatte sie oben an der Einzäunung, in der Nähe des Gatters, eine Bewegung wahrgenommen. Sie konnte wahrhaftig keinen Störfaktor brauchen. Sie hatte schon jetzt Schwierigkeiten, ihr monatliches Soll zu erfüllen. Und den Käufern entkam man nicht, das wusste sie. Als ihr Vorgänger den Job aufgeben wollte, hatte man ihn umgebracht, indem man ihn vor einen Milchtanker stieß. So hatte man es ihr jedenfalls erzählt.

Sie hatte sich die neugierige Person angesehen. Die Arme, dachte sie, verbot sich aber jedes Mitleid. Was hätte das schon geholfen?

Ihrer Ansicht nach gab es alle möglichen Sorten von Menschen. Es gab solche, die zuerst an sich selbst oder an sich und ihre Nächsten dachten, und solche, die an völlig Fremde dachten. Jeder Mensch konzentrierte sich entweder auf die Vergangenheit, auf die Gegenwart oder auf die Zukunft. Sie konzentrierte sich auf sich selbst und auf das Jetzt. Am allerwenigsten wollte sie ihre Energie auf andere Menschen und auf die Vergangenheit verschwenden. Deshalb dachte sie nicht an die Frau auf der Straße, sondern an sich selbst in dieser Parkbucht gerade jetzt.

Jemand klopfte ans Fenster.

Der Mann in der Lederjacke war pünktlich, wie immer. Er reichte ihr einen Briefumschlag, und sie öffnete die Ladefläche.

»Das nächste Mal erst am zweiten Januar«, sagte der Mann.

»Ich weiß, um sechs Uhr, am selben Ort«, bestätigte sie und schloss das Fenster.

Im Seitenspiegel sah sie, wie der Mann die beiden großen, weißen Kühltaschen mit den Blutbeuteln aus dem Wagen nahm. Sie wusste nicht, was mit dem Blut danach geschah, aber es interessierte sie auch nicht. Es hatte weder mit ihr noch mit dem gegenwärtigen Moment zu tun.

45

DEZEMBER 2021 ÄKÄSLOMPOLO

Nach dem Treffen mit Sari Meri fuhr Hildur zu ihrem Hotel. Sie stellte den Rucksack neben der Tür ab und sah sich um. Das Zimmer war klein, aber gemütlich. Sie warf ihren Mantel über die Stuhllehne, schleuderte die Schuhe von den Füßen und legte sich bäuchlings aufs Bett.

Die Wolldecke mit dem Rentiermuster, die als Zierde auf dem Bett lag, kitzelte an den Wangen. Eine Weile lag Hildur nur da und konzentrierte sich auf ihren Atem. Drei Sekunden ein-, sechs Sekunden ausatmen. Der Atemrhythmus beruhigte angeblich den Vagusnerv und verringerte den Stress.

Beim Einatmen gerieten ihr die Flusen der Wolldecke in die Nase. Hildur zog die Decke weg und versuchte die Atemübung fortzusetzen, doch vergeblich. Still dazuliegen steigerte ihre Unruhe nur.

Es fiel ihr schwer, sich zu beruhigen, weil in ihrem Kopf zu viel los war. Sie sehnte sich nach Wellen. Wenn sie Salzwasser um sich hatte, hörten alle schwierigen Gedanken für eine Weile auf, sie zu plagen.

Surfen war jetzt nicht möglich, aber Hildur hatte einen Ersatzplan. Sie kroch aus dem Bett und holte Skihose, Pullover und Steppjacke aus dem Rucksack. Schon als sie das Zimmer reserviert hatte, war ihr aufgefallen, dass es gleich hinter dem Hotel eine beleuchtete Loipe gab. Also hatte sie nach ihrem Besuch bei Sari Meri Skier gemietet.

Eine Viertelstunde später stand sie auf ihren Brettern am Rand des Loipennetzes von Ylläs, ein paar Hundert Meter vom Hotel entfernt. Die Frau an der Rezeption hatte ihr den »Wärmedreier« empfohlen, eine Strecke weiter oben auf dem Fjell, wo es ein paar Grad wärmer war als unten im Dorf.

Auf den ersten zwei Kilometern führte die Loipe durch ebenes Gelände. Die Außenbeleuchtung zu beiden Seiten warf gelbliches Licht in die Dunkelheit des Winterabends. Auf der Loipe war es still.

Hildur setzte ihre Skier in Bewegung. Dabei musste man an die schiebende Bewegung der Sprunggelenke denken. Freysi, ihr verstorbener Freund, hatte sie immer wieder daran erinnert, dass die Gleitphase länger sei, wenn man sich auf die Bewegung der Gelenke konzentrierte. In letzter Zeit hatte Hildur gemerkt, dass sie beim Gedanken an Freysi nicht mehr dieselbe schneidende, schmerzhafte Sehnsucht empfand wie bisher. Nach Freysis Ermordung hatte sie die Hintergründe der Tat aufklären müssen. Es war eine der schwierigsten Aufgaben in ihrer Laufbahn bei der Polizei gewesen, aber sie war damit fertiggeworden.

Als nach dem ebenen Gelände eine lange Steigung begann, wechselte Hildur wieder zum Skating über. Sie spürte, wie ihr Puls sich beschleunigte. In der Lunge fühlte sie den Druck, den sie vom Paddeln auf dem Surfbrett her kannte. Zuerst musste man sich anstrengen, erst danach konnte man sich auf die Welle schwingen. Beim Skilaufen war es ähnlich. Bergauf lief man langsam und mit vollem Einsatz der Muskeln. Wenn es dann bergab ging, durfte man den Rausch der Geschwindigkeit genießen.

Die Fichten mit ihren kurzen Ästen und schmalen Wipfeln trugen eine schwere Schneelast. Wer hier Ski lief, versank in einem weißen, weichen Gemälde. Die Landschaft empfing und trug einen. Hildur glitt fast geräuschlos über den Schnee. Plötzlich schob sich ein dünner Wolkenflaum vor den Mond und trübte die Umgebung ein wenig.

Der Mond scheint, der Tote reitet.

Hildur spürte einen unangenehmen Schauder im Rücken. Wieso kam ihr diese alte Gedichtzeile jetzt in den Sinn? Das Gedicht gehörte zu einer alten isländischen Gespenstersage, in der ein gerade verstorbener Bräutigam ausreitet, um seine Braut mit ins Jenseits zu holen. Die Braut, die sich hinter ihm in den Sattel gesetzt hat, sieht im Schädel ihres Bräutigams ein Loch. Als sie begreift, dass sie mit dem Tod reitet, ist es schon zu spät. Das Gedicht hatte etwas Gruseliges an sich: finstere Nacht, heller Mondschein, Liebe und Tod Seite an Seite. Hildur schüttelte den Gedanken ab und erhöhte das Tempo.

Sie dachte an Jakobs Sohn Matias. Simo hatte ihr erzählt, dass der Junge nach Lenas Tod in aller Eile in einer Pflegefamilie untergebracht worden war. Da Jakob kein Sorgerecht besaß, konnte man ihm den Jungen nicht übergeben. Hildurs Herz krampfte sich zusammen. Sie konnte nur ahnen, wie Jakob sich jetzt fühlte und was Matias durchmachen musste. Für den Jungen war es bestimmt am allerschwierigsten. Er hatte seine Mutter und deren Freund, der ihm schon vertraut geworden war, verloren und durfte nicht einmal seinen Vater sehen.

Im Licht der schimmernden Laternen tauchten andere Skiläufer auf der Loipe auf. Gelbe Skijacken, Wollmützen. Vielleicht Eltern, die einen Skiausflug machten, nachdem ihre Kinder eingeschlafen waren. Auch wenn für den einen Menschen das Leben zusammengebrochen war, nahm für die anderen der Alltag seinen gewohnten Gang.

Der drei Kilometer lange »Wärmedreier« war wie eine Berg-und-Tal-Bahn. Bergauf und bergab, das Tempo wurde schneller, das Tempo wurde langsamer. Schub, Schritt, Schub, Schritt. Jeder Schritt brachte sie dem Alleinsein näher, und das tat ihr gerade jetzt gut.

Nachdem Hildur die Schubbewegung unzählige Male wiederholt

hatte, entwickelte sich in ihrem Kopf ein neuer Gedanke. Eigentlich war es noch kein ganzer Gedanke, sondern nur eine einzelne Wahrnehmung. Zum Glück würde sie Jakob bald treffen und ihn dazu befragen können.

46

Nach der Skitour recherchierte Hildur kurz etwas im Internet, schrieb sich einige Dinge auf, zog den Wintermantel an und eilte in das nahe gelegene Restaurant, das man ihr im Hotel empfohlen hatte.

Sie war furchtbar hungrig und überflog schnell die Speisekarte. Geschnetzeltes vom Rentier klang interessant.

»Das ist hoffentlich eine große Portion?«, sagte sie zu dem jungen Kellner.

Er versicherte ihr, die Portion reiche auch bei größerem Hunger. Hildur bestellte das Gericht. Hungrig, wie sie war, mochte sie sich nicht mit Salat oder winzigen Vorspeisen abgeben. Der Kellner nahm die Speisekarte und wandte sich ab, um die Bestellung an die Küche weiterzugeben, aber Hildur hielt ihn zurück.

»Ein Freund von mir kommt bald, ich nehme für ihn dasselbe.«

»Eine ausgezeichnete Wahl«, sagte der Kellner und zwinkerte ihr zu.

Dann verschwand er durch die Drehtür in der Küche. Hildur schüttelte lächelnd den Kopf – der junge Mann war halb so alt wie sie.

Eine neue Welle der Müdigkeit kündigte sich an. Sie äußerte sich als wachsender Druck auf den Schultern und als beginnender Schmerz in den Schläfen. Die fast zweitägige Reise, die zwei

Stunden Zeitunterschied und die Gespräche mit Fremden forderten ihren Tribut. Im Restaurant war es warm. Die Heizung an der Wand neben dem Tisch glühte, und im Kamin weiter hinten im Speisesaal loderte ein Feuer.

Hildur hörte die Glöckchen am Eingang, die einen neuen Gast ankündigten. Sie drehte sich zur Tür und erblickte eine vertraute Gestalt.

»Jakob!«

Alle Gäste wandten sich nach ihr um. Jakobs Miene hellte sich auf. Er nahm seine rote Mütze ab und eilte zu Hildur an den Tisch. Sie umarmten sich, und Hildur klopfte ihm auf den Rücken.

»Ich bin dir so dankbar, dass du gekommen bist«, sagte Jakob mit bebender Stimme.

»Erzähl mir alles«, bat Hildur, nachdem Jakob Platz genommen hatte. Sie sagte, sie habe für sie beide Rentiergeschnetzeltes bestellt. Jakob hielt zustimmend den Daumen hoch, dann verflog seine freudige Stimmung wieder, und er rieb sich den Haaransatz.

Hildur merkte, dass er nicht recht wusste, wo er anfangen sollte.

»Erzähl mir von dem Tag. Was ist auf dem Parkplatz passiert, und warum warst du dort?«

Jakob strich sich übers Gesicht und sah Hildur in die Augen. Erst jetzt wurde ihr bewusst, wie müde er sein musste. Sein Gesicht war aufgedunsen und grau. Die Tränensäcke waren nicht zu übersehen.

»Weißt du, was im Gerichtssaal los war? Hast du schon mit meinem Anwalt gesprochen?«

Hildur nickte. Sie hatte mit dem Juristen, der sich als Pirinen vorgestellt hatte, kurz telefoniert, als sie am Flughafen Keflavík auf ihren Flug nach Finnland gewartet hatte.

»Ich war gegen sechs Uhr in der Kaffeestube und habe mir einen Pfannkuchen mit Moltebeerengelee und einen Kakao mit Schuss gegönnt. Danach sollte ich auf dem Parkplatz jemanden treffen.«

Hildur merkte auf.

»Ich hatte eine Textnachricht von einem unbekannten Anschluss bekommen. Der Absender hat seinen Namen nicht genannt und nur geschrieben, dass er Lena kennt und belastendes Material über sie hat, das mir vor Gericht nützlich sein könnte.«

Jakob erzählte, der Absender habe ihn gebeten, um Viertel vor sieben auf dem Parkplatz der Kaffeestube zu warten, in der Nähe des Pfades, der zum Kuer-Fjell führte. Er selbst werde zu Fuß hinkommen. Der Pfad zum Gipfel des Fjells begann am Rand des Parkplatzes.

»Und, hast du ihn gefunden?«, fragte Hildur mit einem sehnsüchtigen Blick in Richtung Küche.

Jakob schüttelte den Kopf.

»Ich habe eine Weile gewartet und bin schließlich den Bergpfad hochgegangen. Ich dachte, der Typ wäre vielleicht noch auf dem Weg nach unten. Es waren Nordlichter vorhergesagt, der Himmel war wolkenlos. Aber ich habe niemanden gesehen.«

Jakob nahm die Karaffe vom Tisch, goss sich Wasser ein und trank einen großen Schluck.

»Ich war nicht einmal einen Kilometer weit gegangen, da habe ich die Schüsse gehört«, sagte er. »Ich habe sofort kehrtgemacht und dann durch das offene Autofenster die beiden Leichen gesehen.«

Er erzählte, Lena habe er sofort erkannt, aber der Mann sei ihm unbekannt gewesen. Jakob war Lenas neuem Partner nie begegnet. Er hatte ihn nur einmal bei einem Videogespräch mit Matias im Hintergrund vorbeihuschen sehen.

»Ich habe nach dem Puls getastet, aber keinen gefunden. Unter dem Auto hat halb verdeckt die Handfeuerwaffe gelegen.«

»Eins begreife ich nicht«, sagte Hildur. »Warum bist du weggelaufen und hast nicht gleich den Notruf alarmiert?«

Jakob trommelte mit den Fingern auf die Wachstuchdecke.

»Mir war klar, wie das Ganze auf einen Außenstehenden wirken würde. Ich hatte Angst.«

Er hatte den Parkplatz verlassen, einen guten Freund angerufen und ihm erzählt, was vorgefallen war.

»Zum Glück hat er mir die Flucht ausgeredet. Er hat mich davon überzeugt, dass wegzulaufen falsch wäre. Damit wäre nichts gelöst. Und er hatte natürlich recht. Also habe ich schließlich beim Notruf angerufen, aber da war mir schon jemand zuvorgekommen. Eine Streife aus Kittilä und die Kriminaltechniker aus Rovaniemi waren schon unterwegs.«

Der Kellner servierte das Essen und wünschte einen guten Appetit. Das Kartoffelmus dampfte, und das geschnetzelte Rentierfleisch mit dem roten Preiselbeergelee sah verlockend aus. Hildur schaufelte einen großen Klacks Kartoffelmus auf die Gabel und schob mit dem Messer Fleisch darauf. Es schmeckte himmlisch, war aber so heiß, dass sie einen großen Schluck Wasser brauchte, um den Mund abzukühlen. Interessiert beobachtete sie, wie Jakob das Mus nach allen Seiten an den Tellerrand schob und das Fleisch dann in der Mitte des entstandenen Rings platzierte.

»So kühlt es schneller ab«, erklärte er.

Hildur fragte ihn nach seinem Freund.

»Wir kennen uns schon so lange, wie ich denken kann, seit frühester Kindheit.«

Hildur schob ihr Kartoffelmus ebenfalls zu einem Ring am Tellerrand zurecht.

Dabei dachte sie über das Gehörte nach. Jakobs Version entsprach dem Bericht der Augenzeugin. Er war am Tatort gewesen.

»Hast du am Parkplatz eine Frau bemerkt?«

Jakob schüttelte resolut den Kopf.

»Danach hat man mich heute bei der Vernehmung auch gefragt. Nein, ich habe keinerlei Erinnerung an eine Frau. Aber auf dem Parkplatz war es stockdunkel, und ich hatte meine Stirnlampe an. Es ist also gut möglich, dass mich dort jemand gesehen hat, ich aber nicht ihn oder sie.«

»Hast du versucht, bei der Nummer anzurufen, von der die mysteriöse Nachricht kam?«

Hildur bereute ihre Frage sofort. Natürlich hatte Jakob das getan.

»Ich habe auch versucht, eine Textnachricht zu schicken, aber die ging nicht durch. Es war ein Prepaidanschluss.«

Das Problem kannte man auch in Island. Es ärgerte Hildur, dass man beim Kauf einer Prepaidkarte nirgendwo registriert wurde.

»Du hast der Polizei von der Nachricht erzählt, ja?«

Jakob nickte.

Er war den ganzen Nachmittag lang vernommen worden. Die Textnachricht hatte er erwähnt und erklärt, sie sei der Grund, weshalb er am Tatort gewesen sei. Die Kriminalhauptmeisterin bei der Vernehmung hatte der Nachricht jedoch keine große Bedeutung beigemessen.

»Sie hat gesagt, die Nachricht hätte mir ja irgendein Freund schicken können, mit dem ich mich vorher abgesprochen hätte.«

Die Fasern, die in der Nähe des Autos und an den Schultern der Opfer sichergestellt worden waren, passten zu Jakobs Pullover. Was nicht verwunderlich war, immerhin hatte Jakob bei beiden Opfern nach dem Puls gesucht. An der Waffe hatte man keine Fingerabdrücke gefunden. Die Ergebnisse der DNA-Untersuchungen würden noch eine Weile auf sich warten lassen. Jakobs Vernehmung sollte am nächsten Tag fortgesetzt werden, und er durfte den Ort nicht verlassen. Man hatte ihm den Pass abgenommen, ihn aber nicht verhaftet, wahrscheinlich weil er als vertrauenswürdig eingestuft wurde. Immerhin machte er eine Ausbildung zum Polizisten und war nicht vorbestraft.

»Oder weil in Kittilä alle Zellen belegt sind«, fügte Jakob sarkastisch hinzu.

»Oder weil es sich um die ersten Vernehmungen handelt. Bestimmt haben sie noch andere Verdächtige.«

Jakob brummte etwas und drehte seine Gabel im Kartoffelmus. Nach kurzem Nachdenken blickte er Hildur an.

»Ich weiß, dass es so aussieht, als wäre ich der Schuldige. Und das Schlimmste ist: Ich habe keine Ahnung, wer dahinterstecken könnte. In den letzten zwei Nächten habe ich kaum geschlafen. Ich habe mir den Kopf darüber zerbrochen, wer der Täter sein könnte.«

Jakob erzählte, dass Lena in der hiesigen Gegend niemanden gekannt hatte. In der Zeit, in der sie zusammen waren, hatte es sie so gut wie nie hierher verschlagen.

»Und ihren neuen Job bei der Hotelkette hatte sie offiziell noch gar nicht angetreten.«

Jakob verstummte und schob sich eine Gabel mit Rentiergeschnetzeltem in den Mund. Eine Weile aßen sie schweigend. Sie hatte ihren Teller als Erste geleert und bat den Kellner um die Dessertkarte. Für etwas Süßes war noch Platz. Als sie Schokoladenkuchen mit Vanilleeis vorschlug, brummte Jakob zustimmend.

»Hör mal, Jakob«, begann Hildur. Sie wollte den eigentlich lächerlich einfachen Gedanken ansprechen, der ihr erst beim Skilaufen gekommen war. »Du hättest ein Motiv gehabt, Lena umzubringen. Deshalb konzentrierst auch du dich jetzt allein auf sie. Aber vielleicht sollten wir das Ganze aus einem anderen Blickwinkel betrachten.«

Jakob hielt in der Bewegung inne. Seine Gabel schwebte in der Luft.

Hildur hatte in ihrem Hotelzimmer nach Hintergrundinformationen über Lena und Filip gesucht und dabei festgestellt, dass Filip eine Stelle als PR-Manager beim örtlichen Bergbauunternehmen angetreten hatte. Das Unternehmen schien die lokale Bevölkerung in zwei Lager zu spalten, was Hildur bekannt vorkam: In Island erhitzte die Aluminiumindustrie die Gemüter auf gleiche Weise.

Eine internationale Zeitung hatte ausführlich über den Bergbau in den nördlichen Regionen berichtet. Für die Reportage waren Ortsansässige interviewt worden. Eine pensionierte Grundschullehrerin hatte etwas Schauriges gesagt: Wenn in der Gegend ein Mord geschähe, habe der ganz bestimmt mit dem Bergwerk zu tun. So tief gehe die Spaltung zwischen vielen Menschen schon. Die Worte waren Hildur im Gedächtnis geblieben.

Sie erzählte Jakob davon und fügte hinzu: »Was, wenn der Mörder es auf Filip Jensen abgesehen hatte?«

Hildur ließ Jakob Zeit, darüber nachzudenken. Er schwieg eine Weile, dann berichtete er, was er über das Bergbauunternehmen wusste. Es hieß Arctic Mine.

In Kolari hatte es bis in die 1980er-Jahre ein gewinnbringendes Bergwerk gegeben. Als es geschlossen wurde, begann man auf den Tourismus zu setzen. Hildur waren die großen Reisegruppen, die am Hotel startenden Motorschlittensafaris und die hell beleuchteten Skipisten aufgefallen. Das Ganze hatte viel Ähnlichkeit mit dem Touristenboom in Island. Touristen, die vor den Bädern Schlange standen, und riesige Parkplätze voller Mietautos in der Nähe der Wasserfälle.

»Die Firma, die zunächst ein neues Bergwerk eröffnen wollte, hat vor ein paar Jahren Konkurs angemeldet«, sagte Jakob. »Arctic Mine hat dann die Konkursmasse aufgekauft.«

Hildur wunderte sich über Jakobs Detailwissen. Er schien die Ereignisse genau zu verfolgen, obwohl er seit Jahren nicht mehr in der Gegend gewesen war.

»Mein guter Freund wohnt hier, und er beschäftigt sich ständig mit dem Thema. Er besitzt Rentiere, daher ist das Bergwerk eine heikle Sache für ihn.«

Die Großgrundbesitzer waren für das Bergwerk, ebenso ein Teil der Ortsansässigen. Es würde neue Arbeitsplätze schaffen und den Wert der Grundstücke steigern. Die Rentierzüchter waren gegen das Bergwerk.

»Für sie geht es um mehr als um ihre persönliche Meinung«, erklärte Jakob.

Der Erdboden war sozusagen die Bank der Rentierzüchter. Je

besser der Zustand des Bodens war, desto mehr brachte er hervor. Den Rentieren ging es besser, wenn reichlich Futter wuchs. Wenn es um die Natur ging, durfte man nicht überlegen, was für den Einzelnen gerade jetzt gut wäre. Man musste darüber nachdenken, was auch für künftige Generationen gut war. Die Natur musste erhalten bleiben. In Lappland hatten die Grubenunternehmer sogar auf samischem Gebiet Bergbaulizenzen erhalten.

»Manchmal hat man das Gefühl, dass ein einzelner Mensch einem Koloss von Bergbaufirma gegenübersteht. Und man weiß ja, wie so was im Allgemeinen ausgeht.«

Jakob erzählte, dass es auch zwischen dem Bergbau und dem Tourismus einen großen Interessenkonflikt gebe. Der Tourismus war auf unberührte Natur angewiesen.

»Die Touristen wollen keinen Tagebau sehen, sondern saubere Natur«, sagte er, wobei er *sauber* gewissermaßen in Anführungszeichen setzte.

»Ein Fjell voller Skilifte ist ja auch nicht gerade im Naturzustand. Und die Rentierwirtschaft war den Tourismusunternehmern bisher ziemlich egal. Aber das hat sich jetzt geändert, weil ihre Interessen übereinstimmen.«

Hildur hörte sich Jakobs Ausführungen über das Bergbaubusiness in Lappland interessiert an. Die örtlichen Bodenschätze wurden von multinationalen Großunternehmen genutzt, die Sporthallen und Wettkämpfe für Kinder sponserten, Mitarbeitern von Umweltbehörden gut bezahlte Consulting-Jobs verschafften und die öffentliche Meinung beeinflussten, wo es nur ging. Und irgendwo musste man die Rohstoffe für Smartphones und Elektroautos ja auch hernehmen.

Zum Abschluss seiner Rede schlug Jakob vor, nach dem Schokoladenkuchen ein Bier zu bestellen. Zum ersten Mal an diesem Abend lag Eifer in seinem Blick. Hildur wertete das als gutes Zeichen.

Es gibt nicht viel, was besser schmeckt als ofenwarmer Schokoladenkuchen mit langsam schmelzendem Vanilleeis, dachte sie, als sie den ersten Bissen kostete.

»Morgen schnüffeln wir bei der Mine rum«, sagte sie und legte den Löffel kurz auf den Teller.

47

DEZEMBER 2021 REYKJAVÍK

Beta fühlte sich so energiegeladen wie seit Langem nicht mehr. Die Kinder waren diese Woche beim Vater, und sie hatte beschlossen, den freien Vormittag für eine zusätzliche Stunde im Tangokurs zu nutzen. Die Schritte und die Tanzhaltung zu lernen war ihr relativ leichtgefallen. Aber mit den Figuren tat sie sich noch schwer. Die *Salida básica* gelang ihr zum Glück schon halbwegs. Als Tanzpartner war ihr Jóhannes zugeteilt worden, ein kürzlich geschiedener, fünfzigjähriger Filmregisseur, der von seinem neuen Hobby ebenso begeistert war wie sie. Auf seinen Vorschlag hin hatten sie nach dem Unterricht in dem Kunstcafé neben dem Tanzstudio zusammen gefrühstückt. Sie verstanden sich auch außerhalb des Tanzbodens ganz gut, aber weiter mochte Beta nicht denken. Immer langsam mit den Pferden, Cowboy, sagte sie sich. Nur nichts übereilen. Jóhannes wirkte zwar vielversprechend, aber die Arbeit ging vor. Im Moment musste sie sich ganz auf die Ermittlungen konzentrieren, wenn sie vorankommen wollte.

Der Arzt hatte am Morgen mitgeteilt, Hlín sei vernehmungsfähig. Deshalb eilte Beta nach dem Frühstück direkt in die Klinik. Die Patientin war aus der Intensivstation auf eine normale Station verlegt worden, wo man sie noch ein paar Tage unter Beobachtung halten wollte.

Schon vom Flur aus erkannte Beta Hlín unter den anderen Patientinnen. Hlín, die auf dem Sofa im gemeinsamen Aufenthaltsraum Zeitung las, trug den gleichen rosa Krankenhauspyjama wie alle anderen, stach aber sofort heraus. Die Brille mit dem eckigen schwarzen Gestell betonte ihre kantige Erscheinung.

Als sie Betas Ankunft bemerkte, stand Hlín rasch auf und schlug vor, in die Kantine im Erdgeschoss zu gehen.

»Da gibt es besseren Kaffee als hier oben.«

Sie fuhren mit dem Lift nach unten und steuerten die Selbstbedienungstheke an.

»Wie geht es dir?«, erkundigte sich Beta. Da sie gerade erst ausgiebig gefrühstückt hatte, nahm sie nur einen Fruchtsaft aus der Vitrine.

»Ich hatte schon bessere Zeiten, aber es wird wohl wieder. Ehrlich gesagt verstehe ich nicht mal die Hälfte von dem, was die Ärzte sagen. Ich muss wohl irgendwann mal meine Patientenakte studieren.«

Sie setzten sich an einen Fenstertisch. Noch bevor Beta eine Frage stellen konnte, begann Hlín zu erzählen.

»Ich habe nicht gesehen, wer mich ausgeknockt hat. Der Typ kam völlig überraschend von hinten. Bei der Umzäunung ist meiner Meinung nach keine Stelle, wo man sich verstecken könnte, bis auf die mickrigen Heuballen.«

Beta war am Tatort gewesen und hatte dieselbe Beobachtung gemacht. Neben der Umzäunung hatten nur einige wenige Rundballen gelegen. Das Tor zur Weide befand sich an der höchsten Stelle des Hügels, von dort hatte man einen weiten Blick, bei klarem Wetter sogar bis zum fünfzig Kilometer entfernten Reykjavík.

»Hildur und ich haben uns deine Aufnahmen angesehen«, sagte sie. »Die wurden noch rechtzeitig auf dem Redaktionsserver gespeichert, bevor der Täter deine Kamera zerschlagen und die Speicherkarte entfernt hat. Erinnerst du dich, ob der Angriff sofort passiert ist, nachdem du die Fotos gemacht hattest und zu deinem Wagen gehen wolltest?« Sie öffnete die Flasche mit dem Ananassaft und fügte noch hinzu, dass man Hlíns Wagen nach Reykjavík zurückgebracht habe. Er stehe jetzt auf dem Parkplatz der Polizeistation in der Hverfisgata.

Hlín überlegte kurz, bevor sie antwortete. »Ich erinnere mich, dass ich mir die Aufnahmen noch angesehen habe. Dann habe ich die Kamera in die Schultertasche gepackt und die Handschuhe hervorgeholt. Es war so furchtbar windig, dass ich nicht mit bloßen Händen zum Wagen laufen wollte. Ich glaube, ich habe mir die Fotos höchstens fünf Minuten lang angeguckt. Danach habe ich mich auf den Rückweg gemacht. Und der Schlag, der kam … ziemlich bald. Ich war bestimmt noch nicht weit gekommen.«

Hlíns Stimme blieb ruhig und fest, während sie die Ereignisse abspulte. Als Beta sagte, man habe sie etwa zweihundert Meter vom Gatter entfernt gefunden, nickte sie lediglich und biss dann von ihrem Fladenbrot ab. Beta überlegte, ob die harte Schale nur Fassade war oder ob Hlín tatsächlich so gute Nerven hatte. Der Zeitabstand und die Stelle, wo Hlín gefunden worden war, deuteten darauf hin, dass es sich bei dem Täter um die Person auf Hlíns Aufnahmen handelte.

»Du hast an einer Story gearbeitet. Kannst du mir Näheres darüber sagen?«

Hlín presste die Lippen zusammen und schüttelte den Kopf. »Es geht um eine große Sache. Vorläufig kann ich noch keinen Ton verraten.«

Beta seufzte. Die schwierigsten Journalisten waren die investigativen, die sich wie Terrier in ihr Thema verbissen und es nicht losließen, um keinen Preis.

»Das verstehe ich. Aber es handelt sich hier um eine sehr ernste Angelegenheit. Du bist nämlich nicht das einzige Opfer. Es sind noch weitere Menschen in Gefahr, die irgendwie mit der Sache zu tun haben. Deine Informationen könnten uns wirklich sehr helfen. Ich habe auf dem Vordersitz deines Autos ein paar Notizen gefunden, bin also schon ein bisschen im Bild. Warum interessiert dich das Geschäft mit Stutenblut so?«

Hlíns Miene wurde eine Spur weicher. Sie beugte sich über den Tisch vor.

Beta erzählte, dass es innerhalb einer guten Woche außer Hlín noch mindestens fünf weitere Opfer gegeben habe.

»Zwei davon sind tot«, fügte sie mit Nachdruck hinzu.

Hlín sagte immer noch nichts. Sie hörte nur zu. Beta sprach weiter.

»Du wirst deine Story schon bekommen, aber wir brauchen deine Informationen.«

»Wer garantiert mir, dass ich die Erste sein werde, die darüber berichtet?«, fragte Hlín kühl.

Beta überlegte kurz. Hlín und Hildur waren gut befreundet. Beta ahnte, von wem Hlín für ihre große Reportage über die Sexualverbrechen und andere Delikte im Kreis der Fußballnationalmannschaft das Material bekommen hatte. Reporter gaben ihre Quellen nicht preis, und Hildur hatte die Sache nie zur Sprache gebracht, aber im Innersten wusste Beta, dass Hlín über die polizeilichen Ermittlungsergebnisse von keiner anderen als Hildur erfahren haben konnte. Und Beta war zufrieden gewesen, dass die Männer für ihre Schandtaten zur Rechenschaft gezogen wurden. Das hatte das Klima im Fußballsport gereinigt. Die Mannschaften hatten Beauftragte für Gleichberechtigung eingestellt, und Fälle von sexueller Belästigung wurden weitaus ernster genommen als früher.

»Hildur ist an den Ermittlungen beteiligt. Ihr, tja, ihr beide kennt euch ja.«

Bei Hildurs Namen entspannte sich Hlíns Miene.

Beta fuhr fort: »Was ich dir jetzt sage, weiß selbst bei der Polizei niemand außer Hildur, Tumi und mir. Wir ermitteln in aller Stille, damit in der Öffentlichkeit keine Panik aufkommt. Wir müssen den oder die Täter so schnell wie möglich fassen. Eigentlich sollten wir das schon längst geschafft haben.«

Beta fasste die Ereignisse kurz zusammen. Hlíns Verblüffung wuchs.

»Hast du Weihnachtsgesellenmörder gesagt? Ich wäre sozusagen vom Knirps aus dem Gedicht niedergeschlagen worden?«

Hlín aß ihr mit Lammfleisch gefülltes Fladenbrot auf und wischte sich die Finger an der Serviette ab. Sie schien intensiv über ihre Optionen nachzudenken.

»Na gut. Wenn über all das berichtet werden darf, tue ich es als Erste. Abgemacht?«

Beta nickte.

»Also, ich hatte eine Einladung zum Tierschutzdinner dieser großen Gaming-Firma«, begann Hlín. »Die meisten Gäste waren Mitglieder des Vereins Tierfreunde der Hauptstadtregion. Wir waren ungefähr vierzig. Luka hatte mir die Einladung verschafft, offenbar deshalb, weil er mit mir über den Handel mit dem Blut trächtiger Stuten reden wollte.«

Beta sagte, sie wisse von dem Dinner der Tierschützer, und die Teilnehmer seien schon befragt worden. Aber das Einzige, worüber sie offen gesprochen hatten, war das Thema Tierschutz.

»Niemand hat zugegeben, dass sie sich untereinander kennen, und kein Einziger hat erwähnt, dass sie eine Aktion gegen die Blutfarmen organisieren. Selbst dann nicht, als wir sie gewarnt haben, sie seien möglicherweise in Gefahr. Ziemlich couragierte Leute.«

Hlín erwiderte, sie habe dieselbe Erfahrung gemacht. Aber einige Aktivisten waren bereit gewesen, ihr unter der Bedingung, dass ihr Name nicht genannt würde, Informationen zu geben.

»Sie stehen unter Quellenschutz«, sagte sie und sah Beta scharf an. Dann sprach sie in versöhnlicherem Ton weiter.

Der Verein Tierfreunde der Hauptstadtregion verkaufte in der Vorweihnachtszeit Grußkarten mit Tiermotiven und spendete den Erlös dem Katzenhaus in Reykjavík, das sich um ausgesetzte Katzen kümmerte.

»Der Kartenverkauf ist eine Fassade, die der Kerntrupp aufgebaut hat. In Wahrheit versucht der Insiderkreis des Vereins, gegen größere Tierschutzdelikte vorzugehen, und dazu gehören internationale Kontakte zum Beispiel zu der Organisation Animal Welfare Institution in London.«

Über diese Kontakte war die Information über die Blutfarmen zu den isländischen Tierschutzaktivisten vorgedrungen. Bis dahin hatte niemand gewusst, welches Ausmaß dieses illegale Business hatte. Vieles von dem, was Hlín berichtete, war Beta bereits bekannt. In Island nahm man trächtigen Stuten das Blut schon seit den 1970er-Jahren zu gewerblichen Zwecken ab.

»Gibt es denn wirklich eine so große Nachfrage nach dem Blut?«, fragte Beta. Der Gedanke, dass dieser Geschäftsbereich einträglich genug wäre, auch kriminelle Akteure anzulocken, war ihr nie gekommen.

»Die Nachfrage wächst sogar ständig«, antwortete Hlín. »Die offiziellen Statistiken verzeichnen für Island ungefähr sechstausend Blutstuten. Nach meinen Berechnungen sind es aber mindestens dreimal so viele.«

Hlín hatte ausgiebig recherchiert. Sie berichtete von einem isländischen Unternehmen, das Blut an die Lebensmittelindustrie verkaufte. Es erzielte einen Gewinn von rund vier Millionen Euro jährlich. Das ist schon eine hohe Summe, dachte Beta, aber für die internationale Kriminalität doch nur Kleingeld.

»Aber dieses isländische Unternehmen ist nur ein kleiner Teil in einem größeren Gebilde«, sagte Hlín. »Einer der Besitzer ist eine auf den Bermudas registrierte Firma.«

Das durch kriminelle Aktivitäten erworbene Geld wurde auf dem Weg über das Bermuda-Unternehmen gewaschen. Gleichzeitig umging man die Steuern, weil auf den Bermudas keine Körperschaftsteuer erhoben wurde. Hlín hatte herausgefunden, dass der jährliche Gewinn des Unternehmens bei vierzig Millionen Dollar lag.

Als Beta die Summe hörte, hätte sie sich beinahe an ihrem Ananassaft verschluckt. Mehr als das Zehnfache!

»Woher weißt du das alles?«

»Ich habe meine Kontakte.« Hlín lächelte verschmitzt. »Das ganze Material habe ich auf geschützten Cloud-Servern gespeichert.«

»Vierzig Millionen Dollar – wie ist das überhaupt möglich?«

Hlíns Miene verfinsterte sich. »Gerade dadurch wurde das Interesse der Tierschutzorganisation geweckt. Die Drahtzieher wurden zu gierig und haben angefangen, auf zu vielen Höfen zu große Mengen an Blut zu sammeln. Die haben geglaubt, das würde niemand merken, aber ein neugieriges Augenpaar hat genügt, ihnen auf die Spur zu kommen.«

Hlín erzählte, es sei Luka aufgefallen, dass vom Pferdehof, wo er arbeitete, zeitweise Stuten verschwanden. Als er sich danach erkundigte, hatte man ihn angeblafft, das gehe ihn nichts an.

»Vor gut einem Jahr hat Luka zwei Stuten mit Trackern versehen, mit solchen kleinen Chips. Er hat herausgefunden, dass es ein paar Dutzend Kilometer weiter eine verlassene Weide gibt. Dort wurden trächtige Stuten zusammengetrieben, denen man mit Gewalt absurd große Mengen Blut abgenommen hat.«

Luka war dem Stutenblutgeschäft auf die Spur gekommen, und die Behandlung der Pferde hatte ihn schockiert. Hlín erklärte, die Stuten würden rund um das Jahr so oft befruchtet wie nur möglich. Das PMSG-Hormon war jeweils nur einige Wochen lang im Blut der trächtigen Stuten zu finden, meist von der fünften Woche an.

»Wenn die Trächtigkeit vorangeschritten ist und kein Hormon mehr produziert wird, treibt man die Föten ab, damit man die Stute möglichst bald wieder besamen kann. Wenn die Abtreibung misslingt und Fohlen zur Welt kommen, werden sie einfach geschlachtet.«

Luka hatte bald erkannt, dass es sich um eine gut organisierte und umfangreiche Tätigkeit handelte. Allein hätte er nichts unternehmen können, daher hatte er eine Gruppe Gleichgesinnter gewonnen, die ihm half. Als sie genug Material gesammelt hatten, kontaktierte er Hlín.

»Diese Tierschutztypen sind total engagiert«, sagte Hlín. »Sie geben nicht zu, dass sie sich untereinander kennen, und sprechen nicht über das, was die anderen tun. Ich habe mir alle Mühe gegeben, aber nichts erreicht. Angeblich weiß niemand irgendwas.«

Beta hatte dasselbe erlebt. Tumi und sie hatten die Misshandlungsopfer befragt, aber niemand war mit der Sprache herausgerückt. Die Opfer leugneten jeden Zusammenhang zwischen den Angriffen und bezeichneten ihre Facebook-Bekanntschaft als Zufall.

Der Anführer der Gruppe war also Luka gewesen. Plötzlich kam Beta ein Gedanke.

»Die Arbeit der Gruppe war bestimmt mit Kosten verbunden. Wovon hat Luka das Ganze bezahlt?«

Hlín zuckte die Achseln und sagte, da sei sie sich nicht ganz sicher.

»Wahrscheinlich haben sie kleinere Summen aus London bekommen, aber aus Lukas Worten habe ich herausgehört, dass er die Finanzierung irgendwie selbst geregelt hat.«

Beta erzählte Hlín, dass in Lukas Magen Drogen gefunden worden seien und dass sie seinen Tod anfangs mit dem internationalen Rauschgifthandel in Verbindung gebracht hätten. Dabei hatte Luka die Drogen in Wahrheit offenbar ins Land geschmuggelt, um Geld für die Tierschutzarbeit zu bekommen.

Einige Sekunden lang bekam Hlíns undurchdringliche Miene Risse. Ein Ausdruck von Trauer legte sich auf ihr Gesicht.

»Luka hat also eine schlechte Entscheidung getroffen, um eine gute Sache zu finanzieren.«

Hlín servierte weitere Fakten und würzte sie mit ihren Auffassungen, und Beta schrieb alles mit. Als ihr Stift schließlich zur Ruhe kam, straffte sie den Rücken, seufzte und fragte, warum Hlín die Polizei nicht früher informiert habe.

»Wenn ich gewusst hätte, dass die Bedrohungen und die Todesfälle zusammenhängen … dann hätte ich natürlich Kontakt aufgenommen.«

Beta verstand sie. Hlín hatte als investigative Journalistin in aller Ruhe an dem Fall arbeiten wollen und sich entsprechend abgeschirmt. Nicht anders hielten es ja auch sie selbst, Tumi und Hildur, indem sie Einzelheiten der Ermittlungen vertraulich handhabten. Außenstehende sollten nichts davon erfahren, damit die Untersuchung nicht gefährdet und keine Spuren verwischt wurden. Sie hatten alle nach dem gleichen Muster gehandelt.

»Ich wollte absolute Gewissheit über die Einzelheiten haben«, sagte Hlín und hielt ihren Zeigefinger dicht an den Daumen. »Und ich war *so* nah dran herauszufinden, wer da auf der Weide Blut abgezapft hat.«

»Kannst du mehr darüber sagen?«, fragte Beta.

Hlín berichtete von dem Auto am unteren Teil der Weide. Ein grauer Pick-up mit Abdeckung. Vermutlich ein Mitsubishi L200.

»Beim Baujahr bin ich mir nicht sicher. Das Nummernschild habe ich nicht gesehen, weil der Wagen seitlich geparkt war.«

Sie bat Beta, ihr den Stift und ein Stück Papier zu leihen. Sie zeichnete drei Kreise auf das Blatt.

»Über die Person auf der Weide weiß ich noch nichts Genaues, aber ich weiß immerhin, dass hinter der isländischen Firma dieses in Bermuda gemeldete Unternehmen steht«, sagte sie und tippte mit dem Stift auf den oberen Kreis. Von dort zog sie Linien zu den beiden unteren Kringeln.

»Es gibt mindestens zwei Tochterunternehmen: das schon erwähnte isländische und ein deutsches. In Deutschland existiert auch ein offizieller Handel mit Stutenblut, aber die Tierschutzbewegung vermutet, dass es dort im Schatten des ordnungsgemäßen Geschäfts ähnliche Mauscheleien gibt wie hier.«

»Wie kommt es übrigens, dass du gerade im richtigen Moment auf der Reykjanes-Halbinsel warst?«

Hlín lachte auf. Sie griff nach dem Baumwollbeutel, den sie über die Stuhllehne gehängt hatte, zog ein Stofftaschentuch heraus und putzte sich die Nase.

»In den letzten zwei Wochen bin ich jeden Tag dort gewesen«, antwortete sie und stopfte das Taschentuch in den Beutel zurück.

Luka hatte ihr die Koordinaten mehrerer verdächtiger Weiden gegeben, aber nur Reykjanes lag so nahe bei Reykjavík, dass sie täglich hinfahren konnte. Bei den früheren Besuchen hatte sie dort nur trostlose Pferde gesehen.

»Die Pferche sind wie kleine Kisten ohne Deckel. Die Pferde können sich da drinnen praktisch nicht bewegen. Ich habe die Pferche fotografiert und die Tiere beobachtet, aber vor dem bewussten Tag nie einen einzigen Menschen dort gesehen.«

»Erinnerst du dich, wo die anderen Blutfarmen liegen, von denen du erfahren hast?«, fragte Beta.

Hlín schüttelte den Kopf und griff wieder nach ihrem Stoffbeutel. Diesmal zog sie ein zusammengefaltetes Papier heraus. Beta erkannte, dass es eine Landkarte war, eine der Gratiskarten, die in Hotelfoyers und Restaurants für Touristen bereitlagen.

»Auswendig weiß ich sie nicht, aber ich habe alle Orte auf einer Landkarte markiert«, sagte sie. »Das Original habe ich ständig bei mir getragen, und es hat immer noch in der Innentasche von meinem Daunenmantel gesteckt. Außerdem habe ich eine Kopie in der Cloud gespeichert. Die Karte hier habe ich von den Krankenschwestern bekommen und die Stellen darauf übertragen. Bitte sehr.« Sie reichte Beta die Karte.

Beta faltete sie auseinander und betrachtete sie. Ihr Herz setzte ein paar Schläge aus.

48

DEZEMBER 2021 KOLARI

Mervi Miettinen, die Personalchefin des Bergbauunternehmens, zog die Tür des Konferenzraums heftiger als nötig zu. Der Luftstrom ließ die Weihnachtsbeleuchtung, die im Fenster hing, gegen die Scheibe schlagen. Es war Samstag, aber aufgrund des knappen Zeitplans wurde in der Firma auch am Wochenende gearbeitet.

Die Geschäftsräume des Unternehmens waren überraschend anspruchslos. Im Eingangsbereich hatte Hildur leicht verschlissene Piktogramme gesehen, die Kinder ermahnten, sich die Hände zu waschen und ihre Mäntel aufzuhängen. In dem einstöckigen Backsteingebäude hatte sich früher eine Kita befunden.

In den Fenstern des Konferenzraums hingen außer den Lichterketten rot-weiß karierte Vorhänge und weiße Engelsfiguren. Auf dem viereckigen Tisch stand ein Holzteller voller Pfefferkuchen mit weißer Zuckerglasur in verschiedenen Formen – Ferkel, Herzen und Sterne. Mervi goss Kaffee in die Pappbecher und schob ihrer Besucherin die Milchdose hin. Hildur gab etwas Milch in ihren Kaffee, griff nach einem Ferkel, tauchte es kurz in den Kaffee und biss hinein. Der weiche, mit Kaffee aufgepeppte Pfefferkuchen schmeckte gut.

Hildur hatte die Wahrheit erheblich strapaziert, um mit der Personalchefin sprechen zu können. Jakob wartete im Auto auf sie. Obwohl das Bergbauunternehmen multinational war, beschäftigte es viele Ortsansässige, die Jakob erkennen könnten.

Hildur hatte bereits gemerkt, dass die Finnen steifer waren als die Isländer. Alles sollte geordnet und planmäßig ablaufen. Auch Mervi hatte anfangs gesagt, ein Treffen sei erst am nächsten Freitagmittag möglich, aber Hildur hatte nicht nachgegeben. Sie hatte behauptet, sie kenne Filip, der für die Firma gearbeitet habe und ermordet worden sei, aus Norwegen. Sie bleibe nur ein paar Tage in Finnland und sei da, um bei der Regelung der praktischen Angelegenheiten zu helfen, zum Beispiel der Überführung der Leiche. Daraufhin hatte Mervi sich erweichen lassen und Hildur gestattet, gleich vorbeizukommen. Die Überführung der Leiche zum Vorwand zu machen war Jakobs Idee gewesen, und sie hatte funktioniert. Dem Arbeitgeber konnte es nur recht sein, wenn er sich nicht um die Organisation eines internationalen Leichentransports zu kümmern brauchte.

»Mein Beileid zu Filips Tod«, sagte Mervi in fließendem Englisch und setzte eine teilnahmsvolle Miene auf. »Eine sehr schreckliche Geschichte.«

Hildur bedankte sich mit einem kurzen Nicken. Sie tat, als wäre sie in ihrer Trauer nicht fähig, viele Worte zu verlieren. In Wahrheit wollte sie möglichst wenig sprechen, um zu verbergen, wie lückenhaft ihr Wissen über Filip war. Sie hatte einige Artikel gelesen, für die er interviewt worden war, und sich sein LinkedIn-Profil und ein paar andere Social-Media-Kanäle angesehen, aber nur wenig über ihn erfahren.

Hildur wollte keine führende Rolle im Gespräch übernehmen. Deshalb sagte sie eine Weile gar nichts, sondern wartete nur Mervis nächsten Zug ab. Sie nahm noch einen Pfefferkuchen und lächelte melancholisch.

Mervi blickte zum Fenster. Die Lichterketten spiegelten sich in ihrer Brille mit dem grünen Gestell.

»Filip hat erst seit zwei Monaten hier gearbeitet.«

»Sind irgendwelche persönlichen Dinge von ihm hier geblieben? Ich könnte sie seinen …«

Mervi seufzte vernehmlich.

»Nein, gar nichts. Die Polizei war hier und hat alles mitgenommen.«

»Auch den Computer?«, fragte Hildur.

Mervi sah sie verdutzt an. Dann schüttelte sie den Kopf und sagte, der Computer sei immer noch in Filips Büro.

»Der gehört der Firma. Und auf firmeneigenen Geräten darf man nichts Persönliches speichern.«

Hildur verstand. Auf den Geräten des Arbeitgebers durfte man wegen der Informationssicherheit in aller Regel keine eigenen Programme installieren und hatte keinen Zugang zu den Social Media. Trotzdem fand sie es verwunderlich, dass die Polizei Filips Computer nicht mitgenommen hatte. Darauf fand sich ja möglicherweise etwas, was für die Ermittlungen hilfreich sein könnte. Aber offensichtlich glaubte die Polizei so fest an Jakobs Schuld und war überzeugt, dass Filip nur eine Nebenrolle spielte, dass sie den Computer für unwichtig hielt.

»Sobald die Polizei den Leichnam freigibt, wird er zur Beisetzung nach Norwegen gebracht«, sagte Hildur. »Die Versicherung zahlt die Kosten für den Sargtransport. Ich habe Filips … Familie wie gesagt versprochen, bei der praktischen Organisation zu helfen.«

Im Ausland Verstorbene wurden meist per Luftfracht in ihr Heimatland überführt. Dafür brauchte man zwei Särge. Der eine war der, in dem der Tote beerdigt werden würde. Dieser Sarg wurde in einen zweiten, stabilen Metallsarg gepackt, der die Leiche und den eigentlichen Sarg während des Fluges schützte. Hildur hoffte inständig, dass Filips wahre Angehörige, sofern er in Norwegen welche hatte, sich noch nicht mit seinem Arbeitgeber in Verbindung gesetzt hatten. Dann wäre ihr Ammenmärchen schwer ins Wanken geraten. Sie sah jedoch kein Anzeichen von Misstrauen auf Mervis Gesicht. Offenbar ging ihre Geschichte durch.

»Filip ist ja ziemlich kurzfristig hierhergezogen, und wir beide sind nicht dazu gekommen, uns genauer über seine Arbeit zu unterhalten«, sagte Hildur und erzählte, sie habe früher zusammen mit Filip bei einer norwegischen Ölgesellschaft gearbeitet, deren Öffentlichkeitsarbeit er geleitet habe. Diese Information hatte sie dem LinkedIn-Profil entnommen. Sie erklärte, sie sei Filips Assistentin gewesen, und sie hätten sich in den gemeinsamen Öljahren angefreundet.

»Welche Aufgaben hatte Filip denn hier?«

Hildur registrierte die plötzliche Veränderung in Mervis Wesen. Die neugierig und offen wirkende Personalchefin verschloss sich im Bruchteil einer Sekunde. Mervi lehnte sich zurück.

Mit zusammengekniffenen Augen musterte sie Hildur und fragte betont ruhig: »Was spielt das für eine Rolle?«

Hildur bemühte sich, ihre Verwirrung zu verbergen. Sie zog ihren Pferdeschwanz vom Rücken über die Schulter und fingerte scheinbar aufgeregt daran herum.

»Ich dachte nur ... Wir standen uns ziemlich nah. Abends nach der Arbeit sind wir manchmal zusammen ein Bier trinken gegangen. Damals hat Filip oft davon gesprochen, wie gern er in der Bergbaubranche arbeiten würde. Ich frage mich, ob sich sein Traum jetzt endlich erfüllt hatte und ...«

Hildur ließ den Satz unvollendet und starrte auf ihre Haarspitzen.

»Er war für die Öffentlichkeitsarbeit des Unternehmens zuständig, Kontakte zu Interessengruppen, Pressemitteilungen und dergleichen«, sagte Mervi und hielt inne.

Hildur schwieg. Sie war sich sicher, dass die Personalchefin gleich weiterreden würde.

Mervi stützte die Ellbogen auf den Tisch, verschränkte die Hände und legte das Kinn darauf. Sie sah Hildur von unten herauf an.

»In den letzten Wochen hat er den Leuten von der Umweltabteilung bei Konzessionsangelegenheiten geholfen.«

»Bei Konzessionsangelegenheiten?«, sagte Hildur und verfluchte sich gleich darauf selbst. Sie war eine Spur zu eifrig gewesen und hatte den Köder geschluckt, den die Personalchefin ihr hingehalten hatte.

»Hören Sie mal, wer immer Sie sein mögen«, sagte Mervi und hob den Zeigefinger. »Im Umkreis der Bergbaubranche treiben sich alle möglichen Leute herum. Lobbyisten, Beamte und militante Umweltschützer. Ich habe ein ziemlich gutes Gespür entwickelt. Lügensäcke erkenne ich sofort, Sie inbegriffen. Außerdem haben Filips Angehörige uns schon längst kontaktiert.«

Während sie sprach, schenkte Mervi sich Kaffee nach. Hildur bot sie keinen mehr an.

»Sie sind wohl eine Umweltaktivistin, was? Danach sehen Sie auch aus mit Ihren wirren Haaren. Die meisten von euch haben dreckige Dreadlocks …«

Die Personalchefin rümpfte die Nase und tat so, als würde sie sich vor Ekel schütteln. Sie war ordentlich in Fahrt gekommen.

»Also bitte, woher kannten Sie Filip?« Mervi fragte so direkt, dass Ausflüchte unmöglich waren.

»Nun, wir haben uns in Oslo in dem Ölunternehmen kennengelernt …« Weiter kam Hildur nicht, weil Mervi ihr ins Wort fiel.

»Quatsch.«

»Entschuldigung, ich verstehe nicht recht«, stammelte Hildur.

Mervi lächelte wissend. Sie legte die Hände auf den Tisch und sah Hildur an wie ein kleines Kind, das einen Lutscher gemopst hat und dabei erwischt wurde.

»Ich habe gehört, dass im Ort eine neugierige Isländerin aufgetaucht ist, die sich nach Jakob erkundigt. Also nach dem Mann, der wegen Mord an Lena und Filip verhört wird. Leicht zu erraten, dass Sie diejenige sind.«

Verdammter Mist. Hildur begriff, dass ihr Gespräch mit der Personalchefin beendet war. Mervi war ihr die ganze Zeit einen Schritt voraus gewesen. Man sah ihr an, dass ihr keine nützlichen Informationen zu entlocken waren.

»Wir versuchen in dieser Region Arbeitsplätze zu schaffen und wollen uns an der grünen Transformation beteiligen. Sie wissen schon, Rohstoffe für Elektroautos und Informationstechnologie.

Und was ist der Dank? Dass alle möglichen Ökofaschisten, die nichts Besseres zu tun haben, Banderolen an Fahnenstangen hängen und Laienschauspielerinnen wie Sie hier herumalbern.«

Hildur stand auf und schnappte sich noch ein Weihnachtsferkel.

»Dann gehe ich wohl lieber. Danke für den Kaffee.«

Mervi wollte noch etwas sagen, aber Hildur marschierte hinaus, warf sich den Mantel über und ging über den verschneiten Hof zu ihrem Wagen.

»Voll in die Hose gegangen«, sagte sie und legte den Sicherheitsgurt an. »Sie hat sofort gemerkt, worum es ging.«

Jakob klopfte auf das Armaturenbrett.

»Wir haben Besuch«, sagte er und schwenkte den Kopf zur Rückbank hin.

Hildur ließ den Motor an, bevor sie sich umdrehte. Im Fond saß ein großer Mann mit Brille, etwas jünger als sie. Er hielt ihr die Hand hin.

»Hallo, ich bin Esa Lehtinen«, stellte er sich vor.

Hildur ergriff seine Pranke und schüttelte sie.

»Ich bin gerade auf dem Flur vorbeigekommen, als Sie mit Mervi gesprochen haben«, sagte Esa. »Die Räume sind schlecht isoliert, da bekommt man alles mit. Und dann habe ich vom Fenster aus gesehen, dass auf dem Hof ein fremder Wagen steht, in dem jemand sitzt. Ich dachte mir, das müsste Ihrer sein, deshalb bin ich hergekommen, um auf Sie zu warten.« Er fügte hinzu, er habe mit Filip zusammengearbeitet. »Mervi ist ein bisschen speziell. Identifiziert sich hundertfünfzig Prozent mit dem Unternehmen. Und verträgt nicht die leiseste Kritik.«

Hildur stellte sich vor und äußerte ihr Beileid zu Filips Tod.

»Er war ja Ihr Kollege.«

Jakob sagte etwas auf Finnisch. Esa nickte und suchte kurz nach den richtigen Worten.

»Filip hat mir in letzter Zeit bei den Konzessionsanträgen geholfen, obwohl das eigentlich nicht seine Aufgabe war. Er ist ja als PR-Hund eingestellt worden. Es ist bloß alles so wahnsinnig eilig, da wird jede Hilfe gebraucht.«

Esa bezeichnete die Konzessionsbürokratie als eine einzige höllische Baustelle. Selbst eine kleine Verzögerung bei den Konzessionen würde das Projekt erheblich verschleppen.

»Wenn zum Beispiel die Emissionen zu groß wären oder wenn die Grube der Umgebung oder der Bevölkerung irgendeinen anderen Schaden zufügen würde, dann würde die Umweltzulassung unter Umständen nicht bewilligt. Ohne Konzession könnte das Bergwerk seine Tätigkeit nicht aufnehmen. So eine Situation darf man nicht entstehen lassen. Ich erinnere mich, wie enttäuscht Filip war, dass seine Sorge hinsichtlich der Abfälle nicht ernst genommen wurde.«

Hildur zitterte vor Kälte. Sie drehte die Sitzheizung höher.

»Abfälle?«

Esa rieb sich die Hände und schüttelte gleichzeitig den Kopf. »Es ist ein halb öffentliches Geheimnis, dass im alten Bergwerksgebiet vor langer Zeit aller mögliche Müll weggeworfen wurde, von Pappkartons und Rohren bis zu alten Motoren.«

Filip hatte angefangen, die Angelegenheit zu klären. Er wollte wissen, wann und von wem zuletzt Abfälle auf die geheime Müllkippe gebracht worden waren und ob das Umweltdelikt zur Zeit des in Konkurs gegangenen Bergbauunternehmens oder jetzt, in der Zeit der neuen Besitzer, begangen worden war.

»Über die illegale Mülldeponie wird schon seit Jahren geredet, und die alte Firma hatte auch Untersuchungen dazu angestellt. Aber jetzt sind die Papiere nirgendwo mehr aufzufinden.«

Jakob nickte. Auch er hatte schon vor Jahren Gerüchte über die illegale Müllhalde gehört.

»Was hat die widerrechtliche Deponie mit der Umweltgenehmigung zu tun?«, fragte Hildur.

»Es geht um Geld«, antwortete Esa.

Große Investitionen sollten möglichst schnell Gewinne abwerfen. Es war ein harter Nervenkrieg. Entsprechend groß war die Versuchung, da zu bohren, wo das Brett am dünnsten war.

»Eine illegale Müllhalde verschmutzt die Umwelt. Das kann die Erteilung der Umweltgenehmigung verzögern oder sogar ganz verhindern. Man möchte die alten Müllgeschichten nicht ausgraben, damit sie nicht anfangen, zu stinken und das ganze Projekt zu gefährden. Aber Filip wollte die Sache nicht auf sich beruhen lassen, sondern hat nach zusätzlichen Informationen gesucht.«

»Glauben Sie, jemand aus der Firma ist in die Tat verwickelt?«

Esa schüttelte den Kopf und lachte auf. »Ein Börsenunternehmen will Profit machen, aber jemanden umbringen würden sie dann doch nicht.«

Hildur dachte an die Umweltschützer, über die Mervi in verächtlichem Ton gesprochen hatte.

»Und die Umweltaktivisten, gibt es unter denen Radikale?«

»Na ja, man kann nie wissen, ob da einer auf die Idee kommt, dass man ruhig zwei Menschen umbringen darf, um die Natur zu retten«, sagte Esa, gab aber durch sein Lachen zu verstehen, dass er auch an dieses Szenario nicht glaubte.

Hildur sah im Seitenspiegel, dass der Haupteingang des Bürogebäudes geöffnet wurde. Die in einen knöchellangen Daunenmantel gehüllte Mervi drückte die Tür hinter sich zu und ging zielstrebig zu ihrem Wagen. Offenbar hatten die Leute aus der Chefetage einen eigenen, nur ihnen vorbehaltenen Parkplatz in der Nähe des Gebäudes.

»Sie fährt jeden Tag um dieselbe Zeit zum Mittagessen.« Esa machte Anstalten, sich zu verabschieden. »Ich glaube, das war alles, was ich Ihnen sagen kann.«

Jakob drehte den Kopf nach hinten und fragte: »Wissen Sie, wie weit Filip mit der Müllhaldensache gekommen ist?«

Esa ließ den Türgriff los, lehnte den Kopf an die Nackenstütze und schloss kurz die Augen. Hildur fand, dass er dem verstorbenen Steve Jobs ähnlich sah: Brille mit dünnem Gestell, schmale Lippen, graue Bartstoppeln.

»Nicht sehr weit, glaube ich.«

In der Firma hatte Filip keine Dokumente über die Müllhalde gefunden. Er hatte versucht, mit einigen Leuten zu sprechen, die schon länger im Bergwerk arbeiteten, aber niemand traute dem Neuankömmling, der begonnen hatte, in der Vergangenheit zu wühlen. Esa wusste nicht mit Sicherheit, ob Filip dazu gekommen war, in alten Zeitungen, bei Müllabfuhrfirmen, bei investigativen Reportern, die sich in der Branche auskannten, oder bei der örtlichen Polizei nachzuforschen.

»Ich wüsste gern, warum Sie uns davon erzählen wollten«, sagte Hildur.

Esa lachte auf.

»Weil ich einer dieser Umweltaktivisten bin, die Mervi so verabscheut. Gleichzeitig bin ich auch Geologe. Ich habe Verständnis für die Bergbauindustrie. Wir müssen aus vielen Gründen mehr Metallerz gewinnen. Aber ich möchte, dass alles mit rechten Dingen zugeht. Jetzt tanzen hier einige aus der Reihe, und das kann gefährlich werden.«

49

DEZEMBER 2021 ÄKÄSLOMPOLO

Nach dem Besuch bei dem Bergbauunternehmen brachte Hildur Jakob zur Polizeistation in Kittilä. Die Leiterin des Ermittlungsteams wollte ihn noch einmal befragen. Spätestens am nächsten Morgen würden Hildur und Jakob sich wieder treffen.

Hildur fuhr langsam nach Äkäslompolo zurück. Die Panoramastraße von Kittilä in das Fjelldorf war unbeschreiblich schön. Die über und über mit Schnee behangenen Bäume zeichneten sich strahlend weiß vor dem rötlichen Nachmittagshimmel ab. Am höchsten Punkt der Strecke hatte man einen fantastischen Ausblick über die sanft hügelige Landschaft, die sich bis zum Horizont erstreckte.

Hildur merkte, dass sie eine kleine Auszeit brauchte. In den letzten Tagen war so viel passiert. Es zehrte an den Nerven, vor all den offenen Fragen zu stehen. Hildur war besessen von dem Wunsch zu erfahren, warum und von wem Lena und Filip ermordet worden waren, was mit Rósa geschehen war, wie Beta und Tumi mit ihren Ermittlungen vorankamen und wann Jakob nach Island zurückkehren würde. Die knisternde Ungewissheit war unerträglich.

Das Leben wäre bestimmt leichter, wenn sie die Ungewissheiten einfach hätte ignorieren können. Es fiel Hildur schwer, sich ein Leben vorzustellen, das größtenteils leicht und sorglos war. Alle hatten

Probleme, aber bei manchen beschränkten sie sich auf einen Haufen schmutziger Wäsche oder ein erkältetes Kind. Probleme, die vorübergingen und in der Erinnerung allmählich verblassten. Ab und zu war auch Hildur ein sorgloser Moment vergönnt. Sorglosigkeit verspürte sie beim Surfen, beim Krafttraining, beim Essen und im Bett. Schade, dass sie nicht ihr ganzes Leben surfend und vögelnd verbringen konnte. Hildur lachte über den Gedanken und parkte vor dem Hotel.

Der Gedanke, in ihr Zimmer zu gehen, lockte sie nicht. Sie sehnte sich nach frischer Luft und schlug den Weg ein, der zum Einkaufszentrum und weiter zu dem zugefrorenen See führte.

Hildur hatte schon oft den Rat bekommen, eine Therapie zu machen und ihre alten Traumata mit irgendeinem Experten aufzuarbeiten. Aber das würde sie nicht mehr tun. Auf keinen Fall. Vor Jahren hatte sie es mit einer Therapie versucht, die sie aber nach ein paar Sitzungen abgebrochen hatte. Nachdem sie Björk gefunden hatte, hatte sie einen neuen Versuch unternommen und festgestellt, dass die Belastung dadurch nur zunahm. Zu guter Letzt hatte *sie* ihre Therapeutin trösten müssen, die ihr erzählte, auch sie selbst habe vor Jahren einen schweren Schicksalsschlag erlitten: Sie hatte ihr Baby durch plötzlichen Kindstod verloren. Hildur wusste, dass die Therapeutin unprofessionell gehandelt hatte, konnte sich aber nicht zu einer Beschwerde aufraffen. Die beste Lösung war, nicht mehr hinzugehen.

Als Hildur auf dem zugefrorenen See von Äkäslompolo umherwanderte, knirschte der Schnee unter ihren Schuhen. Die Temperatur lag jetzt ungefähr zwanzig Grad unter null, aber die Kälte drang nicht durch Mark und Bein. Die stille, trockene Winterluft fühlte sich fast weich an. So etwas war Hildur nicht gewohnt. An ihrem Fjord war der Winter ein ständiger Kampf. Auf stundenlanges Schneetreiben konnte plötzlich Regen folgen, sodass die Straßen sich in Eisbahnen verwandelten. Der Wind wehte pausenlos aus wechselnden Richtungen. Hier war der Winter zwar präsent, aber er war friedlich und schien sich jeweils nur in einer einzigen Wetterlage zu präsentieren. Das machte das Leben irgendwie leichter.

In Finnland war für Hildur alles neu. Die Sprache, die Landschaft, die Kälte, die Gelassenheit der Leute. Seit sie erwachsen war, verlief ihr Alltag letztlich in den immer gleichen Bahnen. Sie arbeitete in einem sinnvollen und ihr vertrauten Beruf, tat in ihrer Freizeit von Jahr zu Jahr dasselbe und wohnte in einem Dorf und einer Wohnung, die sie seit vielen Jahren kannte. Sollte sie vielleicht eine neue Seite aufschlagen? Sich ein neues Hobby suchen? Töpfern oder Nationaltrachten nähen?

Die Nacht war so klar und die Umgebung so dunkel, dass die Sterne hell leuchteten. Beim Einatmen prickelte die Luft in der Nase, beim Ausatmen bildete sie eine Dampfwolke, die immer dünner wurde und in der Atmosphäre verschwand. Der Sternenhimmel sah hier fast genauso aus wie über dem heimischen Fjord. Hildur entdeckte den Großen Bären. Sie ließ den Blick eine Weile über den Himmel wandern. Nachdem sie den Buchstaben U gefunden hatte, erkannte sie das Sternbild der Zwillinge, das tatsächlich Ähnlichkeit mit zwei Menschen hatte, die sich an der Hand hielten. Das Sternbild war nicht immer leicht zu erkennen, weil es aus so vielen Teilen bestand. Aber jetzt war es deutlich zu sehen.

Am Himmel konnte man alle möglichen Muster bilden, wenn man eine Weile Linien zwischen den hell leuchtenden Punkten zog. Die Suche nach den Sternbildern erinnerte in gewisser Weise an die Arbeit der Kriminalpolizei: Man musste Beobachtungen anstellen, sowohl aus der Ferne wie aus nächster Nähe genau hinsehen, überlegen, wie die Dinge miteinander zusammenhingen, und das Muster erkennen.

Der Spaziergang hatte Hildur gutgetan. Die Wehmut stieg jedoch immer noch auf und hüllte sie ein wie isländischer Küstennebel.

Hildur verspürte den Wunsch, sich eine Weile leicht zu fühlen. Sie erinnerte sich an die Redewendung, das Glück sei ein Dummkopf und suche seinesgleichen. Also machte sie kehrt und ging in Richtung Zentrum zurück. Sie wollte in der Dorfkneipe ein paar Bier trinken.

50

»Ein Bier«, sagte Hildur auf Finnisch, wie sie es von dem jungen Mann gehört hatte, der vor ihr bestellt hatte. Nach dem schelmischen Lächeln des Barkeepers zu schließen, war ihr erster Versuch in der fremden Sprache halbwegs richtig ausgefallen. Sie trank einen Schluck ab, damit das Bier nicht überschwappte, dann setzte sie sich auf einen Barhocker an der Ecke der Theke. Die richtige Stelle, um die Leute in der Kneipe zu beobachten.

An der längsten Wand hingen drei große Bildschirme, auf denen irgendein Fußballspiel lief. Von der finnischen Sportreportage verstand Hildur kein Wort. Überraschend viele saßen allein an ihrem Tisch, den Blick auf den Bildschirm gerichtet. An einem Tisch spielte eine Clique Karten, an einem zweiten war ein lautes Gespräch im Gang. Es war erst kurz nach neun, und die Stimmung in der Kneipe war irgendwie träge.

Die Männer, die sich das Fußballspiel ansahen, waren hoffentlich Ortsansässige, bei denen Hildur sich nach dem Bergwerk und der Mülldeponie erkundigen konnte. Sie trank einen Schluck Bier und nahm sich vor, in der nächsten Spielpause einen der Männer anzusprechen. Sie jetzt mitten im Spiel zu stören erschien ihr nicht ratsam.

Aus Erfahrung wusste sie, dass man in einer Kneipe die ausführlichsten Antworten bekam, wenn man die Leute kurz vor Spielbeginn oder unmittelbar nach einem gut gelaufenen Spiel ansprach. Dann lockerte sich die Zunge.

Aus den Augenwinkeln beobachtete Hildur einen gut aussehenden dunkelhaarigen Mann, der an die Theke kam, ein Bier bestellte und sich auf den freien Hocker neben ihr setzte. Er lächelte ihr kurz zu, bevor er den ersten Schluck trank. Irgendetwas an seinem lebhaften Blick weckte Hildurs Aufmerksamkeit. Der Mann prostete ihr zu. Hildur trank noch einen Schluck und überflog dann die auf der Theke liegende Speisekarte, weil ihr der Magen knurrte. Sie bestellte eine Portion Pommes, diesmal auf Englisch.

Während sie auf das Essen wartete, holte sie ihr Handy aus der Jackentasche und las die eingetroffenen Textnachrichten. Beta erkundigte sich, was es Neues gebe, und bestellte Jakob Grüße. Hildur antwortete ihr, sie würde hoffentlich in ein paar Tagen nach Hause kommen, und versprach, sie anzurufen, sobald sie ungestört sei. Sie schrieb auch eine Nachricht an Björk, erzählte vom Frost, vom Schnee und vom Skilaufen und fügte hinzu, sie würde ausführlich über ihre Reise berichten, wenn sie wieder zu Hause sei. Als sie das Handy einsteckte, merkte sie, dass der Mann neben ihr immer noch in ihre Richtung starrte. Sie sah ihn fragend an. Der Mann wandte den Blick nicht ab.

»Ich gucke nur. Wir brauchen nicht zu reden.«

Hildur zog die Augenbrauen hoch. Na schön, sollte er gucken. Der Barmann stellte ihr einen Teller Pommes und eine Flasche Ketchup hin. Hungrig wie sie war, stopfte sie sich gleich mehrere Pommes auf einmal in den Mund und wischte die Hand dann an der Hose ab.

Allmählich wurde ihr das Glotzen zu dumm. Sie stand auf, hielt dem Mann die Hand hin und stellte sich vor.

»Ich bin Anton«, sagte er.

Hildur versuchte, ein Gespräch über das Fußballspiel in Gang zu bringen, aber das Thema schien den Mann nicht zu interessieren.

»Wohnen Sie hier?«

»Aber ja. Ich komme aus einer rentiersamischen Familie und bin auch selbst Rentierzüchter.«

Spannend, dachte Hildur. Der Mann hatte ihr Interesse geweckt.

»Haben Sie viele Rentiere?«

Anton lachte laut auf und schlug mit der flachen Hand auf die Theke. Er beugte sich zu Hildur hin, als wollte er ihr ein Geheimnis anvertrauen.

»Wie viel Geld hat die Lady auf ihrem Konto?«

Hildurs Verblüffung währte nur kurz. Nach der Anzahl der Rentiere durfte man offenbar nicht fragen. Sie leerte ihr Glas, bestellte ein neues und fragte Anton, ob er auch noch eines wolle.

»Gern, aber die Rechnung geht auf mich. Ich habe Rentiere zu beiden Seiten des Baums, hier braucht eine Frau nicht zu bezahlen.«

Sie redeten eine Weile, und Hildur lobte Antons gute Englischkenntnisse.

»Ich war einmal mit einer Engländerin verheiratet. Leider ist sie gestorben.«

Hildur sprach ihm ihr Beileid aus, und Anton nickte dankbar. Sie stießen miteinander an und schwiegen eine Weile.

Dann erzählte Hildur, sie sei hier, um einen Freund zu unterstützen, komme aber eigentlich aus Island.

»Bei uns gibt es auch Rentiere. Die werden allerdings nicht gezüchtet, sondern gejagt.«

Anton verdrehte die Augen und fragte, was für eine Komikerin sie denn sei.

Hildur erzählte, dass man vor langer Zeit Rentiere aus Norwegen nach Island gebracht habe, damit die Jäger auf etwas Größeres schießen konnten als auf Vögel. Die Jagdzeit im Herbst dauere einige Wochen, und die Abschussgenehmigungen würden verlost.

Anton lachte lauthals. »Bei euch wird ausgelost, wer ein Rentier erlegen darf?«

Hildur nickte.

Sie stopfte sich die restlichen Pommes in den Mund und schob den leeren Teller beiseite. Im Fußballspiel war Halbzeitpause. Aus den Lautsprechern kam ein finnischer Schlager.

Anton war aufgestanden und hielt Hildur die Hand hin. »Gehen wir tanzen?«

Hildur schüttelte den Kopf. Sie tanzte nicht gern.

»Ich kann nicht tanzen.«

»Na, dann bringe ich es dir bei.«

Wieder schüttelte Hildur den Kopf. »Hör mal, tanzen mag ich nicht, aber ich würde mich gern über das Bergbauprojekt unterhalten. Kannst du mir darüber was erzählen?«

Antons Miene wurde reserviert. Er setzte sich wieder hin, griff nach seinem Glas und leerte es.

»Arbeitest du etwa da?«, fragte er.

Hildur verneinte. Anton knallte sein leeres Glas auf den Tresen und sah sie an.

»Ich kann dir was erzählen. Unter einer Bedingung.«

Hildur sagte nichts, sie hob nur eine Augenbraue, um zu signalisieren, dass sie zuhörte.

»Komm morgen mit mir in den Wald, meine Rentiere angucken, dann erzähle ich dir alles, was du wissen willst. Wir fahren mit dem Schlitten.«

Hildur grinste.

»Ich habe leider keine Zeit. Zu viel zu tun.«

Anton lächelte zurück und schlug vor, noch ein Bier zu trinken. Dafür hatte Hildur Zeit.

Sie erkundigte sich nach Antons Arbeit. Er plauderte munter drauflos.

Anton erzählte, er sei den ganzen Tag mit dem Schlitten in der Nähe von Hetta gewesen und habe Rentiere gehütet. Seine Tiere bildeten mit denen einiger anderer Familien eine Herde. Als Weidegemeinschaft kümmerten sich alle Besitzer gemeinsam darum, die

Rentiere auf der Winterweide zu hüten. In der dunkelsten und kältesten Zeit des Winters blieben die Rentiere in einem kleinen Areal, weil sie sich im tiefen Schnee nur mühsam bewegen konnten. Im Frühjahr, wenn der Schnee mit einer Eiskruste überzogen war, kam man leichter voran, und dann streiften die Rentiere in einem größeren Gebiet umher. Mitten im Winter bestand die Arbeit hauptsächlich darin, die Rentiere zu hüten und im Auge zu behalten.

»Heute habe ich ein Aas gefunden, von einem Raubtier gerissen«, sagte Anton und zahlte für die beiden Gläser Bier, die der Kellner ihnen hinstellte. »Ich habe über den Bäumen drei große Raben gesehen. Sie sind alle naselang auf die Erde und dann wieder hoch geflogen. Ich bin mit dem Schlitten hingefahren und wusste schon vorher, dass da ein Aas liegt.«

Hildur dachte an die Raben zu Hause. In Island waren sie der schlimmste Feind der frei weidenden kleinen Lämmer. Ein Schaf, das auf den Rücken fiel, kam aus eigener Kraft nicht auf die Beine. Sie erzählte Anton, wenn man in Island einen Raben vor seinem Haus sehe, bedeute das oft den Tod. Manchmal auch Weisheit. Das hänge von der Situation ab.

»Odin hat zwei schwarze Raben. Hugin und Munin, Gedanke und Erinnerung. Sie berichten ihrem Herrn, was auf der Erde geschieht.«

Anton nickte nachdenklich und trank einen Schluck Bier. Dann stellte er das Glas ab und sah Hildur an.

»Und deine Namensschwester ist Odins Walküre, die entscheidet, welche gefallenen Krieger zum Leben erwachen und weiterkämpfen dürfen.«

Hildur sagte erst einmal gar nichts. Sie starrte Anton lediglich verdattert an.

»Ob du's glaubst oder nicht, auch ich habe die alten Göttersagen gelesen. Ich habe früher aus purem Interesse skandinavische Kulturgeschichte studiert. Meine Frau hat in dem Fach ihre Dissertation geschrieben, da habe auch ich mich dafür interessiert. Aber sie ist an Krebs gestorben. Wir haben keine Kinder bekommen. Wie ist es bei dir, wartet zu Hause jemand auf dich?«

Die direkte Frage störte Hildur nicht, im Gegenteil – sie mochte es, wenn Klartext gesprochen wurde. Sie antwortete, sie sei kinderlos und lebe allein.

»Ich bin gern allein«, fügte sie hinzu.

»Das glaube ich nicht!«, rief Anton. »Man sieht dir schon von Weitem an, dass du nicht glücklich bist. Bleib hier, dann bringe ich das in Ordnung.«

Hildur schüttelte lächelnd den Kopf. Sie schob ihren Hocker näher an Antons heran, um den wartenden Gästen Platz zu machen. An der Theke hatte sich eine Schlange gebildet.

»Der Sinn des Lebens kann nicht darin bestehen, glücklich zu sein. Man existiert eben. Das reicht mir.«

Anton dachte kurz über Hildurs Worte nach.

»Bleib trotzdem hier bei mir, und werde meine Frau. Ich habe breite Schultern. Hier kannst du gut existieren.«

Hildur hatte gerade einen Schluck Bier genommen. Sie verschluckte sich und musste so heftig husten, dass ihr die Tränen in die Augen stiegen. Als sie wieder Luft bekam, warf sie einen Blick auf ihre Uhr.

»Wir haben uns vor gut einer Stunde kennengelernt, und jetzt machst du mir schon einen Antrag?«

»Ja. Warum bis morgen warten, wenn man eine gute Idee hat? Jetzt ist jetzt.«

Anton trank einen großen Schluck Bier und versank in seinen Gedanken. Eine Weile saßen sie schweigend da. Plötzlich ertönten um sie herum laute Freudenschreie. Hildur warf einen Blick auf den Bildschirm an der Wand. Alle, die dort zu sehen waren, jubelten. Offenbar hatte die richtige Mannschaft ein Tor geschossen. Noch mehr Gäste drängten an die Theke.

Anton wiederholte seine Einladung in die Wildnis.

»Ich mache Feuer, schmelze Wasser und koche Kaffee für uns. Über dem Feuer wärme ich geräuchertes Fleisch. Die Rentierrippchen brutzeln herrlich, wenn sie heiß werden. Wenn man die isst, bleibt man gesund. Du kannst auf einem Rentierfell sitzen. So etwas hast du bestimmt noch nicht erlebt.«

Hildur musste zugeben, dass Antons Schwärmereien durchaus etwas Verlockendes hatten.

»Klingt nach einem netten Picknick.«

»Wenn du willst, kann ich Samisch mit dir sprechen.«

Die originelle Anmache brachte Hildur zum Lächeln. Sie wollte die rechte Hand auf die Theke legen, um sich zurechtzusetzen, aber Anton war schneller und schob seine unter ihre.

Hildur hob ihr Glas und sah den Mann an, der ihren Plan von einem ruhigen Kneipenabend irgendwie durcheinanderbrachte.

»Trinken wir aus, und gehen wir.«

51

DEZEMBER 2021 REYKJAVÍK

Beta und Tumi saßen sich gegenüber. Betas Dienstzimmer war der einzige Ort im Polizeigebäude, wo sie ungestört reden konnten.

»Sind es wirklich so irrsinnig viele?«, fragte Tumi, über die Landkarte gebeugt.

Hlín hatte bei ihren Recherchen herausgefunden, dass es im ganzen Land über zweihundert Blutfarmen gab. Der Täter, den sie suchten, attackierte Tierschützer, die in irgendeiner Weise versuchten, die Gewinnung von Stutenblut zu erschweren.

Tumi rieb sich die Stirn und schien angestrengt nachzudenken.

»An dem Dinner haben ungefähr vierzig Gäste teilgenommen, aber wir wissen nicht, wie viele von ihnen aktiv mitwirken. Die Tierschützer sind eine große, bunt gemischte Schar. Vielleicht gibt es auch mehrere Täter. Hlín wurde vermutlich von dem Typ zusammengeschlagen, der den Pferden auf der Weide Blut abgezapft hat. Aber die anderen Opfer wurden weit weg von den Blutfarmen aufgefunden. Vielleicht hat sie ein anderer angegriffen.«

Beta war sich schmerzlich bewusst, dass es sich um mehrere Verdächtige handeln konnte. Wenn sie unbegrenzte Ressourcen hätten, könnten sie alle auf der Karte vermerkten Blutfarmen überprüfen. Aber sie waren nur zu zweit. Ihre Zeit reichte nicht.

»Während du bei Hlín warst, habe ich mit dem Personal gesprochen, das bei dem Dinner serviert hat.«

Beta sah Tumi hoffnungsvoll an, aber er schüttelte den Kopf. Mist. Immer noch nichts.

»Die Servierkräfte und auch die Führungsriege der Gaming-Firma haben für die Zeit der Misshandlungen und Morde ein Alibi«, fuhr Tumi fort. »Und niemand hat irgendwelche Verbindungen zu irgendeinem Pferdebusiness. Die eine Kellnerin unternimmt jeden Sommer einen Reitausflug mit ihren alten Schulfreundinnen, das ist der einzige Berührungspunkt mit Pferden.«

Als Beta Hlíns Karte studiert hatte, war ihr aufgefallen, dass einer der markierten Höfe ihrem Freund Viðar Viðarsson gehörte. Also hatte sie ihn auf dem Weg zur Polizeistation angerufen.

Sie kannten sich seit vielen Jahren. Beide hatten damals an den Demonstrationen gegen die Aluminiumindustrie in der Wildnis von Ostisland teilgenommen. Viðar hatte später einen Bauernhof an der Südküste geerbt. Er hatte die Schafe verkauft und konzentrierte sich jetzt auf die Pferdezucht. Die Pferde verkaufte er als Schlachtvieh.

»Viðar hat sich über mein Interesse am Handel mit Stutenblut gewundert, aber offen zugegeben, dass er Blut verkauft, was seinen Worten nach aber keine bedeutsame Einkommensquelle ist. Es wird nur wenig Blut abgenommen, und zwar von einem Tierarzt. Er sagt, es gibt so viele einschränkende Vorschriften, dass ihm praktisch kein Gewinn bleibt.«

Beta hatte ihren Bekannten gefragt, ob er von jemandem wisse, der auf den Weiden illegal Blut sammle.

»Viðar hat gesagt, er habe Gerüchte gehört. Es sei allgemein bekannt, dass manche Pferdebesitzer zu viel Blut abnehmen und sich nicht an alle Regeln halten. Er meint, er sei nicht direkt überrascht, habe aber nie von einem geheimnisvollen Blutsammler gehört.«

»Und wieso war er nicht überrascht?«, fragte Tumi und blickte von der Karte auf.

»So ist das mitunter auf Nutztierhöfen. Auf manchen Höfen

nimmt man es mit den Regeln nicht so genau, und vor allem in den entlegenen Gebieten sind die Kontrollen lasch.«

Tumi nahm die Karte in die Hand und sah sich die markierten Orte noch einmal an. Seine Miene wirkte gequält.

»Fahren wir zu diesem Hof hier, der am nächsten liegt?«

Beta nahm einen Keks aus der Packung auf dem Tisch und steckte ihn in den Mund. Sie schüttelte den Kopf. Sie hatte eine bessere Idee. Tumi hatte den Schichtleiter und die Bedienung des Restaurants gründlich befragt.

»Es kann sein, dass in dem Restaurant, wo das Dinner stattgefunden hat, Leute waren, von denen wir noch nichts wissen«, sagte sie.

Im Schatten bewegten sich immer Gestalten, die unbemerkt bleiben wollten. Dass es ihnen gelang, verdankten sie Menschen, die den Kopf abwandten und vorgaben, nichts zu merken. Vor allem in der Weihnachtszeit blickten viele weg, weil niemand die festliche Stimmung verderben wollte.

52

Beta saß auf dem Beifahrersitz. Die Plüschwürfel an der Decke des alten Volvos baumelten wild hin und her. Sie hatten beschlossen, Tumis altes Privatauto zu nehmen, mit dem er oft in der Hauptstadtregion umherfuhr und Ausschau nach Jugendlichen hielt, die aus dem Heim oder dem Entzug ausgerissen waren und denen er helfen wollte.

In den letzten Tagen hatte Beta gemerkt, wie angenehm es war, mit Tumi zusammenzuarbeiten. Jetzt verstand sie Hildurs lobende Worte über ihren früheren Kollegen. Tumi war ein unkomplizierter Typ, der es nie eilig zu haben schien. Er preschte nicht von einer Aufgabe zur anderen und hatte immer Zeit, innezuhalten und auf die Sorgen seiner Mitmenschen einzugehen. Beta musste zugeben, dass Tumi ein einzigartiges Situationsgespür besaß. Zum Beispiel, als er Ívars Sprechstörung sofort erkannt und Rücksicht darauf genommen hatte, sodass die Vernehmung schließlich gut verlaufen war.

»Hast du Pläne für Weihnachten?«, fragte Beta, als sie am Perlan, dem Warmwasserspeicher von Reykjavík, vorbeifuhren.

»An Heiligabend gehe ich zum Essen zu meiner Mutter, aber sonst arbeite ich. An Weihnachten gibt es so verdammt viel zu tun.«

Während der Feiertage gab es keine Freizeitaktivitäten, und die Schulen waren geschlossen. Das Leben fand in den eigenen vier Wänden statt. Wenn die Verhältnisse in der Familie nicht in Ordnung waren, bedeuteten die freien Tage kein entspanntes Beisammensein, sondern Stress, Beklemmung und wachsende Probleme.

»Könnte nicht irgendwer deine Schichten übernehmen, sodass auch du mal dann freihast, wenn alle anderen Urlaub machen?«

Tumi lachte auf. Es war kein spöttisches Lachen, sondern eher eine nüchterne Feststellung.

»Was ich mache, tut sonst keiner. Und ehrlich gesagt, ich bin lieber bei der Arbeit als allein zu Hause.«

Das Leben war nie eindeutig schwarz oder weiß. Es gab unzählige Schattierungen, das wusste auch Beta nur zu gut. Im Lauf der Zeit war ihr der Seitensprung, den ihr Ex-Mann vor einigen Jahren begangen hatte, verständlicher geworden. Sie waren in ihrer Ehe einfach nicht mehr glücklich gewesen. Óliver war von Natur aus bequem und pragmatisch eingestellt. Er hatte nicht gewagt, die Scheidung vorzuschlagen, sondern die Situation mit einer heimlichen Affäre gelöst, von der Beta irgendwann erfahren hatte. Danach hatten sie nicht lange gebraucht, den gemeinsamen Haushalt aufzulösen. Die Scheidung war qualvoll gewesen, doch mittlerweile fühlte sich Beta in ihrem Leben so zufrieden wie schon lange nicht mehr.

Als die Ampel umsprang, gab Tumi Gas. Der alte Volvo war kein Rennwagen. Neuere Modelle überholten ihn rechts und links. Mit einem Blick in den Rückspiegel vergewisserte sich Tumi, dass die rechte Spur frei war, bevor er den Blinker setzte, die Spur wechselte und an der großen Kreuzung am Bústaðavegur auf die bergab nach rechts führende Straße abbog.

Beta hatte sich an einen ausführlichen, interessanten Artikel über die Probleme der Leiharbeiter auf den Baustellen in Reykjavík erinnert, den sie vor ein paar Tagen gelesen hatte. Eines der Verleihunternehmen vermittelte hauptsächlich ausländische Arbeitskräfte, und es gab ständig Unstimmigkeiten bei der Entlohnung. Keiner der von der Zeitung interviewten Arbeiter bekam auch nur den Mindestlohn, geschweige denn Zuschläge für Abendschichten und

Überstunden. Auch im Bereich der Arbeitssicherheit waren gravierende Mängel festgestellt worden.

Das Problem war allgemein bekannt. In dem kleinen Land herrschte Vollbeschäftigung, und es war schwierig, freie Stellen zu besetzen. Die Verleihunternehmen hatten ihre Chance gewittert. Die isländischen Firmen brauchten dringend Arbeitskräfte, und viele Ausländer gierten nach der Chance auf ein besseres Leben und auf einen Job, in dem sie genug für den Unterhalt ihrer Familie verdienten. Aus Rumänien, Kuba, den Philippinen und den Ländern des ehemaligen Jugoslawiens kamen viele Kurzzeitarbeitskräfte. Indem man die Vorschriften flexibel auslegte und die Pflichten vernachlässigte, konnte man den Leuten schnell einen Job vermitteln, und der größte Profit landete in der Tasche des Vermittlers.

Die Erinnerung an den Zeitungsartikel hatte Beta auf eine Idee gebracht. Sie hatte den Schichtleiter des Hotelrestaurants angerufen, den Tumi bereits befragt hatte, und sich erkundigt, ob das Hotel gelegentlich Leiharbeitskräfte beschäftige. Da der Schichtleiter schwieg, hatte sie hinzugefügt, es gehe nicht um arbeitsrechtliche Fragen. Wegen einer Mordermittlung müsse sie die Wahrheit erfahren, alles andere spiele keine Rolle. Schließlich hatte der Schichtleiter zugegeben, dass sie jede Woche Hilfskräfte beschäftigten, die beim Abräumen des Geschirrs und beim Spülen halfen. So auch in der Woche des Dinners.

Nun waren sie auf dem Weg zu der Firma, die diese Hilfskräfte vermittelte.

»Jetzt nach links«, wies Beta ihren Kollegen an. »Es ist das zweite Haus auf der rechten Seite.«

Laut Unternehmensregister war die Firma Frauen im Beruf eine vor drei Jahren gegründete Aktiengesellschaft, deren Tätigkeitsbereich die Personalbranche war, in der Praxis also Vermittlung von Leiharbeitskräften und Personalschulung. Beta hatte auf die Schnelle einige Hintergrundinformationen über das Unternehmen eingeholt. Es vermittelte Arbeitskräfte hauptsächlich in Berufen, in denen vorwiegend Frauen tätig waren, also Putzkräfte, Aushilfen für Kitas und Kellnerinnen für die Kneipen der Innenstadt sowie »Tischabdeckerinnen«. Das Dezernat für Wirtschaftsdelikte hatte schon vor einiger Zeit Ermittlungen gegen die Firma eingeleitet, die jedoch noch so in den Anfängen steckten, dass bisher keine Vernehmungen stattgefunden hatten. Beta und Tumi interessierten sich nicht für eventuelle Steuerhinterziehungen, sondern wollten wissen, wer am Abend des Dinners auf der Gehaltsliste der Firma gestanden hatte.

An den Rändern der Schiebetüren hatte sich Schnee festgesetzt, sodass sie sich nur einen halben Meter weit öffneten. Tumi passte nicht hindurch. Also trat er den Schnee weg und schob die Türen mit seinen großen Pranken auf. Mit einem lauten Knarren gaben sie nach.

Sie fuhren mit dem Lift in den dritten Stock, wo Beta auf den Summer drückte. Bald darauf erschien eine erschöpft wirkende Frau im Flur. Sie war etwas älter als Beta. Ihre karottenroten Haare fielen schlaff auf die Schultern. Unter den Augen hatte sie dunkle Schatten. Ihre Schritte waren kraftlos, müde und schleppend. Beta musterte die Frau genau. Sie wusste, dass sie selbst nach einem langen Arbeitstag ähnlich aussah.

Sie stellte sich und Tumi vor.

»Wir untersuchen eine Serie von schweren Verbrechen. Deshalb müssen wir Ihnen ein paar Fragen stellen. Es geht um die von Ihnen vermittelten Arbeitskräfte an einem bestimmten Abend an einem bestimmten Ort.«

Sie wollte den Grund für ihren Besuch von Anfang an klarstellen. Wenn die Polizei auftauchte, gingen die Leute entweder in Verteidigungshaltung oder wurden übervorsichtig. Da im Dezernat für Wirtschaftsdelikte bereits Ermittlungen liefen, die auch die Firma Frauen im Beruf betrafen, waren Vertreter der Gewerkschaften und des Arbeitsschutzes höchstwahrscheinlich schon hier gewesen. Beta wollte unterstreichen, dass sie sich nicht für arbeitsrechtliche Fragen interessierte. Sie brauchte nur ganz spezifische Informationen, mehr nicht.

Ihre Offenheit schien zu wirken. Die Frau wurde zugänglicher.

»Ich bin Lilja Finnsdóttir, die Geschäftsführerin.« Sie gab beiden die Hand und führte sie in einen Besprechungsraum. »Also, worum geht es?«, fragte sie, als sie Platz genommen hatten.

Beta erklärte, im Hotel Hilton in Reykjavík habe im Herbst ein Dinner für Leute stattgefunden, die im Tierschutz tätig seien.

»Im Hotel hat man uns gesagt, dass an dem Abend von Ihnen vermittelte Arbeitskräfte anwesend waren. Wir brauchen Angaben über diese Personen. Name, Adresse und sonstige Kontaktdaten.«

Lilja holte ein Päckchen Kaugummi aus der Tasche und steckte sich ein Dragee in den Mund. Sie kaute genüsslich darauf herum. Ihre Miene wirkte jetzt nicht mehr verdrossen, sondern neugierig.

»Okay, ich hole die Unterlagen. Warten Sie hier.« Sie deutete auf den Getränkeautomaten. »Wenn Sie mögen, können Sie sich dort Wasser nehmen.«

Nach einem Blick auf die Klapperkiste lehnte Beta höflich ab.

Beta und Tumi warteten schweigend auf Liljas Rückkehr. Tumi griff nach seinem Handy und ging Mails und Textnachrichten durch. Beta wusste, dass Jugendliche mit Problemen, deren Eltern und die Leute vom Jugendschutz Tumi ohne Bedenken kontaktierten. Er bekam andauernd und zu jeder Tages- und Nachtzeit SMS, WhatsApp-Nachrichten, private Mitteilungen auf Instagram und E-Mails. Er hatte sogar einen Account bei Snapchat, weil er wusste, dass Jugendliche dort viel Zeit verbrachten. Nach einigen Klicks steckte er das Handy wieder ein.

»Angenehm still, wenn niemand einen erreichen will. Könnte aber auch die Ruhe vor dem Sturm sein …«

Lilja kam mit einem Papierstapel zurück.

»Ich habe alles aus der fraglichen Woche ausgedruckt«, erklärte sie, während sie die Papiere vor sich ausbreitete. »Es war offenbar eine ziemlich ruhige Woche für uns, also gibt es nicht viele Informationen.« Sie ging die Schichtlisten durch. »Im Hotel Hilton, sagten Sie?«

Beta bejahte.

»Hier ist nichts …« Lilja kaute am Nagel ihres linken Zeigefingers. Der rechte Zeigefinger wanderte über die einzelnen Zeilen.

Beta spürte Enttäuschung in sich aufsteigen.

»Aber im Hotel hat man behauptet, eine Arbeitskraft von Ihnen wäre dort gewesen«, sagte sie ungehalten.

»Ach ja, jetzt erinnere ich mich!« Lilja stupste den Finger auf eine Stelle in der Mitte des Bogens. »Wir hatten Leute im Grand Hotel gleich nebenan. Alle waren dort zum Spülen eingeteilt. Dann kam ein dringender Anruf vom Hilton, weil eine ihrer eigenen Mitarbeiterinnen erkrankt war.« Lilja war sichtlich begeistert von ihrer Entdeckung.

Grand Hotel und Hilton waren zu Fuß nur zehn Minuten voneinander entfernt. Der Wechsel von einem Hotel zum anderen ging also schnell.

»Der Wechsel ist mit einem Sternchen neben dem Namen vermerkt. Ich hatte es bloß übersehen.«

»Könnten wir den Namen der Person bekommen?«, fragte Beta und holte ihr Notizbuch mit dem Logo des Nationalmuseums und einen Kugelschreiber aus der Handtasche.

Lilja blickte auf das Papier, dann sah sie Beta an.

»Die Frau kenne ich nur flüchtig. Sie arbeitet ab und zu für uns, wenn sie nach ihrem regulären Job Zeit hat. Sie fährt als Spediteurin durch ganz Island, übernimmt aber für uns kurze Schichten, wenn sie nicht unterwegs ist. Ihr Name ist … Haarde.«

Der Stift fiel Beta aus der Hand und rollte vom Tisch auf den Fußboden.

»Haarde? Wie der ehemalige Premierminister?«

In Island verwendeten fast alle ein Patro- oder Matronym als Nachnamen. Haarde war einer der wenigen Familiennamen. Der Mann, der vor etwa fünfzehn Jahren als Premierminister amtiert hatte, war der einzige Haarde, von dem Beta wusste.

Lilja lachte nervös. »Ja, stimmt. Aber der ist ja wahnsinnig reich. Seine Verwandten brauchen bestimmt nicht an der Spüle zu arbeiten, oder?«

»Vorname?«, fragte Beta.

Lilja sah sie kleinlaut an. Sie rieb die Hände aneinander und lächelte verlegen.

»Ehrlich gesagt, den wissen wir nicht. Wir nennen sie nur die Spülerin. Eine Telefonnummer habe ich, wenn Ihnen das hilft?«

Beta nickte und notierte sich die Nummer. Sie musste so schnell wie möglich überprüft werden.

»Wissen Sie, wo diese Haarde wohnt?«

Lilja scrollte eine Weile auf ihrem Smartphone und überflog die Papiere auf dem Tisch. Ihre Miene war noch beschämter geworden.

»Es ist leider so, dass wir keine anderen Angaben über diese Frau haben als die Telefonnummer. Sie schickt uns eine Nachricht, wenn sie verfügbar ist.«

»Nicht einmal die Personenkennziffer?«, fragte Tumi.

Lilja schüttelte den Kopf.

»Wie bekommt sie dann ihren Lohn?«, fragte Beta, obwohl sie die Antwort erriet.

Lilja rutschte auf ihrem Stuhl hin und her und strich sich die rötlichen Haare hinter die Ohren. Sie schien zu überlegen, was sie sagen sollte.

»Tja, also … Sie sind nicht von der Gewerkschaft und sind auch nicht solche Polizisten, die mit Geld zu tun haben?«

»Nein, wir führen keine Ermittlung in Sachen Wirtschaftskriminalität durch«, sagte Beta. »Das Einzige, was wir brauchen, sind

Informationen über diese Frau.« Langsam hatte sie genug von den Ausflüchten, ihre Geduld näherte sich dem Ende.

Lilja hüstelte. Sie sah zuerst Beta an, dann Tumi.

»Wir entlohnen sie immer in bar. Nach der Schicht hinterlegen wir einen Umschlag in dem Briefkasten im Erdgeschoss. Sie will das so.«

53

DEZEMBER 2021 KITTILÄ

Er hatte die Nadeln und das an ihnen hängende Strickzeug fest im Griff. Die Maschen gehorchten seinen Handbewegungen und entstanden fast mühelos. An den Nadeln hingen etwa vierzig Zentimeter des Vorder- und des Rückenteils. Jakob zog mehr Flockengarn von der Rolle und strickte die Runde zu Ende. Noch drei oder vier Runden, dann konnte er die Ärmel mit Vorder- und Rückenteil verbinden. Jakob fand es bequemer, die Teile auf einer Rundnadel zusammenzufügen, wenn die Ärmel in dieser Phase schon fertig waren. Er hatte vor, den Pullover seinem alten Freund Anton zu schenken, der fast jeden Tag im Freien arbeitete. Ihm war aufgefallen, dass Anton unter seinem Overall immer denselben alten Pullover trug, der am Saum ausgefranst war und an beiden Ellbogen Löcher hatte.

Die Wolle hatte Jakob aus Island mitgebracht. Sie war eines der wenigen Dinge, die in seiner neuen Heimat billiger waren als in Finnland.

Er rückte den Holzstuhl näher an die Wand, um möglichst viel von der Wärme des Heizkörpers aufzufangen. In der Heizung rauschte das heiße Wasser. Die Wände knackten vor Frost. Aus der Küche der Polizeistation kam der Geruch von abgestandenem Kaffee und frischen Zimtschnecken. Jakob hatte sich nach der Vernehmung in den Warteraum gesetzt. Er war mit seinen Kräften so am

Ende, dass er sich nicht zutraute, jetzt noch Auto zu fahren. Sein Tag war nicht besonders gut verlaufen.

Die grimmige Kriminalhauptmeisterin Sirkku Sainio hatte Jakob zusammen mit ihrem Kollegen – dessen Name ihm entfallen war – fast drei Stunden lang vernommen. Heute hatte ihn zum ersten Mal die Erkenntnis getroffen, dass man ihn tatsächlich als zweifachen Mörder verurteilen könnte. Sainio hatte die Umstände, die für seine Schuld sprachen, so überzeugend aufgezählt, dass selbst Jakob ihr vermutlich geglaubt hätte, wenn er die Wahrheit nicht gekannt hätte.

Die Kriminaltechniker hatten die Telekommunikation und anhand der Wetterkameras den Straßenverkehr zur mutmaßlichen Tatzeit überprüft. Jakob war in seinem Mietwagen vor sechs Uhr auf den Parkplatz bei der Kaffeestube gekommen und kurz nach sieben weggefahren.

Sainio hatte ihm mitgeteilt, dass die Ergebnisse der Laboruntersuchungen vorlagen. Jakobs DNA war sowohl auf Filips als auch auf Lenas Haut gefunden worden. Was nicht überraschend war, hatte er doch bei beiden nach dem Puls gefühlt. Aber die DNA plus seine Fußspuren plus die Aussage der Augenzeugin, die ihn auf dem Parkplatz gesehen hatte, plus die Tatsache, dass er ein paar Tage zuvor im Gerichtsgebäude Lena den Tod gewünscht hatte … Es waren ganz einfach zu viele Punkte, die er einen nach dem anderen entkräften musste. Wenn viele Einzelheiten auf einen weißen Raben hindeuteten, dann war es ein weißer Rabe. Das Sprichwort hatte Jakob in Island gelernt.

Zum Abschluss der Vernehmung hatte Sainio gesagt, es sei vorläufig die letzte gewesen. Der Fall werde bald an die Staatsanwaltschaft weitergeleitet, die über die Anklageerhebung entscheiden würde. Obwohl die Indizien zunehmend gegen ihn sprachen, war Jakob immer noch nicht verhaftet worden. Offenbar hielt man eine Flucht seinerseits nach wie vor für unwahrscheinlich. Allerdings musste er für die Polizei weiterhin jederzeit erreichbar sein, was er natürlich versprochen hatte. Allein schon weil Matias bei einer Familie in der näheren Umgebung untergebracht war. Da Jakob jahrelang versucht hatte, die Verbindung zu seinem Kind aufrechtzuerhalten, war wohl selbst der Ermittlungsleiterin klar, dass er sich nicht einfach absetzen würde.

Jakob hatte Vertrauen in das finnische Rechtssystem, aber auch in Finnland passierten Fehler. Unschuldige kamen hinter Gitter, und Schuldige kamen straflos davon. Das geschah selten, aber manchmal eben doch. Was, wenn er ein Ausnahmefall war und verurteilt wurde? Der Gedanke, Guðrún nicht mehr wiederzusehen, schnitt ihm ins Herz. Daran, Matias zu verlieren, mochte er nicht einmal denken. Im schlimmsten Fall würde sein Sohn in einer völlig fremden Familie aufwachsen.

Jakob tauschte die beiden Stricknadeln gegen eine längere Rundnadel aus und versuchte sich zusammenzureißen. Gerade jetzt hielt das Stricken ihn bei Verstand. Er musste sich auf etwas anderes konzentrieren, sonst platzte ihm vor Sorge noch der Kopf. Das Garn lief durch seine Finger und die Nadeln klirrten gegeneinander. Von Masche zu Masche bewegten sie sich schneller.

Beim Stricken gelangte er in eine Welt, wo ihn weder Alltagsprobleme noch Panik oder Beklemmung plagten. Es gab nur die Maschen, die sich wiederholende Bewegung und die beruhigend gleichmäßig vergehende Zeit. Nach einer Weile betrachtete er sein Werk. Das jahrelange manische Stricken hatte ihn zum Könner gemacht. Gleichmäßig und gerade. Bald kam die Partie mit dem Muster, seiner Meinung nach die interessanteste Phase beim Pulloverstricken.

Jakob beschloss, noch eine Weile im Warteraum der Polizeistation zu bleiben und zu stricken, bis er sein inneres Gleichgewicht halbwegs wiedergewonnen hatte. Er wusste nicht, wie lange das dauern würde, aber er hatte es nicht eilig.

Seine Backenzähne mahlten aufeinander, seine Augen verengten sich zu Schlitzen. Heiße Tränen brannte in den Augenwinkeln. Der Fußboden des Warteraums verschwamm. Jakob sah keinen Fußboden mehr, sondern einen See, dessen Oberfläche leicht vibrierte. Man hörte Wasser plätschern, dann ein leises Plumpsen. Als wäre etwas Kleines auf den Grund des Sees gefallen. Der Schmerz hatte sich von den Schläfen auf seine Schultern und Arme gesenkt, aber Jakob strickte trotzdem weiter. Eine Runde nach der anderen.

Er holte tief Luft und wünschte sich, er wäre damals ertrunken. Auf den Grund gesunken. Er hatte mehr oder weniger gedroht, Lena zu töten, hatte Lena ermordet aufgefunden, hatte seinen Sohn wieder verloren und war tagelang als Mordverdächtiger vernommen worden. Wie hatte es mit seinem Leben derart bergab gehen können? Lag das alles an dem Pfad, auf den er geraten war, als er Lena kennengelernt und begonnen hatte, in zwei parallelen Welten zu leben? Das hatte er nur getan, weil er den Gedanken nicht ertragen hatte, Menschen zu enttäuschen, die ihm wichtig waren. Bestimmte diese eine falsche Entscheidung über sein ganzes restliches Leben?

Jakob war gerade dabei, die rechte Nadel durch die Masche auf der linken zu schieben, als sie ihm plötzlich aus der Hand rutschte. Ihm war ein seltsamer Gedanke gekommen. Er musste so schnell wie möglich mit Hildur reden.

54

Hildur griff nach dem Slip, den sie auf den Tisch ihres Hotelzimmers geworfen hatte, und zog sich schnell an. Ihre Sportuhr zeigte sieben Uhr früh. Anton schnarchte mit ausgebreiteten Armen im Bett.

Hildur erinnerte sich, dass Anton in der Nacht gesagt hatte, er habe es am Morgen nicht brandeilig. Also beschloss sie, ihn noch schlafen zu lassen. Sie schrieb ihm eine Nachricht und legte den Zettel auf ihr Kissen.

Hallo, Rentiermann!
Ich muss zur Arbeit nach Kittilä.
Danke für die Bewirtung ;-)
Einen schönen Tag noch! H.

Kurz darauf schabte sie auf dem Hotelparkplatz den Reif von den Scheiben ihres Mietwagens. Es herrschte so starker Frost, dass ihre Augäpfel sich wie Eiswürfel anfühlten.

Nachdem es im Auto warm geworden war, nahm Hildur die Strickmütze ab und warf sie auf den Rücksitz. Sie fasste ihre langen Haare im Nacken zusammen und band sie mit einem Gummi zum Knoten. Dann klappte sie die Sonnenblende herunter und betrachtete sich im Spiegel. Ihre Haut war hübsch gerötet. Ein ganz nettes Nachglühen, dachte sie lächelnd.

Mit einem glatten Gesicht hebt man kein Gewicht, sagte sie sich und klappte die Sonnenblende hoch. Diesen Spruch hatte sie von ihrem früheren Gewichthebetrainer Kári gehört. Der auf die fünfzig zugehende ehemalige Fußballspieler und jetzige Kraftsporttrainer war der Meinung, dass man beim Gewichtheben eine Grimasse ziehen sollte. Man müsse die Gesichtsmuskeln anspannen, weil das den Extraboost bringe.

Hildur tippte auf ihrem Handy und hielt es sich dann ans Ohr. Es war bestimmt ihr fünfzehnter Versuch bei dieser Nummer. Der Satz, mit dem sich die heisere Sirkku Sainio meldete, überraschte sie.

»Was ist denn jetzt schon wieder, verdammt?«

Nun hatte sie also die Leiterin des Ermittlungsteams bei der Polizei in Kittilä erreicht, das den Mord an Lena und Filip untersuchte. Es war allem Anschein nach nicht leicht, an die Kriminalhauptmeisterin Sirkku Sainio heranzukommen. Nach zahlreichen Rückrufbitten, nicht angenommenen Anrufen und Nachrichten auf dem Anrufbeantworter hatte sie sich endlich bequemt, sich zu melden. Hildur stellte sich in zwei Sätzen vor und bat Sirkku, ihr eine Viertelstunde Zeit für ein Gespräch einzuräumen.

Die Kriminalhauptmeisterin schlürfte geräuschvoll irgendein Getränk und versetzte, niemand, nicht einmal ihr angetrauter Ehemann, nenne sie beim Vornamen. Sie sei für alle Sainio.

»Und seit 1975, als mein erstes Kind zur Welt kam, habe ich keine Viertelstunde freie Zeit mehr gehabt.«

Dann erklärte Sainio, wenn Hildur sie unbedingt treffen wolle, würde sie sie vor dem Mittagessen in Oulas Muckibude finden.

»Sagen wir um zehn. Bankdrücken, da brauche ich jemanden, der mich sichert. Komm hin, wenn du kein Klappergestell bist.«

Sainios forsches Englisch unterstrich ihren patzigen Stil. Hildur nahm die Einladung an und legte auf.

Sie rief sich in Erinnerung, was ihre Sporttasche auf der Rückbank enthielt. Shorts, ein kurzärmliges T-Shirt, Wollsocken, Sporthemd, Handtuch, Hallenschuhe ... Alles, was sie brauchte. Das Training würde ihr guttun, aber mehr noch als auf schweißtreibenden Sport brannte sie darauf, diese Kratzbürste von Sainio zu treffen.

Jakobs Bekannter von der Polizeifachhochschule, den Hildur gleich nach ihrer Ankunft in Lappland aufgesucht hatte, hatte dasselbe gesagt, was Jakob bei den Vernehmungen bewusst geworden war: Sainio hielt den Fall für sonnenklar. Und wenn sie einmal beschlossen hatte, in eine bestimmte Richtung zu blicken, ließ sie sich nicht so leicht davon abbringen. Sie sprach nie und mit niemandem über den Fall, in dem sie gerade ermittelte. Nach dem, was Hildur gehört hatte, vermieden erfahrene Kriminalreporter den Kontakt mit Sainio, weil sie sich grundsätzlich weigerte, etwas über den jeweils aktuellen Fall zu äußern. Nachwuchsreporter brachte sie zum Schweigen, indem sie besonders barsch mit ihnen umging.

Nach einem Halt an der Tankstelle und einer guten Stunde Fahrt stand Hildur auf der freien Fläche in Oulas Gym und wärmte sich mit Seilspringen auf. Hundert einfache Sprünge und fünfzig doppelte. Man musste die Bauchmuskeln perfekt beherrschen, wenn das Seil im Sprung zweimal unter den Beinen durchschlug. Als Hildur die Serie dreimal wiederholt hatte, war ihr Blut in Wallung gekommen, und auf ihrer Haut lag ein Schweißfilm. Als Nächstes machte sie zwanzig Liegestütze mit ausgestreckten Beinen, um die Brust- und Schultermuskeln aufzuwärmen. Zum Schluss eine schnelle Dehnübung, dann ging sie zur Hantelbank. Sie hatte die Stange gerade auf die passende Höhe eingestellt, als eine forsch wirkende Frau mit grauem Pagenkopf auf sie zukam und ihr die Hand hinhielt.

»Sainio.«

Hildur stellte sich vor und erwiderte den festen Händedruck. Ohne weitere Worte zu verlieren, begannen sie mit dem Training. Beide absolvierten drei ansteigende Sätze zum Aufwärmen. Zuerst zwanzig Wiederholungen nur mit der Langhantel, die zwanzig Kilo wog. Dann legte Hildur an beiden Seiten der Stange eine Zehn-Kilo-Gewichtscheibe auf. Bei der nächsten Runde hingen fünfzig Kilo an der Stange, und die Wiederholungen sanken auf zehn. Als Sainio ihre Runde beendet hatte, zeigte Hildur auf die Zwanzig-Kilo-Scheiben.

»Noch mehr?«

»Na klar.«

Als das Gesamtgewicht auf achtzig Kilo gestiegen war, begannen sie, sich gegenseitig zu sichern. Hildur legte sich auf die Bank und umfasste die Langhantel etwas mehr als schulterweit. Sainio stellte sich ans Kopfende, um notfalls beim Hochdrücken zu helfen.

Hildur stellte die Füße neben der Bank auf den Boden und zog die Schulterblätter nach hinten. Dann atmete sie tief ein, ergriff die Stange mit ausgestreckten Armen und ließ sie langsam sinken. Als die Stange den Brustkorb berührte, stemmte sie sie mit einer schnellen Bewegung wieder hoch. Beim vierten Mal stieg die Stange nicht mehr so schnell. Sainio hielt die Hände unter der Stange bereit, um zuzupacken, falls Hildurs Kräfte vorzeitig versiegten. Hildur kniff die Augen zu und konzentrierte ihre ganze Kraft auf das Stoßen. Als ihre Arme endlich wieder gestreckt waren, ließ sie die Stange auf die Halterung poltern und setzte sich sofort auf, damit der Druck im Kopf nachließ.

»Du bist nicht ganz unbrauchbar«, stellte Sainio fest. Sie nahm zwei kleine Ein-Kilo-Scheiben, nicht größer als Toastbrote, und legte sie auf.

Hildur amüsierte sich über Sainios Haltung, ließ es sich aber nicht anmerken. Offenbar wollte Sainio mit ihrer Kraft Eindruck schinden. Sollte sie. Hildur schätzte, dass die Frau auf das Rentenalter zuging. Ihr selbst war es ganz egal, wie viel Gewicht auf der Stange lag, Hauptsache, das Drücken war nicht zu mühelos.

Sainio schob ihre Haare mit einem schmalen Stirnband aus dem

Gesicht und rieb sich Magnesium auf die Hände. Sie stemmte die 82 Kilo viermal, während Hildur sie sicherte. Dabei verzog sie keine Miene.

Nach einer guten halben Stunde saßen die beiden in der Erholungsecke des Fitnesssaals und behandelten ihre Oberkörper mit Massagerollern.

»Als Polizistin verstehst du sicher, dass du eine komplett Außenstehende bist und ich dir kein Wort über die Ermittlung sagen dürfte.«

Hildur antwortete, das verstehe sie vollkommen. Sie legte den Roller unter ihren Arm, um den Bereich zwischen der Seite und der Achselhöhle zu behandeln. Die Massage tat verdammt weh, war also wirklich nötig.

»Jakob ist ein Freund von mir. Wir arbeiten seit fast zwei Jahren zusammen. Ich kann nicht glauben, dass er zwei Morde begangen hat. Ihr habt doch bestimmt noch andere Ermittlungslinien.«

»Rate mal, wie oft ich das schon gehört habe. Dass man so etwas von ihm oder ihr nie geglaubt hätte …« Sainio lachte auf und erzählte vom überraschendsten Fall des letzten Jahres.

Eine Frau hatte beim Abendessen ihren Ehemann erstochen. In ihrem näheren Umkreis hielten es alle für unvorstellbar, dass sie fähig gewesen wäre, sich gegen ihren Mann aufzulehnen und ihn umzubringen, während er seine Fleischsuppe löffelte.

»Der Alte hatte seine Frau jahrelang verprügelt, und dann ist ihr beim Abendessen auf einmal die Sicherung durchgebrannt.«

Die vierzehn Kinder der Familie hatten mit am Tisch gesessen. Die beiden volljährigen Kinder hatten vor Gericht gegen ihre Mutter ausgesagt. An dem Messer hatte man Fingerabdrücke der Frau und an ihrer Kleidung das Blut ihres Mannes sichergestellt.

»Ein völlig eindeutiger Fall, aber trotzdem waren viele bis zum Schluss davon überzeugt, dass der Täter von außen gekommen sein muss.«

Hildur setzte sich auf und dehnte ihre hinteren Oberschenkelmuskeln.

»Ja, aber der jetzige Fall liegt doch etwas anders. Wenn ich es nicht völlig falsch verstanden habe, gab es bei der Tat keine Augenzeugen.«

»Etwas anders und etwas anders«, wiederholte Sainio und erklärte, gegen den Zugereisten – mit dem Spitznamen wies sie darauf hin, dass Jakob nicht aus der Gegend stammte – liege ein ganzer Haufen von Beweisen vor.

»Obendrein beantwortet das Bürschlein bei der Vernehmung so gut wie keine Frage!«, schnaubte sie und stellte fest, sie habe Hildur schon jetzt zu viel verraten.

»Könnte ich dir irgendwie helfen?«, fragte Hildur. »Ganz inoffiziell natürlich. Ich habe hier ja keine Befugnisse.«

Sainio lachte spöttisch und setzte sich ebenfalls auf.

»Aber ja, natürlich. Steck die Telefonnummer des Täters und die Beweise in einen Briefumschlag, und schick ihn an mich adressiert zur Polizeistation von Kittilä.«

Hildur reagierte nicht auf die Stichelei, nahm sich aber vor, Sainio früher oder später einen Brief zu schicken.

Sainio dehnte ihre Trizepse und sah Hildur dabei streng in die Augen.

»Ich habe diesem Treffen zugestimmt, weil ich dir meinerseits ein paar Fragen über Jakob stellen möchte. Du scheinst ihn ja gut zu kennen.«

Hildur nickte, sagte aber nichts. Sie setzte ihre Dehnübungen fort, während sie sich Sainios Erguss anhörte.

Der Doppelmord sei eine schlimme Sache. Bisher gebe es keine anderen Verdächtigen. Sainio erklärte, sie habe einen ganzen Haufen offener Fälle auf dem Tisch und werde nicht aufs Geratewohl jeden beliebigen Stein umdrehen.

»Erzähl mir von Jakob. Was für ein Typ ist er deiner Meinung nach? Strickt wie ein Bekloppter und spricht wenig. Hast du irgendwann erlebt, dass er die Beherrschung verloren hat?«

Hildur schüttelte den Kopf. Es fiel ihr leicht, über Jakobs ruhiges Wesen zu sprechen. Sie selbst hatte ihn nie wütend erlebt. Kein einziges Mal.

»Er ist zuverlässig und ruhig«, sagte sie. »Verliert auch in kniffligen Situationen nicht die Nerven. Und er arbeitet auch außerhalb der Dienstzeit, wenn er sich über irgendwas Klarheit verschaffen will.«

Sie verstummte kurz und überlegte, ob sie Sainio auch von ihren Schwestern erzählen sollte. Schließlich gab sie sich einen Ruck.

»Meine beiden Schwestern sind im Kindesalter in den Neunzigerjahren spurlos verschwunden, aber erst Jakob ist darauf gekommen, die Lösung in meinem eigenen Familienkreis zu suchen. Es ist hauptsächlich sein Verdienst, dass wir das Rätsel zumindest teilweise gelöst haben.«

Ein seltsamer Glanz trat in Sainios Augen. Sie blickte auf ihre Hände und begann, an den Nagelhäuten zu zupfen.

»Das passt ins Bild.«

Hildur setzte sich in den Schneidersitz und straffte den Rücken. »In welches Bild?«

Sainio stieß die Luft zwischen ihren zusammengepressten Lippen aus. »Du bist nicht von hier, aber du bist verdammt neugierig. Hast du vielleicht schon gehört, was in Jakobs Kindheit am See in Äkäslompolo passiert ist?«

Hildur schüttelte den Kopf. Sie hatte keine Ahnung, wovon Sainio sprach.

»Das solltest du unbedingt wissen«, sagte Sainio und fing an zu erzählen.

Es gab nicht mehr viele Ortsansässige, die sich an den Fall erinnerten. Inzwischen waren eine Menge neue Leute in das Dorf gezogen. Bei der Polizei kannte man den Fall jedoch. Er war immer noch ungeklärt.

»Ein Junge im Vorschulalter ist ertrunken. Er war mit zwei älteren Jungen an den See geradelt. Man hatte die drei mit ihren Fahrrädern auf der Dorfstraße gesehen, eine Stunde vor dem Unfall.«

Die Art, wie Sainio *Unfall* betonte, ließ Hildur schaudern. Sainio erzählte, man wisse bis heute nicht, wie der kleinste Junge unter Wasser geraten und ertrunken sei, da die beiden anderen sich nie darüber geäußert hätten. Anfangs hatte man ihr Schweigen als Schocksymptom gedeutet.

»Ich habe sie unter Aufsicht eines Sozialarbeiters befragt. Es war einer meiner ersten Fälle als Polizistin. Die Jungen haben beharrlich geschwiegen, und ich konnte ihnen nicht hart zusetzen, eben weil sie Kinder waren. Aber ich hatte das Gefühl, dass sie vorher verabredet hatten zu schweigen.«

Sainio rieb sich die Handgelenke und starrte Hildur aus ihren kleinen, mandelförmigen Augen an. Wenn jemand über eine schwierige Sache schwieg, bedeutete das in Sainios Welt, dass er etwas zu verbergen hatte.

»Der eine der beiden hat sich auch heute wieder an diese schweigsame Linie gehalten.«

Hildur spürte, wie der Boden unter ihren Füßen bebte.

»Du verstehst jetzt wohl, wieso Jakobs Schweigen keinen besonders guten Eindruck auf mich macht«, fügte Sainio hinzu.

Einen Moment lang drehten sich Dinge, Gesichter und Ereignisse vor Hildurs Augen wie ein schnell ablaufender Film. Sie versuchte, alles zu verinnerlichen. Dann sah sie Sainio an, die nun vor ihr stand.

»Du hast gesagt, an dem See waren zwei Jungen.«

Sainio nickte.

»Jakob und sein guter Freund Anton. Das ertrunkene Kind war Antons Cousin, der kleine Mikael.«

Hildur verzog keine Miene, doch in ihrem Inneren knisterte es. Konnte das ein Zufall sein? Anton. Sie war nicht fähig, den Gedanken zu Ende zu denken. Die Entspannung, die das Training ihr verschafft hatte, war verflogen. Sainio nahm das Stirnband ab und ließ die Haare ins Gesicht fallen. Sie stemmte die Hände in die Hüften und reckte das Kinn hoch, wie um ihre Starrköpfigkeit zu unterstreichen.

»Ich werde beim Amtsgericht in Rovaniemi Haftbefehl gegen Jakob beantragen. Er soll bis zum Abschluss der Ermittlungen in der Zelle sitzen. Damals sind die verflixten Burschen mit ihrem Streich davongekommen, aber jetzt nagle ich den einen von ihnen fest. Ich tue alles, was ich kann, damit er mir diesmal nicht durch die Lappen geht. Was damals passiert ist, darf sich nicht wiederholen.«

55

DEZEMBER 2021 REYKJAVÍK

Beta und Tumi saßen in Betas Dienstzimmer, aßen Kebab und dachten über ihre nächsten Schritte nach. Tumi sollte alle in Island zugelassenen grauen Pick-ups vom Modell Mitsubishi L200 überprüfen, wie einer auf den Aufnahmen von Hlín an der Pferdeweide auf der Reykjanes-Halbinsel zu sehen war. Schon auf der Rückfahrt hatte Beta eine Suche nach der Telefonnummer der Spülerin gestartet, die jedoch ergebnislos geblieben war. Als Beta versucht hatte, die Nummer anzurufen, war das Handy ausgeschaltet gewesen. Das überraschte sie nicht. Die Spülerin ließ sich für ihre legale Arbeit schwarz bezahlen und stand unter dem Verdacht, an einer kriminellen Tätigkeit beteiligt zu sein. Eine papierlose Immigrantin war sie wahrscheinlich nicht. Die Frau in dem Verleihunternehmen hatte gesagt, sie spreche fließend Isländisch.

Beta wollte mehr über das deutsche Unternehmen wissen, das Hlín erwähnt hatte. Es hieß Equus Tech. Mit der Recherche hatte sie einen ihrer Mitarbeiter beauftragt, der versprochen hatte, ihr die Informationen so schnell wie möglich zusammenzustellen. Womöglich fand sich dabei etwas, was ihnen weiterhalf.

Während der Fahrt hatte Beta außerdem sämtliche Polizisten angerufen, die den Auftrag hatten, sich in der Nachbarschaft aller Gäste des Tierschutzdinners umzusehen. Niemand hatte verdächtige Personen oder Fahrzeuge entdeckt. Nichts Auffälliges. Das erschien ihr seltsam, denn noch waren nicht alle Weihnachtsgesellen aufgetreten. Hatte der Täter das Weihnachtsmärchen abgebrochen? Wenn ja, warum? War ihm etwas zugestoßen?

»Hör mal, Tumi«, sagte Beta, nachdem sie den letzten Rest Kebab vertilgt hatte. »Die Tathergänge irritieren mich.«

Tumi wischte sich die Kebabsoße aus den Mundwinkeln und stopfte die Papierserviette in die Styroporschale.

»Ich kann das Motiv nachvollziehen, denn die Tierschützer haben versucht, das kriminelle Geschäft mit Stutenblut aufzudecken«, fuhr Beta fort, während sie eine Flasche Handdesinfektionsmittel vom Fensterbrett nahm und sich mit der nach Pfefferminz duftenden Flüssigkeit die Hände säuberte. »Aber die Taten, diese Art, auf die alten Sagen von den Weihnachtsgesellen anzuspielen, das passt doch nicht zum Motiv. Ein Serienmörder in irgendeinem Krimi könnte so vorgehen, aber wenn es darum geht, finanzielle Interessen zu sichern ... Warum das ganze Brimborium mit Wurstpackungen und Fleischhaken?«

Tumi hörte nachdenklich zu. Er streckte seine langen Beine unter dem Tisch aus, verschränkte die Hände am Hinterkopf und dehnte den Rücken.

»Das ist tatsächlich seltsam«, meinte er und fügte hinzu, hoffentlich könne er die verdächtige Person möglichst bald danach fragen.

Beta warf das Einweggeschirr in den Papierkorb an der Wand und ging an ihren Arbeitstisch. Sie fuhr ihn so weit hoch, dass sie im Stehen arbeiten konnte, und schaltete den Computer ein. Die neueste Nachricht in der Mailbox enthielt genau das, worauf sie gewartet hatte: die Hintergrundinformationen über das deutsche Unternehmen. Beta öffnete die Mail und lud die angehängte Datei herunter.

Die deutsche Firma war der Unternehmensform nach eine Gesellschaft bürgerlichen Rechts, GbR. Beta übersprang die nächsten Zeilen. Die deutschen Unternehmensformen waren ihr bekannt. In ihrer Zeit beim Dezernat für Wirtschaftsdelikte hatte sie deutsche

Firmen durchkämmt, daher wusste sie, wie verzwickt diese Rechtsform war. Für die Gründung einer GbR benötigte man kein Kapital. Ein schriftlicher Vertrag genügte. Im Hinblick auf die Suche nach Informationen war die Unternehmensform problematisch, denn als Gründer mussten mindestens zwei Rechtssubjekte auftreten, bei denen es sich um Privatpersonen, Genossenschaften, Vereine oder auch um ausländische Unternehmen handeln konnte. Bei GbR-Unternehmen war es oft schwierig, die Kräfte im Hintergrund zu identifizieren, so auch in diesem Fall. Betas Mitarbeiter hatte herausgefunden, dass Equus Tech zwei Unternehmen gehörte, deren Besitzer wiederum andere Unternehmen waren und so weiter.

Verdammt. Beta klopfte auf die Mappen, die sich auf ihrem Arbeitstisch stapelten. Selbst wenn sämtliche Ermittler des Dezernats für Wirtschaftsdelikte mithelfen würden, reichte ihre Zeit nicht, diese Kette nachzuverfolgen.

Sie verlagerte das Gewicht von einem Bein auf das andere, während sie weiterlas. Gute Arbeit, dachte sie. Der Diplomkaufmann Mats Ákason, der vor einem halben Jahr zu ihrer Abteilung gestoßen war, hatte sich als wahres Goldstück erwiesen, wenn die Hintergründe von Unternehmen und Geldströmen untersucht werden mussten. Auf der Website der Zeitung Bændablaðið, die sich vor allem an die bäuerliche Bevölkerung wandte, hatte Mats einen Artikel entdeckt.

»Mann, hör dir das an«, rief Beta Tumi zu und las aus dem Artikel vor, den Mats in seinen Bericht kopiert hatte. Er war vor einigen Jahren erschienen.

Das vom Pech verfolgte Ferienzentrum hat endlich neue Besitzer. Die Pfadfindervereine der Hauptstadtregion ließen es in den 1980er-Jahren am Ufer des Hvalfjörður errichten. Es sollte allen Pfadfindern des Landes dienen …

Beta übersprang ein paar Zeilen.

… wurde ein Feuchtigkeitsschaden festgestellt … das Geld der Pfad-

finder reichte nicht für die Sanierung … Das Zentrum stand seit mehreren Jahren zum Verkauf.

Sie las schneller und kam zu der wichtigsten Stelle, die Mats unterstrichen hatte.

Der Pfadfinderverein berichtet, der Käufer sei ein deutsches Reiseunternehmen, das das Ferienzentrum zu einem ländlichen Hotel für seine Pauschalreisen umbauen will. Reiseunternehmen kaufen immer häufiger Immobilien in Island, um ausreichende Kapazitäten für die Unterbringung ihrer Kunden sicherzustellen. Die Vertreter des Unternehmens, das die Immobilie gekauft hat, wollen den Handel nicht kommentieren. Dem Kaufvertrag nach handelt es sich um die deutsche Firma Equus Tech.

Tumi hatte sich hinter Beta gestellt. »Unglaublich. Wo liegt dieses Zentrum?«

Beta ließ die Finger über die Tasten fliegen. Die Kontaktdaten des alten Ferienzentrums fanden sich in dem Bericht. Beta gab sie in die Karten-App ein.

Die Karte füllte den Bildschirm. Beta tippte mit dem Stift auf die Südküste des Fjords.

»Da, ungefähr zehn Kilometer von der Abzweigung der neuen Straße zum Innern der Bucht hin.«

Sie sah Tumi an.

»Wir brauchen Verstärkung«, stellte Tumi fest. »Zu zweit können wir da nicht hin. Wir wissen ja nicht, was uns dort erwartet.«

Beta wollte gerade ihren Vorgesetzten anrufen, als es klopfte. Svana, eine etwa zwanzigjährige Jurastudentin, die zwei, drei Tage in der Woche als Assistentin in Betas Abteilung arbeitete, steckte den Kopf zur Tür herein und entschuldigte sich für die Störung.

»Man hat eine Frau zu mir geschickt. Sie hatte am Empfang in der Polizeistation nach Hildur oder Jakob gefragt und wurde an mich verwiesen.«

Beta runzelte die Stirn. Irgendwer am Empfangsschalter hatte sich wohl erinnert, dass sie früher Hildurs und Jakobs Chefin gewesen war.

»Sie wirkt harmlos«, flüsterte Svana. »Eine Pferdenärrin, dem Geruch nach zu schließen.« Sie schwenkte ihre gepflegte Hand vor der Nase. Ihre langen Fingernägel waren perlmuttfarben lackiert.

Beta bedankte sich und bat Svana, die Besucherin hereinzubitten. Svana drehte sich um, sagte etwas zu der Person, die im Gang wartete, und hielt ihr dann die Tür auf. Eine junge Frau in Reithose und einer verschlissenen grünen Öljacke kam schüchtern herein.

Auch Beta bemerkte den Pferdegeruch. Die knöchelhohen Lederschuhe mit den dicken Sohlen waren bei Pferdefans beliebt. Die junge Frau sprudelte sofort los, in englischer Sprache.

»Ich arbeite im Norden auf dem Hof Seli. Jetzt bin ich einen Tag hier in der Stadt, um paar Dinge zu erledigen, und bei der Gelegenheit wollte ich hier vorbeikommen, weil mir etwas eingefallen ist. Ich habe zuerst versucht, Hildur und Jakob anzurufen, aber unter den Nummern auf den Visitenkarten habe ich niemanden erreicht. Da habe ich mir überlegt, da es in Island so wenige Polizisten gibt, weiß hier vielleicht irgendwer, wem ich davon erzählen kann.«

Beta stellte sich selbst und Tumi vor und erklärte, sie beide ermittelten im Fall Luka zusammen mit Hildur und Jakob. Dann reichte sie der Frau die Hand.

»Und Sie heißen …?«

Die Hand fühlte sich kalt an. Die junge Frau errötete und zupfte an den Ärmeln ihrer Jacke herum.

»Ach ja, Entschuldigung. Ich bin Lisa Weber. Ich arbeite auf demselben Gestüt wie Luka. Die Besitzer sind immer noch im Winterurlaub in Spanien. Hildur und Jakob waren auf dem Hof und haben mit mir gesprochen. Gestern habe ich mich an etwas erinnert, was mir vor einiger Zeit mal aufgefallen ist. Vielleicht hat es gar keine Bedeutung, aber Hildur hat gesagt, auch Kleinigkeiten könnten manchmal wichtig sein. Deshalb dachte ich, dass ich es vielleicht lieber erzählen sollte.«

Die Frau sprach so schnell, dass Beta sich anstrengen musste, um ihr Englisch zu verstehen.

»Wollen wir uns nicht hinsetzen?«, sagte Beta und zeigte zur Sitzgruppe hin. »Dann können wir uns in aller Ruhe unterhalten.«

Tumi räumte die Ermittlungsunterlagen vom Tisch und klappte seinen Laptop zu.

Lisa setzte sich an den Rand des Sofas und strich sich über die Haare, die im stürmischen Winterwetter feucht geworden waren. Sie berichtete Beta und Tumi, was sie Hildur und Jakob bereits erzählt hatte, und kam dann auf das zu sprechen, was ihr nachträglich eingefallen war.

»Luka und ich haben jeden Abend die Pferde gezählt. Und eines Abends fehlte eins.«

Lisa erzählte, Luka habe die Besitzer angerufen, die damals gerade in Italien Urlaub machten und das Ganze auf die leichte Schulter nahmen. Sie meinten, die Arbeitskräfte müssten sich verzählt haben, immerhin sei die Umzäunung unversehrt. Kein Pferd könne einfach so weglaufen.

»Sie haben gesagt, wir sollten uns nicht weiter den Kopf zerbrechen. Sie sind oft auf Reisen. Im Winter haben Luka und ich den Hof praktisch allein geführt.«

»Ist das entlaufene Pferd wieder aufgetaucht?«

Lisa nickte.

»Ein paar Tage später war es am Abend wieder auf der Weide. Das Seltsame ist, dass sich das Ganze ein paarmal wiederholt hat. Immer war es ein anderes Pferd. Zuerst ist es verschwunden, und spätestens nach drei Wochen hat es wieder auf der Weide gestanden.«

Lisa erzählte, dass Luka ein paar Tage vor seiner Reise ins Ausland eines der Pferde in den Stall gebracht habe.

»Ich habe mich ein bisschen gewundert, aber Luka wusste offenbar, was er tat. Er hat nur gesagt, so wäre es am besten, und ich sollte das Pferd im Auge behalten, damit es nicht weggeholt würde.«

»Wohin sollte es denn gebracht werden?«, fragte Beta.

Lisa zuckte die Achseln. »Keine Ahnung. Das habe ich ihn auch gefragt, aber Luka hat nichts gesagt.«

»Alle verschwundenen Pferde waren Stuten, die ein Fohlen erwartet haben, nicht wahr?«, sagte Beta.

Lisa nickte und sah Beta verwundert an. »Woher wissen Sie das?«

Beta murmelte etwas Ausweichendes. Sie wollte keine Einzelheiten über die laufenden Ermittlungen preisgeben.

»Ich habe doch nichts Falsches getan, als ich das Pferd im Stall gehalten habe, oder?« Lisas Stimme wurde zum Ende hin immer höher. Es klang, als würde sie gleich in Tränen ausbrechen.

»Sie haben nichts falsch gemacht, im Gegenteil«, versicherte Tumi ihr. »Es ist gut, dass Sie zu uns gekommen sind. Gibt es denn noch etwas, was damit zu tun haben könnte? Erinnern Sie sich an etwas Spezielles? Hat zum Beispiel Luka etwas gesagt, was Ihnen im Gedächtnis geblieben ist?«

Lisa nahm ein Taschentuch aus ihrer Jackentasche und tupfte sich die Augen ab. Sie blickte schweigend auf den Tisch. Dann sah sie Tumi an.

»Beim ersten Mal, wo wir gemerkt haben, dass ein Pferd fehlt, war gerade ein Hufschmied auf dem Hof«, sagte sie. »Also, eine Hufschmiedin genau genommen, und die war irgendwie seltsam. Sie hatte eine Werkzeugtasche dabei, aber zum Beispiel nicht so eine Hufschmiedschürze.« Sie zeichnete ein rechteckiges Muster auf ihre Beine.

Beta wusste, dass es sich um eine Schutzkleidung handelte, die fast alle Hufschmiede verwendeten, weil sie die Beine vor dem spitzen Werkzeug und den Nägeln schützte.

»Und allem Anschein nach keine Ahnung vom Beschlagen. Ich

habe gefragt, ob die Pferde im Winter auch Stollen bekommen, aber die Type schien die Frage überhaupt nicht zu verstehen. Hat nichts geantwortet, sondern nur so vor sich hin gemurmelt und sich nach draußen verzogen.«

Lisa erzählte, die Hufschmiedin sei öfter aufgetaucht. Zum letzten Mal einige Tage nachdem Luka eines der Pferde in den Stall gebracht hatte.

»Als diese seltsame Person das Pferd in seiner Box und mich beim Fegen im Stall gesehen hat, ist sie abgehauen, hat sich ins Auto gesetzt und ist weggerast. Als hätte sie einen Schreck gekriegt.«

Beta sah, dass Tumi mit einem Fuß auf den Boden klopfte.

»Wie sah die Hufschmiedin aus?«, erkundigte er sich.

»Kann ich nicht so genau sagen. Sie hat immer viel Abstand gehalten. Ich dachte damals, sie hätte Wahnsinnsangst vor Corona.«

»Und wie alt ist sie in etwa?«, fragte Tumi.

»Einiges jünger als Sie, denke ich«, antwortete Lisa an Beta gewandt und fuhr fort: »Die Haut der einen Gesichtshälfte sah seltsam aus. Ich glaube, das waren alte Brandnarben. So etwas habe ich mal zu Hause bei Arbeiterinnen einer Großwäscherei gesehen.«

Lisa hatte sich auch bei den Hofbesitzern erkundigt, die jedoch nichts Merkwürdiges an der Sache fanden. Sie hatten erklärt, in der Region gebe es mehrere Hufschmiede, die nach ihrem eigenen Zeitplan von einem Hof zum anderen zogen.

»Aber an eine Sache erinnere ich mich noch«, sagte Lisa und richtete sich auf. »Die Frau hatte ein graues Auto. So einen Pick-up mit Abdeckung.«

56

DEZEMBER 2021 ÄKÄSLOMPOLO

Im verschneiten Wald war es still, alle Geräusche waren eigentümlich gedämpft.

Hildur und Jakob waren gemeinsam zum Skilaufen gegangen, und die menschenleere Loipe war ein guter Ort für ein Gespräch. Hildur hatte viele Fragen an Jakob. Sie beschloss, behutsam zu beginnen.

»Wie lief die Vernehmung gestern?« Sie beugte sich vor und beschleunigte das Tempo.

»Sie haben immer wieder dieselben Fragen gestellt«, antwortete Jakob kraftlos und wischte einen Schweißtropfen weg, der am Nasenflügel festgefroren war. »Warum ich es getan habe, wie ich an die Waffe gekommen bin und so weiter.«

»Ich habe heute früh Sainio getroffen«, sagte Hildur.

Jakob sah sie überrascht an. »Ich dachte, sie spricht nie über offene Fälle.«

»Sie wollte mich treffen, um sich über dich zu erkundigen.«

Hildur sah, dass Jakobs Miene sich verhärtete. Sie musste unbedingt mehr erfahren.

»Warum hast du mir nicht gesagt, dass du Sainio früher schon mal begegnet bist?«

Jakob stöhnte.

»Sie hat mir von dem See erzählt, von Anton und von Antons Cousin.«

Hildur war sauer. Sie war in ein fremdes Land gereist, um ihrem Freund zu helfen, und dann stellte sich heraus, dass dieser Freund ihr Dinge verheimlichte.

Jakob gab immer noch keine Antwort. Er lief einfach weiter. Auf der Loipe begegnete ihnen kein einziger Läufer. Offenbar hatte die Weihnachtssaison noch nicht begonnen. Bald würde es in dem Fjelldorf wohl anders aussehen, wenn die Weihnachtsferien anfingen und die Leute aus dem Süden Finnlands sich auf den Loipen und Skipisten Lapplands drängelten. Das hatte die Kellnerin im Speisewagen jedenfalls gesagt.

Hildur hielt an und schob ihren Skistock vor Jakob, um auch ihn aufzuhalten.

Sie sah ihn an und brüllte: »Was zum Teufel soll das, Jakob? Du sagst mir jetzt alles oder gar nichts. Wenn du nichts sagst, fliege ich mit der nächsten Maschine nach Hause. Überleg es dir genau!«

Sie starrte Jakob noch ein paar Sekunden in die Augen, dann stieß sie sich ab und lief so schnell weiter, wie ihre Skier es zuließen. Bald darauf erreichte sie den Waldrand, von wo die Loipe abwärtsführte. Es war ein steiler Abhang. Hildur stieß sich mit den Stöcken ab, ging tief in die Hocke und hob ihr Gewicht vom vorderen Teil der Fußsohlen. Das erhöhte das Tempo. Die Geschwindigkeit nahm zu, die Skier machten ein pfeifendes Geräusch. Die Luft rauschte ihr in den Ohren. Aus ihren Augen flogen Tränen, die der Frost zu Eistropfen auf den Wangen erstarren ließ.

Das Tempo reichte bis zur Raststube. Die einfache Blockhütte aus Kiefernholz wirkte in der kalten Landschaft einladend warm. Der Rauch aus dem Schornstein stieg senkrecht in die Höhe.

Hildur schnallte die Skier ab und stellte sie mit den Stöcken in den dafür vorgesehenen Ständer. Jakob, der ihr gefolgt war, tat es ihr gleich.

»Entschuldigung.«

Mehr sagte Jakob zunächst nicht, aber seine Gesten verrieten, dass er kapitulierte. Er strich über die Laufffläche seiner Skier und sah Hildur an.

»Anton und ich hatten abgemacht, nie über die Sache am See zu sprechen. Ich kann das Versprechen nicht brechen. Aber glaub mir, Hildur, wir haben es nicht mit Absicht getan. Wir haben nach ihm gesucht …«

Jakob brachte den Satz nicht zu Ende. Er schluckte schwer.

»Ich habe damals nicht begriffen … was passieren könnte. Wir hatten uns ein Spiel ausgedacht, und das ist aus dem Ruder gelaufen. Irgendwann erzähle ich dir alles, aber jetzt bringe ich es noch nicht fertig. Glaub mir.«

Hildur sah in Jakobs Augen Angst und Beklemmung. Er wirkte verloren und irgendwie bodenlos traurig. All das war Hildur vertraut. Sie wusste aus Erfahrung, dass es schwierig war, jemanden ins Herz zu schließen, der nie Trauer erlebt hatte.

Auch an der Raststube war es still. Hildur blieb vor dem Holzschild auf dem Hof stehen. Darauf wurde ein Mittagstisch angeboten, zu dem außer Rentiersuppe auch Brot, Saft und Kaffee gehörten.

Hildur knurrte der Magen. Es ging schon auf drei Uhr zu, und sie hatte seit dem Morgen kaum etwas gegessen. Gemeinsam gingen sie durch die knarrende Tür in die halbdunkle Stube. Ein weißer Hund lief ihnen entgegen, schnupperte an ihren Beinen und wollte gestreichelt werden. Nach einer Weile pfiff die Wirtin, die gerade einen Tisch abwischte, den Hund zurück. Mitten in der Stube befand sich ein großer Kamin, um den herum Haken und Ständer gruppiert waren, an denen man seine Kleidung trocknen konnte. Dort legten Hildur und Jakob ihre schweißfeuchten Fäustlinge und Mützen ab. Das Feuer im Kamin prasselte. Es duftete nach Kaffee und Gebäck.

Hildur und Jakob holten sich an der Theke ihr Essen und gingen mit den Tabletts an einen Ecktisch hinter dem Kamin. Jakob tauchte seinen Löffel in die dampfende Suppe und pustete darauf.

Heute reden wir nicht weiter über den See, dachte Hildur.

»Wie lange sind wir gelaufen?«

Jakob warf einen Blick auf seine Uhr. »Vom Hotelparkplatz bis hierher gut eine Stunde. Den Rückweg schaffen wir in einer Dreiviertelstunde. Da geht es ja hauptsächlich bergab.«

Die Wirtin legte im Kamin Holz nach. Die Flammen ergriffen die Holzscheite in wenigen Sekunden, und das Feuer loderte auf. Hildur spürte, dass sie an etwas hängen geblieben war, was Jakob gerade gesagt hatte. Sie starrte auf das brennende Holz und rührte in ihrer Suppe. Der Gedanke begann Form anzunehmen. Schließlich bekam sie ihn zu fassen.

»Die Frau auf dem Parkplatz. Sie hat gesagt, sie hätte dich um Viertel vor sieben gesehen und sei dann zum Laden gefahren, um ein Paket abzuholen. Der Postschalter im Laden wurde um sieben geschlossen. Sie musste sich beeilen, hat sie gesagt. Du kennst die Gegend besser als ich. Wie lange braucht man mit dem Auto vom Parkplatz zu dem Laden?«

Jakob überlegte kurz.

»Im Winter vielleicht fünf Minuten.«

Hildur biss ein Stück von ihrem mit Butter bestrichenen Roggenbrot ab und sprach mit vollem Mund weiter.

»Nicht eher eine Viertelstunde?«

»Na, mit einem Mofa vielleicht, aber nicht mit dem Auto.«

Hildur überlegte. Warum hatte die Frau von einer Viertelstunde gesprochen, wenn man für die Fahrt nur fünf Minuten brauchte? Irgendetwas stimmte hier nicht. Welchen Nutzen hatte die Frau von ihrer Aussage, dass sie losmusste, um mit Mühe kurz vor Ladenschluss zur Poststation zu gelangen? Es musste überprüft werden, wann genau das Paket abgeholt worden war. Das würde sie gleich als Nächstes tun.

»Über eine Frage denke ich übrigens seit der Vernehmung gestern nach«, sagte Jakob nun. »Wie war es möglich, dass du zu dieser Augenzeugin gehen und ihr Fragen stellen konntest?«

»Dein alter Bekannter von der Polizeischule wollte dir helfen, da hat er mir die Kontaktdaten der Frau gegeben.«

Jakob runzelte die Stirn und legte sein Gesicht dabei so in Falten, dass er um Jahre gealtert aussah.

»Ein alter Bekannter? Wer soll das sein?«

»Simo Saari. Von der Polizeistation in Kolari. Ich bin gleich nach meiner Ankunft hingegangen.«

»Das kann nicht sein.«

Hildur hatte die Handschuhe und Mützen, die zum Trocknen am Kamin hingen, vom Haken genommen und reichte Jakob seine. Dabei starrte sie ihn fragend an.

»Den Namen habe ich noch nie gehört«, sagte Jakob.

57

Hildur war vom Parkplatz zu dem Laden gefahren und hatte für die Strecke, von der die Augenzeugin gesprochen hatte, nur sechs Minuten gebraucht, obwohl sie deutlich unter dem Tempolimit geblieben war. Am Postschalter im Laden hatte sie sich als alte Bekannte der Frau ausgegeben, die sie vor langer Zeit als Austauschstudentin kennengelernt und der sie jetzt ein Paket geschickt habe.

»Ich bin auf dem Weg zu ihr und wüsste gern, ob sie das Paket eventuell schon abgeholt hat.«

Die junge Frau am Schalter nahm einen blauen Ordner aus dem Regal neben der Kasse und schlug ihn auf.

»Natürlich«, antwortete sie und ließ den Finger über die Zeilen laufen.

Die Frau war offenbar noch nicht lange hier beschäftigt. Sie wirkte unsicher und war bemüht, ihre Unerfahrenheit durch übergroße Dienstfertigkeit auszugleichen.

»Ich brauche zuerst den Namen der Transportfirma. Welchen Service haben Sie benutzt?«

Hildur kramte in ihrem Gedächtnis. Die Augenzeugin hatte von DHL gesprochen, also nannte sie diese Firma.

»Dann ist das Paket nicht hier bei uns. Wir vermitteln nur Sendungen von Posti, Matkahuolto, Postnord und Schenker. Es haben zwar schon viele gefragt, ob wir nicht auch die Ausgabe für DHL übernehmen können, aber im Moment ist das nicht möglich.«

Hildur bedankte sich bei dem freundlich lächelnden Mädchen für die Auskunft. Dann eilte sie zu ihrem Wagen und fuhr zu der Augenzeugin. Vom Himmel fiel Schnee in kleinen, festen Flocken, die im Vorbeifahren wie dünne weiße Striche aussahen. Das Fernlicht des Autos war die einzige Lichtquelle in der dunklen Landschaft. Hildur war es zwar gewohnt, auch bei schwierigen winterlichen Straßenverhältnissen zu fahren, aber das unbekannte Gelände und die dicke Schneeschicht auf der Fahrbahn zwangen sie zur Vorsicht.

Sie musste herausfinden, warum die Frau gelogen hatte.

Als sie auf das dunkle Grundstück fuhr, sah sie drinnen Licht. Die Frau war also zu Hause. Hildur hatte schon gemerkt, dass man in Finnland nicht das Licht brennen ließ, wenn man aus dem Haus ging. Der Strom sei so teuer, hatte man ihr gesagt. Als die Frau die Tür öffnete, war ihr am Gesicht abzulesen, dass sie über Hildurs Besuch nicht erfreut war.

Beim vorigen Mal hatte Hildur nicht weiter auf die Einrichtung der Diele geachtet, doch jetzt ließ sie ihren Blick umherschweifen. An der Decke baumelte eine orangefarbene Plastiklampe mit einer kleinen Glühbirne. Das schwache Licht, das sie verbreitete, wurde von den dunklen Holzwänden geschluckt. An der Garderobe hingen außer einem Wintermantel noch Siegerschärpen und Rosettenschleifen von Hundewettkämpfen, an den Wänden Dutzende Fotos, die allesamt den Hund zeigten. Der Hund im Sommer am Strand, der Hund auf dem verschneiten Hof, der Hund auf einem Parcours, der Hund am Fressnapf. Auf einem Foto hielt der Hund einen bunten Ball im Maul und sah die Person hinter der Kamera auffordernd an. Im Hintergrund war ein blaues Ortsschild zu sehen, auf dem Jyväskylä stand.

»Haben Sie da gewohnt?«, fragte Hildur und zeigte auf das Bild.

Die Frau antwortete fast flüsternd. »Ein paar Jahre. Von da bin ich nach Helsinki gezogen und dann wieder hierher, in meine alte Heimat.«

Auf dem niedrigen Dielentisch lag eine aufgeschlagene Lokalzeitung. Aus den Abbildungen schloss Hildur, dass es in dem Artikel um das neue Hotel und seine Direktorin Lena ging.

»Was steht in der Überschrift?«, fragte sie.

Die Frau blickte gleichgültig auf die Zeitung.

»›Mein Mann und mein Kind freuen sich auf den Umzug in den Norden.‹«

Hildur griff nach der Zeitung und betrachtete die Fotos. Vom Text verstand sie kein Wort. Eine der Aufnahmen zeigte ein glücklich aussehendes Paar in der lappischen Landschaft. Hildur faltete die Zeitung zusammen und legte sie auf den Tisch. Dabei fiel ihr die Adresse auf der Rückseite auf.

»Sie haben die Zeitung nicht selbst abonniert?«, fragte sie wie nebenbei. Dem Adressaufkleber nach wurde die Zeitung nach Kolari geliefert. Sari Meri wohnte aber in Kittilä. Hildur prägte sich den Namen des Abonnenten ein.

»Ein Freund hat sie mir geliehen. Die Zeitung hat seine Firma bestellt.«

Hildur war sich sicher, dass sie nichts erreichen würde, wenn sie der Frau hart zusetzte. Sie beschloss, es auf die freundliche Art zu versuchen.

»Das Paket, das Sie am Abend der Morde im Laden abholen wollten, wurde dann wohl doch ins Haus geliefert, oder?«, sagte sie mit ruhiger Stimme. »Der Dorfladen vermittelt nämlich keine Sendungen von DHL.«

Sie blieb in der Nähe der Tür stehen, wie um zu signalisieren, dass sie nicht lange bleiben wolle.

»Und die Fahrt vom Parkplatz an der Kaffeestube bis zum Laden dauert keine Viertelstunde«, fügte sie leise hinzu.

Die Frau wich vor Hildur zurück. Sie machte einige Schritte zur hinteren Wand der Diele. Als sie nicht mehr weiterkam, blieb sie stehen und lehnte sich mit dem Rücken an die Wand. Sie zupfte am Saum ihrer Bluse und warf wieder einen Blick auf ihren Hund. Da sie nichts erwiderte, sprach Hildur weiter.

»Ich bin die Strecke gerade gefahren. Es hat nur sechs Minuten gedauert, dabei bewege ich mich auf fremden Straßen eher vorsichtig. Ich glaube, Sie schaffen es schneller.«

Die Frau glitt an der Wand entlang nach unten. Es sah aus, als erwartete sie, dass die Wand hinter ihr sich öffnete und sie verschluckte. Als sie schließlich auf dem Boden hockte, legte sie einen Arm um ihren Hund und streichelte ihn. Sie flüsterte ihm etwas ins Ohr, unhörbar für Hildur.

»Warum haben Sie nicht die Wahrheit gesagt?«

Die Frau sah Hildur über ihren Hund hinweg an. Hildur schauderte. Es fiel ihr schwer, der Frau in die Augen zu sehen. Als sie bei ihrer vorigen Begegnung zusammen am Tisch gesessen und Brötchen gegessen hatten, war die Frau ihrem Blick immer wieder ausgewichen. Jetzt hatte Hildur das Gefühl, zwei Menschen gleichzeitig anzusehen. Obwohl die Diele nur schwach beleuchtet war, merkte sie, dass die Augen der Frau unaufhörlich hin und her zuckten.

»Weil das, was ich gesehen habe, die Wahrheit ist.«

»Was haben Sie denn gesehen?«, fragte Hildur schnell.

Die Frau packte ihren Hund fester.

Hildur wusste, dass sie die Frau nicht zwingen konnte, etwas zu sagen. Sie konnte sie nicht zur Vernehmung vorladen. Es gab nichts, was sie hier noch tun konnte. Also schrieb sie achselzuckend ihre Telefonnummer auf einen Kassenbon, den sie in der Tasche gefunden hatte, legte ihn auf den kleinen Hocker in der Ecke und bat die Frau, sie anzurufen, falls sie ihr später noch etwas erzählen wolle.

Dann öffnete sie die Haustür und wollte gerade hinaus in die Kälte gehen, als sie hinter sich plötzlich ein Aufheulen hörte.

Sie blieb stehen und blickte sich um. Die Frau hockte immer noch mit dem Hund neben sich an der Wand.

»Lass die Finger von dem Mann. Lös die Verlobung auf. Verlass ihn. Er macht dich nur unglücklich. Der Mann auf dem Parkplatz war Jakob, und er hätte die beiden erschießen können. Er hat auch früher schon gelogen, mehr als einmal.«

»Wen hat er belogen?«

»Mich! Wir waren fast zwanzig Jahre zusammen, aber er hat mich verlassen, auf absolut grausame Art.«

Die äußere Schale der Frau bekam Risse. Hildur war sich sicher, dass die Frau jetzt bereit war, sich auszusprechen, wenn sie dazu ermutigt wurde. Sie setzte ihre mitfühlendste Miene auf und sagte, sie würde sich gern die ganze Geschichte anhören.

»Jakob ist auf einer Dienstreise aus Norwegen nach Helsinki gekommen, und wir haben uns wieder neu ineinander verliebt. Er hat mir wer weiß was versprochen, aber als er dann wieder in Norwegen war, hat er plötzlich jeden Kontakt abgebrochen. Die Social-Media-Kanäle geschlossen, die Telefonnummer gewechselt und nicht mehr auf meine Mails geantwortet. Er ist spurlos aus meinem Leben verschwunden.«

Die Stimme der Frau war schärfer geworden. Den letzten Satz hatte sie beinahe herausgeschrien. Jetzt senkte sie den Blick und streichelte ihren Hund mit langsamen Bewegungen, als suchte sie bei ihm Beruhigung.

»Dann habe ich entdeckt, dass er in Norwegen eine Familie hat und mich nur ausgenutzt hat«, sagte sie und erzählte, dass sie Jakob ein, zwei Jahre nach dem Kontaktabbruch mit einer Frau und einem kleinen Kind beim Einkaufen in Äkäslompolo gesehen habe.

»Da hat seine neue Frau Joghurtbecher in den Einkaufswagen gelegt. Jakob hat ein Kind im Arm gehabt, das genau wie sein Vater ausgesehen hat.«

Die Frau legte die Unterarme aneinander und machte eine wiegende Bewegung.

Sie erzählte, sie habe eine Panikattacke bekommen. Sie war aus dem Laden gerannt und über die aufgegangenen Schnürsenkel ihrer Sportschuhe gestolpert.

»Ich bin am Ausgang hingefallen und habe kurz das Bewusstsein verloren. Zum Glück war ein alter Bekannter von mir gerade dabei, seine Einkäufe in seinen Wagen zu packen. Er hat mir aufgeholfen und mich nach Hause gebracht. Das war die furchtbarste Autofahrt meines Lebens.«

Die Frau sah Hildur trotzig an.

»Bis zu dem Tag hatte ich geglaubt, was Jakob in seiner Kindheit getan hat, wäre seine einzige Missetat gewesen, aber da hatte ich mich wohl geirrt. Er ist nicht nur böse, sondern auch ein verdammter Feigling. Das Kind war ein Knirps, ein Zweijähriger! Jakob hatte schon mindestens drei Jahre eine neue Familie gehabt und mir nichts davon gesagt. Er ist einfach verschwunden und hat mich alleingelassen.«

Die Frau sprach nun mit einer schaurig metallischen Stimme. Die Worte polterten ihr nur so aus dem Mund. Hildur graute es vor der Stimme. In ihr lag kalter Hass.

»Jakob hat Lena genauso sehr gehasst wie ich ihn. Jakob war an dem Abend auf dem Parkplatz, das weiß ich. Ich habe ihn gesehen.«

58

DEZEMBER 2021 HVALFJÖRÐUR

Tumi und Beta saßen schon seit einer guten Stunde im kalten Auto. Sie hatten es so hinter dem einzigen Wohngebäude des Ferienzentrums am Hvalfjörður geparkt, dass es von der Straße aus nicht sichtbar war. Ein Ankömmling würde es erst sehen, wenn er auf den Hof fuhr. Die Zufahrt war so schmal, dass man nicht schnell wenden konnte. In den letzten Tagen hatte es im südlichen Island abwechselnd Schneeregen und Regen gegeben, kein bisschen Schnee. Beta versuchte vergeblich, sich an ein anderes Weihnachtswetter in Reykjavík zu erinnern. Weihnachten bedeutete hier nicht sanftes Schneegestöber, sondern Dunkelheit, Regen und heftigen Wind.

Nur einige der Hoflampen funktionierten. Fast die Hälfte des Grundstücks lag im Schutz der Dunkelheit. Dort hatte Beta ihr Dienstfahrzeug geparkt. Hinter ihrem Wagen standen die Škoda Octavias von zwei Polizeistreifen, die als Rückendeckung mitgekommen waren.

Über den Hof flogen ab und zu ein paar Raben, andere Lebenszeichen waren nicht zu sehen. Tumi ging immer noch die Liste der Besitzer von Pick-ups des Modells Mitsubishi L200 durch.

»Wie kommst du voran?«, fragte Beta, während sie Kekskrümel von ihrer Jacke schnippte.

»Verdammt langsam«, sagte Tumi, ohne von seinem Laptop aufzusehen. »Viele von den Wagen sind auf Firmen zugelassen.«

Beta seufzte. Die Namen der Firmenbesitzer mussten in einem anderen Register gesucht werden, und das kostete Zeit.

Beta hatte die Vertreterin der Firma Frauen im Beruf kontaktiert und von ihr erfahren, dass die Spülerin kurz vor Mittag zu einem Kurzzeitjob nach Selfoss gefahren sei. Dort brauchte ein Restaurant aufgrund eines Krankheitsfalles eine Vertretung, die das Geschirr abräumte und die Tische säuberte. Die Mittagessen in der Adventszeit waren eine wichtige Einkommensquelle für die Gastronomie.

Tumi schob den Beifahrersitz nach hinten und streckte die Beine aus. Für den großen Mann war es anstrengend, in dem engen Wagen auf Posten zu sitzen.

»He, guck mal«, sagte er und nickte zur Straße hin.

In der Dunkelheit näherten sich Scheinwerfer, aber das Warten nahm damit noch kein Ende. Das Auto fuhr einfach vorbei. Die Frau im Verleihunternehmen hatte geschätzt, dass die Spülerin gegen vier Uhr wieder in Reykjavík sein würde. Die Bergstraße am Hellisheiði, die das Hauptstadtgebiet mit den Gemeinden östlich der Hochebene verband, war jedoch kurzfristig wegen Schneesturm gesperrt worden. Der Verkehr wurde auf die schmale Uferstraße umgeleitet, die um den Berg herumführte, was die Fahrzeit aber um mehr als eine Stunde verlängerte. Beta sah auf die Digitaluhr des Wagens. Sie zeigte halb fünf.

Nach einer Viertelstunde bemerkte Beta erneut Scheinwerfer. Ein Wagen näherte sich, fuhr langsamer und bog in die Zufahrt ein.

»Na endlich!«, ächzte sie und stieß Tumi in die Seite.

Der graue Pick-up glitt langsam über den schmalen, abschüssigen Weg auf den Hof und weiter zu dem großen Doppeltor des Lagergebäudes. Beta und Tumi hatten bereits festgestellt, dass das Garagentor nur manuell mit einem Schlüssel geöffnet werden konnte. Der Fahrer oder die Fahrerin musste also aussteigen, um das Tor aufzuschließen.

»Nun komm schon«, sagte Beta ungeduldig und klopfte auf das Lenkrad.

Sie wusste, dass die Streifenpolizisten die Lage unter Kontrolle hatten. Sobald die Person ausstieg, würden sie zur Festnahme schreiten. Beta und Tumi würden den Einsatz lediglich beobachten.

Die Sekunden vergingen zäh. Der Schneeregen setzte wieder ein. Er fiel auf die Windschutzscheibe und behinderte die Sicht, aber Beta wollte den Motor nicht starten. Die Person könnte das Geräusch hören und die Flucht ergreifen. Der Pick-up sah zwar alt aus und hatte seine schnellsten Zeiten bestimmt hinter sich, aber eine Verfolgungsjagd im Schneematsch war nicht unbedingt verlockend.

Beta nahm ihr Fernglas und bemühte sich, den Pick-up durch die über die Scheibe laufenden Rinnsale hindurch zu beobachten. Die hellgraue Tür auf der Fahrerseite öffnete sich, und eine Gestalt in einem langen Mantel sprang auf den Asphalt. Sie hatte eine große Kapuze über den Kopf gezogen, sodass ihr Gesicht aus der Entfernung nicht auszumachen war. Dagegen war das Kennzeichen des Wagens jetzt deutlich zu sehen, und Beta nannte es Tumi.

Die Person holte einen kleinen Gegenstand aus der Tasche. Beta vermutete, dass es der Schlüssel war. Das Schloss des Garagentors befand sich in Augenhöhe an der Wand daneben. Die beiden Streifenwagen, die hinter Beta und Tumi gewartet hatten, rasten los. Sie hatten nur ein paar Hundert Meter zu fahren, aber selbst wenige Sekunden konnten lang sein. Die Škodas hielten zu beiden Seiten des grauen Pick-ups.

»Bingo!«, rief Tumi.

Beta ließ die Gestalt, die ausgestiegen war, nicht aus den Augen, während sie ihrem Kollegen zuhörte.

»Der Wagen gehört Björk Holm.«

Beta warf kurz einen Blick auf Tumi. Was redete er da?

»Hildurs Schwester!«

Das war ein harter Schlag. Beta würde später genauer darüber nachdenken, aber jetzt musste sie sich auf die Festnahme konzentrieren. Sie ließ den Motor an und schaltete die Scheibenwischer ein.

Alle vier Streifenpolizisten stiegen aus. Zwei beobachteten die Situation, während die beiden anderen ruhig auf die Fahrerin zugingen. Sie sagten etwas, was Beta natürlich nicht hören konnte. Der Körpersprache nach zeigte sich die Fahrerin überrascht.

Die Fahrerin antwortete den Polizisten, legte eine Hand vor den Mund und ging in die Hocke, den Kopf auf die Knie gebeugt. Die Festnahme ging schnell und ohne großes Aufheben vor sich. Als die Frau abgeführt wurde, erhaschte Beta einen Blick auf ihr Gesicht. Was sie sah, erschütterte sie. Die eine Gesichtshälfte war von zerklüftetem Narbengewebe bedeckt. Von dem verwüsteten Gesicht ließ sich nichts ablesen.

»Das ist nicht Björk«, sagte Beta. Sie ließ das Fernglas sinken und sah ihren Kollegen an.

»Das heißt, sie hat den Pick-up ...«, begann Tumi und holte tief Luft.

»Herr im Himmel«, sagte Beta. Sie hatte plötzlich alles begriffen. Warum die mysteriöse Spülerin nirgendwo registriert war, warum Hildur nicht nach Rósa fragen durfte und dass Björk die Einzige war, die Bescheid wusste. Beta ergänzte den angefangenen Satz ihres Kollegen.

»Björk hat ihrer Schwester den Wagen zur Verfügung gestellt. Die Frau dort ist Hildurs zweite Schwester, Rósa Holm.«

59

DEZEMBER 2021 ÄKÄSLOMPOLO

Die Straße zog sich schnurgerade hin. Hildur beschleunigte auf achtzig Stundenkilometer. Sie musste möglichst schnell zu Jakob. Es herrschte kein Verkehr, und Radarfallen waren nirgends zu sehen, daher wagte sie es, das Tempolimit zu überschreiten. Ein Stück entfernt schimmerte der verschneite Wald, dahinter ragten die kahlen Gipfel der Fjells auf. Auf den Bäumen lag eine dicke Schneeschicht und schützte sie vor dem Wind. Die weiche Kälte hielt alles an seinem Platz. Die ganze Landschaft war in das bläuliche Licht des Winters getaucht.

Der zweite Besuch bei Sari Meri hatte eine wichtige Wende gebracht. Die Frau hatte sich seltsam verhalten. Sie hatte zeitweise ganz vernünftig gewirkt, aber dann und wann waren ihre Geschichten völlig abgedriftet. Hildur musste schnellstens auch mit Sainio sprechen, der Leiterin des Ermittlungsteams, die sich jedoch bislang am Telefon nicht gemeldet und auch auf Hildurs Bitte um Rückruf nicht reagiert hatte.

Sari Meris Haus lag weit abseits. Die Straße führte durch dichten Wald. Bäume über Bäume, bis der Wald irgendwann aufhörte und die Landschaft sich öffnete. Hildur merkte, dass sie an zu Hause dachte. Dort sah man immer weit. Jetzt nahm sie in einiger Entfernung eine Bewegung am Waldrand wahr. Sie ging vom Gas und hielt am Straßenrand, um genauer hinzusehen. Im verschneiten Gelände standen mehrere Dutzend Rentiere in kleinen Grüppchen beieinander und starrten neugierig auf das Auto. Ihr Blick war sanft und distanziert zugleich. Jemand anderes entschied über ihr Leben, und doch lebten sie ungezähmt in der Natur. Gleichzeitig frei und gefangen. Es war ein besonderer Augenblick. Der Klingelton des Handys auf dem Nebensitz holte Hildur ins Hier und Jetzt zurück. Sie freute sich, als sie den Namen auf dem Display sah.

»Hallo, Beta! Wie geht's?«

Hildur hatte am Morgen noch an Beta und Tumi gedacht. Sie hatte sich vorgenommen, sie nach dem Gespräch mit Jakob anzurufen. Einen Augenblick lang herrschte Stille. Hildur wiederholte ihre Frage. Als Beta schließlich antwortete, klang ihre Stimme fremd.

»Wo bist du gerade?«

Hildur erzählte, sie sitze in ihrem Mietwagen und betrachte Rentiere.

»Gut. Du fährst also nicht?«

Worauf will sie wohl hinaus, überlegte Hildur.

»Dem Schild nach stehe ich an einer Bushaltestelle«, sagte sie.

»Es gibt da etwas, was du wissen solltest. Ich komme direkt zur Sache.«

Hildur spürte, dass es um etwas Unangenehmes ging. Sie stellte den Motor ab. Mit geschlossenen Augen versuchte sie, sich auf ihre Atmung zu konzentrieren. Langsam und tief einatmen, noch langsamer ausatmen. Sie merkte, wie Angst in ihr aufkam.

»Die Leiharbeiterin bei dem Dinner und die Person, die Hlín auf der Weide fotografiert hat. Es ist ein und dieselbe.«

»Wie habt ihr sie aufgespürt?«, fragte Hildur, ließ Beta aber keine Zeit zu antworten, sondern schoss eine Frage nach der anderen ab. »Wer ist es? Hat sie allein gehandelt? Gibt es eine Verbindung zu irgendeiner internationalen Organisation? Wurde bei der Festnahme das Sonderkommando gebraucht?«

Das Sonderkommando war eine bewaffnete und speziell geschulte

Einheit der isländischen Polizei, die bei riskanten Festnahmen und bei Fällen zum Einsatz kam, wo der Verdacht bestand, dass die Beteiligten bewaffnet waren.

»Hildur, hör mir zu«, unterbrach Beta den Schwall von Fragen. »Du kannst nicht mehr weiter an den Ermittlungen teilnehmen.«

Hildur spürte, wie sich ihr die Kehle zuschnürte.

»Verdammt noch mal«, fuhr Beta fort. »Ich wünschte, ich müsste es dir nicht am Telefon erzählen. Du musst jetzt stark sein.«

Hildur drängte sie weiterzureden.

»Hildur, es ist deine Schwester Rósa. Rósa Holm. Alles weist darauf hin, dass sie schon seit Langem in Island aktiv ist.«

Hildur brauchte einen Moment, bis sie Betas Worte begriff. Sie musste sofort an die frische Luft, den Wind am Körper und die Kälte an den Beinen spüren. Sonst würde sie ohnmächtig werden. Sie hob die Beine aus dem Wagen, setzte die Füße auf die Erde, griff mit der rechten Hand nach der Oberkante der Tür und zog sich hoch. Dann lehnte sie sich mit ihrem ganzen Gewicht an den Wagen, wobei sie das Handy immer noch in der linken Hand hielt.

Beta sagte etwas von einer Hufschmiedin, von Deutschen und von einem Ferienzentrum. Die Einzelheiten ordneten sich nicht zu einem Ganzen, sondern schossen Hildur kreuz und quer durch den Kopf. Fühlte es sich so an, wenn die Welt aus den Fugen geriet?

»Wiederhol noch mal, was du gerade gesagt hast. Ich … ich musste aussteigen.«

Beta berichtete, sie hätten am Ufer des Walfjords ein Ferienzentrum gefunden, von dem alle glaubten, es stünde leer. Da sie Einzelinformationen miteinander verknüpft hätten, seien sie vorbereitet gewesen, als »Haarde«, die Bewohnerin des Ferienzentrums, auf den Hof fuhr.

»Haarde ist natürlich nicht ihr wirklicher Name«, fügte sie hinzu.

Hildur holte tief Luft. Sie versuchte, die vielen Fragen, die ihr durch den Kopf gingen, in eine logische Reihenfolge zu bringen.

»Woher wisst ihr, dass es Rósa ist?«

Beta seufzte.

»Sie fährt einen Wagen, der auf Björks Namen zugelassen ist.«

Hildur spürte einen stechenden Schmerz in der Stirn. Sie hatte nicht gewusst, dass Björk zwei Autos besaß.

»Der Wagen allein beweist natürlich noch nichts«, sagte Beta und sprach langsam weiter, als wollte sie Hildur Zeit lassen, das Gehörte zu verdauen.

»Ich habe von den Färöern Informationen über sie eingeholt. Das offizielle Foto ist zwar alt, aber man erkennt sie darauf. Außerdem …« Beta verstummte kurz. »Es spielt im Moment keine Rolle, aber du wirst es später sowieso sehen. Ihre eine Gesichtshälfte ist stark vernarbt, aber bei der anderen fällt sofort die große Ähnlichkeit mit dir auf.«

Hildur drückte das Handy ans Ohr. Sie spürte, wie der Frost auf dem Gesicht prickelte und unter den Pullover drang. Obwohl sie vor Kälte schlotterte, konnte sie noch nicht einsteigen. Sie kauerte sich zusammen.

»Dann komme ich jetzt zurück«, flüsterte sie ins Telefon.

Beta beschwichtigte sie, es sei nicht eilig.

»Wir beginnen morgen mit der Vernehmung. Ich habe dich nur angerufen, weil nicht auszuschließen ist, dass die Medien irgendwas aufschnappen. Du solltest das Ganze zuerst von mir erfahren.«

Hildur konnte nicht weiterreden. Sie bedankte sich bei Beta, beendete das Gespräch und warf das Handy auf den Beifahrersitz.

Sie müsste jetzt bei ihren Schwestern sein, aber auch Jakob brauchte ihre Hilfe. Wohin sollte sie jetzt fahren? Was sollte sie als Nächstes tun? An wen sollte sie sich wenden? Sie war sich nicht sicher. Ihr Blick fiel auf ihr Gesicht im Seitenspiegel. Sie erschrak beinahe angesichts des Anblicks. Und auch innerlich fühlte sie sich wie ein ausgenommener Fisch. Leer und verlassen.

Sie dachte eine Weile nach. Es gab niemanden, der ihr die Entscheidung abnehmen oder ihr einen Rat geben könnte. Nur sie selbst wusste die Antwort. Hildur nahm eine Handvoll Schnee und verrieb ihn auf ihrem verweinten Gesicht, trocknete es am Mantelärmel ab, setzte sich in den Wagen und ließ den Motor an. Manchmal musste man kämpfen, um Frieden zu erlangen. Das würde sie jetzt tun. Obwohl sie die genaue Richtung nicht kannte, musste sie einfach weiterfahren.

60

Jakob beendete das Gespräch. Er legte das Strickzeug kurz beiseite und schrieb ein paar Zeilen in die Textdatei. Er saß schon seit mehr als einer Stunde am Computer, das Handy im Freisprechmodus. Er hatte für den Rest des Tages im Coworking-Space über dem Lebensmittelgeschäft einen Arbeitsraum gemietet. In dem schallisolierten Büro ließen sich private Gespräche leichter führen als im kalten Auto oder draußen. Das alte Sommerhaus war nicht winterfest, und in seinem Hotelzimmer hielt er es einfach nicht mehr aus. Er brauchte Ruhe, und er hatte nicht viel Zeit. Hildur hatte ihn gerade angerufen und gesagt, sie sei auf dem Weg nach Äkäslompolo. Sie müsse unbedingt den letzten Flug am Abend erreichen, aber vorher hätten sie noch einiges zu klären.

Er hatte mit Hildur abgemacht, dass er recherchieren würde, welche Personen oder Firmen in Finnland von dem geplanten Bergwerk profitierten. Nachdem er seitenweise PDF-Dateien gelesen und zahlreiche Telefonate mit Kommunalbeamten geführt hatte, wusste er nun, auf welchem Gelände die Grube entstehen sollte und wem der Grund gehörte. Zum Glück lieferte die Katasterdatei des Landvermessungsamtes die Auskunft schnell per Mail. Die Schar der Grundstücksbesitzer wirkte unauffällig und uninteressant. Der größte Teil des Bodens gehörte der Kommune. Weitere Besitzer waren die Kirchengemeinde, ein örtlicher Wanderverein und ein im Nachbarort registrierter Naturschutzverein. Im Vereinsregister des Patent- und Registeramtes gab es seit mehr als zehn Jahren keine neuen Eintragungen über den Naturschutzverein, und auch die Social-Media-Kanäle des Vereins waren seit Jahren nicht aktualisiert worden. Die Zahl der privaten Grundbesitzer lag bei zehn.

Jakob hatte auch die Baufirmen der Umgebung überprüft, aber sie waren alle sehr klein. So klein, dass sie bei einem großen Bergbauprojekt keine bedeutende Rolle spielen konnten. Die großen, auf Infrastruktur und den Bau von Bergwerken spezialisierten Unternehmen würden von außerhalb kommen.

Jakob griff wieder nach den Nadeln und strickte rechts weiter. Noch ein, zwei Runden, dann war das Teil lang genug. Während das Garn durch seine Finger lief, dachte er nach. Wer außer Grundbesitzern und Bauunternehmen würde von der Eröffnung des Bergwerks profitieren? Örtliche Unternehmen, Speditionen … und natürlich die Wohnungsbesitzer!

Er suchte die Kontaktdaten des nächstgelegenen Schornsteinfegerbetriebs heraus und griff wieder zum Telefon. Die Firma Elektrik und Schornsteinreinigung KG befand sich im Zentrum von Kolari und gehörte einem gewissen Pulju.

Jakob hätte sich auch auf offiziellem Weg Auskunft über die Eigentümer der Häuser und Wohnungen im Gebiet der Gemeinde beschaffen können, aber das hätte zu viel Zeit gekostet. Niemand kannte die örtlichen Immobilienbesitzer besser als jene, die ihnen jährlich ihre Dienste anboten. Die Schornsteine mussten regelmäßig gefegt werden, und auch Elektriker wurden in allen Wohnhäusern und Geschäftsgebäuden gebraucht.

Das Telefon tutete ein paarmal, dann nahm jemand ab.

»Spreche ich mit Pulju?«, fragte Jakob und nannte seinen Namen.

Pulju bejahte die Frage. »Bin aber verflucht in Eile«, sagte er. »Wenn Sie mir was verkaufen wollen oder wenn ich bei so einer beknackten

Umfrage mitmachen soll, wo man irgendwas auf der Skala eins bis fünf beurteilen muss, können Sie gleich wieder auflegen.«

Jakob versicherte ihm, er wolle nichts verkaufen.

»Ich rufe Sie an, weil Sie etwas wissen, was für mich wichtig ist. Es dauert nicht lange.«

»Aha.«

»Sie erledigen doch hier die Schornsteinreinigung und Elektroarbeiten. Wer sind da die größten Immobilienbesitzer im Ort? Also neben der Kommune?«

Ein müder Seufzer ertönte. »Kann man das nicht bei den offiziellen Stellen erfahren?«

»Doch«, antwortete Jakob. »Aber das dauert, und ich habe keine Zeit.«

Einen Augenblick lang befürchtete er, Pulju würde sofort auflegen, aber offenbar schätzte der Mann seine Direktheit.

»Da gibt es wahnsinnig viele einzelne Besitzer von Wohnungen und Sommerhäusern, aber die Namen hab ich nicht alle im Kopf.«

Jakob erklärte, dass er sich nur für die großen Besitzer interessiere. Er hörte, wie Pulju mit der Zunge schnalzte.

»Ach so, aha. Die Polar Holiday Homes Holding besitzt hier fast ein Drittel aller neuen Sommerhäuser. Ein großes Unternehmen, in Holland registriert, wenn ich mich richtig erinnere. Die bezahlen die Rechnungen fürs Schornsteinfegen übrigens nie pünktlich, die Schurken. Die Kirche besitzt auch Wohnungen, und ein paar Gewerkschaften ebenfalls.«

Jakob sonderte die Genannten in Gedanken aus. Gewerkschaften und Kirchengemeinden besaßen Wohnungen wohl nicht aus reiner Gewinnsucht. Die holländische Holdinggesellschaft wiederum erschien ihm zu fern. Die besaß bestimmt in der halben Welt Immobilien.

»Dann ist da noch diese neue Firma … Die wurde meines Wissens erst vor zwei Jahren gegründet. Sie hat in kurzer Zeit eine größere

Anzahl Reihenhäuser und kleine Mehrfamilienhäuser in der Kommune aufgekauft. Und Grundstücke.«

Jakob merkte auf. Die Bergbaupläne hatten im Jahr zuvor einen großen Sprung nach vorn gemacht, als das internationale Bergbauunternehmen die Geschäfte übernommen hatte.

»Sie heißt Sweet Home AG«, sagte Pulju. »Die Firma zahlt ihre Rechnungen immerhin pünktlich und prahlt damit, sie hätte so viele Grundstücke gekauft, dass es bald noch mehr Häuser gibt.« Er fügte hinzu, jetzt müsse er wirklich wieder an die Arbeit. Er habe heute noch die Verteilerkästen in zehn neuen Sommerhäusern zu überprüfen.

Jakob bedankte sich und legte auf. Im gebührenfreien Unternehmensregister suchte er die Angaben über die Sweet Home AG heraus. Als er den Namen des Vorstandsvorsitzenden las, entfuhr ihm eine ganze Serie von Flüchen. Der fast fertige Pullover fiel auf den Boden, als Jakob aufsprang und nach draußen eilte.

61

Hildur hatte Lust auf ein kaltes Bier, war aber leider mit dem Auto unterwegs. Also bestellte sie Kaffee und Pommes und setzte sich an einen ruhigen Ecktisch, möglichst weit weg von den Fernsehbildschirmen, auf denen ein Eishockeyspiel lief.

Jakob hatte die Grundbesitzfragen untersucht und ihr am Telefon eine kurze Zusammenfassung gegeben. Die Puzzlesteine hatten ihren Platz gefunden, und es sah ganz danach aus, dass sie mit der Abendmaschine nach Helsinki und morgen weiter nach Island fliegen konnte.

Hildur schob die Zeitung auf dem Tisch beiseite und stützte die Ellbogen auf. Ihr erstes Gefühl war reine Enttäuschung gewesen. Sie hatte sich für eine gute Menschenkennerin gehalten. Verlor sie ihre Fähigkeiten, oder was war los? Sie pflegte den Leuten sonst anzusehen, ob sie die Wahrheit sagten oder nicht. Und dabei ging es nicht nur um die Deutung von Gesten. Alle, die sich darauf verstanden, die Körpersprache zu lesen, wussten zum Beispiel, dass bei jemandem, der log, der Blick oft nach links abschweifte, oder dass Lügner häufig blinzelten. Natürlich beobachtete auch sie die Gesten, aber bei ihr war es eher ein unbestimmtes Gefühl, das sie Schwindler erkennen ließ. Sie spürte es, wenn ihr Gesprächspartner nicht auf derselben Seite stand wie sie, sondern irgendwo zwischen Lügen und Vernebeln balancierte. Hildur hatte geglaubt, Flunkerer mühelos von ehrlichen Typen unterscheiden zu können. Diesmal hatte sie sich gründlich geirrt. Der Mann hatte so nett gewirkt. Zu nett. Hatte ihr etwas zu essen und zu trinken angeboten, sich für ihre Geschichten interessiert. Verflixt noch mal, sie war sauer.

Die Tür der Kneipe ging auf.

Jakob kam herein und bestellte ein Bier, indem er einen Finger hochstreckte und mit der Hand eine Bewegung machte, als würde er den Zapfhahn bedienen. Dann eilte er zu Hildur.

»Wie geht's dir inzwischen?«, fragte er und klopfte ihr kollegial auf den Rücken. Sie hatte ihm von den Neuigkeiten aus Island erzählt.

»Ich komme irgendwie klar. Aber ich möchte jetzt nicht darüber reden.«

Jakob nickte und setzte sich. Mit ihm war alles leicht. Was man vereinbarte, daran hielt man sich. Hildur hatte versprochen, Jakob nicht weiter nach den Ereignissen am See zu fragen, und sie hielt ihr Versprechen. Jakob wiederum hatte gelobt, sich nicht nach den neuesten Wendungen der Ermittlung in Island zu erkundigen. Über all das würden sie reden, wenn die Zeit dafür reif war. Jetzt hatten sie Dringenderes zu tun.

»Eine schnelle Zusammenfassung, und dann erledigst du den Rest, okay?«

Hildur nickte. Der Kellner brachte Jakob ein großes Bier und stellte eine Schüssel Pommes und eine Ketchupflasche vor Hildur hin. Sie griff nach der Flasche, gab reichlich Ketchup auf die Pommes und begann zu essen.

»Ich habe alle Dokumente ausgedruckt«, sagte Jakob und holte eine Plastikmappe aus seiner Aktentasche.

Hildur versuchte gar nicht erst, die finnischsprachigen Unterlagen zu lesen, sondern konzentrierte sich auf die Stellen, die Jakob mit einem Textmarker in Neonorange angestrichen hatte. Eine Einzelheit stach ihr sofort ins Auge, aber sie ließ Jakob erst einmal berichten.

Die Hauptgeschäftstätigkeit des Unternehmens betraf Immobilien. Die Sweet Home AG hatte über die letzten beiden Jahre dutzendweise Häuser und Wohnungen aufgekauft. Außerdem hatte sie zu einem Spottpreis viel Land im Gebiet der Gemeinde, aber in einiger Entfernung vom Skizentrum erworben.

»Ein ganz cleverer Plan, reich zu werden, aber das Risiko war einfach zu groß.«

Die Firma hatte die Immobilien auf Kredit gekauft, offenbar in der Hoffnung, dass das Bergbauprojekt anlaufen und die Preise für Wohnungen und Grundstücke gewaltig in die Höhe treiben würde. Dann konnte man die Wohnungen gewinnbringend an auswärtige Arbeitskräfte und die künftigen Angestellten des Bergbauunternehmens vermieten. Oder der Besitzer hatte geplant, die Immobilien zum richtigen Zeitpunkt weiterzuverkaufen.

»Wenn die Preise für Wohnungen und Grundstücke deutlich gestiegen wären, hätte er bei dieser Menge an Wohnungen viele Millionen Euro verdient«, sagte Jakob. »In der Nachbargemeinde sind früher viele durch cleveren Grundstückshandel reich geworden, und der Typ hat dasselbe hier versucht.«

Er nahm einen Schluck Bier und wischte sich den Schaumbart am Ärmel ab.

»Jetzt steckt der Unternehmer in finanziellen Schwierigkeiten. Die Kosten sind gestiegen, und die Zinsen ziehen auch an. Wenn das Bergbauprojekt nicht zustande kommt, wird es wirklich hart für ihn. Unter Umständen kann er nicht mal mehr die Kreditzinsen zahlen.«

Wir sind der Lösung ganz nah, überlegte Hildur und klappte die Mappe zu. Sie würde sie gleich weiterleiten. Es war schon so spät, dass sie bald aufbrechen musste. Sie steckte sich die letzten Pommes in den Mund. Der Kaffee war längst kalt geworden, taugte aber noch zum Nachspülen. Dann gab sie sich einen Ruck. Sie hatte beschlossen, die schwierige Sache unverblümt anzusprechen.

»Pass auf, Jakob. Ich war heute noch mal bei der Augenzeugin, die dich am Tatort gesehen hat. Sie trägt dir etwas nach.«

Jakob setzte eine wachsame Miene auf und sah Hildur fragend an.

»Du hast Lena mit ihr betrogen und sie anschließend schändlich sitzen lassen. Ich spreche von Sari Meri.«

Jakob antwortete nicht sofort. Er schien zu wissen, worum es ging, wirkte zugleich aber verunsichert.

»Sari Meri? Den Namen habe ich noch nie gehört. Meine Ex-Freundin heißt Regina. Behauptest du, hinter dem Ganzen steckt eine Frau, irgendeine Sari Meri?«

Jakob sackte in sich zusammen und rutschte unruhig auf seinem Stuhl hin und her. Er sah aus, als hätte er gerade etwas verloren. Einen Augenblick lang saßen sie schweigend da. Hildur war fest entschlossen, so lange zu warten, bis Jakob etwas sagte.

»Mit Regina war ich jahrelang in einer Beziehung. Sie hat an schweren Depressionen gelitten, die allmählich über meine Kräfte gegangen sind. Ich kam nicht mehr an sie heran. Dann habe ich mich in Lena verliebt, war aber nicht fähig, es Regina zu sagen. Und Lena ... Sie war so krankhaft eifersüchtig, dass ich ihr nicht von Regina erzählen konnte. Es war eine schreckliche Zeit. Ich war nie so bedrückt wie damals.«

Hildur hob die Hand, um Jakobs Monolog zu stoppen.

»Ich verurteile dich nicht. Aber die Frau hat mir erzählt, dass auch sie deine Ex-Freundin ist und dass sie dich hasst.«

Plötzlich ging die Tür hinter Jakob auf, und ihr Gespräch wurde unterbrochen. Hildur erkannte den Neuankömmling sofort. Er kam an ihren Tisch und setzte sich neben sie. Die beiden Männer grüßten sich zwanglos.

»Das ist mein Freund Anton.«

Anton hielt Hildur die Hand hin und stellte sich mit seinem kompletten Namen vor.

»Anton Aikio, Rentierzüchter.«

Hildur knöpfte ihren Mantel zu und setzte die Mütze auf. Dann ergriff sie Antons Hand.

»Sehr erfreut. Hildur Rúnarsdóttir. Kriminalbeamtin aus Ísafjörður. Und sehr bald auf dem Rückweg dorthin.«

Anton hielt ihre Hand zu lange fest, aber Jakob schien es nicht zu bemerken.

»Sind wir uns schon mal begegnet?« Anton lächelte breit. »Du kommst mir bekannt vor.«

»Kann sein«, antwortete Hildur trocken und zählte in Gedanken eins und eins zusammen.

Es ärgerte sie, dass Anton an jenem Abend den Unwissenden gespielt hatte. Natürlich hatte er in der Kneipe sofort begriffen, wer Hildur war. Jakob hatte seinem besten Freund bestimmt erzählt, dass seine Kollegin aus Island herkommen würde. Hildur beschloss, der Sache keine Bedeutung beizumessen. Sie musste tatsächlich bald los, wenn sie den Flug von Kittilä nach Helsinki noch erreichen wollte.

Anton lachte. Es war ein fröhliches Lachen, das die Augen mit einschloss. Schließlich ließ er Hildurs Hand los und zog seinen Stuhl näher an den Tisch heran. Allem Anschein nach wollte er nur kurz hereinschauen und würde bald wieder gehen. Die nächsten Worte richtete er an Jakob.

»Meine Cousine hat mich gerade angerufen. Sie hat was Seltsames gesagt. So in der Art, dass Jakob jetzt endlich kriegt, was er verdient, und dass Mikael und ihr Gerechtigkeit widerfährt.«

Jakob wurde blass im Gesicht und packte sein Glas fester.

»Reginas vollständiger Name ist Sari Regina Nieminen«, sagte er an Hildur gerichtet. »Sie wurde schon als Kind nur Regina genannt. Ich dachte, sie wohnt in Helsinki …«

Anton unterbrach ihn.

»Als sie vor ein paar Jahren hierher zurückgezogen ist, hat sie den

Namen ihrer Großmutter mütterlicherseits angenommen. Damals hat sie gesagt, sie will ein neues Leben beginnen. Sie hat sich einen Hund angeschafft, und mit dem geht sie immer zum Agility. Irgend so ein Hindernisspringen.«

Jakob stellte das Glas auf den Tisch und sagte wie zu sich selbst: »Deine Cousine mischt also wieder mit.«

62

Gut eine Stunde später parkte Hildur vor der Polizeistation in Kittilä. Sie eilte durch den Haupteingang in das weiße Gebäude mit dem roten Dach. In einer Stunde musste sie am Flughafen sein. Die Zeit war knapp, aber sie würde es schaffen. Sie lief über den Flur der Polizeistation. Die Einzelheiten, die Jakob und Anton erzählt hatten, hatten das Bild präzisiert, das sie sich im Lauf der Tage gemacht hatte. Hildur fühlte sich nervös, aber voller Energie. Im Arbeitsspeicher trieben zu viele Einzelheiten herum, und die Uhr tickte. Hildur versuchte wieder, durch langsames Atmen das der Beruhigung dienende Nervensystem zu aktivieren, was ihr aber einfach nicht gelingen wollte. Das beste Stressmanagement bestand ihrer Ansicht nach sowieso darin, anliegende Aufgaben gleich zu erledigen.

In dem Moment hörte sie die Stimme der Kriminalhauptmeisterin Sirkku Sainio aus deren offenem Dienstzimmer.

»Du schon wieder, die Isländerin.«

Sainio sah Hildur über den Rand ihrer Lesebrille an. Sie trug eine legere Cargohose und einen gelben Pullover mit rotem Muster.

Hildur erklärte, sie habe etwas zu bereden, woraufhin Sainio keine Einwände erhob. Hildur betrat das Dienstzimmer der Kriminalermittlerin, das ihrem eigenen überraschend ähnlich sah. Der Schreibtisch war mit Papieren, Mappen und Büchern überfüllt. Das Chaos setzte sich auf dem Fußboden fort.

Hildur nahm unaufgefordert auf dem einzigen freien Stuhl Platz, beugte sich vor und sah Sainio an.

»Ich weiß, dass es nicht meine Ermittlung ist. Aber ich habe Informationen, von denen auch du erfahren solltest.«

Sainio nahm die Brille ab, öffnete das Etui, das auf dem Tisch lag, nahm ein Tuch heraus und putzte sorgfältig die Gläser. Dabei starrte sie Hildur an wie eine Lehrerin, die eine unartige Schülerin zurechtweist.

»Du hast recht, es geht dich tatsächlich nichts an. Kein einziges Dokument geht dich etwas an. Es handelt sich nicht um eine Treibjagd auf Jakob. Wir sind viele Szenarien durchgegangen.«

Hildur sah zu dem Flipchart hinter Sainio. Sie stand auf und ging hin.

»Gib mir zehn Minuten«, bat sie und griff nach dem Filzstift. »Dann verschwinde ich, Ehrenwort.«

Sainio drehte ihren Stuhl herum und rollte mit den Augen, gab aber schließlich nach.

Hildur zeichnete den Parkplatz bei der Kaffeestube, auf dem die beiden Leichen gefunden worden waren. Die Zeichnung zeigte auch den nahen Fjell und zwei Wanderwege.

»Die Augenzeugin hat Jakob um Viertel vor sieben an dem betreffenden Abend hier gesehen«, sagte sie und tippte mit dem Stift auf das Papier. »Ich weiß nicht, ob die Obduktion schon stattgefunden hat, aber ich vermute, die Ergebnisse hinsichtlich der Todeszeit decken sich mit der Aussage der Augenzeugin.«

Sainio trommelte mit den Fingern auf ihre Knie. Hildur merkte, dass sie ihr Interesse geweckt hatte.

»Moment mal, woher weißt du die Uhrzeit?«

»Ich war bei der Augenzeugin. Zweimal. Sari Meri hat Jakob gesehen, aber nicht die Tat. Sie hat nicht einmal die Ankunft von Lenas und Filips Auto gesehen.«

Sainio wollte etwas sagen, aber Hildur fiel ihr ins Wort. Sie fasste in aller Eile zusammen, was sie bisher über den Fall wusste. Im Fitnesszentrum hatte Sainio ihr von den Fasern erzählt, von den Fußspuren, die mit Jakobs Schuhen übereinstimmten, und von Jakobs Fingerabdrücken an Lenas Sicherheitsgurt. Die Waffe hatte unter dem Auto gelegen, aber an ihr hatte man keine Fingerabdrücke gefunden.

»Jakob war auf dem Parkplatz. Ein Unbekannter hat ihn mit einer Textnachricht hingelockt.«

An dieser Stelle machte Hildur eine kleine Pause. Eine kurze Stille vor dem Sturm.

»Du fragst dich sicher, wieso ich zu Sari Meri gehen konnte, wer mir von ihr erzählt hat.«

Sainio starrte Hildur an, erwiderte aber nichts.

»Der überfreundliche Polizist Simo Saari, der bei der Polizei in Kolari arbeitet.«

»Bloß in Teilzeit, er macht nur ein paar Schichten pro Woche«, erwiderte Sainio schnell. »In letzter Zeit hat er ziemlich wenige Schichten übernommen. Er hatte einige Probleme im Privatleben. Springt mal hier und mal da ein.«

Hildur schrieb *Polizist in Kolari* auf das Flipchart und tippte mit dem Stift darauf.

»Sari Meri hat sich von sich aus als Augenzeugin gemeldet, oder?«

Hildur ließ Sainio nicht aus den Augen, konnte von ihrem Gesicht aber nichts ablesen. Sainios Miene war so hart, dass Hildur den Eindruck hatte, selbst ihre Nasenhaare seien erstarrt.

»Meri war für Viertel vor sieben auf den Parkplatz bestellt worden. Man hat ihr gesagt, sie brauche nichts weiter zu tun, als hinzukommen, sich die Uhrzeit zu merken und sich an das zu erinnern, was sie dort sieht.«

Hildur hatte begriffen, dass der Frau ein Lapsus von zehn Minuten unterlaufen war. Sie war bei einer Lüge ertappt worden, weil sie behauptete, sie habe sich beeilen müssen, um ein Paket abzuholen.

In Wahrheit hatte sie Jakob kurz gesehen und war verschwunden, bevor die Morde geschahen.

»An dem Abend waren ziemlich viele auf dem Parkplatz der Kaffeestube«, sagte Hildur. »Offenbar gibt es da besonders leckere Krapfen.«

Sainio hatte sich einen Bleistift aus ihrem Stiftehalter geschnappt und drehte ihn zwischen den Fingern.

»Worauf in aller Welt willst du hinaus?«

»Simo hat die Polizei in die Irre geführt und dafür die sogenannte Augenzeugin eingespannt. Die Handfeuerwaffe, die unter dem Auto gefunden wurde. Eine Glock 17. Die Dienstwaffe der Polizei, stimmt's?«

Hildur war überrascht, von Sainio eine derart klare Antwort zu bekommen.

»Heute verwendet die finnische Polizei Walther-Pistolen. Die Glocks werden nach und nach ausgesondert, aber einige sind noch in Gebrauch.«

Hildur nickte.

»Ich kann es nicht beweisen, aber ich bin mir ziemlich sicher, dass die Waffe Simo Saari gehört.«

Auf einmal wurde Sainio wütend. Sie stand auf und schleuderte den Stift so heftig auf den Schreibtisch, dass er von den aufgehäuften Stapeln abprallte, durch die Luft flog und auf dem Boden landete.

»Dass du die Stirn hast, hier aufzutauchen und mir deine Räuberpistolen zu erzählen!«

Hildur hob beide Hände und bat Sainio, sich zu beruhigen.

»Die Geschichte geht noch weiter. Lass mich ausreden. Danach kannst du mich eigenhändig rauswerfen.«

Sie holte tief Luft und fuhr fort.

»Niemand von euch hat Jakob verraten, wer die Augenzeugin ist, oder?«

»Natürlich nicht!«, schnaubte Sainio.

Hildur verstand den Wink. So musste man vorgehen, damit der Tatverdächtige die Ermittlungen nicht behindern konnte. Der Name der Zeugin würde später aus dem Ermittlungsprotokoll hervorgehen, wenn es nicht unumgänglich sein sollte, ihn zum Schutz der Zeugin und ihrer Angehörigen geheim zu halten, und wenn die Höchststrafe für die Straftat, um die es ging, mindestens acht Jahre betrug. Jakob hätte den Namen der Augenzeugin nach der Anklageerhebung im Ermittlungsbericht lesen können. Aber es wäre für alle Beteiligten besser gewesen, wenn er ihn sofort erfahren hätte.

»Sari Regina Meri ist Jakobs Ex-Freundin. Sie hat ein neues Leben begonnen, nachdem sie von seiner zweiten Beziehung erfahren hatte. Sari hat sowohl ihren Nachnamen als auch ihren Rufnamen gewechselt.«

Hildur berichtete von dem schwierigen Ende der Beziehung zwischen Jakob und Regina und von Jakobs Untreue.

»Regina ist die kleine Schwester von Mikael, dem Jungen, der im See ertrunken ist«, fügte sie hinzu.

Sainio nickte unmerklich. Das hatte sie bestimmt gewusst. Als sie den Ertrinkungstod des Jungen untersuchte, hatte sie natürlich auch mit seiner Familie zu tun gehabt.

»Behauptest du, dass Jakob unter dem Braver-Mann-Syndrom leidet und dass deshalb jetzt zwei Menschen ums Leben gekommen sind?«, sagte Sainio und lachte auf eine Art, aus der deutlich hervorging, dass sie nicht amüsiert war.

Hildur seufzte, ließ sich durch Sainios Reaktion aber nicht beirren.

»Sari Meri geht davon aus, dass ihr falsches Zeugnis Jakob ins Gefängnis bringt. So kann sie sich rächen.«

»Das sogenannte falsche Zeugnis bezeichnet man als wahrheitswidrige Aussage«, versetzte Sainio.

Hildur hatte keine Lust, sich mit Nebensächlichem abzugeben, und nickte nur.

»Du hast vorhin eine Andeutung über Saaris Waffe gemacht. Aus welchem Ärmel schüttelst du das?«

Hildur schrieb die Buchstaben S, L, F und J auf das Flipchart.

»Wusstest du, dass Simo Saari ein Unternehmen namens Sweet Home besitzt?« Ohne eine Antwort abzuwarten, berichtete Hildur von der Firma, die in Immobilien investiert hatte.

Dann zeigte sie auf den Buchstaben F. Der neugierige neue Direktor für soziale Beziehungen des Bergwerksunternehmens hatte erkannt, welche Probleme die illegale Müllkippe verursachen konnte. Filip hatte sich bei der Polizei erkundigt, ob in der Vergangenheit deshalb Anzeige erstattet und ob eine Ermittlung eingeleitet worden sei.

»Jakob und ich vermuten, dass es Simo Saari war, der Filips Anfrage bei der Polizei in Kolari beantwortet hat. Du kannst sicher in eurem System nachprüfen, ob Saari zu dem Zeitpunkt Dienst hatte.«

Hildur erinnerte sich an das, was Jakob über den Gemeinderat gesagt hatte.

»Simo sitzt im Gemeinderat in derselben Fraktion wie einige Leute, die in der Mine arbeiten. Auch da kann er von Filips Nachforschungen gehört haben.«

Sainio starrte skeptisch auf Hildurs Zeichnung, sagte aber nichts. Hildur fuhr fort.

»Simo ist nicht hier geboren, wohnt aber schon lange hier. Er kennt Sari.«

Die Zeitung, die sie bei Sari zu Hause gesehen hatte, war dem Adressaufkleber nach an die Firma Sweet Home geliefert worden. Sari hatte sie demnach von Simo bekommen. Hildur unterstrich den Buchstaben S und berichtete, dass die am Boden zerstörte Sari vor Jahren Simo ihr Herz ausgeschüttet und ihm von Jakob erzählt habe. Filips Nachforschungen drohten das Bergwerksprojekt zu verzögern, was für Simos vermutlich schuldenfinanzierte Investitionen katastrophal gewesen wäre. Simo hatte in der Zeitung einen Bericht über Lena und Filip gelesen, die gerade in den Ort gezogen waren, und hatte die Verbindung zu Jakob erkannt. Sari hatte Hildur erzählt, dass Simo auch über den Sorgerechtsstreit informiert war.

»Über den Fall wurde überall getratscht. Simo wusste, wann die Gerichtsverhandlung stattfinden sollte, und als zwei Polizisten angefordert wurden, die bei der Sitzung für Ordnung sorgen sollten, hat er sich freiwillig gemeldet. Offenbar hat er gehofft, etwas zu sehen oder zu hören, was ihm nützlich sein könnte. Und die Hoffnung hat sich erfüllt.«

Hildur zog einen Kreis um die Buchstaben L und J.

»Simo Saari hat eins und eins zusammengezählt und beschlossen zu handeln. Er hat sich einen Plan zurechtgelegt, durch den er den Typ loswurde, der das Bergbauprojekt verzögerte. Dessen Frau Lena wurde gleich mitbeseitigt. Jakob wurde zum Sündenbock gemacht, weil auch Sari nach Rache gegiert hat.«

Am Ende ihres Monologs holte Hildur Luft und betrachtete zuerst ihre Zeichnung, dann Sainio, die zu zögern schien.

»Als Motiv für einen Doppelmord erscheint mir das ein bisschen dürftig«, sagte Sainio schließlich und hob ihren Bleistift vom Boden auf.

Hildur setzte die Kappe auf den Filzstift und legte ihn auf die Ablage. Die Menschen taten die verrücktesten Dinge.

»Die Einnahmen, die durch die Mine entstehen können, sind für einen Einzelnen viel Geld. Wenn die Habsucht einen packt und in ihre Fangarme wickelt, lässt sie einen nicht mehr los. Simo Saari wollte reich werden.«

»Verdammte Scheiße«, stöhnte Sainio.

Hildur legte einen großen weißen Briefumschlag auf den Schreibtisch.

»Die Informationen lassen sich bestimmt leicht nachprüfen, indem du die beiden zur Vernehmung bittest. Ich habe sicherheitshalber alle meine Verdachtsmomente gesammelt. In einem Briefumschlag, wie du es haben wolltest.«

Sainio setzte ihre Brille auf, zog die Mappe aus dem Umschlag, öffnete sie und blätterte in den Papieren.

»Ich glaube, du brauchst mich hier nicht länger«, sagte Hildur.

Sie ging hinaus und warf einen Blick auf die Uhr an der Flurwand. Ihren Flug würde sie noch pünktlich erreichen.

63

Die Abflughalle war überfüllt. Familien, Gruppen von Jugendlichen und Dienstreisende mit ihren Computertaschen. Skisäcke und Rollkoffer, die gelegentlich auf Kollisionskurs gerieten und gegeneinanderprallten. Schweißgeruch und Parfümwolken schwebten durch die Luft. Die beleuchteten Papiersterne, die in den Fenstern des Terminals hingen, verbreiteten ein weiches Licht. Die Reklametafeln an den Wänden zeigten Schneewehen, Blockhütten und rot gekleidete, weißbärtige Weihnachtsmänner mit Rentieren.

Hildur gab die Autoschlüssel am Schalter der Autovermietung ab und ging dann zum Automaten, um ihre Bordkarte und den Barcode-Aufkleber auszudrucken. Der Rucksack hing schwer auf ihren Schultern.

Der Automat forderte die Buchungsnummer und stellte die Standardfragen zum Gepäck. Nachdem er das Gewünschte bekommen hatte, druckte er Bordkarte und Aufkleber aus.

Hildur war gerade dabei, den langen, schmalen Barcode-Aufkleber am Tragegriff ihres Rucksacks zu befestigen, als jemand sie am Handgelenk packte. Instinktiv ergriff sie den Arm der zudringlichen Person und verdrehte ihn. Der Mann heulte so laut auf, dass sich die Mitreisenden zu ihnen umdrehten.

»Anton, was soll das?«

Hildur ließ den Mann los, entschuldigte sich aber nicht.

»Verflixt, du bist aber schnell«, sagte Anton und rieb sich den Arm. Auf seinem Gesicht lag das schiefe Grinsen, das Hildur schon vertraut geworden war. Der linke Mundwinkel zog sich höher, gleichzeitig sank das linke Augenlid ein wenig nach unten.

»Warum erschreckst du mich so?«, fragte Hildur und hob ihren Rucksack auf das Gepäckband. Anton hielt ihn fest, sodass er sich nicht weiterbewegte. In der Schlange hinter ihnen waren frustrierte Seufzer zu hören.

»Ich hätte dir sagen sollen, dass ich weiß, wer du bist. Entschuldige. Ich dachte, du hättest vielleicht so eine Regel, dass Freunde von Freunden tabu sind.«

Anton hielt immer noch den Rucksack fest und erklärte, er sei nach dem Kaffee zum Einkaufen nach Kittilä gefahren.

»Bleib doch noch eine Weile hier.«

Hildur löste seine Hand vom Rucksack und ließ den Barcode vom Automaten scannen. Der Rucksack glitt auf dem Band davon.

»Bei mir gilt eine Regel – ich blockiere keine Schlange«, versetzte Hildur und hob die Schultertasche auf, die sie auf dem Boden abgestellt hatte. Sie traten einige Schritte zur Seite.

Anton rückte ganz nah an Hildur heran und blickte ihr tief in die Augen.

»Lass uns heiraten.«

Hildur musste lauthals lachen.

»Wir sind uns zweimal begegnet. Und zweimal hast du um meine Hand angehalten.«

Antons linkes Auge verengte sich zu einem Schlitz, als sein Lächeln noch breiter wurde.

»Ein drittes Mal frage ich dich nicht«, sagte er und wurde ernst.

Hildur nickte. Anton sah nicht übel aus, und seine Geschichten waren lustig. Sein Gesicht verriet Aufrichtigkeit, seine Gesten sprachen von innerer Ruhe und Ausgeglichenheit. Anton wirkte irgendwie zeit- und alterslos. Ein einsamer Abenteurer, der pfeifend auf seinem Motorschlitten durch die Wildnis fuhr. Natürlich war das alles faszinierend.

»Du weißt doch bestimmt, welche zwei Dinge man nicht tun darf«, sagte Hildur.

Anton blickte kurz zur Seite und lachte nun seinerseits.

»Du erinnerst dich also an das blöde Sprichwort.«

Hildur erinnerte sich an alles, was Anton ihr gesagt hatte.

»Man darf kein Rentier aus dem Norden und keine Frau aus dem Süden holen. Am Ende gehen sie beide zurück.«

Sie machte sich auf den Weg zur Sicherheitskontrolle. Anton wich ihr nicht von der Seite.

»Bleib wenigstens noch eine Weile, damit wir uns besser kennenlernen können. Ich zeige dir die Rentiere.«

»Ich kann nicht.«

Anton blieb stehen. Er wirkte ruhig und entschlossen, umarmte Hildur fest und wünschte ihr eine gute Reise.

Hildur ging in die Wartehalle und steuerte eine Holzbank an der Wand an, wo es ruhig zu sein schien. Sie ließ sich auf die Sitzfläche fallen und lehnte sich zurück. Einen Moment lang wollte sie an nichts denken, nichts reden müssen, nichts hören.

In der Spielecke am Gate beschäftigten sich zwei kleine Kinder mit Holzbausteinen. Das größere baute aus dicken runden Scheiben unterschiedlicher Größe einen Turm. Der Gesichtsausdruck des kleineren Kindes verriet Unzufriedenheit. Das größere stapelte die Scheiben in der falschen Reihenfolge aufeinander. Es hatte mit der kleinsten angefangen und die zweitkleinste daraufgelegt. Das kleinere Kind sagte etwas zu dem größeren, das daraufhin etwas antwortete. Allem Anschein nach blieb das Gespräch friedlich. Das kleinere Kind wartete, bis das größere die letzte Scheibe an ihren Platz gelegt hatte. Dann ergriff es den fertigen Turm mit beiden Händen und drehte ihn um, sodass die breiteste Scheibe auf dem Tisch zu liegen kam. Das kleinere Kind lächelte zufrieden. So war es richtig.

Hildur schrak auf. Sie hatte es genossen, einfach dazusitzen, ohne an irgendetwas zu denken, und gerade da war ihr eine Idee gekommen. Vor einigen Tagen war sie aus Island abgereist und hatte das unvollendete Drama hinter sich gelassen. Auf ihrer Reise hatte sie etwas entdeckt, was sie mit nach Hause nehmen würde. Sie begriff, was in ihrer Heimat passiert war.

64

DEZEMBER 2021 REYKJAVÍK

Beta warf einen Blick auf die Frau, die ihr an dem Tisch im Vernehmungsraum gegenübersaß. Es fiel ihr schwer, Rósa Holm anzuschauen. Das lag nicht an Rósas beschädigtem Gesicht. Vergleichbares hatte Beta auch früher schon gesehen. Von Säure zerfressene Gesichter, Brandwunden und Spuren von Misshandlungen. Am schwierigsten zu ertragen war die Ähnlichkeit zwischen Rósa und Hildur. Sie war zu deutlich. Die beiden waren gleich groß. Breite Schultern und kräftige Hände. Dichte, dunkle Haare, eine gerade Nase und ein massives Kinn. Es kam Beta vor, als würde ihr auf der anderen Tischseite ihre Kollegin gegenübersitzen.

Hildur war gerade aus Finnland zurückgekehrt. Sie hatte gleich nach der Landung kurz angerufen und gesagt, sie wolle geradewegs zur Polizeistation in der Hverfisgata kommen.

Beta sah auf die Uhr an der Wand des Vernehmungsraums. Sie würden nicht auf Hildur warten, die ohnehin nicht an der Vernehmung teilnehmen oder sie auch nur von außen verfolgen durfte. Als Polizistin war Beta gehalten, Hildur nichts vom Inhalt der Vernehmung weiterzugeben. Bei der Polizei der Hauptstadtregion ging es in letzter Zeit stürmisch genug zu. Interne Ermittlungen und veränderte Zuständigkeiten hatten innerhalb der Organisation eine Atmosphäre des Misstrauens geschaffen. Diejenigen, die ihre eigene Karriere mit Ellbogen vorantrieben, lechzten geradezu danach, dass weiter oben jemand einen Fehler machte, darüber stolperte und versetzt wurde. Beta ging davon aus, dass Hildur von Rósas gesetzlichem Rechtsbeistand Hilmar Valgeirsson auf dem Laufenden gehalten würde. Das war nicht verboten.

Hilmar war einer der Rechtsbeistände, die Tatverdächtigen zugeteilt wurden, wenn sie keinen eigenen Anwalt hatten. Der kinderlose Hilmar war in der Regel jederzeit einsatzbereit, wenn man ihn anrief. Er war immer bei der Arbeit, zu Hause oder im Fitnesszentrum. Auf der Polizeistation nannte man ihn scherzhaft den Taxifahrer. Kam immer, wenn man anrief.

Rósa saß mit ihrem Rechtsbeistand an der einen Tischseite und sah neben dem massigen ehemaligen Freistilringer winzig aus. Tumi saß an der anderen Tischseite neben Beta.

Tumi leitete die Vernehmung, Beta führte Protokoll. Bei den obligatorischen Formalitäten und der Aufnahme der Personalien lief alles problemlos. Rósa nannte ihren Namen und sagte, sie sei dänische Staatsangehörige und besitze einen färöischen Pass. Dann erklärte Tumi, wie der Verdacht gegen Rósa laute. Sie bestritt ihre Schuld nachdrücklich.

»Ich habe keine Ahnung, wovon Sie reden.«

Tumi zählte die Misshandlungen und Morde auf, die in den letzten Wochen in Island geschehen waren und deren Opfer Verbindung zu einer Tierrechtsgruppe hatten.

»Alle Opfer waren dem Handel mit Stutenblut auf die Spur gekommen.«

Bei dem Wort Stutenblut merkte Rósa auf. Tumi räusperte sich und setzte die Befragung fort.

»Waren Sie am 4. Dezember am Eyjafjörður?«

Rósa sah ihren Rechtsbeistand an, der ihr zunickte.

»Ja.«

»Und die Halbinsel Snæfellsnes am 8. Dezember. Waren Sie am Abend dieses Tages in dem Dorf Grundarfjörður unterwegs?«

Rósa bejahte wieder. Sie erzählte, sie habe einige Stunden in dem Dorf verbracht. Unter anderem habe sie dort getankt.

»Warum waren Sie dort?«

Hilmar und Rósa wechselten einen Blick. Sie hatten am Vormittag unter vier Augen miteinander gesprochen. Beta war sich sicher, dass Hilmar bereits wusste, was Rósa antworten würde.

»Ich arbeite mit Pferden. Das wissen Sie ja schon. Und ich habe keinen Grund zu lügen. Die Tätigkeit ist ja nicht illegal. Man darf Stuten Blut abnehmen, wenn man sich an die Regeln hält. Nur wenn man die Regeln nicht befolgt, handelt man falsch. Aber Sie werfen mir kein Tierschutzdelikt vor, also …«

Rósa ließ den Satz unvollendet in der Luft hängen und strich die Haare zurück, die ihr auf die Schulter gefallen waren. Sie sprach mit fester Stimme. Sie äußerte sich klar und deutlich, hielt sich gerade und wartete geduldig auf die nächste Frage. Ihr Blick war nicht herausfordernd oder wütend, sondern ehrlich fragend. Sie trank einen Schluck Wasser aus ihrem Plastikbecher.

»Hveragerði am 10. Dezember. Wo waren Sie da?«

Rósa griff wieder nach dem weißen Plastikbecher und leerte ihn.

»Zwei Tage beruflich im Gebiet der Rangárvallasýsla. Danach bin ich einen Tag in Richtung Reykjavík gefahren. Wegen dem Schneesturm auf der Hellisheiði hat die Fahrt länger gedauert als sonst.« Sie sah Tumi und Beta abwechselnd an. »Warum wollen Sie das alles wissen?«

Tumi breitete die Arme aus, als wollte er kapitulieren. Dann beugte er sich vor und sprach mit ruhiger, fester Stimme wie zu einem Kumpel. Auf der Snæfellsnes eine Misshandlung neben einer Kneipe, die Haare des Opfers versengt. In Reykjavík eine Misshandlung an der Haustür des Opfers. In Selfoss ein Opfer überfahren. In Hveragerði eine Attacke mit einem Baseballschläger, die zum Tod des Opfers geführt hat. Ein Mann am Eyjafjörður, der als Fischfutter an den Westfjorden gelandet ist.

Tumi kratzte sich mit dem linken Zeigefinger am Kopf, als würde er angestrengt nachdenken.

»Tja, und alle Verbrechen sind da passiert, wo auch Sie waren. Bei Ihnen zu Hause wurde ein hölzerner Baseballschläger entdeckt, der noch genauer untersucht wird. Dort wurde auch ein gelbes Seil gefunden. Es sieht genauso aus wie das, mit dem das Opfer am Fischzuchtgehege festgebunden wurde. Ihr Wagen wird gerade von unseren Kriminaltechnikern untersucht.« Tumi machte eine kurze Pause und blickte auf seine Notizen. »Und bei Ihnen zu Hause hängen auch Bilder von den Weihnachtsgesellen an der Wand.«

Tumi erklärte, dass die Bilder gerade diejenigen Weihnachtsgesellen zeigten, deren Geschichten Rósa bei ihren entsetzlichen Taten umgesetzt habe. Sein Ton war schärfer geworden. Von der lockeren Redeweise war nichts mehr übrig.

»Durch Ihr krankes Spiel sind zwei Menschen ums Leben gekommen und andere schwer verletzt worden. Ich glaube, Sie werden lange im Gefängnis sitzen.«

Rósa stellte den Plastikbecher, den sie die ganze Zeit über in den Händen gedreht hatte, vor sich auf den Tisch.

»Weihnachtsgesellen? Jetzt verstehe ich noch weniger als vorher, worum es geht.«

Tumi begann, von dem Wurststibitzer, dem Fleischkraller und dem Türzuschläger zu erzählen. Rósa unterbrach ihn mit einer Handbewegung.

»An die Geschichten erinnere ich mich natürlich. Seine Kindheit vergisst man nicht so leicht.«

Ihre Stimme klang höhnisch und aggressiv.

»Wollen Sie auch hören, warum mein Gesicht so aussieht? Ich merke doch, dass Sie die ganze Zeit hingucken. Bestimmt überlegen Sie, was dem armen Mädchen passiert ist. Sie haben sicher die Anzeigen beim Kinderschutz gesehen, oder? Da haben Sie die Antwort wohl nicht gefunden.«

Beta schrieb weiter. Der hochgewachsene Hilmar neben Rósa wirkte verloren. Er flüsterte Rósa etwas zu, aber sie hörte nicht auf ihn, sondern rückte von ihm ab.

»Es war ein normaler Tag im Spätwinter«, begann sie. »Die Jahreszeit spielt aber eigentlich keine Rolle, jeder Tag war wie der andere.«

Sie erzählte, ihre Mutter, sie meine Hulda, sei oft für längere Zeit verschwunden. Niemand wusste, wohin. Man sah sie auf der Insel herumwandern, und manchmal vergingen mehrere Wochen, in denen Hulda kein Wort mit den Kindern oder irgendwem sonst sprach.

»Sie ist einfach in ihre eigene Welt verschwunden«, sagte Rósa. »Jedenfalls, an dem bewussten Tag hatte Björk Geburtstag. Wir sind nicht zur Schule gegangen, weil die Fahrer der Schultaxis gerade im Streik waren. Björk hatte sich zu ihrem Geburtstag ihre Lieblingsspeise gewünscht, frittierten Kabeljau. Weil Hulda nicht zu Hause war, habe ich einen Topf aus dem Schrank geholt ...«

Rósa hatte den Fisch zerteilt, die Filetstücke mit Ei bestrichen und auf beiden Seiten mit Mehl bestreut, das sie mit Pfeffer und Salz gewürzt hatte. Beta war fasziniert, wie genau Rósa sich immer noch an all das erinnerte.

Björk hatte am Tisch gesessen, gebastelt und ihrer großen Schwester bewundernd zugesehen. Rósa hatte gehofft, dass sie es schaffen würde, den Fisch richtig zuzubereiten. Als das Öl heiß genug war, hatte sie die panierten Fischfilets mit einem Bratenwender hineingelegt.

Beta zeichnete Rósas Aussage auf und lauschte genau auf jedes Wort. Der Tag im Spätwinter erwachte durch Rósas Erzählung zum Leben. Beta sah die beiden kleinen Mädchen in der Küche vor sich und roch den Duft des gebackenen Fischs in der Nase.

Rósa hatte die Fischstücke im heißen Öl gewendet und sie zum Schluss auf einen mit Küchenkrepp bedeckten großen Porzellanteller gelegt.

»Björk hat sich sehr über das Essen gefreut«, sagte Rósa.

Dann trat eine Pause ein. Rósa sah eine Weile zum Fenster hinaus. Ihr Blick schien sie in die Ferne zu tragen, hinaus aus dem Vernehmungsraum. Dann erzählte sie, dass sie den Topf mit dem Öl zum Abkühlen auf die Spüle neben dem geöffneten Fenster stellen wollte. Sie hatte nach dem Putzen am Morgen vergessen, den Küchenteppich glatt zu ziehen. Ihr Fuß verfing sich am Teppichrand, und der Inhalt des Topfes ergoss sich über sie.

»Nur das hier ist sichtbar, der Rest ist unter der Kleidung«, sagte Rósa und drehte die beschädigte Seite ihres Gesichts zu Tumi und Beta hin.

Eine Weile lang sagte niemand etwas. Rósa starrte Tumi und Beta ruhig an. Hilmar griff nach der Kanne und goss Wasser in seinen Becher.

»Wollen Sie sonst noch was wissen?«, fragte Rósa schließlich.

Tumi hüstelte wieder und blickte auf seine Notizen.

»Geben Sie zu, dass Sie zu den genannten Zeiten an diesen Orten waren?« Er schob Hilmar und Rósa einen Papierbogen hin.

Rósa ging die Liste Zeile für Zeile durch und sagte dann, das gebe sie zu.

»Warum die ganze Mühe?«, fragte Tumi.

Rósa antwortete nicht sofort, sondern starrte weiter auf das Papier. Tumi wiederholte seine Frage. Rósa spannte sich am ganzen Körper an und schlug mit der flachen Hand auf den Tisch. Dabei fiel der Plastikbecher zu Boden.

»Ich habe diesen Leuten nichts getan!«, rief sie laut.

Rósas Rechtsbeistand berührte sie am Arm, beugte sich zu ihr und flüsterte ihr wieder etwas ins Ohr. Rósa schloss die Augen und nickte stumm. Nachdem die Stille eine Weile lang angehalten hatte, goss sich der Rechtsbeistand etwas Wasser nach und trank es langsam.

Tumi ließ den Blick auf der gegenüberliegenden Wand ruhen und setzte sich auf seinem Stuhl zurecht. Dann wiederholte er die Fakten ruhig der Reihe nach. Beta schrieb mit und dachte darüber nach, wie seltsam das alles war.

»Ich glaube, es hat sich folgendermaßen abgespielt«, begann Tumi seine Zusammenfassung.

Er äußerte die Vermutung, dass Rósa die Schuld für das, was ihr und Björk in ihrer Kindheit zugestoßen sei, Hildur zugeschrieben habe. Deshalb habe sie vermutlich keinen Kontakt zu ihrer Schwester aufgenommen und mit der Einschüchterung der Leute, die ihre Arbeit bedrohten, ausgerechnet in Hildurs Wohnort begonnen.

»Sie haben den an Drogen gestorbenen Mann im Fischzuchtgehege versenkt, oder?«

Rósa schüttelte nur den Kopf.

»Dass kleine Kinder aus ihrem vertrauten Zuhause in ein fremdes Land, zu fremden Menschen verschleppt und dort zurückgelassen wurden, war entsetzlich«, sagte Tumi. »Es hat ein Trauma verursacht.« Er erklärte, er habe mit Unterstützung seiner dortigen Kollegen Aufzeichnungen des Kinderschutzes, Polizeiberichte und Eintragungen von Lehrkräften aus den Jahren erhalten, die Rósa und Björk auf den Färöern verbracht hatten.

Lernschwierigkeiten, Essstörungen, unerklärliche Blutergüsse bei beiden Kindern, gewalttätiges Verhalten in der Schule, wiederholtes Ausreißen … Es war eine bedrückende Lektüre. Und der Kinderschutz hatte so gut wie nichts für die Schwestern getan. Hulda hatte als Stiefmutter sicher ihr Bestes versucht, aber es war nicht genug gewesen.

»Euch trifft keine Schuld an dem, was euch als Kindern zugestoßen ist«, sagte Tumi und versuchte, Blickkontakt herzustellen.

Rósa sah ihn kurz an, senkte den Blick aber gleich wieder auf den Tisch. Ihre Schultern hoben und senkten sich im Rhythmus ihres Atems. Die Bewegung erinnerte Beta an ein Schiff, das auf den Wellen trieb.

»Es war nicht eure Schuld. Und auch nicht Hildurs. Sie hat es sich nicht ausgesucht hierzubleiben. Sie war ein Opfer der Umstände, genau wie ihr. Die Erwachsenen haben falsche Entscheidungen getroffen.«

Rósa zupfte an ihren Nagelhäuten. Beta registrierte die wettergegerbte Haut an den Fingerknöcheln. Rósas Hände waren die eines Menschen, der unter freiem Himmel arbeitete.

»Euch allen geht es so gut, dass ihr es nicht mal begreift«, sagte Rósa. »Ihr habt einen Arbeitsplatz, ein Auto und ein Zuhause, oder? Ich muss jeden Tag im Freien schuften und Dinge tun, die ich gar nicht tun will. Aber mir bleibt keine andere Wahl. Das ist die einzige Arbeit, mit der ich so viel verdiene, dass ich ein Dach über dem Kopf und etwas zu essen habe und meine Schulden abzahlen kann.«

»Was für Schulden?«, hakte Tumi nach.

Rósa erwiderte, das werde sie auf keinen Fall verraten.

Tumi blickte auf ihren Fuß, der unter dem Tisch hervorlugte.

»Sie humpeln auf dem einen Bein. Woran liegt das?«

»Arthrose am Knie, auch dafür spare ich«, sagte Rósa lakonisch. »Vorläufig reicht mein Geld noch nicht für eine private Operation. Als Erstes lasse ich aber mein Gesicht behandeln.«

Tumi erwähnte die Beobachtung des Augenzeugen in der Kneipe in Grundarfjörður. Kurz vor der Tat hatte er in der Nähe des Opfers eine Gestalt gesehen, die ein Bein nachzog.

Rósa nickte zögernd und hörte auf, an den Nagelhäuten zu zupfen. Sie legte die gefalteten Hände in den Schoß, als wäre ihr kalt.

»Ja. Ich war dort.«

Beta merkte, dass Hilmar bei diesem Geständnis zusammenzuckte. Er war ein erfahrener Jurist, aber diese Äußerung kam offenbar so unerwartet, dass er seine Überraschung nicht verbergen konnte.

»Ich war an dem Abend in dem Lokal. Nach der langen Fahrt

wollte ich ein Bier trinken. Ich habe im hinteren Teil der Kneipe gestanden.«

Hilmar flüsterte Rósa abermals etwas ins Ohr und schlug dann eine kurze Pause vor. Rósa lehnte jedoch ab. Sie wolle weitermachen.

»Aber da waren noch andere«, sagte sie. »Ich bin nicht allein hingegangen.« Beim Sprechen wandte sie ihrem Gesprächspartner immer die unversehrte Gesichtsseite zu. Beta fragte sich, ob sie das einstudiert hatte oder ob es unwillkürlich geschah.

Rósa erzählte, dass sie so gut wie nie allein zu ihren Einsätzen fuhr. Gestern sei sie allein gewesen, was aber eine Ausnahme darstelle. Wann immer es möglich war, hatte sie im Auto Gesellschaft. Es machte mehr Spaß, die wechselnden Landschaften zu zweit zu erleben. Rósa erzählte, auch an dem Abend, wo man sie als Aushilfe zum Dinner der Tierschützer geschickt hatte, sei sie in Begleitung gewesen.

»Und wer war diese Begleitung?«

Rósa rückte mit ihrem Stuhl wieder näher an den Tisch heran.

»Wir wurden als Kinder von hier weggebracht. Wenn ich jetzt wegen meiner Arbeit kreuz und quer durch das Land fahren muss, habe ich das Gefühl, dass ich eine zweite Chance bekomme, meine wahre Heimat kennenzulernen.«

Beta starrte auf den Bildschirm und schrieb. Am liebsten hätte sie die Antwort auf Tumis Frage schon jetzt eingetippt. Sie ahnte, was Rósa gleich sagen würde. Hildur hatte am Telefon dasselbe erzählt, aber Beta hatte ihr nicht glauben wollen, obwohl Hildur von ihrer Annahme völlig überzeugt gewesen war. Björk hatte Hildur zu genau der Zeit an den Westfjorden besucht, als Lukas Leiche im Meer aufgetaucht war. Als Hildur den Besuch erwiderte, war Björk angeblich gerade von einem Arbeitseinsatz nach Hause gekommen, und am selben Morgen war Hlín bei ihren Recherchen zusammengeschlagen worden. Björk hatte Hildur ständig nach Einzelheiten der Polizeiarbeit ausgefragt – nicht aus Neugier, sondern um sich Informationen zu beschaffen. Das alles hatte Hildur bereits erkannt.

Rósa legte die Hände auf den Tisch und sagte ruhig: »Björk. Sie war überall dabei.«

65

MÄRZ 2022 FLUGHAFEN KEFLAVÍK

Der Schnee auf den Lavafeldern war geschmolzen. Die zerklüftete vulkanische Ebene breitete sich in verschiedenen Grautönen kilometerweit aus. Durch das Autofenster sah man hauptsächlich dunkles Gestein, auf dem nichts wuchs. Weiter hinten am Horizont ragten einige Vulkane auf.

»Wie geht es dir momentan denn?«, fragte Rósa und zündete sich eine Zigarette an.

Hildur öffnete die beiden vorderen Seitenfenster. Sie ertrug keinen Zigarettenqualm in ihrem Wagen. In den letzten Monaten hatte sie gelernt, dass es sinnlos war, Rósa zu bitten, nicht zu rauchen. Sie gehorchte sowieso nicht. Der Bastrock des Püppchens auf dem Armaturenbrett flog im Zugwind hoch.

»So weit ganz gut«, rief Hildur über das Rauschen des Windes hinweg.

Im Autoradio, das sie voll aufgedreht hatte, begannen die Nachmittagsnachrichten. Der Sprecher berichtete über die gestiegene Inflationsrate und den Druck auf die Zentralbank, den Leitzins zu erhöhen. Hildur schaltete das Radio aus. Die Maschine aus Helsinki würde in einer Viertelstunde landen. Hildur war auf dem Weg zum Flughafen, um Jakob abzuholen, der nach Island zurückkehrte. Guðrún konnte wegen ihrer Arbeit nicht mitkommen, würde sie aber am Abend in Ísafjörður erwarten.

Simo Saari war für den Doppelmord zu lebenslänglicher Haft verurteilt worden. Jakob hatte den Prozess verfolgt und seine Kollegen in Island über die wichtigsten Einzelheiten informiert. Sari Meri hatte ihre Darstellung der Ereignisse korrigiert und war dadurch einer Anklage wegen wahrheitswidriger Aussage entgangen. Neben ihrem Zeugnis war auch die Mordwaffe ein wesentlicher Beweis gegen Simo Saari gewesen. Simo hatte geplant, Filip zu ermorden, der auf den Parkplatz gekommen war, um Unterlagen über die Ermittlung wegen der Mülldeponie in Empfang zu nehmen, aber da Lena mit im Auto saß, hatte er sich gezwungen gesehen, beide zu töten.

Als Jakob vor zwei Tagen angerufen und seine Rückkehr nach Island bestätigt hatte, war Hildur vor Freude in die Luft gesprungen. Bis dahin hatte sie nicht gewusst, dass sie jemand war, der Luftsprünge machte. Die Nachricht hatte ihr besonders gutgetan, nachdem der Jahresbeginn unglaublich hart gewesen war. Björk war festgenommen worden und saß in Untersuchungshaft unter dem Verdacht, die Vampirfarm-Verbrechen begangen zu haben. Unter diesem Namen lief der Fall in den Medien. Für die Reporter war die Story ein saftiger Leckerbissen. In den Hintergrundartikeln wurden auch Rósa und ihr Anteil am Handel mit Stutenblut erwähnt. Hildur hatte ebenfalls Publicity abbekommen. Die Beziehungen zwischen den drei Schwestern hatten die Fantasie der im Internet aktiven Reporter beflügelt.

Tragische Familiensaga an den Westfjorden: eine Polizistin, zwei Kriminelle und früh verstorbene Eltern.

In der Zeit des heftigsten Presserummels hatte Hildur sich krankschreiben lassen. Sie war mit ihrem Surfbrett an alle Buchten der Westfjorde gefahren und hatte auf den Wellen Erholung gesucht. Als der schlimmste Mediensturm sich gelegt hatte, war sie auf ihren Posten zurückgekehrt. Zusammen mit Rósa besuchte sie Björk mindestens alle zwei Wochen. Bisher schien es ihrer Schwester in

Anbetracht der Umstände gut zu gehen. Dennoch machte Hildur sich Sorgen um sie.

Die zweite gute Nachricht im neuen Jahr war die, dass Jónas gekündigt hatte. Die isländische Botschaft in Washington hatte ihm die Mitarbeit an einem Projekt angeboten, mit dem das Image Islands aufpoliert werden sollte. Jónas hatte das Angebot angenommen. Natürlich. Er liebte das Renommee, das sich damit verband. Eine Botschaft war ein Arbeitsplatz, mit dem man sich hervortun und Eindruck schinden konnte. Das Amt des Polizeichefs der Westfjorde war nun wieder frei. Es war keine einzige Bewerbung eingegangen. Beta meinte, dass Hildur sich bewerben sollte. Hildur wollte sich darüber jedoch vorläufig keine Gedanken machen, sondern erst einmal alle Überstunden abfeiern, die sich angesammelt hatten. Sie würde für drei Wochen zum Surfen nach Hawaii fliegen. Anton hatte versprochen mitzukommen. Der Gedanke brachte Hildur zum Lächeln. Das Leben konnte nicht nur aus Surfen und Vögeln bestehen, aber für kurze Zeit vielleicht doch.

Hildur schloss die Autofenster.

»Ich habe mich noch nicht entschieden, ob ich mich um die Stelle als Chefin bewerbe oder nicht«, sagte sie und warf einen Blick in den Seitenspiegel. Irgendein Blödmann hing mit seinem Sportwagen dicht an ihrer Stoßstange. Sie fuhr ja nur fünfundachtzig, wo neunzig erlaubt war! Genervt rümpfte sie die Nase und gab Gas.

»An deiner Stelle würde ich mich bewerben. Dann kriegst du mehr Kröten.«

»Geld ist nicht alles«, sagte Hildur, milderte ihre Worte dann aber ab. Rósa steckte in irgendwelchen finanziellen Schwierigkeiten, über die sie einfach nicht reden wollte. Sie behauptete immer nur, sie komme schon klar. »Ich meine, ich möchte nicht als Chefin die Verantwortung für andere übernehmen. Ich will nur meine eigene Arbeit erledigen, das reicht.«

Rósa nahm einen kleinen Plastikbeutel aus der Tasche und legte ihre Kippe hinein.

»Das verstehe ich. Deshalb mag ich ja meine Arbeit. Ich kann allein arbeiten und gerade so viel, wie ich selbst will.«

Hildur äußerte sich nicht dazu. Sie wollte das Boot nicht ins Wanken bringen, indem sie über Dinge sprach, die Rósa verärgern könnten. Rósa sammelte weiterhin Blut auf Pferdehöfen. Sie behauptete, sie arbeite jetzt ausschließlich für ein isländisches Unternehmen, das Hormonpräparate entwickele. Und dieses Unternehmen hatte zu einer Pressetour zu den Pferdehöfen eingeladen. Es wollte allen Interessierten zeigen, dass die Blutabnahme korrekt vorgenommen wurde und dass es den Pferden gut ging. Die Firma versicherte, die Pferde müssten nicht leiden, sondern es werde jeweils nur eine kleine Menge Blut bei örtlicher Betäubung abgenommen. Es sei immer ein Tierarzt anwesend. Man nehme nur solchen Pferden Blut ab, die an die Behandlung gewöhnt seien, nicht den menschenscheuen Tieren, die halb wild auf den Weiden lebten. Es gebe Kameraüberwachung, und man investiere in das Wohlergehen der Tiere. Fehlt nur noch ein Massageservice für Pferde, hatte Hildur gedacht. In ihren Ohren hatten die Worte des Unternehmens zu wohldurchdacht geklungen. Garantiert stammten die Slogans aus der Feder irgendeines PR-Gurus. Aber womöglich entsprachen sie ja der Wahrheit.

»Besuchen wir Björk nächste Woche wieder?«, fragte Hildur und lenkte den Wagen in den Kreisverkehr. Bald waren sie am Ziel.

»Gern. Treffen wir uns an der kleinen Tankstelle?«

Hildur nickte. Die Besuchszeit begann um fünf Uhr nachmittags. Sie würde von den Fjorden nach Reykjavík fliegen und ein Auto mieten. Rósa und Hildur hatten es sich zur Gewohnheit gemacht, an einer kleinen Tankstelle am Stadtrand von Reykjavík Kaffee zu trinken. Von dort aus fuhr man gut eine halbe Stunde zum Gefängnis Litla-Hraun, wo Björk auf ihr Urteil wartete.

»Glaubst du, dass Björk verurteilt wird?«, fragte Rósa leise und blickte nach draußen.

Hildur war sich ziemlich sicher, dass es so kommen würde, brachte es aber noch nicht über sich, ihre Vermutung auszusprechen.

»Ich wage keine Vorhersage. Bald werden wir es wissen. Ich vermute, dass das Urteil vor Ostern gesprochen wird.«

Björk hatte alle Taten mehr oder weniger gestanden. Ihren Worten nach hatte sie Luka auf dem Hof des Gestüts gefunden, wo er zusammengebrochen war. Sie erklärte, sie sei gekommen, um ihn einzuschüchtern, aber bei ihrer Ankunft habe er tot auf dem Hof gelegen. Sie habe die Leiche in den Kofferraum ihres Wagens gelegt und nach Ísafjörður mitgenommen, wohin sie am nächsten Tag gefahren sei. Vor Gericht hatte sie behauptet, sie habe die Leiche aus einer seltsamen Eingebung heraus an das Fischgehege gehängt. Im Fall des Tierarztes in Hveragerði hatte Björk eine Mordabsicht bestritten. Sie habe den Mann nicht töten, sondern nur verletzen wollen. Der Richter würde entscheiden, wie das Urteil für Björks Taten ausfiel.

Der Fall schien klar zu sein, aber irgendetwas an dem Ganzen irritierte Hildur, genau wie bei den Vorwürfen gegen Jakob. Die Anklagepunkte erschienen ihr unbegreiflich. Bei aller Verwirrung und Trauer empfand Hildur – zu ihrer eigenen Überraschung – auch eine Art Stolz auf ihre kleine Schwester. Björk hatte Rósa geholfen. Sie hatte von den Färöern aus ein Auto, einen Handyanschluss und alles andere organisiert, wofür man Personaldaten brauchte. Nur dank Björks Schutz hatte Rósa ihr unkonventionelles Leben führen können. Nachdem auch Björk nach Island gezogen war, hatten sie engen Kontakt gehalten.

Hildur verließ an der dritten Abzweigung den Kreisverkehr. Jetzt waren es nur noch ein paar Kilometer zum Flughafen. Am Himmel waren niedrig fliegende Düsenmaschinen zu sehen. Viele Flüge vom europäischen Kontinent landeten gerade um diese Zeit.

Rósa kramte wieder die Zigarettenschachtel hervor.

Hildur ärgerte sich. »Kannst du nicht warten, bis wir da sind?«

Rósa schüttelte den Kopf und fischte eine Zigarette aus der Schachtel.

»Du solltest ab und zu versuchen, auch mal wütend zu werden«, sagte sie. »Das könnte dir guttun. Ich weiß nicht, ob du es merkst, aber manchmal bist du angespannt wie eine Geigensaite kurz vorm Reißen. Wenn du nicht ab und zu wütend wirst, explodierst du irgendwann, und dann geht wer weiß was kaputt.« Sie hob die Zigarette an den Mund.

»Du steckst dir jetzt keine an!«, sagte Hildur etwas lauter.

Rósa holte das Feuerzeug aus der Tasche und ließ es aufflammen, wobei sie Hildur unverwandt anstarrte.

»Sei härter. Das bringt dich nicht um.«

»Verdammt noch mal, in meinem Auto rauchst du nicht mehr! Hör auf, hör auf, hör auf!«

Hildur schlug in rasender Wut auf das Lenkrad. Zum Glück verlief die Straße gerade, und der Wagen scherte nicht aus.

Dann wurde es still im Auto. Es war eine unbeschwerte Stille. Rósa schob das Feuerzeug wieder in die Hose und verstaute die Zigarette in der Schachtel.

»Für den Anfang schon ganz gut«, sagte sie und lächelte breit.

Auch Hildur musste über die seltsame Situation lachen.

Auf den Bildschirmen hoch oben an der Wand des Terminals war zu lesen, dass die Maschine aus Helsinki zehn Minuten zuvor gelandet war. Die ersten Koffer erschienen auf dem Gepäckband.

Hildur stellte sich neben eine Säule. Rósa war losgezogen, um Kaffee zu holen. Die Minuten zogen sich in die Länge. Hildur trat von einem Bein aufs andere. Sie hatte schon zweimal geglaubt, Jakob zu sehen, aber beide Male war es ein anderer hochgewachsener Mann in einem Pullover gewesen.

Dann öffnete sich die Schiebetür zur Ankunftshalle erneut. Jakob trug einen hellgrauen Pullover, die Haare hatte er zu einem straffen Knoten gebunden, und sein Bart war exakt getrimmt. Er schien in besserer Verfassung zu sein als seit Langem. Mit der einen Hand schob er einen voll beladenen Gepäckwagen. An der anderen hielt er einen Jungen in einem leuchtend grünen Steppanorak.

Der Anblick rührte Hildur so sehr, dass sie sich kurz hinter der Säule verstecken musste. Es war das zweite Mal, dass sie Jakob auf einem Flughafen begegnete. Vor über zwei Jahren hatte sie den verloren wirkenden Pulloverstricker am Flughafen ihres Heimatdorfes abgeholt. Jetzt wiederholte sich die Situation, doch inzwischen kannte sie den Mann. Damals waren sie beide ohne Begleitung gewesen. Jetzt nicht.

Das Amtsgericht in Rovaniemi hatte gerade über das Sorgerecht entschieden. Nun war Jakob Matias' einziger Sorgeberechtigter. Der Junge durfte mit seinem Vater nach Island ziehen. Jakob ließ den Gepäckwagen los und winkte. Als er näher herangekommen war, fasste er Hildur an der Schulter und drückte sie.

Rósa kam mit drei Take-away-Bechern zu ihnen und stellte sich lächelnd vor. Sie gab Jakob einen der Becher und bot sich an, den Karren zu schieben.

Im Auto zog Hildur die Handschuhe aus, sah Jakob kurz an und heftete den Blick dann auf das Lavafeld und das dahinter wogende Meer. Durch die dicke, silbergraue Wolkenmasse drang ein Jet, der zur Landung auf dem Flughafen Keflavík ansetzte. Wieder trafen neue Menschen auf der Insel ein. Neue Menschen, neue Möglichkeiten für eine Katastrophe, für Glück oder für irgendetwas ganz Gewöhnliches. Sie schwiegen beide. In diesem Moment waren Worte überflüssig. Gerade jetzt war alles gut, und das genossen sie.

Im Allgemeinen passierte im Leben nichts Großes. Wenn sich die Kontinentalplatten irgendwann einmal bewegten, veränderten sich viele Dinge gleichzeitig. Aber auch dann musste man eines nach dem anderen erledigen. Jetzt hatten sie erst einmal eine lange Fahrt zu den Westfjorden vor sich. Alles andere musste eine Weile warten. Als Jakob sich angeschnallt hatte, piepte sein Handy. Er nahm es aus der Tasche, las die Textnachricht und wirkte plötzlich erschrocken. Hildur wollte ihn gerade fragen, was los sei, doch da zeigte Matias auf eine niedrig fliegende Maschine und lachte. Jakobs Miene glättete sich. Hildur beschloss, vorerst nicht über den Inhalt der Nachricht zu grübeln, sondern sich später danach zu erkundigen. Sie fühlte sich nämlich zum ersten Mal seit langer Zeit endlich wieder leicht. Gerade jetzt war alles so, wie es sein sollte.

EPILOG

JUNI 2022 BADEN, DEUTSCHLAND

Die Sonne brannte heiß. Die französische Grenze war nur einige Kilometer entfernt. Das kleine Restaurant lag mitten im Weinbaugebiet. Von der Terrasse des pittoresken Dorflokals fiel der Blick auf die steilen Weinberge, auf denen die Rebstöcke zur sengenden Sonne hochragten. Baden war eine der wärmsten Regionen des Landes. Hier gab es mehr Sonnenschein als in irgendeiner anderen Gegend in Deutschland.

Der fünfzigjährige Mann hatte die Ärmel seines weißen Hemdes leger aufgekrempelt. Die schlichte silberne Rolex an seinem Handgelenk sah elegant aus. Der Rolex-Mann goss etwas Rotwein in ein Glas und reichte es seiner Frau, die ein langes, weißes Sommerkleid trug.

»Spätburgunder.«

Als die Frau das Glas an die Lippen hob, klirrten ihre silbernen Armreife leise.

Sie nickte anerkennend.

»Meine Frau kennt sich mit Wein besser aus als ich«, sagte der Rolex-Mann. »Deshalb darf sie immer zuerst probieren.« Er füllte alle vier Gläser.

»Der Spätburgunder entspricht der Rebsorte Pinot noir«, erklärte die Frau. »Trocken, leicht und säurereich. Ein fantastischer Wein, der sich jedoch nicht allen erschließt.«

Árni und María griffen nach ihrem Glas und kosteten. Sie verstanden beide nicht viel von Wein, liebten es aber, etwas Neues zu erleben. In den letzten Jahren hatte das Ehepaar die Möglichkeit genutzt, verschiedenste Dinge auszuprobieren: Schnorcheln auf den Fidschi-Inseln, Wanderungen in den Alpen, Drachenfliegen auf den Malediven. In Island hielten sie sich nur noch im Sommer auf. Die Zeit, die sie dort verbrachten, war von Jahr zu Jahr kürzer geworden. Um den Bauernhof und die Firma kümmerte sich das Personal. Ihnen blieb reichlich Zeit, sich auf anderes zu konzentrieren. Sie hatten endlich so viel Geld, dass sie von den Kapitaleinkünften leben konnten.

Árni musterte die Wurst- und Käseauswahl auf seinem Teller. Sie interessierte ihn mehr als die Einzelheiten der Weinherstellung.

»In Baden wächst ein Drittel des gesamten deutschen Spätburgunders. Die ersten Reben wurden in dieser Gegend schon im 9. Jahrhundert angepflanzt. Damals hat man bei Ihnen am Ende der Welt die Lebensmittel noch in Harnstoff konserviert, nicht wahr?«

Árni lachte auf und steckte sich eine Scheibe Wurst in den Mund. Das kulturelle Überlegenheitsgefühl seiner mitteleuropäischen Freunde kannte er zur Genüge, mochte sich aber nicht darüber ärgern. Er wollte Geschäfte machen, und alles lief besser, wenn man dumme Witze nicht persönlich nahm.

Er wischte seine von der Wurst fettigen Finger an der Serviette ab, nahm einen großen Schluck Wein und sah den Rolex-Mann mit ernster Miene an.

»Machen wir da weiter, wo wir aufgehört haben?«

Der Rolex-Mann und seine Frau wechselten einen kurzen Blick. Der Small Talk war erledigt.

»Natürlich«, sagte der Rolex-Mann. »Also, die Fleischviehzucht verzeichnet derzeit ein ungeheures Wachstum, und unser chinesischer Partner hat da enorme Möglichkeiten angedeutet.« Er zeichnete mit dem Finger einen Kreis auf die weiße Tischdecke.

Árni war sich nicht ganz sicher, was der Kreis darstellen sollte, wollte seinen Geschäftspartner aber nicht unterbrechen.

Vor allem in Asien sei die Fleischviehzucht eine wachsende Branche. Die Betriebe wurden größer, und ihre Tätigkeit wurde immer stärker optimiert. Die Chinesen brauchten enorme Mengen an Hormonpräparaten für die Schweinezucht.

»Die Nachfrage ist um ein Vielfaches höher als das Angebot. Wir können die Preise kräftig erhöhen und trotzdem alles verkaufen, was Sie uns liefern.«

Árni und María nickten zufrieden.

Die Frau des Rolex-Mannes mischte sich ein. Ihre raue, ausdrucksvolle Stimme passte zu ihrer üppigen Gestalt.

»Die Blutfarmen entwickeln sich zu einem Milliardenbusiness. Der Rohstoff ist für die internationalen Tierpharmariesen überaus wichtig. Man bekommt ihn nur von Pferden, und davon gibt es bei Ihnen ja genug. Das kühle Klima, die niedrige Krankheitsrate und der hohe Hygienestandard garantieren ein erstklassiges Produkt.«

Árni und María sahen sich lächelnd an. Ihre Zukunft sah rosig aus. Mochten andere behaupten, was sie wollten, sie beide wussten, dass wirtschaftlicher Erfolg zur Gemütsruhe beitrug.

»Hat sich der Staub, den dieser Zeitungsartikel aufgewirbelt hat, denn inzwischen gelegt?«, fragte der Rolex-Mann, während er sich selbst und Árni Wein nachgoss. Die Gläser der Frauen waren noch nicht leer.

Die Sonne hatte die Wolkendecke durchbrochen. María setzte ihre Sonnenbrille auf, strich UV-Balsam auf die Lippen und drückte sie gegeneinander, bevor sie antwortete.

»Ja. Schnee von gestern.«

Hlín Jónsdóttir hatte gegen Ende des Winters eine aufsehenerregende Reportage über die Blutfarmen in Island veröffentlicht. Sie hatte Furore gemacht und war auch international von zahlreichen Medien zitiert worden. Die Bevölkerung war empört über die schlechte Behandlung der Tiere, und die Tourismusbranche war verärgert, weil das Medienecho dem Image Islands erheblichen

Schaden zugefügt hatte. Die Behörden hatten strengere Kontrollen versprochen, und im Parlament hatte man eine Verschärfung der Gesetze angedeutet. Das Aufsehen hatte ungefähr drei Wochen angehalten, wie das in Island typisch war. Dann wurde ein neuer Skandal publik und der alte geriet in Vergessenheit.

»Wissen Sie, die Isländer sind wie Pferde«, fuhr María fort und lächelte affektiert. »Bei schlechtem Wetter kehren wir den Rücken gegen den Wind und warten ab. Und sobald der Sturm sich gelegt hat, denkt man nicht mehr daran, sondern springt fröhlich herum und genießt das gute Wetter.«

Der Rolex-Mann und seine Frau lachten herzhaft, dann beugte sich die Frau vor und wandte sich an María.

»Ein schlauer Schachzug, die Geschichte von den Weihnachtsgesellen einzustreuen. Dadurch sind die Ermittlungen für eine Weile in die falsche Richtung gelaufen, und das hat unserem Stoßtrupp mehr Spielzeit verschafft.«

»Marías Verstand ist so scharf wie ein Schlachtmesser«, sagte Árni und tätschelte seiner Frau den Arm. Dann wurde er ernst und fragte die Deutschen: »Müssen wir einen Ersatz für das Narbengesicht suchen? Sie war so verdammt gut. Die effektivste Stechmücke, die wir je hatten.«

»Natürlich behalten wir sie«, erklärte der Rolex-Mann. Er war sich ganz sicher, dass Rósa nicht aufhören wollte. »Die junge Dame hat noch so hohe Schulden, dass sie gern weiter für uns arbeitet. Und jetzt hat sie ja die perfekten Bedingungen, weil die breite Öffentlichkeit den Eindruck gewonnen hat, dass die Tierschutzprobleme korrigiert wurden. Über ein und dasselbe Thema gibt es nie zwei Skandalgeschichten nacheinander.«

»Zum Glück hat Rósa uns vom Hof in Seli aus angerufen und erzählt, dass Luka auf das Verschwinden der trächtigen Stuten aufmerksam geworden ist«, sagte Árni.

María nickte.

»Der Junge war nicht nur viel zu neugierig, sondern auch viel zu rechtschaffen.«

Árni und María hatten beschlossen, Luka einzuschüchtern, damit er den Mund hielt. Als die Person, die sie damit beauftragt hatten, auf dem Hof in Seli ankam, hatte sie Luka halb bewusstlos vor dem Stall angetroffen. Auf seinem Handy fanden sich die Kontaktdaten der anderen Tierrechtsaktivisten und die Chats, aus denen hervorging, wer wie viel über die Vorgänge auf den Pferdehöfen wusste.

»Der Rest lief wie im Märchen«, lachte Árni.

Eine Weile genossen sie die Aussicht von der Terrasse. Der Himmel war blau und wolkenlos. Ein sanfter Wind bewegte die Reben. Irgendwo zwitscherte ein Vogel. Die Frau des Rolex-Mannes unterbrach das Schweigen.

»Glaubt auch sie, dass ihre Schwester dahintersteckt?«, fragte sie mit gedämpfter Stimme, fast flüsternd.

Im Restaurant war außer ihnen nur eine einzige Gruppe von Gästen, die so weit entfernt saß, dass sie das Gespräch nicht mithören konnte. Aber man wusste ja nie.

María nickte.

»Das ist ja das Geniale. Beide glauben, die andere hätte die Bluttaten begangen. Sie wollen einander um jeden Preis beschützen. Indem sie Schutzengel spielen, erreichen sie aber nur das Gegenteil. Sie begreifen nicht, dass ein zu großer Schutz völlig kontraproduktiv ist. Die Polizeischwester kümmert sich um beide. Und wir beobachten alle drei.«

Der Rolex-Mann leerte sein Glas und hob triumphierend die Arme. Er klang gut gelaunt.

»Sollen sie tun, was sie wollen. Ihr Unglück ist unser Glück.«

Árni lachte wieder auf, griff nach der Flasche und füllte alle Gläser mit dem blutroten Wein.

Dann hob er sein Glas und sagte: »Auf die Schutzengel!«

NACHWORT DER AUTORIN

Der Schatten des Nordlichts ist meiner Mutter gewidmet. In der Woche, in der ich anfing, das Buch zu schreiben, und einen Monat bevor *Das Grab im Eis,* der vorige Band der Hildur-Reihe, erschien, ist sie an Brustkrebs gestorben. Sie hat in dieser Welt nicht mehr erfahren, was mit Rósa und Björk geschehen ist. Aber vielleicht findet sie einen Weg, auch das nachträglich herauszufinden. Mütter haben immer ein Ass im Ärmel.

Hildur könnte meine Freundin sein, aber sie ist Fiktion. Den größten Teil der Schauplätze in diesem Buch gibt es wirklich, aber die Ereignisse und Personen sind fiktiv, in Finnland ebenso wie in Island. Die Ortsnamen sind real, die Namen der Personen erfunden.

In Island verwendet man anstelle der traditionellen Familiennamen Patro- oder Matronyme. Ein Kind erhält seinen Nachnamen nach dem Vornamen des Vaters oder der Mutter. Da Hildurs Vater Rúnar hieß, lautet Hildurs Nachname Rúnarsdóttir, Rúnars Tochter. Bei den Namen der Menschen im Norden Finnlands habe ich nicht speziell nach regionalen Namen gesucht.

Das Blut von trächtigen Stuten wird in Island seit Jahrzehnten gesammelt und verkauft. Ich möchte unterstreichen, dass es bei der Geschäftstätigkeit in den letzten Jahren auch Tierschutzprobleme gegeben hat, aber bei Weitem nicht in dem Ausmaß, wie es in diesem Buch geschildert wird. Übereinstimmungen zwischen der Fiktion und der Wirklichkeit sind reiner Zufall. Aber so ist das Leben ja: unabsehbar, wundervoll und manchmal ganz schrecklich. Wir sausen umher wie die Elementarteilchen und stoßen dann und wann gegeneinander. Manchmal hat so ein Zusammenstoß schicksalhafte Folgen. Manchmal passiert gar nichts. Manchmal muss man einfach etwas wagen und hoffen.

DANKSAGUNG

Mein herzlicher und aufrichtiger Dank an alle hilfsbereiten Menschen, die mich während des Schreibprozesses unterstützt haben. Danke, Ingibjörg Elín Magnúsdóttir und Aldís Hilmarsdóttir, für eure Bereitschaft, geduldig meine Fragen über die Polizeiarbeit in Island zu beantworten. Danke, Antte Lauhamaa, für deine Auskünfte über den Alltag der Polizeiarbeit in Lappland, und danke, Sami Isoniemi, für deinen Bericht über die Erfahrungen eines finnischen Polizisten in Island und Finnland. Dem Rechtsanwalt Jyrki Kuusivaara danke ich für die Sachkenntnis hinsichtlich internationaler Auseinandersetzungen über das Sorgerecht für Kinder. Ich danke der Rentierzüchterin Jenni Kaaretkoski unter anderem für Auskünfte über die Rentierwirtschaft. Danke, Pirita Näkkäläjärvi, für die Vorablektüre der Textteile, die mit der samischen Kultur zu tun haben. Dank an die vielen Menschen in Helsinki, Äkäslompolo, Kittilä und Island, die meine Fragen zu den verschiedensten Themen beantwortet haben, vom Lapplandkrieg über Bergbau bis zu den Feinheiten der isländischen Wolle. Ich danke auch meinen Instagram-Followern, die mir unter anderem bei Fragen zu Lapphunden und zur Aussprache des Norwegischen geholfen haben.

Ich danke meinen Co-Workerinnen im Kohta in Äkäslompolo in Finnland. Meiner Bürofreundin in Island, der Pulloverdesignerin

Sigríður Sif Gylfadóttir, danke ich für ihre Hilfe bei Detailfragen des Strickens – und dafür, dass sie Jakob geholfen hat, für seinen finnischen Freund einen Pullover aus doppeltem Plötulopi zu stricken. Er wurde wunderschön.

Falls sich Fehler in das Buch eingeschlichen haben, gehen sie natürlich allein auf mein Konto.

Ich danke meinem Verlag WSOY. Ganz besonders danke ich Anna-Riikka Carlson, Verlegerin für finnische Literatur, die sich für die Hildur-Reihe begeistert und ihr eine Chance gegeben hat! Meine fantastische, wunderbare Lektorin Hanna Pudas – du bist die Beste! Neben allem anderen danke ich dir auch für deine Ortskenntnis und für unsere gemeinsamen Momente in Äkäslompolo und Kittilä. Danke für das Korrekturlesen, Irene Vehanen. Meine Namensvetterin Satu Sirkiä: Danke für deinen fantastischen Einsatz beim Marketing der Hildur-Reihe, der Öffentlichkeitsarbeit und meinem Wohlergehen. Du warst mir in den letzten Jahren eine unersetzliche Stütze bei absolut allem. Danken möchte ich auch dem Geschäftsführer Timo Julkunen, der Marketing- und Kommunikationschefin Reetta Miettinen und dem Verkaufsteam, besonders Laura Lyytinen. Ein herzlicher Dank an Harri Mäki von der Buchhandlung KIRJA! des Verlags WSOY. Dir – und natürlich all den Büchern – ist es zu verdanken, dass ein Besuch der Buchhandlung in der Lönnrotinkatu den Alltag zum Festtag macht.

Den Umschlag der finnischen Ausgabe hat Ville Laihonen entworfen. Danke, Ville! Das Cover ist unglaublich schön, wieder einmal.

Ich danke meiner Agentin Eleonoora Kirk von Bonnier Rights Finland dafür, dass sie die Hildur-Reihe auch einem internationalen Publikum nahegebracht hat.

Dank an Lippo Luukkonen für juristische Expertise.

Sanna Majuri, Schauspielerin und Sängerin: Danke für deine Freundschaft und dafür, dass du den Text für das finnische Hörbuch gelesen hast. Es ist natürlich wunderschön geworden.

Ich danke dem Stadttheater in Turku und besonders Mikko Kouki, Satu Rasila, Anne Rautiainen und Börkur Jónsson, die im Herbst 2024 eine Theaterfassung von *Hildur* auf die Bühne bringen!

Einen herzlichen Dank für die Entwicklung der *Hildur*-Fernsehserie an das Team der Produktionsfirma Take Two, besonders an Eero Hietala, Lasse Koskinen, Sara Nordberg und Matti Laine sowie an die Leute von Sagafilm.

Ich verfolge mit großer Freude, was alles in Hildurs Welt als Nächstes passiert.

Ich danke meinen Angehörigen, meinen Freunden und vor allem meiner Familie: meinem Mann Björgvin, meinen Töchtern Saga und Sæla sowie meinen Schwestern Suvi und Sini. Ich bin glücklich, dass ich zur Welt kommen, zwei von euch auf die Welt bringen und in dieser Welt gerade auf euch stoßen durfte.

Ísafjörður, im September 2023
Satu Rämö